LES DOUCES

JUDITH DA COSTA ROSA

LES DOUCES

roman

BERNARD GRASSET
PARIS

Photo de la jaquette : © Leonard Freed / Magnum Photo (détail).

ISBN 978-2-246-82281-3

À ma mère

All the wild horses
All the wild horses
Tethered with tears in their eyes

May no man's touch ever tame
May no man's reigns ever chain you
And may no man's weight ever defrayed your soul

Ray LaMontagne

1.

Mes douces,

La première fois que je vous ai rencontrées, j'ai su que viendrait un jour où il me faudrait raconter notre histoire.

Nous n'étions alors que des enfants et déjà j'avais la certitude que nos vies sortiraient de l'ordinaire. Je n'avais que huit ans mais c'était assez pour savoir qu'on ne pouvait pas tomber amoureux de trois filles à la fois et mener une existence banale. Surtout s'il s'agissait de trois filles telles que Dolorès Déléale, Zineb Achour et Bianca Ispahan.

Je ne me suis pas trompé. Et je crois qu'il est désormais temps pour moi, maintenant que l'heure de notre séparation approche, d'en faire le récit. Parce que je vous ai toujours protégées et chéries, parce que je connais tous vos secrets, je sais que personne ne pourra vous raconter mieux que moi.

Les gens disent que lorsqu'on croit mourir, on voit toute son existence défiler. Si je devais mourir un jour, je sais ce que je verrais : vos trois visages, superposés ; les longs cheveux de Dolorès, les yeux noirs de Zineb, la bouche et le nez busqué de Bianca.

Vous êtes et serez toujours l'histoire de ma vie.

Hannibal

*

Dolorès Déléale reçut cet e-mail le quinze juillet de l'année de ses dix-sept ans.

La veille, tous les amis de ses parents étaient venus chez eux admirer le feu d'artifice, qu'on voyait bien depuis la terrasse. Elle était restée calfeutrée dans le salon avec leur chien, Hazard, dans les bras. Depuis qu'ils l'avaient ramené d'un élevage du centre de la France, lors de son année de quatrième, Hazard avait toujours été terrifié par les feux d'artifice du 14 Juillet. D'habitude, Dolorès faisait comme les autres : elle le laissait se cacher seul dans la maison, tandis qu'elle s'asseyait sur les tommettes en terre cuite de la terrasse pour regarder les flammes crever le ciel tiède et retomber au-dessus de leurs têtes comme de grosses fleurs de châtaignier. Son beau-père mettait un disque de musique classique et, au bout de quelques minutes, elle commençait à s'ennuyer et avait hâte que le spectacle finisse.

Ce soir-là, elle s'était glissée sous un plaid avec Hazard qui poussait de petits cris plaintifs, sa tête ronde nichée dans la poitrine de Dolorès, parce qu'elle savait que personne ne la chercherait dans l'obscurité délavée par la canicule.

Elle était restée longtemps à transpirer contre le pelage épais du chien, et avait eu l'impression que tous les 14 Juillet qu'elle avait vécus jusqu'à présent se mêlaient en celui-ci – que les adolescents que ses amis et elle étaient devenus retrouvaient les enfants qu'ils avaient été, qu'ils frôlaient le sol, que leurs parents, redevenus jeunes, s'embrassaient à pleine bouche dans les chambres du haut, que son petit frère Paul n'existait plus, et qu'à la fois, c'était de nouveau un bébé. Qu'Hannibal n'était pas là, mais qu'il n'avait jamais disparu.

Elle entendait les feux exploser au-dessus du toit de la maison, et il lui semblait que, quand elle remonterait sur la terrasse pour dîner, les convives auraient tous les âges à la fois, et qu'Hannibal Lanier, le meilleur ami qu'elle avait jamais eu, serait assis entre Zineb et Bianca, la bouche pleine du gâteau à la crème de marron que sa mère avait préparé.

Évidemment, quand elle finit par laisser Hazard dans le salon pour remonter sur la terrasse, Hannibal n'était pas assis à table, et personne n'avait fini le gâteau à la crème de marron. Sa mère l'avait regardée avec cette acuité particulière qui lui était venue depuis qu'Hannibal avait disparu, nouvelle habitude qui allait avec celle qu'elle avait prise de sans cesse la toucher – un très léger contact de la paume de sa main, sur sa cuisse, sa joue ou ses cheveux, comme si elle était à la recherche de quelque chose – de la fièvre, une tache, une plaie.

Pourtant, rien n'avait changé chez Dolorès depuis la disparition d'Hannibal ; elle avait continué de bien travailler au lycée, de s'habiller avec des vêtements trop amples, continué d'attacher ses cheveux, conservé le même parfum à la rose blanche, continué d'aimer le saumon fumé et de détester la viande rouge et les abats. Elle avait simplement oublié pourquoi elle avait, auparavant, accompli toutes ces choses. Mais parce qu'elle vivait, elle avait continué à faire comme si, vraiment, elle était vivante, continué à manger, boire, prendre des douches chaudes, lire, dormir. Son cœur ne s'était pas arrêté de battre, son sang n'avait pas refroidi dans ses veines. Et la plupart des gens s'y étaient laissé prendre, mais pas sa mère, qui, à chaque fois qu'elle la touchait furtivement, semblait lui dire : *Avant, tu te serais tenue un peu plus droite, avant tu aurais mangé un peu plus, et je t'en supplie, ne dévie pas du chemin que tu avais pris, je t'en supplie, n'oublie pas où tu allais, avant.*

Le lendemain de ce soir du 14 Juillet, Dolorès avait reçu ce mail. Depuis, elle l'avait relu de nombreuses fois, ainsi que ceux qui avaient suivi – car beaucoup d'autres l'avaient succédé.

Sept ans plus tard, un premier jour de mai, elle dut pourtant le relire encore une fois. En s'éveillant ce matin-là, elle avait constaté qu'elle avait douze appels en absence provenant de sa mère, qui lui avait dit, quand elle avait fini par la rappeler : *Dolorès, il faut que tu reviennes tout de suite à la maison.* Depuis presque trois ans, Dolorès n'était pas rentrée dans la maison où elle avait grandi, et où vivaient toujours sa mère, son beau-père, son petit frère et Hazard, le chien. Elle n'avait aucune intention de le faire. Sa mère avait ajouté : *Ils ont retrouvé le corps d'Hannibal*, et Dolorès avait appuyé compulsivement sur l'écran lisse et brillant de son iPhone jusqu'à ce que tout s'éteigne et que la petite icône représentant sa mère disparaisse – sa mère qui ne lui ressemblait ni à vingt ans ni maintenant quoi qu'elle dise, parce que Dolorès ressemblait à son père, ressemblait à son père à en crever.

Elle se débarrassa de tous ses vêtements, rentra dans sa petite cabine de douche en faux marbre gris et fit couler l'eau chaude. Elle aurait voulu laisser quelque chose d'elle-même s'éloigner dans le siphon de métal chromé. Elle avait terriblement envie de vomir tout en sachant qu'elle ne vomirait jamais. Elle se glissa ensuite dans ses draps, nue et trempée, avec l'impression que les murs de son petit appartement parisien se resserraient autour d'elle comme un vêtement trop petit. Elle ferma les yeux, et se sentit prête à régurgiter quelque chose. Mais l'élan n'atteignit pas ses lèvres et l'acidité s'éteignit dans sa gorge.

*

Hélène Déléale mit les roses blanches qu'elle venait de cueillir près du canal d'arrosage dans un vase qu'elle posa sur la table de la cuisine. Puis elle s'assit face aux fleurs, s'alluma une cigarette et se dit que, dans les quelques minutes que contenait cette cigarette, dans les quelques jours que vivraient ces fleurs, il y avait peut-être de quoi se sentir un peu mieux.

C'était le printemps, mais il faisait si froid qu'elle avait cueilli les roses pour qu'elles ne risquent pas de geler. Il faisait froid dehors, mais dans sa jolie maison aux murs épais régnait une tiédeur qu'elle avait passé toute une existence à amasser, une tiédeur colorée par l'odeur des épices qu'elle aimait, des fleurs qu'elle cueillait, de la poussière qui s'accumulait sur tous les bibelots qu'elle y avait disposés. Elle avait envie de pleurer, mais c'était bientôt l'heure du déjeuner et Paul, son fils cadet, qui se trouvait dans sa chambre avec sa petite amie, allait bientôt descendre pour mettre la table. Elle écrasa sa cigarette et ouvrit le lave-vaisselle qui bipait ; une buée brûlante balaya son visage. Elle faillit appeler Paul, puis se ravisa et s'assit de nouveau pour rouler une autre cigarette. Elle épousseta les miettes de tabac blond qu'elle avait laissées tomber sur la nappe, l'alluma, et cessa de penser jusqu'à ce que les bras chauds d'Antoine, son mari, s'enroulent autour de son cou. Elle s'appuya contre lui et souffla un petit flot de fumée blanche.

— Alors, tu lui as dit ? Elle va rentrer ? demanda-t-il.

Hélène ne répondit pas parce qu'elle n'en savait rien. Dolorès avait répondu *oui, oui* à toutes les questions qu'elle lui avait posées, mais elle avait bien senti qu'elle n'écoutait pas, qu'elle n'avait pas l'intention de faire quoi que ce soit, sinon attendre que sa mère ait fini de parler et raccrocher.

En décembre dernier, Hélène lui avait fait envoyer ses cadeaux de Noël par la Poste, mais Dolorès ne l'avait jamais remerciée, et elle était, depuis, terriblement angoissée à l'idée de ces cartons que sa fille n'avait peut-être pas ouverts et de la place qu'ils devaient prendre dans son appartement. *Comment tu te sens, bien, est-ce que tu vas en cours, je vais en cours, est-ce que tu y penses souvent, est-ce que je pense à quoi souvent, mais tu sais bien, non, Maman, je ne sais pas. Je vais raccrocher.* Elle ne pouvait pas lui crier dessus ou la menacer pour la faire rentrer ; toute petite, Dolorès était déjà complètement insensible aux cris, aux coups, aux menaces. Elle était comme de l'eau : elle avalait tout et tout disparaissait en elle. Tous les appels manqués, les cadeaux, les virements bancaires, les inquiétudes ou les paroles prononcées doucement, tout cela, Dolorès l'aspirait et ne le rendrait pas. Mais *maintenant*, maintenant qu'on avait retrouvé le corps d'Hannibal, peut-être pourrait-elle cesser et rentrer à la maison ? Elle pourrait simplement tirer cette chaise, s'asseoir à cette table et manger quelque chose.

Hélène entendit Paul et sa petite amie descendre l'escalier. Paul vint l'embrasser et Daphné commença à mettre la table. Hélène aimait Daphné parce qu'elle lui faisait penser à sa propre fille, à la façon qu'elle avait de sans cesse regarder autour d'elle pour vérifier qu'elle était admirée, même quand elle était occupée à poser les assiettes et les couverts sur la nappe. Elle aimait qu'il y ait toujours des enfants dans sa maison, elle aimait se souvenir de leur plat préféré et les observer quand ils s'asseyaient côte à côte, genou contre genou, pour faire leurs devoirs sur la table de la terrasse. Elle savait que lorsqu'ils étaient seuls tous les deux, ils buvaient de la bière – elle le savait parce qu'elle les avait aperçus plusieurs fois alors qu'elle revenait de la zone industrielle en voiture, assis à la terrasse du Café de France devant deux pintes de Monaco. Elle savait qu'ils fumaient des cigarettes, s'embrassaient à pleine bouche et devaient certainement coucher ensemble, mais sous son regard, dans sa maison, ils étaient éternellement deux enfants qui l'aidaient à mettre la table.

*

Bianca se leva et récupéra le téléphone portable qu'elle avait posé sur la fenêtre pour se prendre en photo avec le retardateur. Elle jeta un œil au résultat et fit la moue. Le boulevard Saint-Michel vivait en silence derrière les doubles vitrages impeccables, et il faisait si froid ce printemps qu'il n'y avait presque personne sur le trottoir, à part quelques étudiants en lettres et une poignée de touristes saupoudrés de pollen et de pluie. Par réflexe, elle chercha à apercevoir Dolorès qui sortait souvent de la Sorbonne à cette heure-là, mais évidemment, elle ne vit sa queue-de-cheval nulle part et retourna s'affaler dans le canapé designé par Kenzo Takada qu'elle avait acheté six mois auparavant mais qui serait bientôt remplacé – parce qu'elle avait déjà posté trop de photos sur Instagram où il apparaissait, et surtout parce que, en réalité, elle le trouvait affreux. Elle avait envie de quelque chose d'un peu décadent, comme du cuir d'agneau, et elle commença à surfer sur le site Internet de Roche Bobois mais quitta rapidement la page, parce qu'elle devait absolument poster la photo qu'elle venait de prendre avant la fin de la journée si elle voulait toucher son cachet. Elle était sponsorisée par un créateur new-yorkais qui lui avait demandé de porter l'un des vêtements de sa collection, un haut en dentelle affreux dont la couleur jaune jurait avec le roux artificiel de ses cheveux. Elle avait les yeux cernés et se sentait triste parce qu'elle venait de lire tous les commentaires laissés sous sa dernière photo Instagram, dont beaucoup étaient inexplicablement haineux.

Surtout, il y avait ce compte fantôme, @dixansauparavant, qui n'avait jamais rien publié sur son compte, mais ne cessait de poster des flots d'insultes sous chaque nouvelle photo que Bianca mettait en ligne. Il lui disait surtout qu'elle était laide, et Bianca, à chaque fois qu'elle posait son téléphone contre sa vitre, espérait que cette fois, elle réussirait à prendre une photo d'elle où elle aurait l'air plus belle, plus heureuse, un cliché que @dixansauparavant n'oserait pas salir, que @dixansauparavant likerait et commenterait agréablement. Elle prit de nouveau la pose sur son fauteuil et se sentit stupide comme quand elle essayait d'expliquer à sa grand-mère ce qu'elle faisait dans la vie – *Des marques me payent pour que je poste des photos où je porte leurs vêtements, où j'utilise leurs produits, parce que beaucoup de gens me suivent, ces gens qui m'aiment sans me connaître mais qui connaissent beaucoup plus de choses sur moi que tu n'en connaîtras jamais, avec tes photos imprimées et collées dans des albums reliés.*

Elle essaya de ne plus y repenser pour éviter de creuser la ride du lion qui lui était apparue prématurément entre les deux yeux et se recomposa une figure, mais son portable se mit à vibrer violemment, glissa du rebord de la fenêtre et tomba sur le parquet.

— Putain ! s'exclama-t-elle en entendant l'écran se briser.

Elle se précipita pour le ramasser, et jura à nouveau : il était complètement fissuré mais elle put voir que c'était sa mère qui l'appelait. Elle décrocha.

— Bianca ?

— Maman ?

Elle était en train de pleurer et Bianca pensa qu'elle l'appelait pour lui parler de son père, ce qu'elle n'avait pas l'énergie de supporter encore une fois cette semaine.

— Qu'est-ce qu'il se passe, Maman ?

— Ils l'ont retrouvé, Bianca.

— Qu'est-ce que tu racontes ?

— Ils ont retrouvé le corps d'Hannibal. Chez le vieux. Dans le jardin du vieux. Il faut que tu rentres, ma chérie. Ils vont l'enterrer, alors il faut que tu rentres tout de suite.

Bianca décolla lentement le téléphone de son oreille. Elle avait mis du fond de teint sur l'écran, et un petit éclat de verre brisé s'était planté dans sa pommette, juste en dessous de l'œil. Elle tenta de le retirer tandis que sa mère continuait de se lamenter en haut-parleur.

— Écoute, Maman, je te rappelle, d'accord ?

— Ma chérie, il faut que tu appelles ton père…

— Maman, je te rappelle.

Elle raccrocha, prit une grande inspiration et se planta face au grand miroir qui trônait dans son salon. Elle avait les joues zébrées de traits noirs et liquides alors qu'elle ne se rappelait pas avoir pleuré. Elle se sentait étrangement paisible. Elle s'assit sur le sol et composa de mémoire le numéro de Raphaël.

La dernière fois qu'elle l'avait appelé, elle devait avoir dix-huit ou dix-neuf ans. Son nez n'avait pas encore été refait. Elle venait de commencer ses études de médecine et il venait la chercher le soir devant la bibliothèque. Il l'attendait sur la petite place pavée face au Panthéon, puis se levait en la voyant, prenait son visage dans ses mains et l'embrassait. Si Hannibal n'avait pas disparu, est-ce qu'ils se seraient séparés quand même ? Oui, sans doute. La disparition d'Hannibal avait apporté beaucoup de maux nouveaux dans ce monde, mais elle n'avait pas apporté la lassitude, l'ennui et la déception.

Elle se souvenait des longs silences après qu'ils avaient fait l'amour, l'envie qu'elle avait sans cesse de se rhabiller, de partir, et le poids déchirant de ce qu'elle ne pouvait pas dire. Maintenant, alors que les sonneries semblaient s'étendre éternellement dans le boîtier de son téléphone, elle avait l'impression qu'elle pourrait lui parler pendant des heures. Où était-il, que faisait-il ? Il ne répondit pas. Elle lança le téléphone brisé sur son canapé et alla prendre un bain.

*

Bianca sentit quelque chose de froid frôler son ventre nu et sortit la tête de l'eau de son bain. Elle avait seize ans et elle jouait à la noyade. Elle enfonçait son visage dans l'eau brûlante jusqu'à ce que le manque d'oxygène rende son corps dur comme l'idée fixe qui ne la quittait pas depuis que, le week-end précédent, elle avait fait l'amour avec son petit ami pour la première fois.

Elle sursauta et vit son père, vêtu d'un marcel blanc peu flatteur, son crâne chauve luisant de sueur, une grande serpillière à la main. Il la brandit vers son visage et elle sentit un peu d'eau froide goutter sur ses joues.

Ils employaient une femme de ménage tchèque qui venait trois fois par semaine, mais son père était profondément convaincu que si l'hôtel particulier sentait le propre, c'était grâce à la toile qu'il passait sporadiquement le week-end – de même qu'il pensait ne pas user ses vêtements parce que la mère de Bianca, sans qu'il le sache, remplaçait dans les étagères du dressing les chemises Armani élimées contre d'autres, neuves et identiques.

— Mais qu'est-ce que tu fais ?

Il trempa de nouveau la serpillière crasseuse dans l'eau de son bain et l'écrasa sur son ventre nu. Elle couvrit sa poitrine de ses mains et leva la tête vers son père. Il était tout gonflé de la satisfaction qu'il éprouvait pour lui-même, et elle songea à replonger la tête dans la baignoire pour ne pas entendre ce qu'il s'apprêtait à dire, mais à l'idée de toute cette eau sale qui pourrait lui pénétrer le corps par la bouche, elle se ravisa.

— J'ai rangé ta chambre de crasseuse. J'ai rangé ta chambre de crasseuse et j'ai trouvé tes capotes.

Il lança les petits emballages carrés d'aluminium qui flottèrent un instant à la surface avant de couler dans l'eau désormais grisâtre.

— Alors je me suis dit que, puisque de toute façon tu étais une petite crasseuse, j'allais pouvoir rincer ma serpillière dans ton bain. Tu ne pensais pas vraiment te laver, de toute façon, hein ? À quoi ça sert, de se laver, quand on est une crasseuse ?

Il éclata d'un rire gras, puis détourna brusquement la tête avec un air de dégoût, comme s'il venait de s'apercevoir que Bianca était nue. Bianca pensa très fort à Raphaël, son torse maigre, lisse et chaud, et comme il la tenait dans ses bras, comme il la rinçait de sa sueur, comme il évoluait en elle et tout contre son cœur quand il lui faisait ce qu'elle avait envie qu'il lui fasse, et quand son père eut claqué la porte, elle attrapa son téléphone posé près du lavabo, et composa le numéro d'Hannibal qui lui répondit tout de suite.

Près de huit ans après la disparition d'Hannibal, elle était toujours tentée de l'appeler à chaque fois que quelque chose d'important lui arrivait : une bonne nouvelle, une énième frasque de son père. Elle allait parfois même jusqu'à le faire pour de bon, et c'était alors sa messagerie automatique, plus triste que toutes les chansons tristes, qui la rappelait à la réalité. Un jour, elle avait fini par supprimer son numéro pour ne plus jamais commettre ce genre d'erreur – elle n'avait aucune envie de finir comme Zineb, qui allait jusqu'à répondre aux mails bizarres qu'elles avaient toutes les trois, Zineb, Dolorès et elle, reçus depuis la disparition d'Hannibal.

Ils provenaient tous de la même adresse – nepasrepondreahannibal@mail.com – et Bianca était certaine qu'il s'agissait d'une mauvaise blague, parce que les gens ne disparaissaient pas pour créer des adresses électroniques et envoyer des messages sibyllins à leurs amis d'enfance. Ils le faisaient pour se taire et pour mourir – et Hannibal était mort, Bianca l'avait toujours *su*.

Évidemment, elle aussi, quand elles avaient reçu les premiers e-mails, s'était laissée aller un moment à l'espoir, parce que le style dans lequel ils étaient rédigés ressemblait à s'y méprendre à celui d'Hannibal, du temps où il existait. Dolorès et Zineb avaient aussitôt voulu répondre, mais les e-mails leur étaient invariablement revenus avec un message d'erreur – adresse non attribuée, ou quelque chose comme ça, *non vraiment ?* Finalement, Bianca avait réussi à convaincre Dolorès de parler de toute cette affaire à la police. Elles s'étaient rendues au commissariat sans oser l'avouer à Zineb, qui continuait à envoyer au spectre d'Hannibal plus de messages qu'elle n'en avait jamais écrit à aucun autre garçon. Finalement, elle avait fini par apprendre ce qu'elles avaient fait dans son dos, ç'avait été une dispute terrible, et l'enquête qui avait suivi n'avait rien donné – jusqu'à aujourd'hui.

Bianca chercha le nom de son ami Paco dans la liste de ses contacts et appuya doucement dessus.

— Allô, Bianca ?

— Paco ?

— Oui ?

— Écoute, ça va te paraître étrange, mais tu vis près du métro Gobelins, c'est ça ?

— C'est ça.

— Ça t'embêterait de passer voir chez Dolorès si elle va bien ? On vient d'apprendre que... enfin, on vient d'apprendre que quelque chose est arrivé, et elle ne me répond pas...

— Pas de problèmes. Je passe dans la journée, d'accord ?

— Paco ?

— Oui ?

— Merci.

— Bianca ?

— Oui ?

— Tu veux que je passe chez toi aussi ? Pour voir si tu vas bien ?

*

Paco reposa son téléphone sur son bureau. Le sol était jonché de boîtes de chaussures contenant des baskets neuves qu'une marque avec laquelle son label travaillait lui avait envoyées et qu'il n'avait pas encore ouvertes, parce qu'il refusait de porter quoi que ce soit de neuf. Il pensa aux nouveaux vêtements que Cassandra, sa petite amie – sa copine, sa compagne, tous ces termes qu'il utilisait pour ne pas dire *ma femme* –, avait achetés pour lui et qu'il n'avait jamais portés. Il ne devait pas s'être changé depuis deux jours.

Depuis qu'il était enfant, il cultivait l'ambition de réussir un jour à disparaître ; non pas mourir, mais plutôt se réduire à une série de gestes, pour n'être plus qu'un regard et les mouvements de ses deux mains.

Il n'avait pas vu Dolorès depuis le week-end précédent, et elle lui manquait parce qu'elle était la seule personne qui le fasse véritablement rire – alors qu'elle ne cherchait pas particulièrement à être drôle, et qu'il était lui-même un jeune homme qui riait peu. Quand il le faisait, il exhibait d'immenses dents éclatantes, les plus belles dents que Dolorès ait jamais vues – mais la plupart du temps, il souriait seulement dans sa peau, par les petites fentes de son être, sur le bout de sa langue, entre la chair de ses joues.

Leur conversation oscillait ainsi entre de grands éclats de rire et de longs silences, longs silences sans lesquels il n'aurait jamais pu fixer la couleur exacte de ses yeux – un brun dans lequel il y avait des incohérences de lumière, du jaune, du vert, et du bleu marine sur le pourtour.

Paco se leva et alla à la fenêtre pour voir le jour.

C'était une jolie journée de mai, avec un soleil pâle et végétal comme s'il venait de pousser. La fenêtre de son bureau donnait sur une petite cour où personne ne passait, un toit jonché des cigarettes qu'il y avait jetées.

— Elias ?

— Paco ?

— Ça te dérange de t'occuper de mes rendez-vous pour cet après-midi ?

Elias quitta son bureau et vint le rejoindre près de la fenêtre. Paco aimait ce garçon calme et sans cesse de profil, troué de bleu à l'endroit des yeux. Ils avaient d'abord fondé ensemble un petit collectif de réalisateurs de clips de rap, puis formé le label de musique urbaine qu'une grande maison de disques leur avait racheté à prix d'or, six mois plus tôt, maison de disques pour laquelle ils travaillaient désormais.

Qu'est-ce qu'il est beau, lui avait dit Dolorès un soir où il les avait croisés alors qu'ils buvaient un verre en terrasse. Paco les avait présentés, et quand Elias s'était penché au-dessus de la table pour l'embrasser sur les deux joues, la fourrure qui bordait le col de sa Canada Goose avait frôlé les bras nus de Dolorès, et Paco avait alors été douloureusement jaloux de les voir tous les deux si beaux et si proches – est-ce que leur beauté faisait qu'ils se comprenaient par-delà leurs corps ? Est-ce que la beauté était quelque chose d'important à partager ?

— Je crois que Dolorès ne va pas très bien.

Elias hocha lentement la tête. Il prit le paquet de cigarettes que Paco avait rangé dans sa poche arrière et s'en alluma une.

— T'as déjà couché avec cette fille ?

— Dolorès ? Non, jamais.

Il hocha à nouveau la tête et alla se rasseoir à son bureau.

— Je vais prendre tes rendez-vous.

*

Le bruit de la sonnette réveilla brusquement Dolorès. Elle s'immobilisa, nue et gelée sous les draps froissés, en espérant que le son s'éloignerait et disparaîtrait, mais on sonna à nouveau, et elle finit par se lever. Elle avait vingt-quatre ans et elle aurait aimé avoir un mari, des enfants, un pavillon et une jolie robe de chambre en soie à se mettre pour ne plus être nue quand elle ouvrirait la porte. Au lieu de quoi elle vivait dans ce petit appartement où elle n'avait même jamais pris le temps d'installer une étagère et s'était contentée d'empiler ses livres par dizaines contre les murs.

Elle attrapa une longue robe d'été dans sa penderie et l'enfila les bras levés. On sonna plus fort.

— J'arrive, murmura-t-elle, et elle alla ouvrir la porte sans judas.

Il était là. Elle ne put s'empêcher de sourire. Il lui sourit aussi, avec toutes ses dents, ses magnifiques dents plates et rectangulaires.

— Bianca s'inquiétait pour toi, marmonna-t-il. Tu as une figure horrible, tu sais ? Et qu'est-ce que c'est que cette robe ?

Elle acquiesça sans cesser de sourire. Paco lui avait pris les deux mains et les serrait dans les siennes. Contrairement à Hannibal, il n'avait pas de grandes mains : les siennes étaient petites et leurs ongles étaient si rongés que la chair bouffait tout autour. Dolorès, elle, possédait d'immenses mains très fines dont il se moquait, parce qu'elle ne savait jamais quoi en faire : elle les posait n'importe où, les laisser flotter devant elle, et Paco finissait toujours par s'en emparer.

— Tu me fais entrer ?

Il alla chercher une des canettes de soda qu'elle gardait pour lui dans son frigo, et s'assit sur son lit en faisant sauter l'opercule. Il aimait bien l'appartement de Dolorès. Il y flottait une odeur de linge encore humide. Elle lavait son linge avec tant de lessive et d'assouplissant que ses vêtements sentaient encore les pétales et le savon une fois posés sur sa peau, alors que ceux que lavait Cassandra semblaient perdre leur parfum dès qu'il les mettait. Sur son bureau, de petits bibelots prenaient la poussière, et une quantité incroyable de livres étaient entassés un peu partout. Il chercha des yeux le micro d'enregistrement qu'il lui avait offert pour son dernier anniversaire parce qu'elle lui avait dit qu'elle aimait chanter, mais ne le trouva pas.

Quand il venait ici, le soir, après l'un de leurs dîners ou de leurs verres qui n'en finissaient pas, ils s'installaient tous les deux sur son lit et prenaient garde à ne pas se toucher en regardant des clips de rap – parfois, ceux qu'il venait de tourner, parfois, ceux qu'elle aimait et qu'elle aurait voulu qu'il tourne. Plus rarement, elle lui montrait la traduction latine sur laquelle elle travaillait et il n'y comprenait rien. Arrivaient ces heures de la nuit où tout le maquillage qu'elle avait porté dans la journée s'était évaporé, et sa peau nue coulait dans ses cernes sombres, dans ses grands yeux noyés de pupille – alors il se glissait hors de l'appartement et rentrait chez lui, où il retrouvait Cassandra. Après ces longs moments de frôlements involontaires, de sursauts, près de Dolorès dont il n'avait jamais caressé que les cheveux – parce qu'ils étaient si longs que certainement, il pouvait prendre une mèche entre ses doigts sans qu'elle risque de le sentir –, l'étreinte franche de la femme qui partageait son lit lui coupait le souffle et lui arrêtait le cœur comme un plongeon dans l'eau brûlante.

Cet après-midi-là, Dolorès avait les paupières gonflées et le teint brouillé, presque jaune. Ses cheveux étaient si emmêlés qu'ils semblaient plus courts, et leur odeur d'herbe sèche lui piqua les narines quand elle posa sa tête sur les genoux et qu'elle se recroquevilla comme un enfant en lui passant ses longs bras maigres autour des cuisses.

— Tu restes un peu ?

— Oui, je reste un peu.

Il lui caressa le crâne, sans trop savoir ce qu'il faisait.

— Tu veux me dire ce qu'il s'est vraiment passé ?

— Il ne s'est rien vraiment passé.

Il était très heureux qu'elle ne pleure pas, ou en tout cas qu'elle ne le fasse devant lui. Il n'aurait pas pu répondre de lui, si elle l'avait laissé seul face à ses larmes – qui auraient coulé sur ses joues, coulé dans sa bouche.

— Bianca m'a appelée, dit Paco.

— Ah bon. Qu'est-ce qu'elle t'a dit ?

— Rien. Elle m'a dit d'aller te voir.

Quand elle était ainsi couchée et que le ciel ne l'écrasait plus, Dolorès n'avait plus l'air aussi petite et menue qu'elle le semblait parfois. Lorsqu'elle marchait près de lui emmitouflée dans son grand manteau. Il devinait, sous le tissu fleuri de la robe laide qu'elle portait, ses cuisses gonflées de muscles et de suc, ses mollets ronds, ses seins…

— Ils l'ont retrouvé.

— Qui est-ce qu'ils ont retrouvé ?

— Hannibal.

Le temps d'un instant, il fut l'homme le plus calme et le plus triste du monde.

Enfin, on le délivrait de cette fille et on lui permettait de vivre à nouveau la vie de tous les hommes ; enfin, il était libéré de ce monde investi de racines et de fruits mûrs, et de ce rire dont les éclats s'enfilaient comme des perles, de ce monde pesant d'elle et d'horizon, de ce monde hérissé d'ailes, chargé de tombeaux, de pierres et de soleil brûlant… Celui à qui elle appartenait, celui à qui elle appartenait vraiment, celui dont elle ne prononçait le nom qu'en le murmurant, revenait d'où il était parti dormir pendant huit ans, et assurément, il allait venir la récupérer. Il allait l'emmener.

— Ils l'ont retrouvé mort, Paco.

*

Zineb s'éveilla trop tard ce matin-là.

La lumière s'était glissée sous ses paupières avant même qu'elle n'ouvre les yeux, et elle sut d'emblée qu'elle n'aurait pas le temps d'avaler un petit déjeuner avant de monter dans le métro qui la mènerait au cinéma dans lequel elle vendait des tickets et des sachets de bonbons trop chers à des étudiants et à des retraités.

Le tapage que faisaient les ouvriers qui rénovaient la façade avait peuplé ses rêves de bruits sourds et de violence, et elle était remontée progressivement vers le matin comme un bout de bois jeté à l'eau remonte à la surface. En frottant ses yeux douloureux à cause des lentilles qu'elle avait oublié de retirer en se couchant, elle se demanda si, peu importe l'endroit où elle vivrait à Paris, il se trouverait toujours des ouvriers pour ravaler sa façade.

C'étaient les premiers jours de mai et le printemps oscillait dangereusement sur la ville. Tour à tour, un soleil éclatant, jaune et terrible, allongeait les journées de plusieurs heures, et le lendemain, le froid teintait le ciel de blanc, et parfois même, il neigeait. Zineb aurait voulu être très malade pour passer la journée dans son lit, à regarder une sitcom et manger des tartines, comme quand elle était encore étudiante et qu'elle vivait avec Dolorès, sa meilleure amie d'alors, dans le cinquième arrondissement, et qu'elles imprimaient de fausses dispenses médicales sur le papier à en-tête de la mère de Dolorès pour passer des heures à regarder *Scrubs* en fumant des joints, tout en discutant pour savoir quel type de personne était vraiment ce personnage féminin, et si celle-ci serait un jour heureuse avec son petit ami.

Zineb tenta de s'extirper de son lit et prit le téléphone posé sur sa table de chevet. Elle désactiva le mode avion et attendit que les messages qu'elle avait pu recevoir remontent, comme elle, à la surface.

Il y en avait beaucoup trop.

2.

La route qui menait au chantier s'enroulait infiniment sur elle-même comme une énorme vis. Lové dans un demi-sommeil à la place du mort, il regardait son collègue tourner et tourner encore le volant et s'il avait voulu suivre le fil de son imagination, ce matin-là, il aurait raconté qu'à chaque nouveau virage il pensait se rapprocher du ciel.

Il aurait aussi raconté qu'il aimait la grosse pelleteuse couleur de terre que son collègue et lui conduisaient ensemble jusqu'au chantier. Sur la route, ils s'étaient arrêtés pour laisser passer un homme gigantesque qui tenait au bout d'une corde un cheval de trait. Les narines de l'animal exhalaient des panaches de fumée qui tachaient de blanc l'air encore gelé. Cette vision l'avait réconforté, car il s'était dit que, finalement, les hommes n'avaient pas tant changé, au fil des siècles ; lui, dans sa pelleteuse, et l'ogre, avec son cheval et son licou, étaient presque les mêmes : ils dirigeaient d'imposantes machineries de chair et de fer.

Enfin, ils avaient dépassé le gros vase de terre cuite qui, posé à côté de la piste, annonçait l'entrée de la propriété où se trouvait le chantier. Ç'avait été la maison d'un vieil artiste très connu, mort quelques années auparavant, et sa petite-fille, qui les avait engagés par téléphone, comptait transformer l'endroit pour en faire une villa de vacances. Il n'était pas homme à refuser un travail bien payé, mais la première fois qu'il s'était trouvé devant cette maison, il avait ressenti un malaise, au point qu'il avait failli appeler la fille pour lui faire part de ses scrupules. C'était vraiment une belle bâtisse, en pierres sèches, flanquée à sa gauche d'une serre vitrée, avec tout un tas de peintures et de statues à moitié terminées à l'intérieur. Le premier jour de travail, il avait collé son visage contre les vitres poussiéreuses et les avait regardées pendant de longues minutes, jusqu'à ce que le contact tiède d'une main sur son épaule le tire brusquement de sa fascination.

Il s'était retourné et s'était retrouvé face à une belle femme bien vivante, dont les longs cheveux bruns étaient enroulés en chignon sur la nuque et qui fumait une cigarette. Elle avait replié ses bras sur sa poitrine. Elle tremblait de froid.

— Je peux vous aider, Madame ? lui avait-il demandé d'un ton qui se voulait le plus doux possible.

— Je suis le docteur Hélène Déléale.

Il avait acquiescé, entêté par le parfum d'encens qui émanait du corps de la femme – peut-être pas de l'encens, peut-être simplement quelque chose qui avait brûlé, ou qu'on avait rapporté de très loin.

— Qu'est-ce que vous êtes venus faire ici ?

— Refaire la maison, Madame. C'est un gros chantier.

— Vous saviez que la dernière volonté d'Auguste Meyer, l'artiste qui a fait bâtir cette maison, fut qu'on la laisse tout à fait intacte après sa mort ? Que c'était ce qu'il désirait laisser comme trace de sa vie, de son œuvre ?

Il avait secoué la tête, très embarrassé. Elle avait dit tout cela d'un ton très calme, ses deux yeux noisette profondément plantés dans les siens.

— Non, Madame. Je suis payé par Élise Jaubert, sa petite-fille, pour refaire la maison...

— Je sais bien qui vous paie. Mais ça ne compte pas pour vous, Monsieur, les dernières volontés des morts ?

Ce disant, elle lui avait touché le bras et était repartie. Il avait regardé la jupe verte et vaporeuse, qu'elle portait malgré le froid de ce matin de printemps, danser autour de ses longues jambes tandis qu'elle s'éloignait et disparaissait dans les sous-bois.

Était-ce à cause d'elle, de ses grands yeux, que d'étranges sentiments l'avaient pris alors qu'il travaillait autour de la maison ? Il ne pouvait en être certain, mais en tout cas, ces travaux lui inspiraient une méfiance qu'il ne s'expliquait pas.

— Tu penses qu'on devrait refuser le chantier ? avait-il demandé à mi-voix à son collègue. Quand même, une dernière volonté...

— C'est ton grand-père à toi ? Non, c'est le sien. Elle doit savoir mieux que toi. Et puis, vraiment, qu'est-ce qu'on en a à faire ?

Durant les journées de travail, ce mauvais pressentiment ne le quittait pas. Il avait l'impression d'accomplir un mauvais présage, comme si quelqu'un l'avait convaincu d'enfoncer une aiguille dans une photographie de son fils de trois ans, à l'endroit des deux yeux. Refuser n'avait pas de sens ; ce n'était qu'une image, un morceau de papier, l'enfant lui-même ne pourrait en souffrir, mais quand même ? Était-on bien sûr de ce qui risquait de se passer ?

Ils garèrent la pelleteuse un peu en contrebas de la maison et sortirent leurs outils. Élise Jaubert avait décidé de faire creuser une piscine dans un carré d'herbe sèche derrière la serre, où une forme rectangulaire était déjà tracée à la bombe blanche sur le sol.

— Est-ce que ça te dérange de commencer tout seul ? Est-ce que je peux juste te regarder ? dit-il d'un ton nerveux à son collègue.

Heureusement, l'autre accepta sans faire d'histoires, parce que, encore une fois, il n'aurait pas su lui expliquer le dégoût qu'inspirait chez lui ce petit lopin de terre et l'idée d'y creuser quoi que ce soit. Il s'installa contre le tronc d'un chêne et regarda le bras mécanique de la pelleteuse actionner de tendres mouvements.

Au bout d'un moment, alors qu'il contemplait le monticule de terre dorée qui s'élevait de plus en plus à mesure que le trou se creusait, il aperçut presque sans surprise ce qu'il avait craint d'apercevoir.

Lovée dans le godet de la machine, la chose immonde qu'ils avaient déterrée laissa pendre ses membres deux à deux comme si un homme l'avait portée dans ses bras, et la pelleteuse la déposa délicatement sur le monticule de terre. Quand il s'approcha d'elle, il vit, sous la boue et le remous des insectes, des bouts de corps accrochés solidement les uns aux autres, du rouge, du blanc et du bleu et surtout, un visage où le vide s'engouffrait par les orbites, sans cheveux, sans bouche, sans yeux, et pourtant si humain toujours que l'homme dut faire un pas en arrière pour ne pas vomir dans la tombe.

*

Élise Jaubert était en train de dessiner un nouveau modèle de tatouage quand son téléphone sonna.

Elle était installée dans le salon de son appartement du douzième arrondissement, juste à l'endroit où le soleil, parfois, frappait de bon matin le tapis persan. Ce tapis, elle l'avait acheté avec sa compagne deux ans auparavant, quelques jours après avoir emménagé, dans un petit magasin iranien qu'Élise avait toujours connu en liquidation. Il était couleur brique, constellé de petits animaux noirs et jaunes aux formes archaïques : des chameaux, des chevaux, et des vols d'oiseaux qui ressemblaient à des taches de café. Élise se dit qu'ils feraient de jolis tatouages, sur une nuque ou sous un sein. Laurie et elle l'avaient négocié à un jeune homme à l'accent rocailleux qui portait du khôl sous les yeux et un grand gilet brodé d'or. Elles avaient dû le traîner ensemble jusqu'au septième étage de leur immeuble sans ascenseur.

À cette époque-là, Laurie et elle faisaient encore l'amour plusieurs fois par jour et laissaient derrière elles des traînées de films loués à moitié regardés et de plats commandés à moitié mangés, tandis que le temps refusait de s'arrêter. Depuis lors, rien n'avait véritablement changé, mais il ne serait pas venu à l'idée d'Élise de se lever maintenant, alors qu'elle dessinait sur le tapis, pour rejoindre Laurie à son bureau, face à la fenêtre, et retirer de son dos avachi le T-shirt de coton bio qu'elle lui avait offert pour son précédent anniversaire. De même, elle était presque certaine que Laurie ne se préoccupait pas de l'état de ses longs cheveux châtains dévidés le long de ses épaules – ils étaient secs sur les pointes et gras à la racine. Elle ne cessait de passer sa main dedans et de les ramener sur son torse, où Élise ne pouvait pas les voir. Elle n'avait plus rien de la jolie fille aux grands yeux timides qui s'était un jour approchée de son stand lors d'un salon de tatouage. Et pourtant, Élise la trouvait toujours aussi belle, aussi séduisante dans ce qu'elle avait de toujours mystérieux, d'inatteignable, même pour elle qui se couchait chaque soir et se réveillait chaque matin à ses côtés. C'est à ce dos avachi qu'elle pensait véritablement tandis qu'elle dessinait sur son calepin le corps de femme nue qu'elle dessinerait sur un autre corps de femme nue. Tandis qu'elle dessinait sans regarder le corps de Laurie.

Le téléphone sonna et Laurie ne se retourna pas. Élise s'étira pour atteindre l'appareil posé sur le divan. Le numéro qui s'affichait sur l'écran avait une facture étrange – beaucoup de signes +, beaucoup de chiffres qui se répétaient – et elle envisagea de ne pas répondre : il pouvait s'agir d'une arnaque venue de l'étranger ou d'une publicité. Finalement, elle répondit quand même.

— Madame Élise Jaubert ?

— C'est bien moi.

La voix au bout du fil était mécanique, lassée, et pourtant toujours un peu organique, comme celle qui répétait dans le métro le nom des stations en changeant d'inflexion à chaque arrêt.

— Léo Casez, officier de police judiciaire, Madame. Un corps a été retrouvé dans votre propriété à Illès par les ouvriers qui creusent votre piscine.

— Comment cela, un corps ? Mais quel genre de corps ? Un corps humain ?

Laurie se retourna brusquement, quitta son bureau et vint s'asseoir près d'Élise. Elle passa les bras autour de sa taille, son visage aux yeux inquiets tourné vers elle, tandis qu'elle hochait la tête, son téléphone collé nerveusement contre l'oreille.

Quand elle raccrocha, elle regarda Laurie d'un air vide et dit comme si elle parlait pour elle-même :

— Ils ont retrouvé un corps dans le jardin de mon grand-père. Ils n'en sont pas sûrs, mais ils pensent qu'il pourrait s'agir de celui de ce garçon qui a disparu il y a huit ans.

Laurie resserra son étreinte et, de la voix calme et posée qu'elle avait quand elle énonçait ces choses profondément sérieuses et réelles qui donnaient souvent envie à Élise de pleurer ou de lui crier dessus, elle lui dit :

— Tu devrais appeler ta mère pour lui dire. Elle avait raison. Nous n'aurions jamais dû récupérer cette maison.

La première fois qu'elle s'était rendue dans la maison de son grand-père, Élise l'avait fait seule.

— Il faut que tu sortes d'Illès comme si tu voulais aller à Perpignan, lui avait expliqué sa mère. Ensuite tu tournes à gauche juste après la gare désaffectée – c'est une petite route de campagne, et tu roules tout droit –, enfin ça tourne, ça tourne, ça n'arrête pas de tourner, et c'est après la grosse amphore fichée dans la terre. Mais d'abord, il faut que tu passes chercher les clés du mas chez Hélène.

— C'est quoi, un mas ? Et qui est Hélène ?

— Un mas, c'est une grande maison dans la campagne. Enfin, souvent, ce sont plusieurs maisons, avec du terrain. Et Hélène, c'est une… une amie de ton grand-père, j'imagine. Tu verras.

— Mais Maman, ça ne serait pas tellement plus simple si tu m'accompagnais ?

— Ce serait *tellement* plus simple, ma chérie. Mais je t'ai dit que je ne voulais pas de cette maison. Mon père non plus ne voulait pas que j'aie cette maison. Si toi tu veux en hériter, c'est ton problème.

— Je n'en veux pas, Maman. Je veux la faire refaire et la louer. Je ne vais pas y habiter.

— C'est bien ce que je dis, ma chérie.

Élise avait été incapable de la décider à l'accompagner voir la maison, comme elle avait été incapable de lui soutirer plus d'une phrase ou deux à propos de son grand-père – jusqu'à ce qu'il tombe gravement malade, et qu'il meure.

Pourtant, Élise aurait adoré avoir Auguste Meyer comme grand-père. Quand elle tapait son nom sur Google, et qu'elle voyait sa barbe blanche, ses grands yeux cerclés de rides, pareils à des pierres qu'on aurait jetées dans l'eau de son visage, elle avait envie de monter dans une voiture, comme aujourd'hui, et d'aller le voir. Mais elle avait été très occupée à être jeune et à faire quantité de choses qu'elle ne se souvenait même plus avoir faites, et elle ne l'avait jamais rencontré.

Elle avait dépassé le panneau qui indiquait qu'elle rentrait maintenant dans le petit village d'Illès, *le village le plus ensoleillé de France*, et suivi la voix du GPS jusqu'à se retrouver devant une grande maison couverte de lierre et de peinture ocre, autour de laquelle coulait ce qu'elle avait identifié comme une rivière dans un lit de béton, mais qui était en fait un canal d'arrosage. Étrangement, elle s'était attendue à ce que les passants qu'elle laissait traverser ou qui marchaient près des vitres de sa voiture la regardent et la reconnaissent. Après tout, quelque part, elle était d'*ici*. Dans le petit quartier résidentiel de banlieue dans lequel elle avait grandi, sa famille était la seule dont le jasmin ait pris – un énorme bosquet touffu de minuscules fleurs blanches qui embaumaient la noce et l'Orient jusqu'à l'intérieur du pavillon. Il devait y avoir une raison à cela.

Elle était sortie de sa voiture et avait marché jusqu'à la maison. Quand elle avait pressé le bouton de la sonnette près du petit portail vert amande, elle avait eu peur qu'une meute de chiens déferle sur elle et la dévore, mais rien ne s'était passé. Au bout d'une minute ou deux, une femme vêtue d'une robe longue était sortie de la maison pour venir lui ouvrir. Le gros chien qui l'accompagnait était seul et remuait la queue.

Elle avait senti les grands yeux noisette de la femme glisser le long de ses bras, de ses jambes nues, et détailler les tatouages colorés qui recouvraient sa peau. Cette femme ne devait pas être tellement plus âgée qu'Élise, mais elle était infusée d'un temps si radicalement différent qu'il n'aurait pas suffi de dénombrer les années pour définir l'écart qui les séparait, mais presque de s'en remettre à un étalon plus symbolique et plus mystérieux – une *époque*, une *génération*.

— Je suis Élise. Je suis la petite-fille d'Auguste.

— Hélène.

La femme lui avait tendu la main et Élise avait eu le sentiment que sa visite ne l'enchantait pas. Elle l'avait toutefois invitée à la suivre dans la maison où elles s'étaient assises autour d'une table de bois brut couverte de fleurs et de bibelots. Élise avait jeté un regard à un bol en émail bleu rempli d'eau tiède dans lequel gonflaient des raisins secs.

— Qu'est-ce que je peux t'offrir à boire ? Un café ? Un thé ? Je dois avoir du jus de fruits...

— Un café ce serait parfait, merci.

Un bel adolescent aux cheveux bruns avait rapidement traversé la cuisine, sans accorder un regard à Élise. Il ne portait qu'un short de bain et la peau de son torse nu était émaillée de gouttes d'eau comme autant d'insectes multicolores.

Hélène lui avait servi une tasse de café, puis s'était rassise.

— Vous savez, il ne voulait pas que quelqu'un hérite de cette maison. Il a fait le souhait de la laisser à l'abandon, de son vivant. Je pense que c'était l'acte par lequel il pensait donner un sens à l'œuvre de sa vie. Il voulait que la nature recouvre cette maison.

La salle à manger d'Hélène était par trop surchargée d'objets, de meubles anciens et de poussière. Elle sentait déjà la nourriture qu'on y servirait à midi – de la coriandre, des oignons brunis dans le sucre et une poêle noircie par des années et des années d'usage.

— Il le répétait souvent, vous savez. Même ces dernières années, même quand il était très malade, il le répétait : *Je veux laisser cette maison à l'abandon.*

— Je ne l'ai jamais connu, Madame.

Élise ne savait pas si Hélène la tutoyait parce qu'elle l'estimait beaucoup plus jeune qu'elle ou parce qu'elle pensait que, d'une manière ou d'une autre, elles étaient de la même famille.

— Je m'en rends bien compte. J'ai eu ta mère au téléphone ; elle m'a dit de tout jeter.

— Je crois qu'elle ne s'entendait pas très bien avec lui.

— Ça arrive. Enfin, parlons d'autre chose.

Tout à coup, Hélène s'était animée comme si elle venait de se souvenir qu'un très heureux événement allait bientôt advenir. Elle s'était resservi du café et avait commencé à rouler une cigarette.

— Qu'est-ce que tu fais dans la vie, Élise ?

— Je suis tatoueuse. J'ai un salon de tatouage.

— Oh. Alors tu es une artiste, comme lui.

— J'imagine.

— Et il est où, ce salon de tatouage ?

— À Paris.

— Ma fille aussi vit à Paris. Elle fait des études de lettres classiques. Dis-moi, Élise, tu n'as pas le droit de tatouer les mineurs, n'est-ce pas ? Sans autorisation de leurs parents, je veux dire ?

— Non, bien sûr que non.

Elle avait semblé satisfaite de cette réponse.

— C'est mon dernier fils, Paul. Je crois qu'il veut se faire tatouer. Mais c'est hors de question.

— Vous n'aimez pas les tatouages ?

— Non, je ne les aime pas du tout. Enfin, ce n'est pas ma culture. Personne n'a de tatouage, ici. À part les animaux, les prisonniers, ou les criminels.

Élise avait hoché la tête. Plus que jamais, elle n'avait aucune idée d'où pouvait se trouver cet *ici* dont Hélène Déléale parlait.

— Je vais te chercher les clés.

Elle s'était levée et avait rapidement fouillé le tiroir d'une commode, sous une fenêtre, en avait sorti un trousseau qu'elle avait tendu à Élise.

— Si j'avais assez d'argent, lui avait-elle dit en fixant ses paupières lourdes dans les yeux de la jeune femme, si j'avais assez d'argent, je vous le rachèterais, ce mas. Mais j'ai mes enfants, j'ai tout ça. Néanmoins, tu sais, Élise… il est encore temps. Il est encore temps de changer d'avis, et de laisser la nature le recouvrir.

Quand elle avait l'âge que devait avoir le fils d'Hélène, Élise n'aimait pas les tatouages. Au lycée, la plupart de ses amies s'étaient fait tatouer à quinze ou seize ans des formes simples sur le poignet, des pincées d'étoiles qui leur dégoulinaient de l'oreille ou dans le dos. Plus tard, elle avait recroisé certaines de ces filles dans son quartier et elles portaient toujours ces tatouages. L'encre, qui avait commencé à pâlir à l'instant même où on l'avait injectée dans la peau, était passée du noir profond au bleu de méthylène et Élise n'avait jamais ressenti une attirance particulière pour ces cicatrices-là. Elles étaient futiles, et d'autant plus qu'elles l'étaient pour toujours. Ses copines avaient laissé derrière elles leurs cheveux trop longs qui s'effilochaient blond clair sur les pointes, leurs petits amis stupides avec leurs motos, leurs chemises à carreaux et leurs T-shirts sérigraphiés imprégnés d'un parfum qui semblait toujours le même (sueur chimique et odeurs d'embruns), mais demeurait sous une cuisse ou la ligne d'un sein cette phrase stupide de cette si belle chanson de rock qu'elles n'avaient plus envie de chanter.

Ce n'étaient pas ces souvenirs qui avaient insufflé à Élise cette envie d'un tatouage, ce désir qu'elle avait ressenti un jour, si brusquement.

Non, ce qui lui avait donné envie d'un tatouage, c'était une vieille femme qu'elle avait croisée dans le métro. Avec le temps, Élise avait vu les femmes qu'elle connaissait s'effacer, céder les sonorités de leur prénom contre celles d'une appellation générique : mères, tantes, grand-mères, qui avaient les cheveux courts parce qu'avec les enfants, c'était plus pratique, et portaient tel chemisier acheté en solde au supermarché entre une petite fille déposée au piano, une rissolée de pommes de terre et de l'assouplissant coulé dans cet endroit des machines à laver qu'on lui destine. Élise elle-même était toujours étonnée d'entendre parler d'un temps où sa mère répondait au nom de *Florence,* qui était encore à l'époque un nom de jeune fille qu'on photographiait seule, sans enfants ni mari.

La femme qu'Élise avait croisée dans le métro était âgée mais ce n'était pas pour autant une vieille dame. Elle s'appartenait et, visiblement, aucune tâche n'avait eu raison d'elle. Elle portait une longue robe noire en lin, du rouge à lèvres mauve, et ses cheveux très courts étaient peroxydés. Elle lisait un magazine. Sur son bras gauche, un tatouage en couleur bordé de fleurs représentait une femme nue enserrée dans les tentacules d'une gigantesque pieuvre bleutée. L'un des tentacules pénétrait le sexe de la femme, et expliquait l'expression extatique de son visage (ou avait-elle seulement les yeux bridés ?). La scène était plus intrigante qu'obscène et le bras de la vieille femme pendait un peu et entraînait les tentacules de la pieuvre vers le sol du métro, où reposaient ses pieds desséchés, sanglés dans des chaussures à talons hauts. Élise, en regardant le tatouage, s'était imaginé une personne très belle et très amoureuse de la vieille femme le touchant du bout des doigts, il y avait très longtemps, quand il était encore sensible et douloureux, et puis l'emmenant quelque part au moyen d'un transport romantique qui changeait l'itinéraire en voyage : une jument, une vieille moto, ou ses bras seulement.

La vieille femme avait fini par ranger le magazine dans son sac et s'était levée pour sortir de la rame. Il était alors venu à l'esprit d'Élise qu'elle pouvait tout aussi bien s'être fait ce tatouage quinze jours auparavant. Peut-être n'était-il que la conclusion de sa vie extraordinaire, et pas sa vie extraordinaire en soi. Le tatouage avait pu survenir à n'importe quel moment de la vie de la vieille femme – mais il avait toujours été là, prêt à surgir et à s'imposer dans sa chair comme preuve de ce qu'elle était véritablement : une héroïne ; celle d'une véritable histoire, ou celle de l'histoire dont Élise avait besoin.

Quoi qu'il en soit, une semaine plus tard, Élise s'était rendue chez le tatoueur avec une gravure érotique japonaise dans son sac et, depuis lors, une pieuvre embrassait le sexe rose d'une jeune femme étendue contre sa cuisse. Les yeux de la jeune femme étaient hallucinés de plaisir et regardaient en direction du propre sexe d'Élise.

Elle avait passé des heures à le contempler et le contempler encore dans le miroir. Elle était belle. Elle avait envie de porter des shorts incroyablement courts le restant de sa vie, de ceux qui dévoilaient la naissance de ses fesses maigres, et de courir ainsi vêtue, et de courir toujours.

Et elle avait fini par apprendre à en faire elle-même et abandonner son métier de graphiste dans une agence de publicité pour ouvrir son propre salon.

*

L'OPJ Léo Casez s'assit sur le muret de pierres qui jouxtait la serre. Il faisait un froid terrible, et l'air imbibé de buée pénétrait à travers la doudoune en matière technique qu'il portait sous son blazer.

Il avait obtenu son examen technique d'OPJ assez récemment et se trouvait déjà parmi les premiers à marcher sur le décor d'une scène de crime. Il avait suivi les consignes et procédé au gel des lieux, puis avait interrogé les deux ouvriers qui avaient découvert le corps, dont il n'avait rien pu tirer de très intéressant, hormis le fait que la pelleteuse avait pris le squelette dans son godet comme on prend un enfant dans ses bras, et que celui qui était aux commandes de la machine n'avait pas pu s'empêcher de continuer à l'actionner jusqu'à ce qu'elle le dépose sur le tas de terre, à côté de la piscine qu'ils creusaient.

L'autre, très pâle, lui avait demandé :

— Mais est-ce que vous ne croyez pas qu'on devrait seulement le remettre dans le trou et tout reboucher ? Ça fait très longtemps qu'il est mort, non ?

Léo Casez avait eu un vague sourire. *Non, on ne pouvait pas remettre le cadavre dans le trou et tout reboucher.* Il n'y avait rien à faire. Il fallait attendre les agents de la police technique et scientifique, maintenant, qui apparaîtraient dans leurs combinaisons blanches de cosmonautes et s'occuperaient des prélèvements.

— Je savais bien qu'il arriverait quelque chose comme ça, avait continué l'ouvrier avec son fort accent catalan.

C'est pour ça que je lui ai demandé de commencer sans moi.

— Vous avez demandé à votre collègue de commencer à creuser sans vous car vous aviez un mauvais pressentiment ?

— Oui. C'est à cause de la dame, le docteur.

— La dame, le docteur ?

— C'est une dame qui est venue l'autre jour. Hélène, j'ai oublié son nom de famille. Elle a dit qu'on ferait mieux d'arrêter. Que c'était la dernière volonté du mort que nous arrêtions.

— Vous parlez des travaux ? Le docteur Hélène Déléale vous a demandé d'arrêter les travaux ?

— Oui !

En entendant prononcer le nom complet du docteur Déléale, l'ouvrier avait souri et son teint encore verdâtre avait repris des couleurs vivantes. L'officier de police, qui avait lui-même été le patient du docteur quand il était enfant, n'en avait pas été surpris. Hélène Déléale était une très belle femme, et il gardait un souvenir assez prégnant de sa salle d'attente aux murs ocre et de sa voix basse et chaude, sa voix qui semblait parler depuis plusieurs vies.

Que pouvait-elle faire chez Auguste Meyer, si tôt le matin ? Il regarda à travers les vitres poussiéreuses de la serre qui avait servi d'atelier au grand artiste. Les statues étaient toujours là, intactes, vaguement inquiétantes. Il se rappela qu'elle était son amie proche : il les avait déjà salués alors qu'ils étaient installés ensemble au Café de France devant un quart de vin rouge, lui éternellement reconnaissable avec ses longs sourcils, sa barbe et ses cheveux blancs.

Léo Casez avait oublié quelle jolie fille de son lycée lui avait un jour avoué qu'elle le trouvait *sexy*, mais il se souvenait d'avoir ensuite détaillé le vieillard du regard, chemise en lin largement ouverte sur un torse toujours dur et ferme malgré l'âge, pour essayer de comprendre. Le docteur Déléale le trouvait peut-être *sexy*, elle aussi.

Et aujourd'hui, deux ouvriers terrorisés découvraient dans son jardin, à moins de deux mètres en dessous du sol, les restes presque entièrement décomposés d'un corps qui ne pouvait être, Léo Casez en était sûr, que celui d'Hannibal Lanier.

Huit ans après, le lieutenant ne parvenait plus à se souvenir si le beau visage d'Hannibal lui était familier parce qu'il l'avait déjà croisé dans les rues d'Illès, ou seulement à cause de la photographie qu'on avait diffusée après sa disparition.

Léo était encore en formation au moment des évènements, mais il n'avait pu échapper au matraquage médiatique : dix-sept ans, excellent élève, yeux bleus et graves, et la retransmission lancinante d'une vidéo postée sur YouTube : Dolorès Déléale, la fille d'Hélène justement, en train de chanter faux une vieille chanson folk, son visage réduit par la distance et la mauvaise qualité de l'enregistrement à trois points noirs et triste, et devant elle une assemblée de lycéens en nombre ridiculement réduit, parce qu'il n'y a jamais eu personne dans cette ville.

Et puis il y avait eu le problème des e-mails, évidemment, affaire pendant laquelle Léo Casez était, en revanche, déjà entré en fonction : Dolorès Déléale et une amie à elle,

Bianca Ispahan, s'étaient rendues à la gendarmerie d'Illès complètement affolées avec leurs ordinateurs portables hors de prix sous le bras, pour raconter qu'elles avaient reçu des mails d'Hannibal Lanier – en réalité les mails, associés à une adresse étrange (nepasrepondreahannibal@mail.com), n'avaient pas été envoyés d'un lieu exotique où l'adolescent vivrait une nouvelle vie à l'ombre, mais de la commune d'Illès même. L'adresse IP ne donnait pas plus d'informations, et il y avait à la fois trop et trop peu de gens dans la bourgade pour localiser précisément l'ordinateur d'où étaient envoyés les e-mails. À n'en pas douter, il s'agissait d'une plaisanterie macabre dont la malveillance soulevait le cœur de l'OPJ quand il repensait aux visages dévastés des jeunes filles. Bianca Ispahan, surtout, semblait en avoir fomenté une forme de paranoïa : elle avait déliré pendant près d'un quart d'heure sur les commentaires insultants qu'un compte fantôme nommé @dixansauparavant publiait sur sa page Instagram – apparemment, le métier de la jeune femme se résumait à poster des photos sur les réseaux sociaux, et Léo Casez avait eu envie de lui conseiller de changer de métier et vivre sur le profit que pourrait lui rapporter la vente de son sac épouvantablement cher (en cuir ou en peau d'animal disparu ou en voie de disparition) qui aurait fait rouler les yeux de sa petite amie de l'époque, Tiffany (et c'était en filigrane une des raisons qui avaient provoqué leur rupture), mais il lui avait seulement conseillé de déposer une main courante pour cyber-harcèlement.

Évidemment, il y avait dans la matière même des messages électroniques quelque chose de profondément émouvant, qu'il n'était pas facile de classer dans un dossier : même l'OPJ Léo Casez, qui n'avait qu'une demi-douzaine de Jack London et le Goncourt de l'année passée dans sa bibliothèque, avait trouvé ça beau – et puis il y avait les détails intimes accumulés sur la vie d'Hannibal lui-même et la vie de ces filles. De ce qu'il en savait, elles n'étaient que trois à en avoir reçu – Dolorès Déléale, Bianca Ispahan et encore une autre fille qui n'avait pas voulu témoigner, Zineb Achour. Les autres camarades d'Hannibal en avaient été exemptés – sa mère également, ansi qu'une autre adolescente du nom de Lisa Gorgeas, qui prétendait avoir été sa petite amie et à qui était adressé le dernier appel qu'Hannibal avait passé avant de disparaître – et de réapparaître, huit ans plus tard, *ce matin.*

Même après tout ce temps, l'OPJ Léo Casez n'eut pas vraiment besoin de l'appel qu'il passa au commissariat de gendarmerie d'Illès pour s'assurer que le signalement qui avait été fait d'Hannibal Lanier lors de sa disparition mentionnait bien une médaille de baptême en or froissé. Elle était là, reposant sur le torse encore à moitié rempli de chair brune et sèche, à côté d'un autre étrange petit pendentif, une graine tachetée de noir et de blanc.

Quelques jours auparavant, Léo Casez avait lu un article sur la décomposition des corps humains qui mentionnait le fait que les cadavres avaient de plus en plus de difficulté à retourner à la terre – à cause des conservateurs dans les aliments, de la pollution des sols, ou peu importe. Il prit une dernière photo du macchabée et se dit qu'il était terrible qu'il reste tant d'Hannibal Lanier. Il aurait aimé découvrir un squelette propre et blanc, il aurait aimé que les os purs se changent en poudre à la seconde même où la lumière les frapperait, qu'ils disparaissent et ne laissent rien sinon deux chaînes dorées, la petite médaille et cette graine dont rien n'avait poussé. Ç'aurait été suffisant pour le reconnaître, aux yeux de sa mère ou de n'importe qui d'autre. Il n'y avait nul besoin qu'il reste tant d'Hannibal Lanier.

En rédigeant la synthèse judiciaire qu'il devait rendre à son supérieur, Léo Casez repensa au docteur Déléale et décida de ne pas mentionner son apparition récente sur la scène du crime – du moins, pas avant de l'avoir interrogée lui-même.

*

Élise tapa fébrilement *Hannibal Lanier* sur Google. Le nom lui était vaguement familier. Est-ce que sa mère l'avait mentionné, huit ans plus tôt, lors de sa disparition ? Est-ce qu'elle était tombée dessus en feuilletant la rubrique des faits divers ? Elle n'en gardait aucun souvenir et elle ne feuilletait jamais la rubrique des faits divers. En fait, elle ne feuilletait jamais rien. Elle frappa doucement une touche du clavier et sentit un mécanisme s'enclencher au ralenti derrière l'écran de son ordinateur. Il *cherchait.* Des milliers de visages tournaient dans le processeur en se considérant les uns les autres. Qui choisissait d'appeler son fils *Hannibal* ? Comment appellerait-elle son fils, si elle décidait d'avoir un enfant avec Laurie ? Laurie, elle, aimerait des prénoms baroques, comme Hannibal, ou Ambroise. Élise, elle, préférerait quelque chose de plus simple ; Elliott, Léo. Un prénom qui n'apparaisse ni dans la Bible ni dans la rubrique des faits divers, qui n'apparaisse nulle part, un prénom que seul pouvait porter un *enfant*, avec son cartable sur le dos et son goûter enrubanné dans du papier argenté.

Enfin, il apparut. Des dizaines d'occurrences de la même photographie. Un adolescent photographié le menton relevé, les yeux mi-clos, d'un bleu rendu perçant par la saturation des couleurs, les cheveux presque ras. Le visage d'Hannibal Lanier la frappa si fort à l'estomac qu'elle eut pendant quelques secondes le souffle coupé. Elle posa la main sur son ventre, prise d'un doux étonnement. Elle ne s'attendait pas à *ressentir* quelque chose. Sous le nombril et la peau tendue de son ventre, elle sentait ses entrailles remuer faiblement, comme si elle allait avoir ses règles. Elle oubliait toujours la date d'arrivée de ses règles. C'était Laurie qui, en l'embrassant le matin, lui rappelait : *N'oublie pas de prendre des tampons avec toi, aujourd'hui. C'est pour bientôt.*

Elle agrandit la photographie. Il avait seize ans, lui avait dit l'inspecteur de police au téléphone, quand il avait disparu. Seize ans quand on l'avait tué et enterré à la lisière d'une propriété qui maintenant appartenait à Élise. Il avait seize ans depuis huit ans, seize ans depuis qu'Élise en avait vingt-deux, seize ans sous une terre humide qu'elle n'avait jamais foulée et, mon Dieu, il était si *sexy*. Le mot lui traversa l'esprit et elle s'en voulut aussitôt. Même quand elle-même avait seize ans, elle ne trouvait pas les garçons sexy. Est-ce qu'elle avait seulement déjà trouvé un garçon sexy ? Tout à coup, elle se souvint, et la révélation qu'elle eut lui retourna à nouveau l'estomac.

Elle connaissait le visage qui se répétait sur l'écran de son ordinateur. Elle l'avait croisé quatre ans auparavant, assis sur des marches dans la gare de Lyon.

3.

Quand Dolorès ouvrit les yeux, elle ne fut pas surprise de constater que les quatre murs de son appartement s'étaient rapprochés d'elle durant son sommeil. Elle les avait décorés de lambeaux d'affiches – elle demandait toujours à ce qu'on lui donne une affiche quand elle allait au cinéma, de n'importe quel film, même un film qu'elle n'avait pas vu ou qu'elle n'avait pas aimé, et déchirait le titre, le nom des acteurs, tout ce qui était écrit pour ne garder que les images, un morceau de visage, de corps, de paysage, de n'importe quoi.

Paco avait dû partir pendant qu'elle dormait. Elle l'avait senti partir, se dégager doucement d'elle et fermer la porte derrière lui. Elle se rappelait la sensation que son départ avait provoquée en elle, semblable au frisson qui secoue le corps et les muscles au moment précis où l'on s'endort – et c'était de cette manière-là que Paco s'était arraché à elle.

Il était monté dans l'ascenseur, puis sorti récupérer son scooter pour rentrer chez lui, dans l'appartement qu'il partageait avec sa petite amie, où ils vivaient au milieu des meubles qu'elle avait choisis et des photos qu'elle avait collées *et il était difficile de ne pas penser que c'était là surtout sa raison d'être dans cet appartement : encadrer des photos et disposer des meubles.*

Dolorès reprit ses esprits et alluma son ordinateur portable afin de réserver en ligne un billet pour Perpignan. Elle n'était pas retournée dans son village depuis qu'elle s'y était rendue pour l'enterrement d'Auguste Meyer. En y repensant, elle se rendit compte qu'elle avait tout oublié de la mort d'Auguste Meyer, tout sauf la douche qu'elle avait prise après que sa mère lui eut annoncé la mauvaise nouvelle au téléphone. Elle avait eu une crise de larmes sous le jet d'eau chaude, puis s'était séché le corps et les yeux et avait fait sa valise pour partir.

Ou alors, peut-être qu'elle se souvenait de la cérémonie : sa mère dans sa robe en velours bordeaux, la même que celle qu'elle portait pour son mariage avec Antoine, la seule tenue habillée qu'en fait, elle possédait. Et son grand beau corps, avec le peu d'embonpoint de femme que le tissu faisait saillir et ses bras dénudés de statue. La chair de sa mère ne vieillissait pas comme celle des autres : à son amollissement, à l'annonce de la désintégration lisible dans chaque nouveau pli que creusait l'âge répondait toujours la ligne forte de la divinité. Le corps de sa mère ne sortirait jamais des lignes tracées de ce corps pour devenir vieux et autre mais resterait le corps de sa mère : elle ne serait pas *encore* belle dans les yeux de quelqu'un – elle avait été jeune femme, elle serait bientôt vieille, mais garderait cette beauté essentielle, posée là comme les montagnes bleues autour d'Illès, les grands animaux qui meurent et qui naissent et qui demeurent des taureaux, des éléphants, des tigres, fixés à jamais dans toute leur splendeur sur les couvertures glacées de *National Geographic*.

Elle se rappelait que sa mère lui avait posé une question, pendant l'enterrement, alors que le cercueil était mis dans la fosse – ou peut-être qu'en fait, c'était plus tard, après avoir mangé compulsivement les nourritures que l'on sert quand la terre a été jetée sur un cadavre : *Dolorès, tu sais d'où vient le mot humain ?* Dolorès avait secoué la tête, un peu agacée. Sa mère adorait leur faire passer, à elle et son frère, des tests de culture générale spontanés – *qui a écrit ce poème, en quelle année est mort cet écrivain, quand a eu lieu cette guerre*, ce qui l'avait toujours irritée, surtout quand elle s'était rendu compte qu'elle imitait malgré tout cette habitude avec ses proches. De plus, elle savait évidemment d'où venait le mot *humain*. Elle était une latiniste et une helléniste chevronnée, et, de fait, savait d'où provenaient la plupart des mots.

Sa mère avait malgré tout continué *: Le mot humain vient du latin* humandus, *il signifie être enterré. L'humain, ce n'est rien d'autre que celui qui enterre ses morts. Humain,* humus, *tu comprends ?* À présent qu'elle se souvenait de ces phrases qu'avait prononcées sa mère lors de l'enterrement d'Auguste, tout le reste lui revenait, comme si le souvenir de cet événement avait été inscrit en elle dans une langue que formaient justement ces quelques mots prononcés par sa mère. Lui revenait surtout, maintenant, la violence de cette question qu'elle n'avait pas posée tandis qu'on mettait les restes d'Auguste en terre : Hannibal, finalement, avait-il jamais été enterré ?

Dolorès réserva son billet, puis se mit à fumer à sa fenêtre jusqu'à ce que son corps soit tout à fait ankylosé par la nausée.

Elle arriva en avance à la gare de Lyon.

Elle écoutait en boucle une chanson de hip-hop américain. Sur l'instrumentale lunaire, le rappeur répétait inlassablement les mêmes mots, comme un oracle ou une prière. Le morceau était sorti quelques mois plus tôt et elle l'avait entendu de nombreuses fois, à la radio ou en boîte de nuit, mais elle n'avait jamais pu retrouver le titre ou le nom de l'artiste parce que les paroles étaient incompréhensibles.

La semaine précédente, elle était passée sur la radio FM du chauffeur privé qui la ramenait chez elle après un dîner avec Paco et elle avait enfin pu lire le titre sur l'écran du tableau de bord. Elle s'était aperçue avec surprise que la chanson était interprétée par un jeune rappeur qui n'avait pas vingt ans et qui avait été retrouvé mort l'année précédente, une balle de revolver fichée dans le crâne. Dolorès s'était alors prise d'une passion morbide pour le compte Instagram de la petite amie du chanteur, qui gagnait sa vie en se déshabillant devant des webcams. Elle postait des photos d'elle qui exhibaient son visage défiguré par les coups qu'il lui avait donnés, de son vivant, et ses fesses nues dans des strings laids. Elle avait reçu des millions de messages d'insultes de la part de millions de personnes qui lui reprochaient de salir la mémoire de son petit ami toxico avec ses vidéos pornographiques, ses bleus et ses plaies. Elle avait l'air de l'avoir beaucoup aimé.

Dolorès ne parvenait pas à savoir de quoi parlait vraiment cette chanson. Mais, assise par terre dans le Hall 2 d'où partaient les trains pour Perpignan, elle imaginait la jeune fille aux yeux tuméfiés danser sous un clair de lune bleu pâle et, toujours près d'elle, le rappeur, ses dreadlocks emmêlées, son visage délicat couvert de tatouages, qui continuait à chanter avec du sang dans la bouche.

Elle se dit que, finalement, revenir ici, dans cette gare où elle s'était tant rendue à l'époque où elle rentrait à Illès pour chaque période de vacances scolaires, n'était pas si difficile : elle aurait pu le faire plus tôt, pour faire plaisir à sa mère. Elle ne s'était jamais dit *je ne rentrerai plus jamais*, mais seulement *je rentrerai plus tard,* et peut-être que son absence était liée au fait qu'elle était fermement déterminée à ne pas attendre le retour d'Hannibal. Contrairement à Zineb, elle n'avait jamais cru qu'Hannibal reviendrait un jour. Évidemment, elle avait répondu à quelques-uns des mails – comme tout le monde, elle avait prononcé des mots d'espoir, de désespoir, de *si cette pièce tombe sur pile alors tout ira mieux et mon Dieu faites qu'elle ne tombe pas sur face* – mais, contrairement à Zineb, elle n'avait pas répondu à *tous les mails.*

Au moment où elle se faisait cette réflexion, Dolorès vit Zineb passer à quelques mètres d'elle, traînant à sa suite la grosse valise à fleurs qu'elle avait achetée pour partir en classe verte durant leur année de cinquième.

Elle se retourna et leurs regards se croisèrent rapidement, puis Zineb baissa les yeux et continua à avancer vers le quai.

Au moment de monter dans sa voiture, Dolorès regarda autour d'elle, mais évidemment, Zineb n'était plus là. Elle était certainement dans le train, car sinon que ferait-elle à presque seize heures gare de Lyon, une valise à la main – mais pour Dolorès, elle était éternellement ailleurs, elle était éternellement huit ans plus tôt, et elle lui manquait.

*

Le soleil filtré par les stores déposait de grosses taches de lumière sur les draps et sur le visage endormi de Zineb. C'était une matinée de week-end, ou peut-être de vacances – une matinée où, en tout cas, elles n'avaient pas à se lever pour aller au lycée.

Dolorès s'extirpa du lit et ramassa une bouteille d'eau couchée sur le parquet. Elle mourait de soif. Elles avaient passé une grande partie de la nuit assises sur son balcon, les jambes passées entre les barreaux et balancées dans le vide. Dolorès était descendue dans la maison endormie pour voler du tabac à rouler dans le paquet que sa mère laissait sur la table de la salle à manger, et elles avaient fumé en discutant pendant des heures.

À la première gorgée d'eau qu'elle avala, sa soif disparut et elle se sentit instantanément bien. Elle se demanda combien de temps elle resterait si intacte face au monde, qu'une seule gorgée d'eau serait capable de soigner en elle toutes les rides et toutes les cicatrices. Tout ce qu'elle vivait durait si peu de temps ; son âme se déformait au gré des émotions et se tordait comme un linge qu'on essore, mais il ne lui en restait jamais rien. Elle était amoureuse, et le moment d'après elle ne l'était plus, elle avait soif et elle était repue, elle était triste et puis elle regardait Zineb dormir sous ses belles paupières mauves et tout était doux. Zineb, elle, conservait son vécu bien serré dans son cœur et sa rancune ; et la main de Dolorès resta suspendue à quelques centimètres de son visage quand elle voulut lui frôler la joue. Si elle avait pu extraire d'elle-même tout l'amour qu'elle ressentait pour son amie à ce moment précis, pour lui montrer plus tard, à son réveil, Zineb aurait enfin compris combien elle comptait pour elle – mais, certainement, elle ne l'aurait pas crue.

De la petite bande qu'ils formaient avec Bianca et Hannibal, elles étaient les deux premières à s'être rencontrées ; est-ce que cela comptait pour quelque chose ?

Elles avaient neuf ans. Zineb était assise toute seule sur un muret devant l'atelier d'Auguste. Ses jambes nues sous sa robe se balançaient dans le vide. Elle arrachait machinalement les feuilles d'une branche de châtaignier qui pendait près de son visage et lançait des regards noirs aux autres enfants qui sortaient un à un de l'atelier avec leurs petits vases d'argile craquelés dans les mains. Zineb avait voulu fabriquer une espèce de monstre en terre qui avait explosé dans le four. Quand Auguste avait sorti tous leurs travaux, il lui avait tendu en dernier les éclats noircis de ventre, de pattes et de têtes et elle avait serré très fort ses petites dents blanches puis avait tout balancé à la poubelle.

Dolorès, elle, avait été félicitée. Elle ne se souvenait plus de ce qu'elle avait modelé, mais elle se souvenait du regard chaud du vieil homme, de ses yeux bruns entourés d'un cercle bleu et des mots qu'il avait prononcés contre sa joue. *Il a toujours pensé que tu deviendrais une artiste*, lui avait dit un jour sa mère. Elle n'avait aucune envie de devenir une artiste. Elle avait juste très envie que tout le monde l'aime, y compris son professeur de poterie.

Elle s'était approchée de Zineb et lui avait demandé :

— Tes parents viennent te chercher ?

La petite fille lui avait fait signe que *oui*.

— On va à la même école, non ? Je t'ai vue dans la cour. Je suis en CM1 trois.

Dolorès s'était appuyée sur le muret et faisait mine de regarder le paysage, comme si la conversation ne l'intéressait que modérément. Dans le coin de ses yeux, elle voyait Zineb qui la scrutait en fronçant les sourcils.

— Moi en CM1 un.

— Il avait l'air génial, ton monstre. Dommage qu'il ait explosé.

— Ouais.

— Tu sais manger du fenouil ?

Dolorès s'était penchée vers le sol pour y cueillir un brin d'herbe gras et creux et l'avait fiché dans sa bouche.

— C'est super bon. T'en veux ?

Zineb avait pris le fenouil et elles l'avaient mâchouillé ensemble contre le muret. Un moment était venu, très vite, où elles s'étaient mises à rire. Dolorès se souvenait du prestige qu'elles avaient tiré, ensuite, du fait d'être sans cesse ensemble, en train de rire.

Elles étaient devenues amies, avaient dormi l'une chez l'autre, et leurs mères avaient décidé de se relayer pour les accompagner chacune son tour à l'atelier de poterie. Chez Zineb, elles construisaient des cabanes avec des draps et des pinces à linge où elles entassaient tous les coussins et les couvertures disponibles de la maison ; chez Dolorès, elles jouaient avec Paul à ce jeu où le lit de Dolorès était un bateau et où l'une d'entre elles était le capitaine et donnait des ordres aux deux autres puis les fouettait avec un lacet s'ils désobéissaient.

Elles étaient si infiniment loyales l'une envers l'autre que quand Hannibal s'était inscrit à son tour au cours de poterie et qu'elles étaient toutes les deux tombées folles amoureuses de lui, elles étaient allées le voir ensemble, et lui avaient dit très sérieusement :

— Est-ce que tu voudrais être notre amoureux à toutes les deux ? En fait, tu ne peux pas être celui de l'une si tu n'es pas celui de l'autre.

Et Hannibal avait accepté avec empressement, parce qu'elles avaient toujours l'air d'inventer de nouvelles chansons et de se dire des choses que personne d'autre ne savait, et qu'il pouvait en avoir une à sa droite et une autre à sa gauche, et leur donner à chacune l'une de ses deux mains.

Zineb grogna doucement dans son sommeil. Le soleil en s'intensifiant devait frapper plus douloureusement ses yeux. Est-ce que Dolorès pourrait faire une telle chose pour elle, désormais – partager du fenouil, partager un amoureux ?

Elle n'en était pas sûre. C'était ce qu'elle désirait de tout son cœur, pouvoir tout donner à son amie et ne rien regretter, et c'était certainement la façon d'exister qu'elle préférait, mais elle ne savait pas si elle en était toujours capable. Qu'est-ce que Zineb aurait à lui donner, à elle, Dolorès, qui avait déjà tout ? Elle était déjà la plus belle, elle était déjà la plus appréciée, elle était déjà la plus douée à l'école, alors qu'est-ce qu'elle pouvait bien attendre en retour ?

Soudain, Dolorès eut honte de ses pensées et elle rentra se rallonger près de Zineb. Tandis qu'elle rabattait la couverture sur son menton, les yeux de son amie s'ouvrirent et la cherchèrent près d'elle. Elle sourit et se lova contre le corps chaud de Dolorès.

Voilà, c'était cela le problème : dans ce lit, elles n'étaient que leurs chairs l'une contre l'autre, sans rien réclamer et sans rien attendre, mais dehors, dehors, on ne pouvait pas vouloir indéfiniment les mêmes choses sans se les déchirer. Et si s'allonger, même ensemble, c'était un peu mourir, alors comment feraient-elles si elles décidaient de vivre ?

*

Dolorès s'était endormie quand le train avait dépassé la gare de Valence TGV – est-ce qu'il y avait des gens qui montaient et qui descendaient *réellement* à la gare de Valence TGV ? Elle avait raté les étangs après Montpellier, quand le train avait l'air de rouler au milieu d'une eau rase clairsemée de flamants roses, et elle avait passé les vingt dernières minutes du voyage à seulement attendre qu'il s'achève. Les contrôleurs n'étaient pas passés, et quand la voix largement teintée d'accent roussillonnais annonça que l'arrivée à la gare de Perpignan était une chose imminente, elle se demanda ce qu'elle faisait là.

Elle attendit que tout le monde soit descendu pour être bien sûre qu'elle ne croiserait pas Zineb ou sa mère. Le froid était inhabituel pour un mois de mai. Sur le quai, sa mère plissait ses yeux de myope, une écharpe en cachemire autour du cou. Sa mère était là, Dolorès était là aussi. Il s'agissait de deux endroits distincts, mais définitivement très proches l'un de l'autre. Sa mère était sur le quai et Dolorès face à elle sur le marchepied. Si elle attendait une ou deux minutes avant de descendre la rejoindre, le train allait redémarrer et partir pour Barcelone. Dolorès descendit.

Hélène la regarda marcher vers elle. Un flot de paroles lui monta aux lèvres comme une nausée : *Qu'est-ce que tu as maigri, pourquoi tu as maigri, est-ce que tu as coupé tes cheveux, est-ce que tu manges bien, tu as un accroc au genou de ton pantalon, je déteste ça, qu'est-ce que tu es belle, tes oreilles sont parfaites, j'aime quand tu as les cheveux attachés, décidément, tu vas avoir froid comme ça, est-ce que tu veux mon écharpe* – mais elle ne dit rien, elle serra seulement son corps contre elle le plus fort qu'elle put, avec l'intention de n'arrêter jamais, même quand la valise de Dolorès tomba lourdement sur le sol, même quand elle la sentit esquisser un mouvement pour se rétracter, même quand elle l'entendit dire quelque chose qu'elle n'écouta pas. Elle s'était toujours dit qu'il fallait embrasser les enfants et les serrer contre soi, qu'ils le réclament ou non, qu'ils en aient envie ou non, comme il fallait les nourrir ou leur brosser les dents. Ça ne les empêchait pas de partir vivre à Paris et de rester trois ans sans rentrer voir leur mère, ça ne les empêchait pas de devenir maigres, tristes, de sortir avec des garçons dont ils taisaient le nom, mais ça devait empêcher bien d'autres choses – ça, elle en était sûre.

— Tu es garée loin ?

— Juste devant la gare.

Elles traversèrent la gare routière désertée. Ils l'avaient construite quand Dolorès était au lycée et, à l'époque, elle était remplie de magasins de vêtements, de points chauds, de chaînes de fast-food. Maintenant, toutes les vitres étaient passées à la chaux comme si la tramontane s'était infiltrée jusqu'au fond des boutiques et avait tout dévasté.

— Ça n'a pas marché, cette histoire de centre commercial, hein ?

— Pas du tout, répondit sa mère en souriant.

Elles marchèrent jusqu'à la Jaguar couverte de poussière. Dolorès eut envie de toucher la carrosserie du bout des doigts pour sentir les couches pulpeuses du vernis à ongles rouge avec lequel sa mère camouflait les rayures.

Sur la nationale, la route s'embrasait de rose jusqu'à l'horizon. Sa mère lui posait des questions sur ce que faisaient ses amis à Paris qui, au fond, faisaient tous la même chose – c'est-à-dire tout ce qu'on peut encore faire à vingt-quatre ans quand on n'a plus rien à étudier mais qu'on rechigne à trouver un travail pour de bon. Dolorès attendait qu'elle lui dise quelque chose comme : *Moi, quand j'avais vingt-cinq ans, tu en avais déjà six*, mais elle ne disait rien. Elle avait l'air d'avoir vécu durant ces trois ans. Il y avait davantage de taches brunes sur son visage bronzé qu'auparavant, et c'était la première fois que Dolorès la voyait fumer en conduisant.

Elle ouvrit grand sa fenêtre pour chasser son mal de cœur. Combien de ronds-points pouvait-il y avoir dans ce pays ? Des centaines et des centaines, agrémentés de pelouses jaunes, de pots de pétunias, d'oliviers, de fontaines hideuses, de sculptures en briques. Et puis des platanes, des panneaux publicitaires fades, des lotissements en crépi couleur peau de bébé, des zones industrielles dans lesquelles on pouvait encore trouver des enseignes qui avaient dû faire faillite partout ailleurs dans le monde sinon ici, où les gens achetaient les mêmes choses toute leur vie durant et laissaient dans du béton frais la marque de leurs pas et de leurs amours de lycée.

Et c'était cet endroit qu'Hannibal avait choisi pour mourir, finalement.

*

Bianca trouva la maison déserte. Autrefois, l'hôtel particulier avait été un foyer familial plutôt chaleureux : ses parents y occupaient une suite parentale dotée d'un dressing et d'une immense salle de bains dans laquelle Bianca aimait se glisser pour jouer avec les produits de beauté de sa mère, et elle-même possédait une chambre immense et sa propre salle de jeux. Depuis qu'elle était partie vivre à Paris et que ses parents s'étaient séparés, sa mère y vivait seule. Elle avait prévenu Bianca qu'elle ne pourrait pas l'accueillir à son arrivée car elle se trouvait encore à l'hôpital et lui avait envoyé une photo d'elle, où l'on pouvait la voir avec sa tête gonflée comme celle d'un poisson-lune et enrubannée de bandages, en lui disant qu'elle serait certainement de retour le lendemain. Longues étaient les années, nombreux étaient les jours, et sa mère avait justement choisi la semaine où un piscinier avait tiré de la terre le squelette d'Hannibal pour aller se faire faire un lifting du cou. *J'ai pris le rendez-vous il y a plus d'un an, ma chérie.* Il y a plus d'un an, sa mère s'était rendue chez un chirurgien plastique et avait pris rendez-vous pour se faire retirer sur la gorge des rides qu'elle n'avait peut-être même pas encore à l'époque, afin de récupérer un homme qu'elle n'avait pas encore tout à fait perdu, tandis qu'Hannibal se décomposait en attendant patiemment qu'on le découvre dans un trou.

Bianca posa sa valise au milieu du salon et ouvrit l'immense frigo américain. Quand Zineb venait dormir chez elle, elle passait son temps devant ce frigo, à l'ouvrir puis le refermer. À l'époque, son père le remplissait d'une quantité ahurissante d'aliments qu'il finissait par manger tout seul parce que Bianca n'avait pas d'appétit et que sa mère était au régime depuis déjà plusieurs décennies. Il avait dû contracter un abonnement dans une salle de sport afin de pouvoir supporter physiquement l'achat de ce frigo. Maintenant, la plupart des étagères étaient vides, et ce qui restait ne semblait pas destiné à être mangé – de la moutarde, du fromage blanc 0 %, des canettes de soda sans sucre. Bianca prit un Coca Light et mit son téléphone à charger. Toutes ses notifications provenaient de robots et d'applications et aucune de personnes réelles qui se soucieraient d'elle, et @dixans-auparavant avait commenté *Tu es l'être le plus ignoble du monde* sous sa dernière photo. Elle ne connaissait même plus le code de la box Internet. Elle ne savait plus comment utiliser la télécommande. Son père lui avait bien proposé de venir chez lui pour dîner, mais elle n'avait aucune envie de rencontrer sa belle-mère de vingt-sept ans et d'absorber devant elle plus de calories qu'elle n'en avait ingurgitées depuis la dernière fois qu'elle l'avait croisée. Elle s'appelait Élodie et avait toujours une quantité de questions à lui poser sur son métier d'influenceuse. C'était déprimant.

Bianca se demanda à quel point il était impoli d'appeler Dolorès, qui avait retrouvé sa famille seulement la veille, pour lui proposer de venir dîner ici. Et puis, après tout, avait-elle vraiment envie de se retrouver face aux cheveux tirés en arrière et aux vêtements trop grands de sa meilleure amie, qui ne prononcerait certainement qu'une ou deux phrases de la soirée ? Elle voulut se commander quelque chose à manger, mais aucun restaurant d'Illès ne semblait disposer d'un service de livraison. Finalement, elle refit son maquillage et prit une photo d'elle, qu'elle posta aussitôt, puis s'endormit dans le lit de sa mère sans se laver le visage, en espérant secrètement que tout le fond de teint qu'elle s'était appliqué s'incrusterait dans sa peau et lui formerait un masque pour toujours.

À côté d'elle, sur la table de nuit, persistait toujours l'affreux petit cendrier en terre cuite qu'elle avait fabriqué dans l'atelier de poterie d'Auguste Meyer, près de quinze ans auparavant.

*

C'était le père de Bianca qui avait tenu à l'inscrire dans cet atelier de poterie.

— Auguste Meyer est le plus grand artiste de la région, avait-il dit. C'est une chance absolue qu'il donne des cours aux enfants.

Le père de Bianca avait un goût prononcé pour les gens célèbres. Il aimait les regarder à la télévision et aller dans les restaurants qu'ils fréquentaient.

Bianca avait fait la moue.

— Je préférerais l'escrime.

— Je crois que tu ne te rends pas compte de la chance que tu as, ma fille.

— Mais je ne veux pas y aller.

— Est-ce que tu peux arrêter une seconde de te conduire comme une enfant gâtée ?

Finalement, sa mère l'avait consolée en lui disant qu'elle pourrait mouler des choses, comme un vrai dentiste. Bianca était certainement la seule petite fille au monde qui rêvait d'être dentiste. Elle avait neuf ans et déjà un visage d'adulte tout en longueur, avec un léger pli imprimé sur le front à force de froncer les sourcils. Cela faisait longtemps qu'elle n'amusait plus son père. Elle avait eu ses premières règles deux mois auparavant, et il commençait à regarder avec méfiance cette petite créature qui émergeait prématurément de l'enfance couverte de poils et de bouts de chair là où il n'en fallait pas.

Un matin, il était entré dans sa chambre alors qu'elle s'amusait à découper des images dans un magazine et avait pointé du doigt le paquet de tampons qui se trouvait sur sa table de nuit en disant :

— Bianca, qu'est-ce que c'est que ça ? Des biscuits ?

Bianca avait reposé sa paire de ciseaux et l'avait interrogé du regard. En réalité, elle n'avait même pas réussi à utiliser les tampons que sa mère lui avait achetés. C'était comme si quelque chose ne s'était pas encore *ouvert* en elle. Elle avait dû laisser le sang couler et couler encore en s'entortillant dans un gilet long et en balançant ses sous-vêtements dans le sac à linge sale au fur et à mesure qu'elle les souillait. Quand elle en avait parlé à l'infirmière de l'école primaire, celle-ci avait écarquillé les yeux et lui avait demandé, décontenancée : *Mais pourquoi ta mère ne t'a pas acheté de serviettes hygiéniques ?* Bianca n'avait pas su répondre. Depuis, elle se fournissait en serviettes hygiéniques à l'infirmerie.

— Tu n'es pas censée manger dans ta chambre, Bianca, avait-il continué.

Et il s'était avancé pour prendre la boîte en carton bleu et rose tandis que Bianca éclatait nerveusement de rire.

— Pourquoi est-ce que tu rigoles comme une idiote ?

Finalement, il avait pris un tube de coton enrobé de plastique entre ses doigts et lui avait lancé un regard furieux.

— Mais qu'est-ce que c'est que ça ?

— Un tampon, Papa. Ce sont des tampons.

Le petit objet lui était tombé des mains et il s'était mis à lui hurler dessus, mais elle ne pouvait pas s'arrêter de rire.

— Mais c'est dégueulasse ! Est-ce que tu peux me ranger ces trucs dégueulasses ! Et au moins ne pas les laisser traîner près de ton lit, près de l'endroit où tu *dors* !

Au dîner, Bianca avait raconté l'épisode à sa mère, qui elle aussi s'était mise à rire aux éclats, et son père les avait considérées toutes les deux sans rien dire, puis il avait soufflé à travers ses narines dilatées :

— Eh bien, si vous êtes fières de vos trucs dégueulasses…

Mais Bianca s'en fichait car elle était heureuse du sourire de connivence tout neuf que lui avait fait sa mère.

— Eh bien, Bianca, tu m'écoutes ? Qu'est-ce qui te fait rire ? Prépare-toi plutôt, pour qu'on aille t'inscrire.

La route qui menait au mas d'Auguste Meyer tournait beaucoup et Bianca avait senti le cœur lui venir au bord des lèvres à chaque nouveau rond-point. Enfin, ils avaient dépassé une grosse amphore fichée dans la terre et s'étaient garés devant une colline couverte d'une végétation rase et jaunie par dix mille ans de canicule, sur laquelle se dressait une vieille maison de pierre, et derrière elle, une serre vitrée. D'autres enfants descendaient des voitures de leurs parents et se dirigeaient seuls ou en petits groupes vers la grande serre. Bianca avait remarqué deux petites filles et un garçonnet avancer bras dessus, bras dessous en trébuchant sur le sentier et les avait enviés. Elle aurait voulu que son père, qui était gros, chauve et qui transpirait dans sa chemise en soie couleur chair la laisse là et remonte dans sa voiture clinquante pour disparaître derrière la colline.

— Je t'accompagne. Il faut que je dépose un chèque à Auguste Meyer. Parce que ce n'est pas gratuit, toute cette histoire, hein ! Allez, donne-moi la main. Donne-moi la main, je te dis.

La mort dans l'âme, Bianca avait pris la main moite de son père et ils avaient dépassé les trois enfants. L'une des filles portait une salopette en velours bleu lavande qui sembla à Bianca la plus belle chose qu'on puisse porter. Ses longs cheveux bruns flottaient librement autour de son visage. Bianca toucha l'horrible frange que son père lui avait fait tailler chez le coiffeur d'Illès pour qu'elle n'ait pas les cheveux dans les yeux.

— C'est pour qu'elle puisse voir quand elle écrit, avait-il dit à la coiffeuse, comme s'il était le premier père au monde à avoir cette brillante idée.

La petite fille à la salopette bleue et le petit garçon se ressemblaient comme des frère et sœur. Ils devaient être jumeaux. Ils avaient le même teint mat, les mêmes traits fins et les mêmes cheveux bruns et épais. Quand elle avait croisé le regard du garçonnet, il avait cligné l'un de ses yeux clairs en souriant et elle s'était vite retournée vers son père. La petite fille aux cheveux frisés qui complétait le trio avait murmuré aux deux autres quelque chose que Bianca n'avait pas réussi à entendre, et ils avaient tous éclaté de rire.

Auguste Meyer était assis sur une chaise en bois devant son atelier et serrait toutes les petites mains des enfants qui rentraient dans la serre. En voyant Bianca et son père arriver, il s'était levé et s'était dirigé vers eux. Bianca avait senti son torse se serrer d'admiration. D'habitude, elle ne voyait pas ce que son père trouvait aux gens célèbres. Ils avaient l'air fade et bête, aplatis en couleurs sur les pages glacées du magazine télé ; mais elle comprenait l'attrait particulier que pouvait exercer Auguste Meyer.

C'était un immense homme à la stature de rocher. Il devait être très vieux, mais les avant-bras qui dépassaient de sa chemise étaient musclés et couverts de poils bouclés. Il avait serré les mains de Bianca et de son père avec énergie et elle avait pu sentir l'odeur de bois scié et de plantes qu'il dégageait. Ses sourcils n'étaient pas bêtement collés sur son front comme ceux de tous les autres hommes : ils s'élançaient droit devant, mêlés de noir et de blanc, et formaient comme un feuillage au-dessus de ses yeux.

— Monsieur, je suis ravi de vous rencontrer… C'est pour inscrire ma petite.

Le père de Bianca l'avait poussée en avant et Auguste l'avait considérée avec un intérêt qu'elle ne se rappelait pas avoir déjà éveillé chez un adulte.

— Mais c'est qu'elle n'est plus si petite, cette petite… Quel âge as-tu ?

— J'ai neuf ans, monsieur.

Il avait eu l'air légèrement décontenancé.

— Neuf ans ? Eh bien, tu parais une petite femme déjà. Je t'en aurais donné plus de douze.

— Eh non, neuf, avait répondu le père de Bianca avec un rire forcé.

— Eh bien, c'est parfait. J'enseigne pour les enfants de huit à douze ans. Ce que nous allons faire, monsieur, c'est que je vais aller chercher tous les papiers à l'intérieur. Vous pourrez les remplir chez vous, et me les rendre avec un chèque la semaine prochaine ? Et toi, Bianca, tu peux aller rejoindre les autres, d'accord ?

Les enfants étaient déjà en train d'enfiler de petits tabliers de peinture à l'intérieur de l'atelier. Certains jouaient à chat entre les statues d'argile qui s'élevaient anarchiquement dans le bâtiment de verre.

— Dolorès ? avait alors appelé Auguste Meyer. Est-ce que tu peux venir par ici ? Nous avons une nouvelle.

*

Quand Bianca était petite, elle se demandait pourquoi elle n'était pas rousse comme sa mère. Un jour, elle comprit que c'était parce que les cheveux de sa mère n'étaient pas roux : ils étaient seulement teints. Et dès qu'elle eut quatorze ans, elle demanda à avoir la même teinture, et ressembla enfin à sa mère.

La mère de Bianca était différente des autres mères. Elle était beaucoup plus vieille et beaucoup plus belle que celles de Zineb, de Dolorès ou d'Hannibal. Celles-là appartenaient réellement au monde d'Illès : elles allaient se faire couper les cheveux chez la coiffeuse qui avait un accent du Sud, elles faisaient pousser des fleurs devant leur maison – enfin, elles participaient à un rite connu seulement d'elles et de leurs semblables aux vieux jerseys tachés de Javel, aux joues nues de tout maquillages, aux chignons laineux parsemés de fils blancs, aux dents éclatantes. Ces mères-là cuisinaient sans regarder la recette, savaient recoudre des boutons et guérir la fièvre.

Quand Paul, le petit frère de Dolorès, était né, la mère de Bianca avait fait venir de Paris de minuscules vêtements emballés dans du papier de soie bleu pâle, rangés dans une multitude de boîtes dorées, tandis que la mère de Zineb avait commencé à tricoter de la layette au point mousse des mois avant la naissance, une petite écharpe, un petit gilet, de petits chaussons jaunes, *puisqu'on ne savait pas encore ce que c'était.* La mère d'Hannibal avait ramené un cabas en plastique Carrefour plein d'affaires de bébé qui avaient appartenu à son fils et d'une odeur de garage et de naphtaline. Et Bianca avait de ces mères-là des multitudes d'images telles que celle-ci ; la mère de Dolorès qui fume une roulée en étendant le linge sur la terrasse, des mains tachées de brun portant des paniers de fraises, la mère de Zineb au marché, humant l'écorce d'un melon brodé, des mains tachées de brun tendant le doigt vers une portée de chatons encore humides, aux paupières collées.

La mère de Bianca n'était pas une de ces mères que les choses aiment. Elle n'avait jamais vraiment aimé ce village où son mari avait insisté pour qu'ils emménagent. En fait, elle n'aimait que Paris et détestait la campagne à un point tel que Bianca était sûre que si son corps était enterré dans ce pays, il ne se décomposerait pas mais resterait tel quel, et dans des milliers d'années on retrouverait le visage intact de sa mère, avec sa peau liftée, son maquillage griffé et, tout autour, l'auréole cuivre et sel de ses cheveux teints.

*

Quand son père quitta enfin la salle de bains en emportant sa serpillière avec lui, Bianca vida la baignoire et s'aspergea le corps d'eau glacée. Elle avait conscience que les objets de tous les jours, la vaisselle, les vêtements, se lavaient à chaud, mais la mère de Dolorès lui avait bien dit que c'était à l'eau froide qu'il fallait rincer les petites culottes qu'elle tachait pendant ses règles, *sinon le sang cuit sur le tissu comme de la viande, et la tache ne partira jamais, ma chérie.* Il lui semblait que le jus noir qui avait goutté dans son bain participait du même type de visquosités, celui des choses impures et toujours un peu vivantes qu'on éradique à l'eau froide et à l'éponge abrasive. Elle s'habilla et sortit très rapidement de la maison, par-derrière, sans dire à personne où elle se rendait.

Dehors, c'était le printemps doux et l'air plein de gargouillements d'oiseaux, de pétales de cerisiers et de soleil tendre. Elle passa devant l'oranger qui se trouvait devant la maison. Pendant tout le temps de son enfance, son père avait menacé de le couper parce qu'il ne donnait pas de fruits – en secret, elle cueillait les embryons ronds et verts sur les branches avant qu'ils ne soient mûrs pour en garnir sa dînette. Elle les cuisinait dans de petits plats en plastique coloré ; et puis elle avait eu treize ans, elle avait joué à d'autres jeux, et l'oranger s'était à nouveau couvert de gros fruits rougeoyants comme des planètes. Quand elle se marierait avec Raphaël, pensa-t-elle, elle se ferait faire une couronne avec les fleurs de cet oranger-là.

Elle avait pensé à appeler son petit ami pour lui raconter l'irruption de son père et de sa serpillière, mais à l'idée de décrire ce qu'il s'était passé avec des mots que Raphaël pourrait comprendre, elle s'était soudain découragée et avait préféré se confier à Hannibal, qu'elle rejoignait à présent en longeant le canal d'arrosage. Ce n'était pas qu'elle pensait que Raphaël ferait un mauvais confident, mais il se dégageait de lui et de sa famille quelque chose de trop sain et de trop *normal*, de régulier comme les alvéoles d'un pain posé dans le bon sens sur une table, qui lui inspirait à la fois de l'admiration et du mépris. Quand il lui dirait *ce que ton père a fait est mal*, elle savait qu'elle lui répondrait *mais tu ne peux pas comprendre*.

À un moment donné, elle passa devant la maison de Dolorès et avait cherché une ombre chinoise à la fenêtre de sa chambre mais ne s'était pas arrêtée. Elle continua à marcher tandis que les maisons se faisaient plus rares, le goudronnage de la petite route plus exceptionnel et l'ombre des arbres plus épaisse ; la petite ville d'Illès cédait à la campagne, cette campagne de leur enfance qui n'était pas la forêt, pas la garrigue, mais un moelleux assemblage de collines aplaties par le poids du ciel, de vignes abandonnées, de vergers bordés de buissons de ronces, de sentiers qui saisissaient dans leurs petites griffes la laine blanche des troupeaux et la peau de leurs mollets nus, l'été. Elle ne connaissait finalement que peu de chemins qui parcouraient ce paysage pourtant si familier ; enfants, ils pensaient qu'ils continueraient toujours à explorer la campagne, et découvriraient sans cesse de nouveaux endroits, mais ils avaient trop aimé ceux qu'ils connaissaient déjà et puis s'étaient contentés d'y revenir. Et l'oranger avait redonné des fruits.

Bianca arriva devant un grand mur de pierres mangé par la mousse et le suivit à travers les herbes hautes. Une vingtaine de mètres plus loin s'élevait un porche troué d'une vieille porte battante en métal rouillé. Il y avait des dizaines de petites portes semblables percées dans des dizaines de vieux murs de pierres autour d'Illès ; il y avait aussi des dizaines de vieilles clés rouillées qui pourrissaient dans la terre humide et que les enfants trouvaient parfois en creusant, pour enterrer leurs chats ou simplement pour s'amuser.

Bianca poussa la porte qui n'avait plus de loquet. Derrière, il y avait un nouveau champ d'herbes sèches, semblable à tous les autres, exception faite d'un énorme figuier qui trônait au milieu et dont les racines sortaient à moitié de la terre. En septembre, il exhalait une odeur lourde et piquante, celle de toutes les choses qui naissent, vivent, font l'amour et meurent vite, et après avoir joué sous son ombre, les enfants rentraient chez eux les vêtements tachés de jus mauve et putrescent.

Mais au printemps, l'herbe était encore parsemée de fleurs jaunes comme de la graisse et Hannibal, tout vêtu de blanc, l'attendait sous le figuier, l'un de ses carnets ouvert sur les genoux. Bianca ne le rejoignit pas tout de suite, mais prit un moment pour l'observer – sans doute la laissa-t-il faire, car il devait avoir entendu l'herbe craquer sous ses pieds, la porte grincer : les cheveux noirs qui ondulaient autour de son visage ovale, la plaie brun rouge de sa bouche, la musculature aiguë sous le T-shirt blanc à col rond et les cils ourlés quand enfin il avait tourné la tête pour lui sourire.

Elle s'approcha et se laissa tomber près de lui dans l'herbe. Depuis longtemps, elle ne risquait plus de se tacher : cet automne, les oiseaux avaient dévoré les cadavres des figues, et tout avait séché, même la terre.

— Ça va ? Il a recommencé ? Qu'est-ce qu'il a fait cette fois ?

Elle appuya sa joue contre le pantalon blanc d'Hannibal – et sous le pantalon blanc, la cuisse – et il s'était mis à caresser distraitement ses cheveux, comme pour s'occuper les mains. Le corps de Bianca se détendit enfin, et le mal que son père lui avait fait coula dans ses veines et disparut en passant de ce qui était arrivé à ce qui avait été vécu. Elle l'avait raconté à Hannibal.

— C'est un vrai connard, tu sais ?

Elle savait.

— Pourquoi il a fait ça ?

— Il a trouvé des préservatifs dans ma chambre. Tu sais, Raphaël est venu ce week-end et…

— Vous l'avez fait ?

— Ouais.

— Mais tu aurais dû commencer par ça ! C'était comment ?

— C'était… C'était vraiment bien.

— Il a été gentil avec toi ?
— Très gentil.
— Ah ! Alors, c'est bien.
Il sourit d'un air apaisé, et elle ressentit une pointe de déception. Elle s'était imaginé que, peut-être, il serait jaloux – elle n'allait pas jusqu'à espérer qu'il lui fasse une déclaration d'amour, mais au moins qu'il amorce le tout début d'un drame. Elle l'avait fait avec Hannibal aussi, et à quoi bon être nue, finalement, si personne n'allait hurler et si personne n'allait se battre pour elle ?
Mais il n'avait pas l'air jaloux. Il avait l'air soulagé.
— Tu lui as dit que...
— Que quoi ?
— Que ce n'était pas la première fois ?
— Non, je ne lui ai rien dit. On ne s'est rien dit – je veux dire, on n'en a pas parlé. On l'a fait, et après on est restés allongés, et on a parlé d'autre chose.
— Et puis vous l'avez refait.
— Oui.
— Et il ne s'en est pas rendu compte ?
— Non, je ne crois pas. Tu t'en étais rendu compte, toi ? Je veux dire, à part le sang, tu avais senti quelque chose ?
— Non.
Il s'alluma une cigarette et lui en tendit une. Ils ne fumaient que sous le figuier – enfin, c'était avant, avant qu'Hannibal ne disparaisse, que Bianca continue à fumer partout où les branches du figuier ne portaient pas leur ombre, et puis qu'on retrouve le corps d'Hannibal, et que Bianca fume toujours autant.

— Et c'est à cause des préservatifs qu'il a fait tout ça ?

— Oui, enfin plutôt parce que j'ai fait l'amour.

— Ça, tu l'avais déjà fait avant.

Hannibal eut un sourire en coin, puis se retourna d'un coup et s'allongea sur Bianca de tout le poids de son corps – qui était à la fois infiniment lourd et infiniment léger, comme si l'adolescente avait eu le pouvoir de faire flotter cet amas d'os, de muscles et de peau entre la terre et la cime du figuier. Il appuya sa tête contre la sienne, sans rien faire, sans l'embrasser.

Elle l'avait déjà fait avant, avec lui. Et elle ne le dirait à personne ; ni à Raphaël, ni à son père, ni même à Dolorès et Zineb – surtout pas à Dolorès et Zineb. Peut-être n'était-il pas vraiment amoureux d'elle, mais au moins l'aimait-il un peu plus que les autres – au moins lui avait-il donné cela.

— Je vais m'occuper de lui, ok ? Ton père.

— D'accord, avait-elle murmuré sans réfléchir.

— Et maintenant, il faut être heureuse avec ton Raphaël, tu me le promets ?

— Je te le promets, avait-elle murmuré encore.

Il se rassit contre le tronc du figuier, mais elle ne bougea pas et resta longtemps sans rien dire, allongée sur l'herbe, tandis que le vent balayait sur elle ce qui avait été le poids d'Hannibal. Près de sa main, la cigarette qu'elle avait jetée dans l'herbe avait, on ne sait où, trouvé le peu d'humidité qu'il lui fallait pour s'éteindre, et s'éteignit.

4.

Mes douces,

Jusqu'à il y a très peu de temps, j'avais peur de grandir, parce que cela signifiait vous quitter un jour. Je m'imaginais, seul, au milieu d'une grande ville anonyme : toutes ces rues que vous n'auriez jamais traversées, tous ces cafés où vous ne vous seriez jamais assises... Cette pensée me faisait peur.

Et puis j'ai compris qu'en vous perdant, c'était moi que je craignais de perdre. J'ai vécu si longtemps près de vous, que je ne sais pas encore qui je suis quand nous sommes séparés. Je ne sais pas qui est Hannibal quand Dolorès, Zineb et Bianca sont loin de lui.

Mais je crois qu'en fait, j'ai hâte de le découvrir, que j'ai hâte de connaître cet homme-là. Je vous le présenterai.

Car, grâce à vous, je sais qu'il y aura toujours quelque part, dans un recoin de votre mémoire, un petit garçon maigre aux cheveux trop longs, un adolescent qui préférait la compagnie des filles à celle des garçons, qui aimait la musique de Ray LaMontagne et les livres de Jane Austen, qui s'appelait Hannibal, et que vous aimiez.

Merci de ne jamais l'oublier,

Hannibal

*

Quatre ans plus tôt, Élise Jaubert avait eu un coup de foudre à la gare de Lyon.

Elle s'apprêtait à prendre le train pour se rendre à l'enterrement de son grand-père, qui était mort après la longue agonie provoquée par la maladie des corps de Lewy, une démence qui, à ce qu'elle avait compris, avait à voir avec Parkinson ou Alzheimer. Sa mère lui avait seulement expliqué d'une voix neutre que de petits caillots figés dans son cerveau le rendaient fou et provoquaient des hallucinations. En somme, il avait une de ces maladies de gens vieux, qui n'étaient aux yeux d'Élise qu'une raison de plus qu'avaient les gens vieux de mourir.

— Ça ne sert à rien d'aller le voir, avait-elle dit à Élise. De toute façon, il ne peut plus te reconnaître.

— Mais Maman, comment veux-tu qu'il me reconnaisse, puisqu'il ne m'a jamais *vue* ?

— C'est bien ce que je dis.

Et il était mort. Sa mère, évidemment, n'avait pas prévu de se rendre à l'enterrement, mais elle l'avait néanmoins appelée pour lui en communiquer la date.

— Ce n'est pas la peine d'y aller, Élise. Moi-même, je ne vais pas y aller.

— Maman, pourquoi est-ce que tu m'appelles pour me le dire si tu ne veux pas que j'y aille ?

— Je ne sais pas. Mon père est mort. J'ai eu envie de t'en parler. Parce que tu es mon enfant. Je crois que ça me fait du bien, de t'en parler.

Élise avait levé les yeux au ciel, puis elle avait raccroché et réservé un aller-retour Paris-Perpignan. Laurie avait du travail et aucune envie d'annuler quoi que ce soit pour l'accompagner à l'enterrement d'un vieil inconnu – qu'il s'agisse ou pas de son grand-père.

— Tu n'as même pas pleuré, avait-elle seulement commenté, sans interrompre ce qu'elle était en train de faire.

C'était peut-être parce que l'indifférence de Laurie l'avait blessée ou parce qu'elle était bouleversée par la mort de ce grand-père que justement, elle n'avait pas connu, qu'Élise était arrivée ce jour-là à la gare de Lyon le cœur si grand ouvert. Elle était en avance et était allée s'installer sur un siège dans le deuxième hall. Tandis qu'elle feuilletait un magazine en attendant de pouvoir s'installer dans le train, elle avait remarqué un jeune garçon aux yeux clairs, pelotonné dans un sweat dont la capuche lui tombait sur le front.

Elle n'oublierait jamais tout à fait la sensation de chute qu'elle avait eue en le regardant. Il était mince et portait des vêtements trop larges qui flottaient autour de ses membres fins – peut-être était-ce pour cela que, cherchant malgré elle un renflement entre ses jambes, elle ne l'avait pas trouvé. Et de façon incompréhensible, il lui était monté dans le ventre, en regardant le jeune homme inconnu, ce même malaise menstruel et cette envie d'enfant qu'elle ressentirait quatre ans plus tard devant le visage luminescent d'Hannibal, posé sur l'écran de son ordinateur. Elle aurait donné sa main pour prouver qu'il s'agissait du même garçon.

Et puis elle s'était relevée, avait saisi son sac à dos et était repartie chez elle en courant pour faire l'amour à sa femme. Elle n'avait jamais pris ce train. Elle ne s'était jamais rendue à cet enterrement. Elle avait fait l'amour à sa femme de cet amour sans fin qui ne donnerait jamais rien, parce qu'elle aimait Laurie et que jamais Laurie ne porterait de petit garçon aux yeux bleus semblable à celui qui était assis en face d'elle, que jamais Laurie ne pourrait lui faire ce qu'aurait pu lui faire ce garçon qui était assis en face d'elle, et que ce qu'il y avait au bout de cet aller-retour Paris-Perpignan, Élise en était certaine, c'était cette envie lancinante d'un garçon en face d'elle, n'importe lequel, alors même qu'elle n'avait jamais trouvé de garçon *sexy* de toute sa vie, parce qu'elle aimait les filles, parce qu'elle aimait Laurie.

Elle aurait donné sa main pour prouver qu'il s'agissait du même garçon.

*

L'OPJ Léo Casez posa maladroitement sa main sur le bras de la femme qui pleurait. Depuis qu'ils étaient sortis de la morgue, Yolande Lanier n'avait pas cessé de pleurer. Il lui avait répété une dizaine de fois qu'ils n'étaient pas forcés de procéder tout de suite à l'interrogatoire, qu'elle avait le droit de rentrer chez elle et de se reposer, mais elle continuait à répéter : *non, non, finissons-en,* alors qu'un flot de larmes et de morve lui coulait sur le visage sans interruption depuis dix minutes.

En la voyant arriver, Léo Casez lui avait dit :

— Je vous aurais reconnue tout de suite.

Et elle avait souri en passant une main dans ses cheveux fins, qui conservaient le souvenir d'une coloration d'un rouge douteux :

— Il me ressemblait, hein ?

Elle avait eu l'air ravi et l'OPJ s'était senti terriblement gêné, parce que ce qu'il avait vraiment voulu dire, ce n'était pas que Yolande Lanier ressemblait à la mère d'Hannibal, mais qu'elle ressemblait à n'importe quelle mère qui aurait perdu n'importe quel fils. Sa robe grise, tachée de transpiration aux aisselles, trop légère pour le temps qu'il faisait, et ses bras nus, dont la peau pendait, hérissée de chair de poule : tout en elle semblait avoir été abandonné sur le bord d'une route. L'officier avait envie de lui proposer sa veste, mais l'idée que cette sueur triste de huit ans d'absence puisse toucher le tissu en pur cachemire le dégoûtait.

Ils entrèrent dans le commissariat et Léo Casez lui proposa un café, qu'elle refusa.

— Asseyez-vous, lui dit-il en tirant une chaise pour elle devant son bureau.

Elle s'assit et recommença à pleurer, puis renifla bruyamment. Il y avait un paquet de mouchoirs posé sur un coin de la table, mais Léo Casez se dit qu'il serait presque impoli de ne lui en proposer qu'un maintenant.

— J'ai ici la déposition que vous avez faite il y a huit ans, Madame Lanier. Ça va aller ?

— Oui, oui.

— Le 1er juin 2011, vous avez noté la disparition de votre fils, Hannibal. Vous avez attendu que la nuit passe, et voyant qu'au matin il n'était pas rentré, vous avez appelé la police, c'est bien ça ?

— Tout à fait.

— L'idée d'une fugue a été envisagée, mais Hannibal n'avait rien emporté avec lui, c'est bien ça ?

— Oui. Il n'y a que ses carnets. Il n'y a que ses carnets qui ont disparu.

— Ses carnets ?

— Il voulait être écrivain. Il avait gagné un prix au lycée. Dès qu'il y avait un anniversaire, un Noël, je lui achetais des carnets… Je n'ai jamais retrouvé les carnets. Est-ce qu'ils auraient pu être enterrés avec lui ?

— Nous n'avons pas retrouvé de carnets.

— Est-ce qu'ils auraient pu, je ne sais pas, se décomposer dans la terre avec lui ?

— Je ne pense pas, Madame. Quelles étaient les relations d'Hannibal et d'Auguste Meyer ?

— Il était allé à l'atelier de poterie qu'il organisait pour les enfants, quand il était petit.

— Pendant combien de temps ?

— Je ne sais pas, deux, trois ans, je dirais. De ses huit à ses onze ans. Il adorait ces ateliers. Il y avait rencontré toutes ses meilleures copines.

— Quand vous parlez de ses meilleures copines, vous pensez à Bianca Ispahan et Dolorès Déléale, n'est-ce pas ?

— Oui. Et Zineb. Toutes très jolies, toutes amoureuses de mon Hannibal, ajouta-t-elle avec un sourire aussi déplacé qu'un regard jeté sur le pénis d'un petit garçon.

— Vous ne voyez aucune raison de penser qu'Auguste Meyer aurait pu garder un quelconque grief contre Hannibal ? Il n'a jamais eu de comportement étrange avec les enfants ?

— Les enfants adoraient Monsieur Meyer. Il était tellement gentil avec eux. Il leur faisait faire des tas de belles choses. Vous pensez… Vous pensez que Monsieur Meyer a pu tuer mon fils ?

Elle se remit à sangloter. Cette fois-ci, l'inspecteur poussa le paquet de mouchoirs vers elle, et à son grand soulagement, elle en prit un et s'essuya le visage.

— Je ne sais pas, Madame, répondit Léo Casez en se replongeant dans l'étude du dossier qu'il tenait entre les mains. Hannibal n'est jamais retourné chez Auguste Meyer quand il était adolescent ?

— Non. Je ne crois pas, en tout cas il ne m'a jamais demandé de l'y emmener. Ou alors, c'est qu'il accompagnait Dolorès.

*

Dolorès déposa sa valise sur le plancher de sa chambre d'enfant.

Sa mère avait insisté pour la monter à sa place, comme si Dolorès, à vingt-quatre ans, n'avait pas au moins autant de force qu'elle. Elle s'assit sur son lit et considéra les armoires pleines de vêtements d'été qu'elle n'était jamais revenue chercher, les photos de Bianca, Zineb et Hannibal collées les unes par-dessus les autres au-dessus du lit, les étoiles phosphorescentes au plafond, masquées par la lumière du jour. Son petit frère n'était pas encore rentré du lycée. Son beau-père était parti faire des courses. Avec une délicatesse dont Dolorès lui savait gré, sa mère était descendue préparer le dîner et l'avait laissée seule.

Angoissée par le vide et les vestiges, elle ouvrit sa valise et commença à déverser son contenu sur le sol, jusqu'à ce que la pièce s'emplisse de l'odeur de ses livres et de son assouplissant, que tout soit en désordre et qu'elle se sente de nouveau chez elle. Elle ouvrit une chemise en carton violet et contempla les dizaines de feuillets froissés sur lesquels étaient imprimés les mails d'Hannibal et qu'elle connaissait tous par cœur – *Mes douces, à vous pour toujours*. Les annotations dans la marge, les taches de café, d'encre, étaient autant de preuves que ces pages-là avaient survécu bien plus longtemps qu'Hannibal ne l'avait fait.

Quand Zineb et elle vivaient ensemble dans le même studio, elles avaient partagé l'unique pièce en deux zones distinctes, séparées par un trait tracé au feutre à même le sol. Dolorès était du côté de la fenêtre, et Zineb, de celui de la salle de bains. Il y avait tant d'affaires éparpillées du côté de Dolorès que les deux filles avaient dû construire un pont pour le traverser en disposant des dictionnaires les uns à côté des autres à travers le studio. Dolorès pouvait encore se figurer Zineb pestant, tandis qu'elle évoluait comme une funambule de gros volume en gros volume pour aller fumer à la fenêtre. Dolorès révisait sur son lit et répondait sporadiquement à ses longs monologues, jusqu'à ce qu'elle ferme son livre et la rejoigne sur le balcon étroit. Elles se serraient l'une contre l'autre pour résister à la froidure de Paris qui perçait leurs pyjamas. Un jour, un garçon de la faculté de Dolorès était venu chanter une sérénade épouvantable au bas de leur immeuble et Zineb avait tellement ri qu'elle s'était roulée par terre au milieu des vêtements sales et des cahiers de Dolorès. Et plus tard dans la nuit, quand Dolorès s'était réveillée en hurlant parce qu'elle avait rêvé que le garçon grimpait à la gouttière, Zineb s'était glissée dans son lit et avait dormi avec elle, les mains passées autour de sa taille trempée de sueur.

Elles adoraient leur pont de dictionnaires et leur balcon minuscule parce qu'ils s'ancraient bien dans le monde qu'elles avaient rapporté de leur enfance et qui s'émaillait d'histoires, de personnages de films et de tout un tas de couleurs lavables à l'eau.

Dolorès aimait ce monde, mais elle pouvait en sortir pour vivre à l'extérieur, avec le reste de l'univers et des gens, tandis que Zineb, elle, ne le pouvait pas. Après leur baccalauréat, la jeune fille avait commencé une licence de cinéma à la fac, mais très vite, elle avait décroché et s'était contentée de rester enfermée dans l'appartement, à lire et regarder des films. Au bout d'un an, elle avait perdu sa bourse d'études et s'était fait engager comme ouvreuse dans un cinéma du Quartier latin.

Dolorès se demanda, alors qu'elle parcourait les feuillets, à quel moment elle avait cessé de s'emparer du monde pour le tendre à Zineb et l'avait abandonnée, à quel moment elle avait abandonné son amie. Certainement quand elle s'était laissée convaincre par Bianca de parler à la police des mails d'Hannibal – ce qui avait été, elle en était toujours persuadée, la chose la plus sensée à faire. Mais peut-être aurait-elle dû aimer assez Zineb pour la comprendre et tomber d'accord avec elle : Hannibal se cachait quelque part où il était plus heureux et où il ne voulait justement *pas* être trouvé, sans quoi il ne s'y serait pas terré, non ? En réalité, elle la comprenait. Elle partageait même son avis sur plein de points concernant les mails – *ils étaient écrits de la même manière qu'aurait pu les écrire Hannibal, ils contenaient une multitude de détails que seul Hannibal connaissait sur elles trois.*

— Il nous les a envoyés à toutes les trois, avait pleurniché Zineb quand Bianca lui avait fait part de leur décision d'une façon définitive. On devrait être d'accord toutes les trois. On était ensemble. Je devrais avoir un droit de veto.

— Essaie d'être raisonnable, avait répondu Dolorès.

Et ce qu'elle avait vraiment voulu lui dire, c'était : *essaie d'être raisonnable ou commence à compter sur quelqu'un d'autre pour te suivre dans ta folie et tes obsessions, parce qu'il est certainement mort et si moi-même je l'ai aimé, je n'ai tout simplement plus la force de l'aimer aussi fort que toi.* Quelques jours après avoir appris leur trahison, Zineb avait quitté leur studio, la petite fenêtre et le pont de dictionnaires. Un soir, Dolorès était rentrée et la moitié de l'unique pièce, celle qui était du côté de la salle de bains, était complètement vide. Zineb avait emporté toutes ses affaires et n'avait laissé que le montant du loyer étalé en petites coupures sur son matelas. Dolorès avait déménagé le mois suivant pour un autre logement dans le treizième arrondissement, après s'être rendu compte que tous les objets utiles, comme la bouilloire et les couverts, appartenaient à Zineb et qu'elle-même ne possédait rien d'autre que tout ce désordre qu'elle étalait par terre.

— J'aurais peut-être dû l'écouter. De toute façon, tu les aurais emmenés à la police quoi que je dise. J'aurais au moins dû lui donner l'impression d'être de son côté, tu ne crois pas ? avait-elle demandé à Bianca, plus tard.

Bianca avait allumé une cigarette et aspiré une grande gorgée de son verre de vin blanc. Elles étaient installées dans un café place de la Contrescarpe, un de ces soirs qui s'étaient tous ressemblés entre le jour où Hannibal avait disparu et le jour où on l'avait retrouvé mort.

— Oh, ça va à la fin. Tu n'es pas… – comment c'est dans la Bible, avec Abel et Caïn ? – … tu n'es pas le *gardien de Zineb.*

— C'est ce que dit Caïn après avoir massacré Abel, Bianca.

— Mais putain, personne n'a été massacré, en tout cas pas par nous. Ni Hannibal, ni Zineb, ni personne. Tu sais ce que c'est le problème de Zineb ? C'est cette sensation quand tu regardes le vide par une fenêtre et que tu envisages l'idée de sauter mais que quelque chose t'en empêche, eh bien le problème de Zineb, c'est qu'elle manque cruellement de ce quelque chose. Et plus j'y réfléchis, plus je me dis que c'était le problème d'Hannibal aussi, d'une certaine manière.

— Oui, répondit Dolorès – mais elle n'était pas certaine que Bianca saisisse tout ce que pouvait signifier *regarder par la fenêtre* pour une fille comme Zineb. Oui, reprit-elle, mais quand même, Hannibal qui disparaît, Zineb qui déménage, j'ai l'impression d'être victime d'une malédiction. Comme Caïn.

— Je te répète qu'il n'y a ni malédiction ni Caïn parce que tu n'as *commis aucun crime*. Et Zineb pourrait se souvenir parfois que nous aussi, on a perdu notre meilleur ami – pas seulement *elle*.

Dolorès avait acquiescé mais n'était pas parvenue à se sortir de l'esprit que la malédiction de Caïn tenait finalement moins au fait d'avoir commis un crime qu'à celui d'y avoir survécu.

*

Dès sept heures du matin, des éclats de voix que les cloisons trop fines du pavillon où elle avait grandi ne parvenaient pas à étouffer forcèrent Zineb à se lever.

En ouvrant les yeux, elle n'avait plus aucune idée d'où elle se trouvait. Il lui fallut un moment avant d'identifier les sons qui lui parvenaient : les réveils qui sonnaient tous en même temps, les tintements de vaisselle dans la cuisine, le bruit lancinant du micro-ondes qui tournait dans sa vilaine chaleur jaune. Elle était de retour à Illès, et ce n'était pas les vacances d'été ou de Noël : son père allait au travail et son petit frère allait au collège. Sa mère devait déjà débarrasser la table du petit déjeuner pour amonceler devant elle un tas de papiers administratifs et de coupons de supermarché. Elle était de retour à Illès parce qu'on avait retrouvé le corps d'Hannibal.

Zineb finit par se lever. Elle n'avait aucune envie d'affronter l'état de son corps en dehors du cocon tiède de ses draps – l'haleine amère qu'elle sentait couler jusque dans sa gorge, le strabisme qu'elle avait toujours le matin avant d'avoir mis ses lentilles. Elle jeta un coup d'œil à son téléphone et constata qu'elle avait encore un appel manqué de Dolorès. Lui revinrent en mémoire ces matins d'été où elles s'éveillaient ensemble dans le lit de l'une ou de l'autre, belles tout de suite. Où était passée la facilité de leurs quinze ans, qui recouvrait leurs corps entiers comme une peau lisse et bronzée, jusqu'au moindre cerne, la moindre ride ? Est-ce que Hannibal l'avait emportée en partant, est-ce que c'était Paris, est-ce que c'était le temps ? Elle rentra dans le salon.

— Tu as bien dormi ma chérie ?

Sa mère lui sourit sans quitter des yeux l'écran de son ordinateur.

— Ça va.

— Tu veux manger quelque chose ?

— Pas spécialement.

Elle jeta un coup d'œil à sa fille et lui dit doucement :

— Tu n'as pas un peu grossi, toi ?

Zineb haussa les épaules et alla prendre une douche. Elle savait qu'il ne s'agissait que d'une question parmi toutes celles que sa mère brûlait de lui poser.

La dernière fois qu'elle était venue lui rendre visite à Paris, elle s'était plainte à chaque fois qu'elle entrait dans la salle de bains : *Pourquoi tu ne frottes pas tes joints avec une brosse à dents et du bicarbonate de soude ? C'est sale chez toi, Zineb ! Et tes toilettes, pourquoi la cuvette est si dégueulasse ? Pourquoi tu ne mets pas de produit ?*

Zineb aurait pu lui répondre que les joints de la salle de bains étaient déjà noirs quand elle était venue visiter l'appartement pour la première fois, et que la cuvette avait déjà pris cette teinte gris-vert bien avant que la propre saleté de Zineb ne puisse en être tenue responsable. Ces couleurs tristes étaient comprises dans le loyer ridicule que Zineb payait pour pouvoir vivre dans cet appartement avec son salaire d'agent de cinéma, et elles étaient aussi comprises dans la signification même de sa vie de jeune adulte : avoir bientôt vingt-cinq ans et être toujours vierge, parce que le seul garçon qu'elle ait jamais aimé avait disparu sans laisser de traces, avoir bientôt vingt-cinq ans et ne toujours pas savoir comment blanchir les joints souillés, qui auraient pourtant dû appartenir à une autre époque de sa vie, celle par exemple où elle aurait pu être étudiante – mais elle ne l'avait pas été. Elle aurait pu demander à sa mère quel produit elle était censée mettre dans ses toilettes, ou aller au supermarché acheter le fameux bicarbonate de soude, mais elle savait que ce n'était pas vraiment ce dont il était question. Ce qui mettait sa mère dans tous ses états, au-delà des joints, de la crasse dans la cuvette ou des kilos en trop, c'était Zineb elle-même et la vie qu'elle menait.

Il s'agissait du même type de reproches qu'auraient pu lui faire Bianca et Dolorès, qui poursuivaient tranquillement leurs vies d'influenceuse et de major de promo en lettres classiques à la Sorbonne, comme si rien ne s'était passé. Est-ce que c'était la faute de Zineb si Hannibal avait disparu et qu'elle était incapable, elle, de faire comme si rien ne s'était passé ? Si elle avait voulu, elle aurait pu, elle aussi, se prendre en photo dix fois par jour et sortir avec tout un tas de garçons. Elle aurait pu se rendre chaque jour en cours et noter assidûment tout ce que le professeur récitait du haut de son estrade.

Mais elle avait préféré l'attendre et relire ses lettres, jusqu'à ce que les mots d'Hannibal se transforment en prières ou en un autre de ces langages que les morts comprennent. Elle avait répondu à toutes, même si toutes ses réponses s'étaient soldées par un e-mail indiquant une erreur sur l'adresse – et elle ne faisait pas d'erreur sur l'adresse – et que Bianca lui avait dit : *Sérieusement, Zineb, tu ne veux pas essayer d'envoyer un message à un garçon qui pourrait vraiment t'inviter à sortir, pour changer ?* Pour qui se prenait-elle, au juste, pour émettre un jugement alors qu'elle était elle-même obsédée par un compte Instagram nommé @dixansauparavant seulement parce qu'il avait posté une poignée d'insultes sous ses photos – *Il te trouve moche, mais c'est son droit, non ?* Bianca aussi avait abandonné ses études. Elle voulait faire médecine et elle s'était retrouvée à exercer un métier aussi ridicule qu'instagrammeuse, et ce n'était pas parce qu'elle avait les moyens de payer quelqu'un d'autre pour blanchir les joints de sa salle de bains qu'elle était plus capable que Zineb de le faire elle-même.

Zineb prit une serviette propre dans l'armoire et se frotta vigoureusement le corps.

Quand elle sortit de la salle de bains, sa mère, toujours sans la regarder, se risqua à lui dire :

— Je crois que tes amies sont rentrées aussi. Peut-être que ça te ferait du bien d'aller les voir, si tu as besoin de parler.

— Ce ne sont plus vraiment mes amies, Maman.

— Si tu le dis, répondit sa mère en soupirant.

Refrénant une profonde envie de hurler, Zineb se rua dans sa chambre, saisit son blouson et son sac à main et sortit du pavillon. Dehors, l'air glacé lui fit du bien. Elle avait envie de boire un café. Elle commença par se diriger vers le Café de France, où se trouvait certainement le seul rayon de soleil utilisable d'Illès, puis se ravisa. Elle pourrait y rencontrer quelqu'un qu'elle connaissait, et saluer qui que ce soit était au-dessus de ses forces. Elle fit demi-tour et marcha jusqu'à un petit café que Dolorès et elle affectionnaient quand elles étaient adolescentes, parce qu'il était perdu au milieu du quartier piéton du village et qu'elles pouvaient ainsi fumer sur la terrasse sans risquer de croiser leurs mères. De plus, Zineb avait toujours eu un faible pour le nom de ce café : le Prétexte.

Quand, au détour d'une ruelle, elle aperçut la devanture en lettres manuscrites, elle ressentit une grande bouffée de soulagement, la première depuis très longtemps : il n'avait pas changé. Ses petites tables en mosaïque jaune et blanche étaient toujours disposées de guingois sur les pavés, les mêmes cendriers marocains en céramique étaient posés dessus. Et quand elle jeta un œil vers la porte d'entrée pour faire signe au serveur qu'elle voulait passer commande, ce fut, comme huit ans auparavant, Joan Rami qui en sortit. Elle sut qu'il l'avait reconnue quand il interrogea du regard le vide autour d'elle, comme s'il s'attendait à ce que Dolorès surgisse soudainement de derrière son épaule.

*

À l'époque, déjà, Joan ne pouvait pas la quitter des yeux.

Il prenait les commandes, servait les boissons, faisait la plonge, essuyait les verres propres et les rangeait sur les étagères derrière le bar, mais la conscience aiguë du regard de Dolorès qui traînait là, quelque part, sur la terrasse, pesait sur ses actions. On pouvait le remarquer à la façon qu'il avait, les yeux sans cesse rivés sur la table que les deux filles occupaient, de se mouvoir avec maladresse, comme s'il avait accompli chacun de ses gestes dans un aquarium rempli d'eau.

Zineb racontait l'histoire du film qu'elle venait de voir tandis que Dolorès suçotait sa paille en silence, sans vraiment l'écouter. Elles s'étaient assises côte à côte, face à la rue, pour pouvoir regarder passer les gens.

— Le serveur, il est mignon, non ?

— C'est Joan Rami.

— Oui, je sais que c'est Joan Rami.

Tout le monde à Illès connaissait Joan Rami. C'était le capitaine de l'équipe de rugby depuis l'école primaire. Il était grand, musclé, et contrairement à la plupart des garçons d'ici, tout brunis d'Espagne, il avait la peau pâle, les yeux clairs et une abondante chevelure bouclée qui poussait sombre de son crâne et prenait sur les pointes une couleur cuivrée d'or rose. Il était un peu plus âgé qu'elles, et quand Zineb, Bianca et Dolorès avaient douze ou treize ans, elles se cachaient dans les haies de cyprès du terrain de sport pour le regarder se doucher à l'air libre derrière les vestiaires. Zineb pouvait toujours sentir l'odeur de la résine qui poissait ses vêtements tandis que des milliers de gouttelettes couvraient les torses nus des garçons d'autant de perles d'eau tiède.

— Tu sais ce que m'a raconté Léa ?

— Non ?

— Que l'entraîneur de l'équipe de rugby les emmenait tous au bordel à la Junquera, l'été de la seconde, et que les garçons étaient *forcés* de le faire. Que c'était un genre de rite de passage.

— Qu'est-ce qu'elle en sait ?

— C'est Mathieu qui le lui a dit quand elle sortait avec lui, mais apparemment, c'est secret. Il lui a dit que les putes slaves étaient terrifiantes et qu'elles les attrapaient par leurs maillots pour les entraîner dans les chambres.

— Tu penses que Joan Rami a couché avec une pute ?

Zineb s'était retournée pour regarder à travers la vitre. Joan était en train d'essuyer des verres derrière le bar. Il avait relevé la tête pour lui sourire. Il portait une chemise blanche, un peu trop tendue au niveau des biceps, et avec ses traits délicats et sa grosse tête, il semblait un titan au profil de poupée.

— Joan Rami a couché avec toutes les filles d'Illès.

— Sauf nous.

Elles s'étaient arrêtées net de parler quand elles l'avaient vu arriver, son plateau posé sur le plat de la main.

— Vous voulez autre chose, les filles ? Je vous l'offre.

Il dévorait Dolorès des yeux, et comme chaque fois qu'elle s'adressait à un garçon, elle arborait un air concentré qui lui plissait les yeux et lui gonflait les lèvres.

— On veut bien la même chose, avait-elle répondu d'une voix chantante en lui tendant leurs deux verres de sirop de violette vides.

Dolorès l'avait regardé partir et s'était demandé si elle pourrait tomber amoureuse de lui. L'image d'eux, marchant côte à côte, se disputant parfois à grands cris, et parfois sa bouche embrassant sa bouche en forme de fleur, lui vint à l'esprit et elle la trouva agréable ; mais qu'est-ce qu'ils trouveraient à se dire ? Elle n'avait aucune idée de ce qui intéressait Joan Rami. Elle ne l'avait jamais vu faire autre chose que jouer au rugby, manger au restaurant chinois qui se trouvait dans la rue de leur lycée, ou servir des verres dans le café de son père. Elle se demanda quels posters étaient collés sur les murs de sa chambre, quelle musique il écoutait quand il était seul, quelles étaient les choses dont il avait honte, et est-ce qu'il avait vraiment couché avec autant de filles qu'on le racontait.

— Il est pas si beau, de près, avait commenté Zineb d'un ton morose. Il a la peau grasse.

Dolorès avait haussé les épaules.

C'était toujours la même chose avec Zineb : les garçons étaient beaux tant qu'ils se douchaient très loin d'elle sur les terrains de sport ou qu'ils se déshabillaient derrière l'écran de son ordinateur ; dès qu'elle en voyait un de trop près, elle s'accrochait au premier défaut qu'elle lui trouvait – alors que Dolorès, elle, aimait terriblement les détails, les cicatrices, les dents ébréchées et les accidents de la peau.

*

Zineb s'approcha pour le saluer.

Joan lui souriait avec le même air stupide qu'il avait déjà au lycée. C'était certainement tout ce qu'il restait du capitaine de rugby en short rouge qu'il avait été. L'été de leur année de terminale – Zineb ne se souvenait plus très bien quand, car il s'agissait de cette même période où Hannibal avait disparu –, il avait eu un accident de Vespa et était resté plusieurs mois dans le coma. Elle ne se rappelait pas l'avoir revu depuis. En vérité, elle avait plus ou moins considéré qu'il était mort.

— Je te reconnais. Tu es…

— Zineb.

— Zineb, c'est ça. Tu étais une amie de Dolorès.

— C'est ça.

Il avait dû prendre une quinzaine de kilos et s'appuyait sur une canne. Quand il lui sourit de nouveau, Zineb nota également que la partie gauche de son visage était vaguement paralysée. Sa peau, autrefois lisse et luisante, était marquée de minuscules boutons blancs, piquetés de pus.

— Je te sers quelque chose ? C'est pour moi. Ça fait plaisir de te revoir, même si ce n'est pas une super période.

— En effet, *pas super*. Je veux bien un crème, s'il te plaît.

Elle s'installa et attendit qu'il lui serve son café. Il posa la tasse sur la table et, sans qu'elle l'eût invité à le faire, s'assit face à elle, sortit un paquet de cigarettes de sa poche et lui en tendit une.

— Non merci, je préfère les miennes.

— Pas de problème, lui répondit-il en approchant de son visage la flamme de son briquet.

Elle ignora le geste et saisit le briquet. Elle avait toujours détesté qu'on lui allume ses cigarettes, même si tout le monde autour d'elle s'entêtait à le lui proposer – y compris Dolorès, alors qu'elles se connaissaient depuis toujours.

— On l'a retrouvé alors, hein.

— Eh oui.

Qu'est-ce qu'il lui voulait, à la fin ?

— Je l'aimais bien, tu sais, Hannibal. Je l'aimais vraiment bien.

Elle ne put s'empêcher de ricaner. Comme si quelqu'un, hormis elle-même, pouvait vraiment savoir ce que ç'avait été d'*aimer* vraiment Hannibal Lanier.

5.

Paco, assis derrière son bureau, tripotait nerveusement son téléphone portable. Il avait le montage d'un clip vidéo à finir, une dizaine de rendez-vous à programmer pour la semaine, et toutes ces tâches lui semblaient bizarrement insurmontables. Il attendait, pour commencer à travailler, que quelque chose se passe enfin – mais que pouvait-il bien se passer alors que Bianca et Dolorès étaient parties pour le Sud sans prendre de billet de retour ?

La veille, il avait invité Bianca à dîner. Un rendez-vous important l'avait forcée à partir un jour plus tard que Dolorès, et ils étaient allés dans leur restaurant préféré, place de la Contrescarpe.

Durant le repas, elle avait été presque silencieuse, ce qui n'était auparavant jamais arrivé.

— Tu veux un autre verre de vin ? avait demandé Paco en faisant signe au serveur.

Bianca avait fait non de la tête. Le serveur avait haussé les épaules et était reparti.

— Prends-en un, toi, de verre de vin, avait suggéré Bianca en souriant.

— Non merci.

— J'aimerais bien te voir boire autre chose que du Coca. Tu veux pas essayer, aujourd'hui ?

— Non.

— T'as jamais bu un peu d'alcool ? Tu sais que c'est permis par ta religion ?

Bianca se moquait souvent de l'obsession qu'avait Paco pour certains aliments : le Coca, les spaghettis à la tomate, les chewing-gums parfumés au cassis. Elle tournait en dérision le besoin qu'il avait, comme les très petits enfants, de soigneusement compartimenter ce qu'il mangeait, ce qu'il ne mangeait pas ; ce qu'il faisait, ce qu'il ne faisait pas… Ce soir-là, qui avait suivi le départ de Dolorès pour Illès, il lui parlait d'elle sans arrêt et Bianca sentait dans chacune de ses phrases la peur panique qu'il avait de son absence. Paco filmait des images et enregistrait de la musique parce qu'il rêvait d'enfermer le monde dans une boîte : la seule chose libre qu'il aimait et supportait, c'était Dolorès. Elle seule avait le pouvoir d'ouvrir ce qu'il fermait tout autour de lui.

— J'ai bu un truc, l'autre fois, avec Dolorès. De l'alcool d'amande. C'était affreux.

— Ah, elle, elle te fait boire.

— Non. J'ai bu *un* truc, et c'était affreux.

— Mais elle, elle te ferait faire n'importe quoi, non ?

— Alors, si tu crois que, moi aussi, je suis amoureux de ta copine, là…

Bianca avait éclaté de rire et pioché une cigarette dans le paquet de Paco. Elle avait fumé toutes les siennes et la tête lui tournait, mais elle ne voulait pas s'arrêter de parler et de fumer. Elle ne voulait pas que le dîner s'achève et la force à rentrer chez elle, à attendre les yeux ouverts que le jour revienne et qu'il soit temps d'aller prendre son train.

— Je t'en prends une.

— Prends, prends. Il faut que j'arrête.

— Pourquoi ?

— Cassandra veut que j'arrête. Elle dit que ça va me tuer.

— Mon Dieu, je déteste les gens qui disent ça. Ça va nous tuer. Mais je ne veux pas y penser quand je fume. Je veux dire, je suis en train de me tuer, j'aimerais pouvoir le faire avec plaisir. C'est tout ce que je demande. Déjà qu'il faut que je fume dehors, dans une cage de verre, déjà qu'il faut que Paris fasse chauffer tous les trottoirs de la ville au bec de gaz pour que je puisse fumer…

Elle avait inspiré une grande bouffée. Paco fixait sa bouche. Il n'avait jamais vraiment regardé sa bouche. Son rouge à lèvres avait presque complètement disparu et il n'en restait que quelques petites traces grasses qui lui striaient la bouche de mauve vif. Son visage avait l'air si nu, comme ça, avec ses joues pâles, ses oreilles découvertes par un chignon, ses sourcils épais et ses yeux immenses… Et ce nez…

— Ton nez, tu l'as fait refaire, non ?

— Chute de cheval, répondit-elle coquettement en levant un sourcil. Comment tu sais ?

— Je le sais.

Elle avait un visage à avoir un grand nez. Pas ce nez de petite fille, avec ces narines finement dessinées, mais un beau nez italien, plein d'angles et d'os.

— Comment tu étais, avec ton nez ?

— J'étais laide.

— Tu l'es toujours, rassure-toi, mais tu devais avoir de la gueule, non ?

— Je sais pas. Je l'ai fait refaire à dix-huit ans.

— Tu veux dire que tu as fait une chute de cheval à dix-huit ans.

— Oui.

— Tu as toujours de la gueule.

Elle avait ri. S'il avait été amoureux d'elle, cela lui aurait été égal, qu'elle soit belle ou laide, gentille ou méchante, drôle ou ennuyeuse, parce qu'elle lui semblait si pleine de vie – ou d'autre chose, mais il pensait *vie* parce qu'il ne savait pas quoi exactement –, assise comme elle l'était à cette terrasse de café, avec son verre de vin, sa cigarette à la main et sa jolie robe noire, qu'il l'aurait prise juste comme elle était, pour l'éternité, avec ses valises, ses désirs d'enfants, ses crises d'hystérie, et ses murmures, la nuit.

— Il faut que je me marie, Bianca.

— Pourquoi tu veux te marier ?

— Parce que, c'est comme ça que je fonctionne. J'avance par conneries. Je fais une gigantesque connerie, et puis je m'y adapte, je construis tour autour de ma connerie. Trouve-moi une fille à épouser, n'importe laquelle, et ensuite je m'adapterai.

— Épouse Cassandra.

— Certainement pas.

— Mais, tu l'aimes ?

Il n'avait pas envie de répondre à cette question. Bien sûr, qu'il aimait Cassandra. Elle s'était installée dans son appartement et portait les sandales hors de prix qu'il lui avait offertes pour son dernier anniversaire. Seulement, il n'avait pas envie de l'aimer tout le temps. Il avait envie de l'aimer quand il rentrait d'une longue journée de travail et qu'elle l'attendait le soir, il avait envie de l'aimer quand il l'emmenait dîner dehors – mais pas quand il discutait avec son amie Bianca –, parce que cet amour-là n'avait rien à faire dans leur restaurant préféré où ils parlaient de l'enfance, des secrets et de toutes ces choses qui ne concernaient pas cette jolie fille à la peau couleur de miel dont il avait surpris le regard, un soir, derrière un cocktail.

— Je peux pas l'épouser. Elle fait du yoga, tu comprends ? Je vais la ramener chez ma grand-mère à Shabbat, elle va se mettre à lui parler de coutumes, qu'est-ce qu'elle va comprendre, elle ? Rien, elle va rien comprendre.

— Dolorès non plus, elle n'est pas juive, tu sais.

— Mais pourquoi tu me parles de Dolorès ?

Bianca avait souri sans rien dire.

— Je vais la voir demain. Je prends le train pour le Sud, là, demain matin.

— Je sais.

Paco refréna un soupir et entreprit de changer de sujet.

— Tu sais ce qu'elle m'a dit, Cassandra, la dernière fois ?

— Dis-moi.

Cassandra était allongée sur les draps couleur de pâte à tartiner qu'elle avait choisis, complètement nue. Toujours, lorsqu'ils avaient fini de faire l'amour et qu'il s'allongeait auprès d'elle, elle se redressait et reprenait vite la pose, une pose lascive et étudiée d'hétaïre. Paco adorait ce moment où elle revenait à elle et où il pouvait voir la conscience qu'elle avait d'elle-même parcourir son corps comme une décharge électrique ; un instant elle était tendre et molle et comme confite dans un suc, et celui d'après elle s'appuyait gracieusement sur son poing, le ventre rentré et la langue passée sur les lèvres.

Elle s'était passé la langue sur les lèvres, et elle avait dit :

— C'est marrant, tu fais l'amour comme une fille.

— Et qu'est-ce que tu lui as répondu ? avait demandé Bianca.

— Eh bien, je lui ai dit : non.

Alors, Cassandra s'était mise sur le ventre et avait balancé ses genoux comme une enfant devant un livre d'images, et puis elle avait expliqué :

— C'est parce que tu t'en fous du temps que ça peut prendre. Je veux dire, tu n'es pas complètement obsédé par l'idée de l'éjaculation. Tu n'as pas de programme, tu ne penses pas qu'il y a forcément un début et une fin à tout.

Bianca lui avait jeté un regard amusé entre deux rangées de cils. Les cils de Bianca devaient bénéficier d'un traitement spécial, connu seulement des filles qui vivaient de leur physique, car Paco n'en avait jamais vu de semblablement longs et épais.

— C'est un compliment, tu sais, Paco.

— Bianca ?

— Oui ?

— Tu prendras soin d'elle ? Je veux dire, là-bas, dans le Sud ? J'imagine que vous allez devoir passer toutes sortes d'interrogatoires, la police, elle sera avec sa famille...

— Tu parles de Dolorès ?

— De qui d'autre tu veux que je parle ?

— De quoi tu as peur ?

Il n'aurait su le dire. Il avait peur que Dolorès se dissolve dans cette terre du Sud qu'il imaginait ocre, sèche et méchante. Il la voyait marcher pieds nus sur des sols durs, il voyait des mains se poser sur ses cuisses, il voyait ses lèvres se serrer et pâlir. Il avait peur qu'elle cède. À quoi, il n'aurait su le dire. Il avait peur que le monde tire sur elle comme sur un oiseau en plein ciel et l'abatte enfin.

— Ramène-la, d'accord ? C'est ta faute, c'est toi qui me l'as mise sous les yeux. Maintenant, tu es forcée de me la ramener.

Étrangement, c'était Bianca qui lui avait présenté Cassandra, et c'était aussi Bianca qui lui avait présenté Dolorès.

Bianca, elle, n'avait depuis longtemps plus besoin de se présenter.

Quand Paco était enfant, et qu'il vivait avec sa mère, son père et sa sœur à Neuilly, ils avaient une chatte tigrée qui s'allongeait toujours sur le même bras de fauteuil, où de gros clous ronds tendaient le cuir et où brillait ce rayon de soleil qui tournait toute l'année mais frappait toujours là, un grand coup de soleil qui dénudait sur son passage l'atmosphère grouillante de poussière. Sa mère disait en riant : *Les chats trouvent toujours la meilleure place d'une maison.*

En la voyant pour la première fois, Paco avait pensé : *Bianca Ispahan est le chat de Paris.* Le soleil la suit partout où elle va, et avec lui juste un peu moins d'un million de personnes sur les réseaux sociaux.

Comme tout le monde, Paco avait d'abord connu Bianca sur Instagram : quelques centimètres sur l'écran de son téléphone, le visage irradié d'une lueur qu'on intensifie du bout des doigts. Bianca postait tous les jours les instantanés qui composaient son existence : les repas servis sur fond blanc, les soirées privées, les vernissages et les boîtes de nuit illuminées comme en plein jour. Il ne s'était jamais demandé à quoi elle pouvait ressembler quand elle ne prenait pas la pose devant l'objectif. En fait, il ne s'intéressait pas vraiment à elle, jusqu'à ce qu'il rencontre Désirée, une chanteuse de vingt-huit ans qu'Élias et lui avaient dénichée sur Internet. Avant même d'avoir fini de regarder la première vidéo qu'elle avait postée – elle seule en train de chanter, avec sa guitare, couverte de pixels, de taches de rousseur et de ridules –, il avait su qu'elle était ce qu'ils recherchaient : *la nouvelle diva fragile.* C'était cela, au fond, le travail de Paco – trouver toujours la *nouvelle* diva, le *nouveau* rappeur sensible, la *nouvelle* star de la pop qui pourrait briller et surtout briller plus fort que les précédents. Il avait écouté Désirée chanter, il avait scruté ses yeux humides, son nez retroussé, et il avait anticipé la mort de tant de chanteuses, qui vendaient tant de disques, que son cœur s'était mis à battre un peu plus vite.

— C'est une tueuse, avait murmuré Élias en hochant la tête.

Elle relevait le menton entre deux syllabes et remuait parfaitement les épaules. Ils l'avaient contactée, l'avaient fait monter dans leurs bureaux vitrés pour signer un contrat et lui avaient produit un album. C'était le disque auquel Paco avait collaboré qu'il préférait. Désirée avait une des voix les plus pleines de choses que Paco ait jamais entendue. Quand elle chantait, sa bouche semblait une déchirure qui laissait l'être s'échapper. Il ne lui manquait plus qu'un détail, mais c'était un détail d'une importance capitale si elle entendait gagner de l'argent – et Paco entendait bien qu'elle en gagne.

— Tu as un Instagram, une page Facebook, quelque chose ? lui avait-il demandé un ou deux mois avant la date prévue des sorties.

Désirée avait secoué sa jolie tête. Elle n'avait rien. Elle avait vingt-huit ans, elle travaillait comme secrétaire dans une boîte dont le nom avait peu d'intérêt, et c'était tout.

— C'est un produit brut, avait commenté Élias. Sans style, sans réseaux sociaux, sans image, sans rien. Il faut lui inventer quelque chose.

— Tu comprends, avait continué Paco sous le regard perplexe de Désirée, les gens ne doivent pas seulement aimer ta musique. Il faut aussi qu'ils t'aiment, toi. Il faut qu'ils aient quelqu'un à qui penser quand ils t'écoutent.

— Est-ce qu'ils ne peuvent pas penser à autre chose ?

— Ils ne *veulent* pas penser à autre chose, Désirée.

Il s'était avéré que Désirée ne possédait aucun talent pour se mettre en scène et jouait très mal son propre rôle : de ce bel être qui s'échappait par la bouche, il ne restait pas grand-chose quand elle avait fini de chanter.

C'était Paco qui avait eu l'idée de génie. Elle lui était venue lors d'une réunion à la maison de disques, alors qu'il pianotait distraitement sur son smartphone :

— Il faut qu'on engage une consultante-image.

— Comment ça, une consultante-image ?

— Une influenceuse. Une de ces filles qui vivent de ça : poster des photos, se mettre en scène. Il faut qu'on en engage une pour s'occuper de l'image de Désirée.

— Une attachée de presse, ça ne suffirait pas ?

— Non. Ça ne suffirait pas.

Paco aurait aimé avoir le temps d'inventer lui-même Désirée. Il aurait aimé pouvoir consacrer des heures à l'imaginer, mais il fallait se rendre à l'évidence : c'était une jeune femme très lente, l'industrie musicale était un milieu très rapide, et il n'avait pas son temps. Alors, il avait contacté Bianca. S'il avait choisi Bianca parmi toutes les autres filles qui défilaient dans son fil d'actualité, c'était parce qu'elle lui avait paru exister encore moins que toutes les autres. Chez les autres, il parvenait parfois à discerner une aspérité, une petite irruption du réel, le commencement d'un accident. Mais Bianca

Ispahan, elle, n'était qu'une peau veloutée en deux parfaites dimensions.

Et pourtant, quand il lui donna pour la première fois rendez-vous dans ce café de la place Contrescarpe qui allait devenir le leur, il tomba face à face avec une jeune femme aux grands yeux cernés, aux dents délicatement jaunies par les cigarettes qu'elle semblait ne jamais cesser de fumer et qui, à chaque geste, se jetait contre le monde. Bianca Ispahan avait ceci de l'abîme qu'elle ne montrait rien d'elle, sinon qu'elle était profonde.

Elle lui avait tendu la main quand ils s'étaient assis. Plusieurs clients s'étaient retournés pour la dévisager. Les cernes et la fumée des cigarettes ne masquaient pas tout à fait sa beauté. Ils s'étaient présentés, et puis il avait dit quelque chose, elle avait dit autre chose, et s'était initiée une conversation à laquelle ni Paco ni Bianca n'avaient jamais coupé court.

— Elle a quel âge, ta Désirée ?

— Vingt-huit ans.

— Alors c'est une femme de force. D'abord, il faut lui inventer des amis célèbres. Ensuite, il faut lui inventer un train de vie de rêve, il faut lui inventer des lieux fétiches. Et puis, il faut lui inventer une passion sans aucun rapport avec le chant. Est-ce que tu penses qu'elle pourrait peindre ?

— Franchement, Bianca, je ne pense pas.

— Est-ce que tu penses que quelqu'un pourrait la photographier en train de peindre ?

— Bien sûr.

— Ah, et il lui faut une nouvelle garde-robe, bien sûr. Des sweats, de la wax, et du blond dans les cheveux, est-ce qu'on peut faire ça ?

— On peut faire ça.

En un rien de temps, Bianca s'était occupée de l'image de tous les artistes du label. Elle avait même proposé de le faire pour Paco. Quelques mois plus tard, elle lui avait demandé :

— Et toi, ton Instagram ? Tu veux que je fasse quelque chose ?

Paco avait éclaté de rire.

— Jamais.

— Paco, ça fait un an qu'on se connaît et je ne t'ai jamais vu changer de blouson ou de chaussures.

— C'est parce que je n'existe pas vraiment.

— Toi, tu n'existes pas vraiment ?

— Eh non. Ce que tu vois là, mon physique, c'est pas vraiment moi, c'est… une solution temporaire.

— Mais toi, alors, où es-tu ?

— Moi, je suis ailleurs. Chérie, ça fait partie de mon travail de rendre les gens célèbres. Je sais ce que ça leur fait, j'ai *vu* ce que ça leur fait. Je suis désolé pour toi, mais je n'ai aucune envie qu'il m'arrive la même chose.

Il avait souri, fait claquer ses dix doigts et s'était recommandé un Coca.

C'était dans ce même café qu'elle lui avait « montré » Dolorès. Bianca lui « montrait » des dizaines de personnes par rendez-vous. Elle adorait décortiquer tout ce que les gens laissaient d'eux sur Internet, les photos de leurs vacances, de leurs repas, de leurs familles, leurs amours. Elle pouvait suivre leur trace pendant des heures, absorbée par l'écran de son téléphone portable, qu'elle tendait de temps en temps vers Paco : *et elle, comme tu la trouves ? et lui ?* Et un jour, juste comme ça, elle lui avait montré une vidéo de Dolorès.

— Comment tu la trouves ?

Paco avait regardé Bianca d'un air interrogateur.

— Ça compte, pour toi, de savoir comment je trouve cette fille ?

Elle avait baissé les yeux. Plus que jamais, elle avait eu l'air à vif, toute tremblante derrière son maquillage.

— Beaucoup.

Il avait regardé à nouveau la vidéo. Sur une scène de pacotille comme celles qu'on décore pour les kermesses, une adolescente brune chantait dans un micro. Ses cheveux étaient tirés en arrière et son chemisier était trop grand. Elle semblait à chaque instant se souvenir qu'elle devait se tenir droite ; elle n'était jamais vraiment avachie, mais relevait sans cesse la tête. Enfin, elle avait regardé la caméra, et ses grands yeux clairs avaient percé en Paco une chose qu'il ne croyait pas posséder.

— Elle chante un peu faux.

— Oui.

— Mais je crois que je peux voir ce que tu vois en elle.

Bianca avait haussé les sourcils. Elle avait mis la vidéo sur pause et Paco avait remarqué à quel point ses mains aux longs ongles rose vif s'étaient crispées en touchant l'écran.

— Qu'est-ce que je vois en elle ?

— C'est une star.

Elle avait acquiescé.

— C'est Dolorès, ma meilleure amie d'enfance. Je t'en ai parlé, déjà.

— Eh bien, Dolorès est une star. Pas une star de la chanson, mais une star.

— À quoi tu reconnais une star ?

Paco avait pris le téléphone de Bianca dans ses mains pour visionner le clip à nouveau. La fille qu'elle appelait Dolorès s'était remise à chanter, les yeux fermés, le son coupé.

— Je ne saurais pas comment dire, mais… j'ai dû produire déjà une dizaine de chansons d'amour qui parlent de cette fille-là.

La vidéo s'était à nouveau terminée et Paco avait reporté son attention sur son amie.

— Il faut que tu me la présentes, d'accord ?

Un air de malice était passé dans les yeux de Bianca.

— Je t'ai déjà présenté une fille, tu sais, celle avec qui tu as emménagé il y a six mois. Et je ne pense pas que tu sois le genre de Dolorès.

— Elle a seize ans, Bianca.

— C'était il y a quatre ans. Elle en a vingt maintenant.

— De toute façon, ce n'est pas mon genre non plus.

Son genre, c'était Cassandra. Oui, un dieu avait dû souffler sur la liste de tous ses désirs pour faire apparaître Cassandra, enroulée dans ses longs cheveux éclaircis et imprégnés d'eau de mer en spray. Paco avait alors jeté un coup d'œil à son propre téléphone et vu qu'elle l'avait appelé plusieurs fois. Son anniversaire approchait et il n'avait aucune idée de ce qu'il allait lui offrir. Il savait qu'elle voudrait un bijou, un parfum ou un vêtement, un objet qu'elle avait pu voir à la télévision ou sur une femme connue, offert par un homme plus beau et plus riche qu'il ne l'était, exhibé sur des images dotées d'une meilleure résolution que n'en avait leur vie. Il n'aurait pu su dire pourquoi, mais l'idée de devoir acheter ce genre d'objet l'angoissait un peu.

— C'est quoi le plus beau cadeau qu'un homme t'ait fait, Bianca ?

— Mon petit ami du lycée m'avait offert un planétarium.

— Un planétarium ?

— Oui, tu sais, un genre d'hémisphère en plastique qu'on trouve chez Nature & Découverte, avec un pochoir troué d'étoiles et une ampoule au milieu. Ça projette un ciel au plafond. Sur le mien, on pouvait programmer exactement le ciel qu'on voulait, avec la date, le lieu, et même les étoiles filantes.

— Tu l'as toujours ?

— Je l'ai perdu dans un déménagement.

— Tu penses que Cassandra voudrait ça pour son anniversaire ?

— Pas du tout, avait répondu Bianca en riant. Emmène-la en week-end.

— Je n'ai pas le temps d'emmener qui que ce soit en week-end.

Finalement, il s'était rendu chez Sephora et avait laissé la vendeuse lui faire inhaler une dizaine de flacons différents jusqu'à ce qu'il ait envie de vomir et finisse par lui acheter le même parfum que sa mère.

Paco tenta de se concentrer sur le clip qu'il devait monter. Il visionna en accéléré les différents plans qu'il avait tournés, puis s'alluma une cigarette. Il avait terriblement envie de l'appeler. Quelque part sous l'écran verrouillé, le prénom de Dolorès attendait avec toutes les informations nécessaires : il n'aurait qu'à le toucher du bout des doigts pour l'atteindre. Il était onze heures du soir. Elle était certainement endormie dans la maison de sa mère, ou alors elle pensait à son amoureux disparu et réapparu, à il ne savait quel garçon avec lequel elle était sortie ou sortait encore, à tout sauf à lui.

*

Quand Dolorès s'éveilla enfin, elle crut pendant quelques secondes reconnaître le ronronnement d'une autoroute, avant de s'apercevoir qu'il s'agissait du bruit de l'eau qui coulait dans le canal d'arrosage, autour de la maison. Elle s'étira et descendit au rez-de-chaussée, encore titubante de sommeil. Elle ouvrit le réfrigérateur formidablement rempli par sa mère pour y prendre une bouteille de jus de fruit et se dirigea vers le salon.

Là-bas, Paul et sa petite amie étaient installés devant la télévision. Dehors, la pluie battante avait rehaussé toutes les couleurs du jardin qui se reflétaient sur l'écran du téléviseur. Ils étaient en train de regarder l'un de ces DVD qu'ils avaient tous dû voir une dizaine de fois, parce qu'ils n'avaient que ceux-là et que personne n'achetait plus de DVD depuis longtemps. Dolorès les salua d'un signe de tête, et ils répondirent à son salut d'une voix molle, sans bouger. Sur la table basse s'étalaient les reliefs de leur déjeuner. Il devait être très tard, mais Dolorès ne s'en voulait pas : Hannibal était mort, elle avait bien le droit de dormir. Elle était soulagée qu'il fasse mauvais : à Illès, les rares jours de pluie bénéficiaient d'une lumière particulière, toujours la même, jusqu'à l'heure du dîner. Le temps semblait ne pas filer, et la journée s'allonger indéfiniment. Elle dévisagea la petite amie de Paul. Il lui en avait déjà parlé au téléphone – son petit frère était bien plus bavard au téléphone qu'il ne l'était dans la vraie vie, sûrement parce qu'il se sentait forcé de raconter tout ce qui lui arrivait pour meubler la conversation –, mais elle ne lui avait jamais demandé de lui envoyer une photographie d'elle. C'était une jolie adolescente au teint pâle et aux cheveux roux, et qui paraissait bizarrement courte, comme si elle avait très tôt cessé de grandir. À un moment donné, le regard de la fille croisa celui de Paul et il l'embrassa sur la bouche, très naturellement. Il avait une ombre de barbe sur les joues, et Dolorès se demanda ce qui avait bien pu arriver pour qu'un enfant se mette à grandir si vite : il avait été un si petit garçon et à présent, ils avaient presque l'air d'avoir le même âge. C'était sa faute, c'était elle qui n'avait pas changé depuis ses seize ans. Si le monde avait avancé dans le bon sens, elle aurait dû être mariée à l'heure qu'il était et tenir dans ses bras un bébé ou n'importe quoi d'autre qu'elle pourrait montrer à son petit frère pour lui prouver qu'elle était encore l'aînée, qu'elle avait vécu davantage qu'il ne l'avait fait et qu'elle avait toujours quelque chose à lui apprendre.

Elle se souvenait de la naissance de Paul : c'était un bébé aux longs cils, avec une nuque molle et chauve et trois boucles noires sur le sommet du crâne. Dolorès le prenait dans ses bras et essayait de lui expliquer qu'elle était sa grande sœur, et qu'il devait l'écouter parce qu'elle le protégerait toujours. Le reste du monde se penchait sur lui et proférait toutes sortes de louanges – cherchait à lui faire attraper un doigt de son petit poing, à lui faire ouvrir les yeux, à le faire rire, et Paul les regardait avec ce même regard qu'il lui jetait encore ce matin-là, tandis qu'elle buvait son jus de fruit à même le goulot. Il devait se demander ce que tout le monde attendait de lui.

Ensuite, tous les soirs de son enfance, elle lui avait raconté une histoire pour qu'il s'endorme. Elle s'asseyait près de lui et tendait le bras pour faire tourner la lanterne magique posée sur la table de chevet. Avant d'appartenir à son petit frère, elle avait été la sienne, avec son ampoule jaune et les silhouettes tordues d'animaux qu'elle projetait sur les murs de la chambre. Paul regardait la lanterne tourner sur elle-même pendant quelques secondes, puis reportait son attention sur sa sœur, assise sur le bord du lit, ses longues jambes brunes dépassant de sa chemise de nuit.

— Dolorès, tu racontes l'histoire ?

Elle ramassait alors un lourd volume blanc et bleu et faisait mine de le feuilleter. C'était toujours la même rengaine : elle ouvrait le livre à une certaine page et lisait le titre d'un conte, puis le refermait et se mettait à inventer l'histoire de toutes pièces. Elle détachait alors ses longs cheveux dans lesquels Paul pouvait passer les doigts tandis qu'elle récitait. Le livre leur avait été donné par Mina, il y avait très longtemps. C'était un gros recueil de mythologie grecque, qui rassemblait toutes les histoires des dieux, des hommes et des héros. Dolorès le connaissait par cœur.

— C'est l'histoire d'un roi appelé Acrisios. Acrisios avait une fille, qui s'appelait Danaé.

— Elle était belle ?

Aussitôt, Paul imaginait Dolorès revêtue d'une longue robe cousue de fleurs blanches, tenant sensuellement le bras de ce roi inconnu dont le visage lui apparaissait auréolé de poils blancs, et il avait peur.

— Très, très belle. Si belle qu'Acrisios craignait qu'un homme la lui arrache et couche avec elle.

— Et pourquoi il avait peur qu'un homme couche avec elle ?

— Parce que c'est comme ça que les enfants naissent. Et un oracle lui avait prédit… – tu te souviens de ce qu'est un oracle ? –

— C'est celui qui dit ce qui va se passer.

— C'est ça. L'oracle lui avait dit : si un jour tu as un petit-fils, il te tuera.

— Oh !

— Oui. Alors Acrisios fit construire une immense tour de pierres qui montait jusqu'au ciel, et il y enferma Danaé. Il condamna la porte, et devant la porte, il mit des chiens.

— Et comment elle mangeait ?

— J'imagine qu'il y avait une toute, toute petite ouverture quelque part pour qu'on lui apporte à manger. Beaucoup de prétendants, qui savaient que Danaé était très belle, essayèrent de s'introduire dans la tour, mais tous furent déchiquetés par les chiens.

— Alors elle n'a jamais eu d'enfant ?

— Eh bien si ! Parce qu'Acrisios avait fait une erreur. Comme il aimait sa fille, il n'avait pas fait faire de toit à la tour dans laquelle il l'avait enfermée, pour qu'elle puisse sentir le soleil et la pluie, et pour qu'elle puisse voir les étoiles. Mais un jour, un dieu passa dans le ciel, et il la vit.

— Quel dieu ?

— Zeus, bien sûr. Le dieu du ciel. Il la vit, et il tomba fou amoureux d'elle. Alors, pour la séduire, il se transforma.

— En quoi ?

— Il se transforma en une grande pluie d'or, toute dorée, toute tiède, qui tomba doucement sur le dos et sur le ventre de Danaé. Elle fut si charmée par la pluie d'or qu'elle ouvrit grand les bras, grand les jambes, et qu'elle s'y baigna tout entière.

— Et alors ?

— Et alors, neuf mois plus tard, elle eut un enfant. Elle l'appela Persée. Alors Acrisios, terrifié, prit la mère et l'enfant, les enferma tous les deux dans une grande boîte, et jeta la boîte dans une rivière.

— Et le dieu, le dieu qui était son papa ?

— Zeus ?

— Oui ! Pourquoi Zeus n'est pas venu les chercher dans la rivière ?

Finalement, tout ce qu'elle pouvait lui raconter et qu'il ne savait pas encore, c'étaient ces moments qu'ils avaient vécus ensemble, mais dont elle seule se souvenait. Elle ne pouvait plus rien faire d'autre que de lui rendre sa propre mémoire – alors qu'il possédait déjà lui-même ses propres souvenirs, des souvenirs qu'il ne voudrait jamais lui prêter.

*

À Illès, personne ne se rencontre jamais.

Est-ce que Dolorès avait vraiment prononcé cette phrase, ou est-ce que Paul l'avait inventée spontanément, puis la lui avait attribuée, longtemps après son départ, longtemps après qu'elle eut cessé de venir, même pour Noël, sans que personne, ni sa mère, son père, ni Dolorès elle-même, lui explique la raison de cette absence ? Il n'en savait rien. Mais c'est ce qu'il avait pensé la première fois qu'il avait vraiment *vu* Daphné. Parce qu'il avait déjà vu Daphné des milliards de fois auparavant ; il l'avait vue à la foire, au collège, à l'école primaire, dans la rue, dans les rayons du supermarché. Personne à Illès ne pouvait tomber amoureux d'un visage saisi à la force du cœur dans une foule inconnue, parce qu'il n'y avait pas de foule, et qu'il n'y avait pas d'inconnus. Et pourtant, malgré ce que Dolorès avait dit – ou ce qu'il croyait l'avoir un jour entendue dire –, il avait réellement rencontré Daphné, une soirée de juin, à la fin de l'année de seconde.

Elle portait un petit haut rouge qui découvrait son nombril, et du rouge à lèvres assorti. Ils ne s'étaient pas adressé la parole, et il avait toutes les raisons de croire qu'elle avait, ce soir-là, couché avec un autre garçon dans la chambre des parents de la fille qui avait organisé la fête. C'était ce que tout le monde avait raconté, le lendemain. En fait, à la fin de l'été, Daphné lui avait expliqué ce qu'il s'était réellement passé :

— Je n'ai pas vraiment couché avec Elliott. Je l'ai seulement laissé rentrer.

— Comment ça ?

— Eh bien, on s'est embrassés longtemps, tu vois, et après il a baissé son pantalon, j'ai baissé le mien, et il est rentré. Je lui ai dit : ne bouge pas, il n'a pas bougé, et ensuite on a attendu un peu. Et puis j'ai dit : c'est fini.

— Et qu'est-ce qu'il a fait ?

— Il n'a rien fait, c'était fini.

Quand Daphné lui avait raconté cette histoire, ils étaient assis près du terrain de rugby et buvaient des canettes d'Oasis. Ils ne sortaient pas encore ensemble, mais Paul se sentait déjà bizarrement fasciné par elle, parce qu'il n'avait jamais rien fait avec une fille, alors qu'elle, elle avait déjà fait quantité de choses, avec quantité de garçons. Pour autant, elle n'avait pas l'air d'en tirer de fierté ou de honte. Elle lui parlait comme si tout ce qu'elle racontait faisait forcément sens pour lui : *Je l'ai seulement laissé rentrer.*

— Mais pourquoi tu as fait ça ? avait-il demandé.

Et il avait posé sa main sur la sienne.

— À cause du regard.

— Du regard ?

— Oui. Les garçons, quand ils sont excités, ils ont ce regard, comme s'ils allaient me dévorer, comme si rien ne pouvait les arrêter, comme s'ils étaient prêts à tout détruire sur leur passage, tu vois ?

— J'imagine.

— Et pourtant, il y a cette chose magique, une chose comme la *civilisation*, et cette *civilisation* en eux les force à arrêter quand je le leur demande. Quand ils sont presque devenus fous, que je sens leur corps entier tendu et dur, qu'ils ont presque les dents pointues, je dis *arrête*, ou même je dis juste *aïe*, et ils arrêtent.

— Et si un jour ils n'arrêtent pas, Daphné ? Si l'un d'entre eux n'arrête pas ?

— Ils sont forcés d'arrêter, parce que je *mérite* qu'ils arrêtent.

Paul avait acquiescé, et il s'était dit que c'était une jolie façon de penser les rapports entre les hommes et les femmes, rapports auxquels Daphné, bientôt, n'aurait plus besoin de penser du tout, puisqu'elle serait à lui.

*

Le lendemain, Bianca se décida à sortir pour faire quelques courses.

Évidemment, le seul magasin dans lequel elle pouvait se rendre à pied était une supérette appartenant à une chaîne qui n'existait plus à Paris depuis près d'une décennie – l'une des lettres lumineuses de la devanture clignotait faiblement sous une couche de poussière grise et blanche et les produits étaient présentés bruts, sans packaging commercial, avec seulement de petites étiquettes orange indiquant la date de péremption. Quand elle posa la boîte de lentilles et le blanc de poulet sous vide qu'elle avait choisis devant la minuscule caisse enregistreuse, Paris lui manqua tout à coup – ses caissières pakistanaises anonymes avec un point rouge entre les deux yeux et de longs cheveux noirs tombant jusqu'aux reins, les bacs de noisettes en vrac dans lesquels elle pouvait plonger ses deux mains, et toutes sortes de denrées étranges, des graines de quelque chose, jusqu'aux barquettes de tomates cerise à quatre-vingt-dix-neuf centimes qu'elle achetait par six. Elle sentait que l'épicière la scrutait et la reconnaissait à moitié tandis qu'elle cherchait de la monnaie dans son gros portefeuille monogrammé Louis Vuitton, et elle rêvait d'un Bio c' Bon de quartier, avec ses produits issus du commerce équitable et ses allées étriquées dans lesquelles personne ne pouvait distinguer ce que vous choisissiez.

— Euh, Bianca ? dit derrière elle une voix haut perchée.

Bianca se retourna et se trouva face à face avec une adolescente de quinze ans qui la dévisageait, un sandwich-triangle et une canette de soda à la main. C'était une jeune fille assez jolie qui, de toute évidence, essayait de ressembler à quelqu'un : l'épaisse couche de gloss transparent qui recouvrait ses lèvres roses, les taches de rousseur dessinées au khôl sur son nez retroussé et ses vêtements à la mode trahissaient, dans la petite supérette, un effort légèrement déplacé.

— Oui ?

Elle ouvrit grand ses deux yeux ronds dont les cils inférieurs étaient bizarrement longs et épais. Bianca nota silencieusement la légère démarcation beige du fond de teint qu'elle avait mal estompé au niveau de son menton et estima qu'avec quelques teintes de poudres et de crèmes en plus, elle aurait pu donner à son visage poupin le relief élégant d'une pommette. La jeune fille plaquait sa main contre sa bouche, avec une expression d'étonnement outrée et un peu comique.

— Bianca, de Instagram ?

Bianca hocha la tête, et vit à l'instant même une vague de déception passer dans le regard de l'adolescente, qui s'attendait visiblement à ce qu'elle fasse ses courses ailleurs que dans le plus petit supermarché d'Illès – dans un magasin assez spacieux pour qu'elle puisse y traîner ses milliers de *followers*, dont elle devait sans doute faire partie.

— On peut prendre une photo ?

— Bien sûr, répondit Bianca en se forçant à sourire.

À Paris, ce genre de chose lui arrivait en permanence, chaque fois qu'elle sortait quelque part, mais elle n'aurait jamais pensé que ce serait le cas à Illès. Elle n'aurait jamais pensé que sa célébrité un peu pathétique la poursuivrait *jusqu'ici.* La fille posa sa joue couverte de fard sur le tee-shirt blanc immaculé de Bianca, et brandit un téléphone qui lui était comme apparu dans la main. Elle dut prendre plusieurs photos, mais Bianca ne les comptait plus.

Quand elle se détacha d'elle, elle la vit les faire défiler rapidement devant ses yeux pour choisir celles qu'elle allait poster, et ensuite – Bianca reconnut le geste, latéral et léger, de son pouce droit – elle ajouta un filtre.

*

L'OPJ Léo Casez leva les yeux au loin. Le temps était couvert et l'étoile du berger presque invisible ; seule persistait dans le ciel une sorte de halo – mais peut-être n'avait-il rien à voir avec les étoiles, peut-être s'agissait-il seulement de la lumière des lampadaires ? Léo Casez secoua la tête pour éclaircir ses pensées. Il venait de terminer sa journée au commissariat et rentrait à pied chez lui. L'affaire sur laquelle il travaillait était une affaire déterminante, de loin l'affaire la plus intéressante qu'il ait eue à traiter depuis sa prise de fonction. Auguste Meyer était la plus grande figure qui ait jamais vécu à Illès, et l'OPJ Casez serait peut-être bientôt en mesure de prouver qu'il avait assassiné un jeune garçon de seize ans pour ensuite l'enterrer à une centaine de mètres de son atelier.

Lorsqu'il avait accompagné Yolande Lanier à la morgue pour qu'elle identifie le corps de son fils, le jeune officier avait été saisi par le visage décharné de Hannibal, dont les grands yeux bleus avaient fondu et laissé un vide tel que sa mère avait tendu la main vers les orbites, comme si les globes oculaires du garçon avaient été perdus quelque part et qu'il ne tenait qu'à elle de les retrouver. Quand on lui avait montré les objets qui avaient été découverts sur le corps du jeune garçon – un trousseau de clés, une paire d'écouteurs, des bijoux –, elle avait dit :

— Ce sont bien ses clés, et c'est bien sa médaille de baptême, mais cet autre pendentif, ce petit collier, avec la perle noire et blanche, je ne l'ai jamais vu sur lui.

— Vous êtes bien sûre ?

— Oui. Je ne l'ai jamais vu porter autre chose que sa médaille de baptême.

Léo Casez avait envoyé le pendentif à l'IRCGN de Cergy-Pontoise pour analyse, même s'il s'agissait certainement d'une pacotille offerte par une quelconque lycéenne dont personne ne se souciait.

Tandis qu'il marchait jusqu'à son appartement, Léo Casez entreprit de passer en revue les éléments dont il disposait désormais sur l'affaire Hannibal Lanier. Quel mobile pouvait pousser un vieil artiste de renom à assassiner l'adolescent séduisant qu'il avait eu pour élève, quelques années plus tôt, dans son petit atelier de poterie ? Ni Auguste Meyer ni Hannibal Lanier n'avaient de casier judiciaire.

La veille, son supérieur lui avait conseillé de fermer le dossier – *de toute façon, le vieux est mort, et le gamin aussi.* Mais bon sang, est-ce qu'on pouvait laisser mourir des gens qui vivaient si près les uns des autres, entre trois collines pelées par le vent, au bord d'une rivière qui ne coulait que l'hiver, sans même leur donner d'explication ? Les habitants d'Illès vivaient côte à côte depuis si longtemps que certains d'entre eux devaient encore parfois chercher Hannibal des yeux dans les rues : on ne pouvait laisser assassiner le plus beau garçon de leur village sans leur donner d'explication, ou alors autant les laisser rapetisser tous jusqu'à ce qu'ils ressemblent aux santons qu'on vendait sur le marché de Noël et que les touristes ramenaient à Paris, enroulés dans du papier de soie.

Léo Casez avait le pressentiment que s'il devait trouver une réponse quelque part, ce serait du côté de Dolorès Déléale. Les hommes, même très jeunes, avaient toujours tendance à mourir pour ce qu'ils trouvaient beau ; et ce qu'il y avait de plus beau, auprès d'Hannibal Lanier, c'était une fille aux yeux clairs et aux longs cheveux noirs, une fille dont la mère avait été aperçue sur les lieux du crime quelques heures seulement avant que le corps de la victime ne soit retrouvé.

6.

— Qu'est-ce que ça me plaît, murmura la mère de Dolorès en s'approchant d'une sculpture de terre cuite.

La sculpture représentait une petite fille tenant un vase brisé dans ses bras. Elle avait l'air abîmé, comme si elle avait été abandonnée longtemps à l'extérieur, livrée à elle-même. Ses yeux sans pupille semblaient implorer silencieusement les gens qui passaient près d'elle, mais aucun des invités du vernissage d'Auguste Meyer ne lui proposa de la débarrasser de son fardeau. À sa droite, sur le mur blanc, une photographie à l'argentique montrait la même statue élevée près d'une rivière, en pleine nature : la poterie était déjà brisée ; il n'y avait jamais eu d'eau dans le vase.

— C'est parce que tu bades tout ce qu'il fait, commenta Mina d'une voix absente. Il fallait absolument que tu viennes ce soir faire des mondanités, tout cela pour t'exhiber avec le grand artiste...

Dolorès et sa mère avaient levé les yeux au ciel. C'était toujours la même chose quand la grand-mère de

Dolorès les accompagnait quelque part : elle n'avait que des remarques acerbes à la bouche. Dolorès savait qu'elle était censée *aimer* Mina parce qu'elle était sa grand-mère et qu'elle tenait parfois à l'embrasser en appuyant très fort ses lèvres contre sa joue, mais sa présence la mettait dans un état de tension critique.

— Moi, je trouve qu'elle te ressemble, Dolorès, dit Paul de sa petite voix flûtée.

Dolorès s'était tournée vers lui et lui avait caressé les cheveux sans répondre. Elle avait envie de quitter la galerie bondée pour rejoindre Zineb au Prétexte, mais Auguste avait annoncé que cette exposition serait sa dernière et sa mère avait absolument tenu à ce qu'elle l'accompagne à l'inauguration. Comme la quasi-intégralité du travail d'Auguste, les œuvres exposées avaient pour thème le passage du temps et la mort. *La petite fille au vase,* avait précisé une jeune femme à l'air compétent qui devait être la propriétaire de la galerie, était l'une des statues que l'artiste avait volontairement laissées dehors pendant plusieurs années afin qu'elles soient parées des *stigmates de la fuite du temps.* Dolorès avait écouté avec intérêt l'exposé de la galeriste. Une autre œuvre, avait-elle ensuite expliqué à l'assemblée, était constituée d'un millefeuille de plaques transparentes, sorte de vitraux sur lesquels étaient représentées des scènes variées : un homme moustachu armé d'un long fouet dans une chambre à coucher, une jeune femme en maillot de bain au milieu des vagues ; enfin, l'atelier où elle avait fait de la poterie, enfant, remplie de statues recouvertes de draps clairs. Quand on les regardait de face, toutes les scènes se mélangeaient, s'altéraient et se complétaient les unes les autres. *Parce qu'on ne voit jamais un souvenir qu'à travers un autre souvenir.*

— Elle aussi, là, elle te ressemble.

Paul désignait cette fois-ci une petite fille aux longs cheveux bruns, représentée seule sur l'une des plaques de verre. Dolorès ne l'avait pas remarquée. Derrière elle, intégré à une autre scène, sur un autre vitrail, un petit garçon semblait tendre la main dans sa direction. Quand Dolorès fermait un œil, c'était comme s'il la touchait. Elle repensa à Auguste et aux poils gris sur son torse, quand il lui murmurait : *Je t'aimais il y a très longtemps, Dolorès, et toi, dans très longtemps, tu m'aimeras à ton tour.*

Mina et sa mère avaient recommencé à se disputer.

— Est-ce que tu peux parler moins fort, Maman ? Il y a beaucoup d'amis à moi dans cette salle. D'ailleurs, c'est l'exposition d'un ami à moi.

— J'ai bien le droit de dire ce que je pense.

— Oui, mais dis-le moins fort.

— Écoute, Hélène, je sais que tu adorerais que ce monsieur soit ton père, mais ce n'est pas le cas, d'accord ? Alors cesse un peu d'être ridicule et...

Mais la mère de Dolorès avait déjà quitté la salle. Dolorès avait soupiré et pris Paul par la main pour sortir et la suivre. Et Mina avait continué, comme d'habitude, à marmonner toute seule tout ce qu'elle pouvait trouver de méchant à dire, même si personne ne pouvait plus l'entendre.

*

Enfant, Dolorès avait pourtant le souvenir d'avoir aimé Mina. Elle aimait l'entendre parler pendant des heures et avoir l'impression qu'elle prenait part à une conversation. Plus tard, en la voyant discuter avec Paul, elle avait compris qu'elle parlait surtout aux enfants parce qu'ils ne trouvaient rien à redire à ses obsessions et ses cruautés. Elle aimait aussi cette façon qu'avait Mina de toujours prendre sa défense, et s'était ensuite rendu compte que sa grand-mère ne prenait jamais sa défense que contre sa propre fille.

Finalement, Dolorès était arrivée à la conclusion que Mina ne les aimait pas comme une grand-mère était supposée aimer sa fille et ses petits-enfants, en les gavant de confitures et de choses cuites au four. Mina ne les aimait que dans la mesure où ils permettaient à son petit monde paranoïaque d'exister, cet univers dans lequel elle savait tout quand eux ne savaient rien et où elle prétendait faire tout pour eux, alors que Dolorès ne l'avait jamais vue apporter quoi que ce soit à quelqu'un – ne serait-ce qu'une fourchette qui aurait manqué sur la table, ou un cadeau d'anniversaire.

Dolorès se souvenait particulièrement d'une fois où, l'année de ses quatorze ou quinze ans, elle avait accompagné Mina au marché faire les courses. C'était l'été et Dolorès portait un short que sa mère avait coupé dans l'un de ses vieux jeans. Elles étaient passées devant un groupe d'adolescents qui tiraient d'un transistor un rap grésillant et jouaient à lancer des capsules dans une gouttière, accroupis sur un trottoir. Qu'ils la suivraient des yeux, Dolorès l'avait su tout de suite. Il y en avait un, parmi eux, dont elle ressentit plus fort que les autres le regard sur elle ; son teint était basané, ses cheveux plaqués en arrière avec du gel, et il portait des vêtements ornés de logos criards – mais malgré tout cela, malgré le fait qu'ils ne se rencontreraient jamais car elle était pour toujours d'un côté de ce trottoir et lui de l'autre, Dolorès avait pensé qu'elle aurait pu lui laisser faire des choses, comme saisir du bout des doigts sa queue-de-cheval ou lui toucher les seins.

Elle l'avait regardé en coin et il avait sifflé sur son passage avec les autres garçons. Même après être arrivée au bout de la rue, elle les entendait encore faire des commentaires dans son dos. Elle avait dû se détourner pour que sa grand-mère ne la voit pas sourire, et ni l'une ni l'autre n'avait relevé. Quand elles étaient rentrées à la maison, Mina s'était scrutée pendant un moment dans le miroir de l'entrée. Elle portait une robe que Dolorès l'avait souvent vue porter : longue et fluide, en coton vert amande, et qui dénudait ses bras dont la peau s'ouvrait sur le milieu comme de la viande préparée pour une marinade.

— Regarde, avait-elle dit en lui désignant son jupon.

Dolorès avait regardé. Le tissu était usé : c'était tout.

— Cette robe est un peu transparente ; je ne m'en étais pas rendu compte.

En effet, la lumière passait à travers le coton et soulignait l'ombre de ses jambes maigres, aux genoux ronds comme des œufs.

— Je me demandais pourquoi ces garçons avaient crié, tout à l'heure. Eh bien voilà, avait-elle conclu avec un petit sourire entendu.

Dolorès n'avait pas rétorqué, mais elle s'était dit, une fois encore, que la seule façon de comprendre sa grand-mère aurait été de connaître son histoire.

Or, personne n'avait jamais raconté l'histoire de Mina et de sa fille. On avait, parfois, chuchoté des bribes du récit, on avait entendu dire des choses ; des lettres d'amour, un acte de naissance, et d'autres papiers avaient été enfermés dans un coffret jamais rouvert. On avait eu l'intuition de certains événements, on en avait deviné d'autres, peut-être inventé certains. Mais personne n'avait raconté l'histoire d'un bout à l'autre, en commençant par la rencontre de Mina et du père d'Hélène, comment il était tombé amoureux d'elle, comment il l'avait abandonnée, comment elle avait eu un bébé, et comment elle s'en était occupée. Parce que cela, Mina le racontait fréquemment, Dolorès savait qu'après la naissance de sa fille, sa grand-mère avait fait un séjour dans un sanatorium suite à une primo-infection. Pendant longtemps, Dolorès, qui ne connaissait ni le sens du mot *sanatorium*, ni celui du mot *primo-infection*, avait pensé que la primo-infection et le sanatorium n'étaient autres que les conséquences de la naissance de sa mère, que c'était ce qui arrivait nécessairement quand on donnait naissance à un enfant : on se rendait dans une maison loin de tout et de son bébé, pour attendre que le désespoir passe.

Dolorès apprit plus tard qu'une primo-infection était une sorte de tuberculose et que Mina avait été forcée de se rendre dans ce sanatorium pour ne pas contaminer sa fille. Mais ce n'était jamais comme ça que Mina présentait les choses, et, outre cet incident, Dolorès ne savait pas vraiment quelle mère avait été Mina et quelle fille sa propre mère avait pu être.

Mina vivait toujours à Illès, dans un quartier pas si éloigné de celui qu'habitaient sa fille et ses petits-enfants, mais il se passait parfois des mois sans que la famille se réunisse. Et pourtant, Dolorès se souvenait s'être souvent assise en haut de l'escalier qui menait au premier étage de leur maison, avec son petit frère Paul sur les genoux, d'avoir essuyé les larmes sur ses joues et de lui avoir dit :

— Ne pleure pas. Ce sont seulement Mina et Maman qui se disputent.

Et Paul demandait toujours :

— Mais pourquoi ?

Dolorès ne savait jamais quoi répondre. Parfois, à travers les éclats de voix inaudibles, entrecoupés de cris, de sanglots, ils parvenaient à comprendre une phrase ou deux : *Tu n'aurais jamais dû avoir d'enfant ; de toute façon, je n'en voulais pas ; eh bien, c'est bien fait. C'est à cause de toi que ton père est parti ; c'est à cause de toi que je n'ai jamais connu mon père.*

Personne n'était jamais venu les chercher dans l'escalier. Antoine, le beau-père de Dolorès, s'enfermait dans son atelier pour peindre et ignorait les cris. Au bout d'un moment, la porte claquait enfin et Mina disparaissait.

Hélène montait alors s'enfermer dans sa chambre, et quand elle passait près d'eux dans l'escalier, elle se cachait la tête pour qu'ils ne puissent pas voir qu'elle pleurait.

C'était cela, l'histoire de sa mère et de Mina. Il y avait très longtemps, à une époque que personne ne pouvait précisément dater, une faute avait été commise, une mère avait laissé son bébé quelque part à quelqu'un, une guerre avait eu lieu.

Toutes les guerres du passé se ressemblaient dans l'esprit de Dolorès : la guerre de quatorze, la guerre de trente-neuf-quarante-cinq, la guerre d'Algérie. Toutes les mères, aussi, se ressemblaient : quand elle essayait d'imaginer Mina jeune, belle, amoureuse du jeune homme qu'elle voyait sur les photographies et qui était, de fait, son grand-père, elle se la représentait sous les traits d'Héra, la femme de Zeus, sa gorge blanchie par la lumière d'un ciel tout proche, surplombant la Terre depuis le mont Olympe, et tenant, par le pied, un bébé qu'elle s'apprêtait à laisser choir dans le vide. En contrebas, parmi les mortels, Dolorès et Paul regardaient l'enfant tomber, inlassablement ; cet enfant, c'était leur mère.

Cela, Dolorès l'avait compris l'année de ses dix ans, grâce à une vieille photo qu'elle avait sortie d'un carton rangé dans le placard du salon, un petit carré de papier glacé et dentelé comme un gâteau. Elle l'avait tenue au-dessus de son visage, les yeux écarquillés.

— Paul, viens voir ! s'était-elle exclamée.

Paul était en train d'empiler une multitude de petits rectangles de bois poli selon un plan connu de lui seul.

Il portait un pyjama à rayures trop court qui dénudait ses chevilles et ses yeux brillaient de tout plein de lumières : il devait être onze heures le lendemain de Noël et les emballages déchirés des cadeaux qu'il avait ouverts gisaient autour de lui. Quand Dolorès l'avait appelé, il avait abandonné son jeu de bonne grâce, toujours très heureux de sentir que sa grande sœur avait besoin de lui.

Elle l'avait fait asseoir à côté d'elle et ils avaient regardé la photo ensemble. On y voyait un jeune homme seulement vêtu d'un caleçon et monté sur un cheval dont la tête était floue. Mais on distinguait très nettement les longues jambes de l'animal, les sphères d'os et de chair lustrées de ses genoux, la selle et le tapis posés sur son dos. Et surtout, le jeune homme avait une musculature de magazine, avec des creux où on s'imaginait l'eau couler goutte à goutte, et une figure carrée, un instantané de virilité, avec ses yeux qui n'étaient que deux points clairs mais dont il était évident qu'ils regardaient au loin. Il était beau et, plus grave, *il était sexy*, s'était dit Dolorès. Il était si sexy que c'en était gênant, cette photographie de lui sur ce cheval noir qu'il serrait entre ses cuisses. Il était à demi nu, et il n'y avait ni mer ni plage sur la photographie, mais seulement la présence inavouée de cet œil de jeune femme derrière l'objectif, qui aurait pu être celui de Dolorès.

— Qui c'est ? avait demandé Paul.

— Je pense que c'est le père de Maman.

Ils avaient quitté le salon et étaient rentrés ensemble dans la cuisine. La mère de Dolorès portait un déshabillé couleur d'ivoire ; penchée sur la grosse cuisinière Godin, elle faisait prendre quelque chose au-dessus du feu, une crème à la vanille dont la fumée montait jusqu'à son visage. Elle n'avait rien du jeune homme, à part, peut-être, un certain air de race.

— Maman, demanda Paul, est-ce que c'est ton père, là ?

Elle avait quitté la casserole des yeux pour considérer la photo, puis avait détourné le regard très vite, avait saisi une cuillère en bois et s'était mise à mélanger énergiquement.

— Oui.

Alors les deux enfants s'étaient tournés vers la petite silhouette qui finissait son café sur la table de la cuisine. Mina, leur grand-mère, était déjà habillée pour aller faire sa promenade. Son lourd chignon entremêlé de gris tombait sur sa nuque, et Dolorès avait réprimé un mouvement d'effroi en imaginant ce qu'il se passerait si elle le dénouait, les immenses cheveux de vieille femme qui se dérouleraient sur sa poitrine tombante, jusqu'à ces fesses auxquelles la petite fille refusait de penser.

— Mina, avait-elle interrogé doucement, c'est ton mari ?

Sa grand-mère avait pris la photo entre ses doigts et l'avait contemplée avec sur le visage l'expression d'une douceur si inhabituelle que les enfants, surpris, avaient fait un pas en arrière.

— On n'a jamais été mariés. Mais c'était mon fiancé… Qu'est-ce qu'il est beau, sur cette photo, tu ne trouves pas, Dolorès ? C'est moi qui l'ai prise. On devait avoir dix-sept ou dix-huit ans…

Dolorès avait acquiescé. Il y avait tant d'amour et de désir dans les yeux de Mina et il en restait si peu pour l'enfant qu'elle avait eu de cette photographie, et qui préparait un dessert dans son joli déshabillé blanc à quelques mètres de là, le dos bien tourné pour faire semblant de ne rien entendre. Mina, devant la photographie, s'était pâmée comme si ses cheveux étaient à nouveau tout noirs et ses seins tout durs. Elle avait évoqué des souvenirs de jeunesse en ondulant des épaules et Dolorès s'était demandé si elle allait se mettre à danser le fox-trot, maintenant.

— Moi aussi, j'étais très belle. Il faudra que je trouve des photos.

— Mais tu es toujours très belle, Mina, avait dit Paul d'une petite voix.

Mina avait gonflé les joues et déposé un baiser sonore sur le front de Paul.

— Tu es gentil, mon chéri. Mais tu sais, Paul, en toute une vie, je n'ai jamais croisé quelqu'un de plus beau que lui. J'ai regardé tous les hommes dans la rue, tous ceux que j'ai pu voir, et je n'en ai jamais vu de plus beau.

— Mais il est où, maintenant ?

Mina s'était brusquement rembrunie.

— Il est parti. Depuis bien longtemps, il est parti.

Une autre histoire disait que Mina aurait préféré avoir un garçon. Cette version était confortée par le fait que, quand Paul était né et qu'elle était allée le voir à l'hôpital, Mina était rentrée dans une crise de rage terrible et s'était mise à insulter sa fille, qui était allongée dans sa blouse blanche, son petit garçon dans les bras. Antoine avait dû la prendre à bras-le-corps et la faire sortir de force de la chambre. Dolorès, qui avait huit ans, avait assisté à la scène en silence, puis avait sagement écouté une infirmière lui répéter qu'elle ressemblait trait pour trait à son papa, ce qui aurait pu être justifié si son véritable père avait été présent ce jour-là, et non Antoine qui souriait d'un air gêné. Finalement, ils avaient ramené Paul à la maison et tout avait été merveilleux, parce que Dolorès avait enfin un petit frère, et que la maman de Dolorès avait enfin une famille.

— C'est ce que j'ai toujours voulu avoir, une famille, avait-elle dit plus tard à Dolorès.

Dolorès savait cela. Son père le lui avait dit. Au cours de l'un des rares après-midi où le juge l'avait autorisé à voir sa fille, il lui avait confié les raisons pour lesquelles il s'était séparé de sa mère en soulignant avec amertume :

— On s'est mariés pour de mauvaises raisons. Elle ne m'a épousé que pour fuir la maison de sa mère. Elle voulait avoir un enfant très vite pour ne plus être un enfant elle-même.

Ce qui aurait pu faire de la peine à Dolorès, s'était-elle dit en y repensant : tourner les choses ainsi revenait à considérer que Dolorès n'avait été qu'une première tentative ratée de fonder une famille. Mais ç'aurait été oublier l'amour incroyable que sa mère avait pour elle et pour Paul, et comme elle les serrait contre elle parfois jusqu'à les étouffer, sans autre raison.

La mère de Dolorès avait sans doute beaucoup d'amour à donner – de cet amour sauvage qui pouvait aussi expliquer l'attachement forcené qu'elle avait conçu pour Auguste Meyer, depuis le jour où elle l'avait rencontré à l'une de ses expositions. C'était un bonheur que de la voir aimer cet homme comme son propre père, de toute la lumière de ses yeux noisette grands ouverts, et c'était un bonheur que personne, sinon Mina, ne voulait se risquer à gâcher : ni Antoine par jalousie, ni Dolorès, quoi qu'Auguste Meyer ait pu faire, quoi qu'Auguste Meyer ait pu être.

*

Quand sa mère avait enfin quitté la salle d'exposition, Hélène Déléale avait rejoint son ami Auguste près de la table où était disposé le buffet du vernissage. Les invités se mouvaient autour de lui sans qu'il paraisse les remarquer. Il portait l'une de ses éternelles chemises en lin, comme toujours ouverte sur son torse solide et mince, et elle était toujours étonnée, en l'observant, de ce que l'âge pouvait apporter de beauté à un homme : sa barbe blanche moussait autour de ses joues et de son menton, de nombreuses rides entouraient et entouraient à nouveau ses yeux graves. Quand il l'avait regardée s'avancer vers lui, son regard s'était illuminé, comme si, en la voyant, il s'était soudain rappelé ce qu'il faisait là.

— C'est une réussite, non ?

Il avait hoché la tête et lui avait posé une main sur le bras. Il tremblait légèrement, avait-elle noté, et le pantalon couleur brique qu'il portait lui bâillait sur l'aine. Il avait dû maigrir.

— Tu as vendu quelque chose ?

Elle avait vu un homme en costume s'approcher de lui et signer un chèque, plus tôt dans la soirée.

— Je ne pense pas.

— Même pas à ce type, tout à l'heure ?

— Ah oui, peut-être. Je ne me rappelle pas.

Il lui avait souri d'un air absent. Elle avait vérifié d'un coup d'œil que Dolorès et Paul étaient toujours là. Ils se tenaient face à une belle sculpture de jeune fille, bras dessus, bras dessous. *Dolorès est si gentille avec son frère*, avait-elle dit platement. Sentant le regard de sa mère sur sa nuque, l'adolescente s'était retournée et avait cligné les paupières, comme pour lui signifier que tout allait bien.

— Mais il t'a bien signé un chèque, non ? Comment ça, tu ne te rappelles pas ?

Auguste avait haussé les épaules.

— J'oublie des choses, en ce moment, avait-il dit avec un petit rire. Tu sais, ma fille, c'est l'âge…

Hélène avait eu un frisson d'angoisse à l'idée qu'il ait pu tant vieillir. Elle faisait partie de ces gens qui, parce qu'ils ont dédié leur vie à soigner celle des autres, cherchent d'instinct des symptômes chez ceux qu'ils aiment comme on chercherait les yeux dans un visage. Elle avait pris le bras d'Auguste.

— Tu es venu ici en voiture ?

— Je crois que je suis venu à pied.

— Tu veux que je te raccompagne au mas, tout à l'heure ?

— Oh, j'aimerais bien. J'aimerais beaucoup. Il faut que je te parle de quelque chose.

Il avait baissé la voix et s'était approché du visage d'Hélène. Elle avait décelé dans son souffle une aigreur, mais ce n'était pas un relent de fruit gâté dû à l'alcool. C'était une odeur tout à fait nouvelle.

— Il faut que tu fasses attention à ta fille.

— Dolorès ?

— Eh bien oui, Dolorès.

Il avait changé de position pour se retrouver tout à fait dos à Dolorès, qui regardait toujours la statue.

— Elle me rend visite parfois, la nuit. Elle me fait peur, tu comprends ? Il faut que tu l'empêches de sortir de chez vous en pleine nuit.

Hélène Déléale avait lentement hoché la tête, puis elle avait brusquement embrassé la joue du vieil homme et l'avait conduit à l'extérieur, sans dire un mot.

Le soir, quand il était monté la rejoindre dans leur chambre, son mari l'avait trouvée encore tout habillée, étendue sur le lit, immobile. Elle avait les yeux secs, mais injectés d'un sang mauvais.

— Eh bien, qu'est-ce qu'il t'arrive ?

— C'est Auguste. Je pense qu'il va bientôt mourir.

*

Hélène toucha la main de Dolorès qui scrutait son propre visage dans le rétroviseur, à travers la vitre ouverte.

Qu'avaient donc les adolescentes à sans cesse se regarder dans les miroirs ? Dolorès devait se demander, chaque fois qu'elle jetait un coup d'œil dans une glace, pourquoi elle se retrouvait encore face à la petite fille qu'elle avait toujours été. Ses amis avaient tous beaucoup changé au cours de l'année passée : l'acné dévastatrice de Zineb, la nouvelle couleur de cheveux et le maquillage de Bianca, et cette mâchoire qui était apparue dans le petit visage ovale d'Hannibal, oui, tous avaient mûri, mais Dolorès était restée la même. Elle avait gardé la solidité de sa figure d'enfant, ses yeux n'avaient pas rétréci, son teint était resté brun et lisse, les pores bien serrés les uns contre les autres sur sa peau bombée de statue.

— Tu peux arrêter de faire la gueule, Dolorès ?

Dolorès leva les yeux au ciel et lui fit un sourire forcé.

— Tu peux pas me déposer directement à la maison ?

— Non. D'abord, je n'ai pas envie de faire le détour, ensuite, j'ai dit à Auguste que je passais le chercher avec toi, et ça lui fera plaisir de te voir.

La jeune fille retourna à son reflet dans le rétroviseur. Il faisait chaud et elle portait le débardeur en cachemire blanc qu'Hélène préférait et que, mille fois, elle lui avait répété qu'elle ne lui prêterait pas, mais que Dolorès continuait à lui emprunter en froissant tous les autres vêtements rangés dans l'armoire. Il lui allait bien.

— Je te le donne, ce haut, si tu veux.

Dolorès sourit à son reflet, puis s'enfonça dans son siège et reprit le même air boudeur.

— J'ai pas envie de monter jusque là-haut.

— Dolorès, c'est bon.

La route qui montait chez Auguste à flanc de coteau reproduisait autour de la montagne la trajectoire d'un satellite de pierre et de feuilles mortes. Quand Dolorès était petite, et qu'Hélène empruntait cette même route pour la conduire à son atelier de poterie, elle devait la mettre devant pour qu'elle ne vomisse pas durant le trajet. *Regarde la route*, lui murmurait-elle. *Regarde bien la route.* Parfois, à l'arrière, il y avait Zineb, Bianca ou Hannibal, ou les trois à la fois. Hélène, en y repensant, prit la main de sa fille près du levier de vitesse pour la serrer fort dans la sienne, comme si elle voulait retrouver la petite main collante aux ongles rongés de cette Dolorès de sept ou huit ans qui n'avait pas encore les longues mains de son père, du vernis noir et les poings serrés.

À une centaine de mètres du mas d'Auguste, une amphore de terre cuite était enfoncée dans la terre sur le bord de la route. Hélène sentit une chaleur irradier sa poitrine à l'idée de retrouver Auguste, ses boucles blanches, son odeur de limon et de patchouli. Elles trouvèrent le portail de la propriété ouvert et allèrent se garer près d'un olivier. Il faisait déjà très chaud pour un mois de mai. Elles remontèrent ensuite le sentier bordé de rhododendrons qui menait à l'habitation principale et firent tinter la clochette qui pendait devant la porte d'entrée, mais personne ne vint leur ouvrir.

— Il doit être dans l'atelier.

Dolorès hocha la tête et dévala le terre-plein en direction de la serre. Ses sandales de cuir ne semblaient pas la gêner. Souvent, quand elle observait sa fille qui lisait dans un fauteuil, ou marchait vers la voiture en sortant du lycée, Hélène avait l'impression d'épier une jolie jeune femme qu'elle ne connaissait pas. Mais quand elle la surprenait à mâcher sa nourriture la bouche ouverte, la voyait descendre les escaliers quatre à quatre pour mettre la table, ou dévaler un sentier comme maintenant, elle la reconnaissait soudainement et se demandait quand Dolorès cesserait de se ressembler tant. Est-ce qu'un jour arriverait où elle cesserait de jeter vers sa mère de grands yeux humides quand elle était malade, où elle remplirait elle-même ses dossiers administratifs ? Est-ce que ce jour serait celui où elle marcherait calmement pour se rendre d'un endroit à un autre ?

L'atelier d'Auguste était une ancienne serre en fer forgé. Les panneaux de verre étaient si dépolis et si maculés de poussière que de l'extérieur, la serre donnait l'impression d'abriter une foule de jeunes femmes immobiles. Dolorès était rentrée dans l'atelier sans frapper, et Hélène vit son ombre mouvante se mêler à celles, pesantes, des statues qui ne bougeaient pas.

Auguste était installé sur un tabouret de bois devant une grande femme d'argile molle. Dolorès s'approcha de lui, suivie par Hélène. Derrière eux, une gigantesque armature informe jetait dans tout l'atelier l'ombre de ses lignes de fer.

— Auguste !

Le vieil homme leva les yeux vers Hélène. Il avait des yeux bruns entourés d'un cercle bleu presque blanc, le bleu des choses malades et privées de couleur. Son visage s'éclaira à la vue de son amie. Il leva les bras comme pour embrasser sa statue, mais ce fut elle qui reçut son étreinte.

— Tu m'as ramené ta fille ! Je la vois encore, toute petite, en train de modeler, tiens, ici même. Tu n'aurais pas dû arrêter, toi ! Tu étais la meilleure, tu sais, dit-il à Dolorès.

Elle eut un vague sourire.

— Elle ne continue jamais rien, fit remarquer Hélène.

Auguste fit un geste vague.

— Des yeux d'artiste, elle a, cette petite, continua-t-il sans relever la remarque d'Hélène. C'est bien de ça dont j'aurais besoin aujourd'hui. Je ne sais plus quoi faire de cette petite fille, là, devant moi. Elle n'arrête pas de gigoter. Je ne peux pas la finir !

Hélène considéra la sculpture qu'il désignait. C'était une jeune femme, au beau corps ferme, avec deux globes de chair au-dessus des côtes, mais les traits de son visage étaient primitifs et épais ; les sourcils se coulaient dans le nez, les yeux n'étaient que deux marques laissées par deux pouces. Elle s'approcha de l'œuvre jusqu'à distinguer les lignes sinueuses des empreintes digitales qu'Auguste avait imprimées dans les orbites.

— Elle est jolie. J'aime bien les choses qui ne sont pas finies. Et derrière, qu'est-ce que c'est ?

— Oh, c'est un monument aux morts que la mairie m'a demandé. Je vais faire une baleine.

— Une baleine ? répéta Dolorès.

— La baleine de Jonas !
— Ah.
Hélène alla ramasser la vareuse ocre rouge qu'Auguste avait abandonnée sur une chaise.
— Allez, on va y aller, Auguste.
— Où est-ce qu'on va, au fait ? demanda Dolorès.
— On accompagne Auguste chez le médecin, avait répondu Hélène d'une voix plus sourde.
— C'est pas toi, son médecin ?
— Si, mais il lui faut l'avis d'un autre type de médecin que moi. Je l'emmène chez un collègue. Allez, venez.
Elle fit revêtir sa vareuse au vieil homme et le prit par le bras. Depuis quelques mois – depuis que les statues s'étaient mises à gigoter, depuis qu'une ombre qu'il appelait Dolorès s'était mise à lui rendre visite, la nuit –, Auguste et Hélène avaient pris l'habitude de ces gestes-là. Ils regagnèrent la voiture, Dolorès monta à l'arrière et Hélène faillit rappeler à Auguste de mettre sa ceinture, mais elle se ravisa pour ne pas risquer de le blesser. Ils roulèrent en silence jusqu'au centre-ville. Une seule fois, Auguste ouvrit la bouche pour dire :
— C'est cette foutue baleine, elle fait danser toutes les autres, tu comprends ?
Personne ne lui répondit. Quand ils arrivèrent devant le cabinet du docteur Janovsky, Hélène se gara et ouvrit sa portière pour descendre de la voiture, mais Auguste la retint :
— Oh ! Je peux bien y aller tout seul, je t'assure. Au revoir, ma chérie. Merci beaucoup, hein.

Et il se retourna vers Dolorès pour lui frôler la joue :

— Au revoir, ma caille.

Hélène attendit qu'il soit rentré dans le bâtiment pour redémarrer. En roulant jusque chez elle, elle eut l'impression d'étouffer tant elle trouvait son ami diminué depuis la dernière fois qu'ils s'étaient vus.

Quand elle se tourna vers Dolorès pour lui demander ce qu'elle en pensait, elle vit que sa fille était en train de pleurer.

— Mais ma chérie, pourquoi tu pleures ?

— J'ai pas envie de le dire.

— Mais si, dis-moi pourquoi.

— Non. Tu vas m'engueuler.

Elle avait le visage tout rouge, et à travers la bouche entrouverte, Hélène distinguait ses dents, parfaites et alignées comme de petites perles mouillées.

— C'est parce qu'il m'a appelée *ma caille*. Je déteste les cailles. Ça me dégoûte.

*

L'OPJ Léo Casez jeta un coup d'œil à sa montre.

Hélène Déléale était en retard. Il avait passé la matinée à remplir de la paperasse et sentait l'excitation monter en lui à l'idée de mener enfin cet interrogatoire. Peut-être était-ce seulement la perspective de parler avec quelqu'un qui ne soit pas sa mère, son père ou un collègue de travail. Il saisit son téléphone portable et consulta l'application de rencontres sur laquelle il s'était inscrit quelques mois plus tôt. Il fit défiler une dizaine de photographies de jeunes femmes habitant sa région, ayant entre vingt-cinq et trente-cinq ans. Il aurait pu envoyer un message à l'une d'entre elles, mais ce n'était pas ce qu'il lui fallait. Ce qu'il lui fallait, c'était que l'univers lui présente une femme et lui dise : *elle sera ton épouse ; tu la chériras, tu lui donneras des fils, tu lui mettras un toit sur la tête, une robe sur le corps et une bague autour du doigt.* Il saurait faire cela. C'était tout le reste qui lui posait problème, à commencer par envoyer un emoji souriant à une jeune femme qu'il n'avait jamais rencontrée, et qui aimait voyager et sortir, si on en croyait la description de son profil – devait-il vraiment faire tout cela, voyager, sortir, avant de simplement la conduire à un autel quelconque ?

— Hélène Déléale est ici, lui indiqua sa collègue.

Léo Casez se redressa et posa son téléphone.

— Bien, faites-la entrer.

La jeune femme qui venait de passer la tête par la porte de son bureau avait elle-même entre vingt-cinq et trente-cinq ans, habitait sa région et aimait certainement voyager et sortir. Elle jeta un coup d'œil ironique à l'écran du téléphone de Léo Casez et quitta la pièce, bientôt remplacée par la silhouette plus lourde du docteur Hélène Déléale.

— Bonjour, docteur. Asseyez-vous, je vous en prie.

Elle portait un jean bien coupé et un pull vert d'eau. Quel âge pouvait-elle avoir maintenant ? Léo Casez n'avait pas l'impression qu'elle ait particulièrement vieilli depuis la dernière fois qu'elle l'avait ausculté, il y avait de cela pourtant près de dix ans. Elle s'assit et le considéra quelques instants de son regard de myope, puis dit :

— C'est à propos d'Hannibal, j'imagine ? Hannibal Lanier ?

— Effectivement. C'était un ami de votre fille, n'est-ce pas ?

— C'était le meilleur ami d'enfance de ma fille Dolorès, oui.

Elle parlait d'une voix posée, sûre d'elle, la voix d'une femme qui n'avait toute sa vie agi que pour le meilleur de tous et de tout, d'une femme résolue à ce que rien ni personne ne souffre. Léo Casez se souvint du regard aigu qu'elle posait sur lui, enfant, tandis qu'elle l'auscultait, guettant la douleur qui risquait d'arriver pour la soulager aussitôt. Il se souvint de sa voix lorsqu'il la croisait avec sa grand-mère, qu'elle lui touchait le bras et bavardait un moment avec elle. Elle ne haussait pas le ton comme font tant de gens quand ils s'adressent à ceux qui n'entendent plus, mais approchait sa bouche de l'oreille de la vieille dame et lui rappelait la date de leur prochaine consultation comme s'il s'agissait d'un rendez-vous d'amour – et peut-être, en y réfléchissant, s'agissait-il de cela.

— Je ne sais pas si je suis désolée ou soulagée qu'on l'ait retrouvé ainsi. J'imagine que plus personne n'espérait qu'il reviendrait.

Puis, après un silence :

— C'était un enfant adorable.

— Vous savez où son corps a été retrouvé ?

— Oui.

Elle releva légèrement le visage et son regard se durcit.

— Vous avez été vue sur les lieux peu de temps avant qu'on ne retrouve son corps. Plus précisément, les ouvriers qui travaillaient sur le chantier ont signalé que vous aviez tenté de les convaincre d'arrêter les travaux.

Le docteur Hélène Déléale inspira profondément, et sa poitrine large se gonfla sous la courbe de ses seins.

— Auguste Meyer souhaitait que personne ne touche à sa maison. Je crois que les dernières volontés des morts méritent le respect.

— Auguste Meyer était votre ami ?

— Mon ami très cher.

— Vous pensez qu'il a pu tuer Hannibal Lanier ?

— Je pense que ce n'est pas impossible.

L'OPJ Léo Casez ne s'attendait pas à ce qu'elle lui réponde aussi franchement. Il tâcha de ne pas montrer sa surprise et poursuivit :

— Quelles raisons Auguste Meyer aurait-il pu avoir pour tuer Hannibal Lanier, d'après vous ?

— Auguste était très malade quand Hannibal a disparu. Il y avait des moments où il ne savait plus ce qu'il faisait.

*

Hélène Déléale avait senti son cœur battre quand le docteur Janovsky l'avait rejointe au Café de France. C'était le meilleur neurologue de la région. Elle ne savait plus si elle se sentait soulagée ou dépossédée de ne pas pouvoir soigner Auguste elle-même ; elle avait le même sentiment que, plus jeune, lorsque les enfants étaient encore des bébés et que quelqu'un, une cousine plus ou moins éloignée, un ami de la famille, insistait pour les prendre dans ses bras. À présent, elle aurait le courage de refuser, mais à l'époque, elle avait regardé tous ces hommes et toutes ces femmes manipuler Paul et Dolorès, alors qu'elle les imaginait déjà s'écraser sur le sol et elle se précipiter pour recoudre leurs petits corps parfaits, brisés sur le carrelage froid d'une maison qui n'était pas la sienne.

Elle s'allumait une énième cigarette quand le crâne chauve d'Étienne Janovsky était enfin apparu à quelques mètres d'elle.

— C'est une honte, pour un médecin, de fumer autant, lui avait-il dit avec un petit rire, en guise de bonjour.

— Je te commande un café ?

— On va prendre du vin plutôt, tu veux bien ?

Elle avait acquiescé, soudain presque au bord des larmes. Étienne Janovsky avait posé une main sur la sienne, une main lourde, lisse et froide, et Hélène avait eu l'impression que seule cette main habituée aux corps qui tremblaient la retenait là, sur sa chaise. Il avait attendu que le carafon de vin arrive et qu'Hélène ait vidé son premier verre avant de se mettre à parler.

— Trois lettres : DCL. Démence à corps de Lewy. Ça te dit quelque chose ?

— Oui, évidemment.

Elle connaissait le terme, et elle connaissait certainement tous les symptômes. Mais son cerveau à peine embrumé par le vin était incapable de se les rappeler. Où qu'ils soient en elle, elle ne les retrouvait pas.

— C'est assez fréquent. C'est même la seconde démence neurodégénérative après la maladie d'Alzheimer.

— Elle est avancée ?

— Particulièrement, oui.

Il avait fait mine de sortir un dossier de son sac, mais Hélène Déléale l'avait arrêté d'un geste.

— Explique-moi. Je préfère. Reprends depuis le début. Fais comme si je ne savais pas de quoi il s'agissait. Fais comme si j'étais… Fais comme si je n'étais pas médecin. Fais comme si j'étais sa fille.

Il avait hoché la tête et s'était exécuté :

— C'est une démence qui allie des symptômes qu'on retrouve chez les patients Alzheimer et Parkinson. Elle affecte surtout les parties du cerveau liées aux fonctions cognitives, au mouvement. Les corps de Lewy, ce sont de petites inclusions neuronales, sphériques, qui forment des dépôts dans le cerveau, dépôts qui vont venir interrompre les messages transmis par le cerveau, justement. Dans le cas de Meyer, elles sont localisées dans les aires visuelles, celles qui traitent le sens de la vue.

— Et donc ?

— Et donc, en plus de la perte de motricité, de la perte de mémoire, elles provoquent des hallucinations visuelles, récurrentes, très précises, très détaillées… Meyer voyait des dizaines d'enfants derrière moi, dans le cabinet. Des enfants noirs.

— Il m'a raconté que ma fille venait le voir la nuit.

Hélène avait lâché cette dernière phrase sans regarder son collègue. Les nuits qui avaient suivi le vernissage au cours duquel Auguste lui avait raconté cette histoire, elle s'était levée et avait marché sur la pointe des pieds jusqu'à la chambre de Dolorès. Le visage de sa fille, à peine grisé par une source de lumière que personne n'avait jamais vue, mais qui devait se trouver quelque part, derrière les rideaux, était bien là, évidemment, flottant dans la masse de ses cheveux lâchés sur l'oreiller.

— C'est vraiment comme s'il la voyait, Hélène. C'est vraiment comme s'il voyait tout ça.

— Combien de temps il lui reste ?

— On ne peut pas donner de date précise. Comme tu dois le savoir, il n'y a pas de traitement. On peut traiter les symptômes, mais il va décliner. Hélène ?

— Oui ?

— Tu ne crois pas que tu devrais prévenir sa fille ?

— J'ai déjà essayé. Elle ne veut rien savoir.

Étienne Janovsky lui avait resservi un verre. Autour d'eux, les discussions embuées de ce soir particulièrement tiède continuaient de mener bon train, le soleil brillait encore assez fort pour former un peu d'ombre sous les branches des gigantesques platanes et la campagne ingrate, rase et jaune, les collines étouffantes, le ciel en forme de cloche, tout ce qu'Auguste Meyer avait peint toute sa vie durant, continuait à palpiter, à vivre, à pousser, à mourir. Rien ne changeait rien.

Hélène Déléale avait remercié Janovsky et réglé la note, puis elle était montée dans sa voiture et avait conduit jusqu'au mas d'Auguste. Quand elle était arrivée, la nuit était tombée et la serre rougeoyait dans l'obscurité. Elle était entrée dans l'atelier et l'avait trouvé effondré sur le sol, le visage dans les mains. Près de lui reposaient les restes désossés de la statue de jeune fille sur laquelle il travaillait quand elle était venue le chercher avec Dolorès. Il l'avait détruite avant de la mettre au four, alors que la terre devait être encore molle. Le visage, surtout, était particulièrement mutilé, des zébrures tendrement infligées sur les traits malléables, archaïques, ni plus morts ni plus vivants qu'ils ne l'étaient quelques jours plus tôt.

— Oh, lui avait-il murmuré en la reconnaissant, oh, je suis désolé…

Elle s'était agenouillée sur le sol humide et avait pris son vieux corps entre ses bras. Il était devenu incroyablement friable et léger. Il avait tenté de lui rendre son étreinte, mais elle avait senti qu'elle n'avait qu'à faiblir un peu pour qu'ils tombent ensemble à la renverse, son corps écrasant celui du vieillard.

— Je suis désolé, Hélène. Je suis désolé d'avoir fait mal à Dolorès. Mais elle venait me réveiller sans cesse, tu vois, je n'en pouvais plus.

*

Il devait être trois heures du matin.

Les heures dans la nuit s'avalaient d'elles-mêmes, et le visage de Paco n'était éclairé que par l'écran de son téléphone portable. Il s'était réveillé en sursaut d'un cauchemar, il ne savait plus quand. Dolorès était morte et il ne cessait de trébucher sur ses membres désossés étalés sur le sol. Il tombait et tombait à nouveau, comme si Dolorès avait possédé non pas deux, mais dix-huit, mais cent, mais mille jambes et autant de bras qui s'amoncelaient sur le chemin de Paco. Et puis il s'était réveillé. Dans l'appartement, quelque part, des surfaces en inox reflétaient la lueur d'un réverbère. La cage thoracique de Cassandra se soulevait régulièrement, se gonflait, se vidait, et l'air qu'elle expulsait réchauffait la pièce de son haleine. Son visage était à demi masqué par la nouvelle coupe qu'elle s'était offerte dans la journée ; ses cheveux, parfaitement lisses et lustrés, avaient des reflets dorés trop nets et des pointes coupées à la tondeuse.

Paco faisait défiler des photographies de filles sur Instagram. Des filles aux cheveux noirs, aux cheveux bruns, aux cheveux blonds, toutes ces filles aux yeux trop grands qui chaque année ont de nouveau vingt ans et dont les visages irradiants, les hanches filtrées de sépia, les soutiens-gorge pigeonnants qu'elles vont toujours enlever mais n'enlèvent pas, s'imprimaient sur sa rétine ; toujours la même moue mutine, les centaines de lèvres gonflées, les prénoms qui se terminent en *a*, les maillots de bain échancrés, sur la plage en plein hiver, les yeux bleus, les yeux noirs, les yeux verts, la peau saturée de couleur, de peinture, de pixels, les filles plus minces et les filles moins belles, les fesses, les teints, les seins, les tresses.

Il aurait voulu que Cassandra se réveille mais il savait qu'elle ne le ferait pas. Elle avait mis une sorte de masque de tissu sur son visage avant de s'endormir, qui avait glissé sur son cou. Il rechercha le compte de sa petite amie sur l'application, fit défiler les dernières photographies de sa nouvelle coupe de cheveux, de leur dernière sortie *en amoureux* quelques jours plus tôt. Elle était parfaite. Il eut envie de la réveiller, de lui faire l'amour, de lui dire quelque chose, mais il y avait le problème de ce prénom, qu'il n'aimait pas prononcer. Il aurait voulu qu'elle ait un surnom, *Cassie*, par exemple, qu'on lui aurait donné il y a des années déjà, et qui se serait attaché à elle, de sorte qu'il n'aurait pas à l'inventer et à l'entendre sonner faux quand il le prononcerait – mais tout le monde jusqu'ici semblait s'être contenté du prénom qu'elle portait. Il pensa à Dolorès et à ce qu'elle lui avait dit : *Cassandra, comme Cassandre, tu sais qui c'était Cassandre ? La princesse troyenne qui a annoncé la guerre de Troie, mais personne ne l'a crue. Elle faisait sans cesse des prédictions justes, mais personne ne voulait la croire : c'était la malédiction que lui avait lancée Apollon, dont elle avait repoussé les avances.* Paco n'écoutait pas toujours ce que disait Dolorès, surtout quand elle parlait de choses comme celles-là, de mythes, de légendes, en remplissant le cendrier posé sur la table de café devant elle, mais de ces paroles, il se souvenait très bien, peut-être parce qu'elle parlait de la femme qu'il aimait, peut-être parce qu'en lui racontant cette histoire, elle avait commencé à faire bouger ses grandes mains trop maigres devant son visage, et qu'il s'était perdu dans la contemplation de ces mains qui mimaient ces mots qu'il n'écoutait pas.

Dolorès, qui était toujours en train de s'agiter sur sa chaise, de pleurer, de rire et de bouger ses grandes mains et qui tout à coup s'arrêtait, s'enfonçait dans le silence comme on s'avance dans une mer tiède. *Je réfléchis à ce que je vais dire*, lui avait-elle répondu, un jour où il s'était moqué d'elle à ce propos. *Parfois, j'ai besoin de réfléchir.* Il ne connaissait personne d'autre qui avait, au beau milieu d'une conversation, d'une phrase, d'une soirée, *besoin de réfléchir*. Alors il regardait ses yeux, pour deviner ce qu'il se passait en elle, et une terreur montait en lui. Cette terreur, il la connaissait, c'était la même qui, face aux yeux des bébés, le heurtait contre une intelligence brutale. Les gens qui naissaient, qui mouraient, qui s'aimaient, qui vivaient, qui pourrissaient, qui commettaient des crimes et qui pleuraient leurs morts – Dolorès et ces bébés-là savaient pourquoi il en était ainsi. Paco et les autres ne savaient pas, c'était tout. La dernière fois, quand son ami Élias les avait croisés à une terrasse de restaurant, il lui avait ensuite dit : *Qu'est-ce qu'elle était mignonne, la fille avec toi*, il n'avait pas compris tout de suite où il voulait en venir ; est-ce que Dolorès était mignonne ? Elle l'était, évidemment, mais est-ce que c'était tout ce qu'il se passait ? Il chercha le compte de Dolorès sur Instagram et frôla un cliché du bout des doigts : la photographie l'avait fait surgir devant Paco comme l'humanité d'un visage surgit soudain, quand on est un enfant et qu'on dessine sur une feuille une bouche, deux yeux, et un cercle pour les maintenir ensemble.

Il s'allongea contre Cassandra, la prit dans ses bras comme une petite chose tiède et bien à lui, puis il s'endormit.

7.

Hannibal s'éveilla comme toujours quelques instants avant que son réveil ne sonne. Il l'avait programmé avec une heure d'avance, mais le soleil arrivait de plus en plus vite à mesure que l'été approchait et les pourtours de ses volets étaient déjà rougeoyants de lumière.

Il s'habilla et fit rapidement sa toilette, puis traversa le grand séjour vide sans s'arrêter pour prendre un petit déjeuner. Sa mère aimait travailler tard le soir et ne se levait jamais avant onze heures du matin ; lui préférait partir plus tôt et boire un café avec Zineb dans le petit snack en face du lycée avant que les cours ne commencent. Zineb lui apportait toujours une brique de jus de fruits Capri-Sun qu'il buvait à la paille pour faire passer le goût du café. Il avait demandé à sa mère de lui acheter le même, mais le Carrefour où elle se rendait n'en vendait pas. La mère de Zineb devait se ravitailler dans un magasin secret destiné aux gens pauvres, où il était possible d'acheter en gros des denrées pleines d'additifs et de sucres ajoutés ; elle avait toujours eu les meilleurs goûters dans les emballages les plus colorés, avec l'onctuosité de l'huile de palme et du lait concentré…

Il sortit et contempla un instant le grand jardin qui entourait la maison qu'il habitait avec sa mère. Si le père d'Hannibal avait vécu avec eux, peut-être aurait-il bâti une clôture pour délimiter leur terrain, une palissade avec du lierre enroulé tout autour, comme celle que le beau-père de Dolorès avait plantée dans le leur. Mais aucun homme n'avait jamais dormi dans le lit de sa mère et le jardin donnait directement sur la campagne environnante, comme si elle leur appartenait tout entière – sauf qu'évidemment, c'était loin d'être le cas.

Chez Dolorès, il y avait aussi un système d'arrosage automatique qui se mettait en marche tôt le matin et tard le soir. Parfois, quand il faisait le mur pour venir fumer des joints dans son jardin, la nuit, et qu'ils s'asseyaient sur le banc que la mère de Dolorès avait installé sous l'arbre où elle aimait lire, ils tendaient leurs pieds nus sous les jets d'eau qui cliquetaient comme les aiguilles d'une horloge. Ces nuits-là, Dolorès voulait bien détacher pour lui ses longs cheveux bruns tandis qu'ils parlaient de tout et de rien. Quand il voyait l'une des trois filles séparément, celle-ci avait toujours un petit mot méchant pour l'une ou pour l'autre – *Dolorès est si froide et prétentieuse, parfois, tu te rends compte que Zineb n'a jamais eu de petit ami, est-ce qu'il faut blâmer Zineb ou les petits amis potentiels, Bianca se maquille trop* – sauf Bianca, en réalité, qui ne médisait jamais sur personne, car Bianca était un ange, et, comme tous les anges, elle communiquait son désaccord par regards entendus.

Hannibal se mit en route pour la maison de Bianca, située dans le centre du village, à une vingtaine de minutes de la sienne. Sa mère avait sans doute cherché ce qui pouvait se faire de plus *haussmannien* dans Illès et avait acheté ce vieil hôtel particulier de notable de province, qu'elle avait ensuite fait refaire dans un style hypermoderne plein d'inox et de surfaces réfléchissantes.

Le lotissement qui le séparait des Ispahan comptait au moins cinq maisons à vendre par rue, et la plupart de ces bâtisses étaient encore en construction : il manquait le crépi, le portail et des vitres aux fenêtres qu'on avait doublées de plastique crasseux. Elles devaient appartenir à de jeunes couples qui s'étaient séparés avant d'avoir achevé les travaux.

Il pénétra enfin dans le vieux Illès, pavé de pierres grises et bleues que les neiges fondues de l'hiver précédent veinaient d'eau fraîche et claire. Il valait mieux ne pas avoir de père du tout qu'avoir un père comme celui de Bianca, avec son ventre qui tendait les boutons de sa chemise et sa manie de toujours taper dans le dos d'Hannibal, comme si ces verges qu'ils avaient en commun actaient une forme de complicité entre eux – mais Hannibal ne ressentait aucune complicité avec Laurent Ispahan, pas plus qu'avec tous les autres hommes qui lui ressemblaient, les garçons qui sifflaient les filles et passaient un doigt sous leurs jupes, et qui murmuraient sur son passage *espèce de sale pédé.*

Un soir où ils étaient tous invités à dîner chez Bianca, Laurent Ispahan avait tendu un biceps gras vers eux et avait dit : *Regardez les filles, tâtez ça, je viens de rentrer de la salle de sport*, et Zineb et Dolorès avaient tendu la main pour le toucher. Quand Hannibal, instinctivement, les avait imitées, tout le monde avait éclaté de rire.

Il arriva devant l'hôtel particulier. La petite Audi orange de Laurent Ispahan était garée à sa place habituelle, sous les fenêtres de la chambre de Bianca, et Hannibal sentit une montée de rage prendre en lui toute la place qu'il accordait habituellement à son cœur. Il repensa au petit visage de Bianca en larmes contre son épaule, les traînées de noir qu'avait laissées son maquillage sur son pull blanc, et il s'agenouilla à côté de la voiture – le genre de voiture dans lequel s'engouffre et disparaît une jolie jeune femme qu'on aurait bien invitée à dîner ; la voiture de son mari –, sortit son Opinel de sa poche et le planta dans l'un des pneus avant. Le pneu s'affaissa avec un petit sifflement. Il répéta l'opération sur les trois autres, puis constata avec satisfaction que l'Audi s'était dûment rapprochée du sol. C'était peut-être puéril, comme vengeance, mais elles étaient ses femmes et il avait promis de les défendre, n'est-ce pas ? Alors qu'il jetait un regard inquiet vers les fenêtres des Ispahan, la pluie se mit à tomber.

Il courut sur quelques dizaines de mètres, puis ralentit et bifurqua vers la petite route qui menait au lycée. D'habitude, vers sept heures et demie du matin, elle était bondée d'adolescents qui marchaient avec leurs Eastpak sur le dos et de filles qui portaient des sacs à main beaucoup trop lourds. Ce matin, il n'y avait que des papiers gras qui prenaient l'eau sur le trottoir.

Il adorait les pluies d'avril, tiédies par un air déjà chaud qui annonçait l'été bien avant les grandes vacances – les derniers jours de classe, tout le monde transpirait dans les salles aux fenêtres grandes ouvertes sur les cimes des platanes et les garçons guettaient avec attention le moment où une mouche se poserait exactement sur le grain de beauté qu'une jolie fille avait près des lèvres, ou sur le cou. Il leva les yeux vers le ciel et sourit. Au bout de quelques minutes, il fut entièrement trempé, jusqu'à l'intérieur de ses cuisses où son jean lui collait désagréablement à la peau.

Soudain, au feu rouge, quelqu'un descendit d'une Laguna gris métallisé et ouvrit près de lui un grand parapluie sombre. Il reconnut une fille de son lycée, qui avait été dans la même classe que lui au collège. À l'époque, elle se mettait du crayon noir sous les yeux et ses sourcils touffus se rejoignaient presque au-dessus du nez. Ses cheveux noirs étaient coupés très court, juste sous les oreilles. Elle le regardait comme s'il était un arbre et qu'il venait juste de pousser devant elle.

— Tu veux t'abriter sous mon parapluie ?

Il acquiesça et se glissa sous l'orbe de plastique mouillé. Le parapluie était juste assez large pour eux deux et la fille, qui n'était pas très grande, devait tendre le bras pour qu'il ne s'affaisse pas sur les boucles humides de Hannibal.

— Tu es descendue juste pour m'abriter sous ton parapluie ?

— Oui, lui répondit-elle en souriant. J'ai eu pitié de toi, tout seul, sous la pluie.

Étrangement, il ne ressentit pas le besoin de la remercier. Elle avait l'air heureuse de seulement marcher à côté de lui.

— C'est Hannibal, c'est ça ? Moi, c'est Lisa.

— Lisa.

Il n'avait jamais pensé au fait que Lisa pouvait être un joli prénom. Certainement parce qu'il n'avait jamais eu la chance de le prononcer, seul, un matin de pluie, loin de toutes les autres filles qu'il connaissait qui portaient des prénoms étranges, et toute la beauté du monde sur leurs épaules.

Quand ils arrivèrent devant le lycée, il vit Zineb devant le portail qui lui faisait signe et ne sut comment abandonner là sa sauveuse. Avec indulgence, Lisa lui murmura seulement :

— Tiens, garde le parapluie, d'accord ?

Et il dut le rattraper au vol, car elle l'avait déjà lâché pour disparaître il ne savait où, la capuche de son imperméable rabattue sur sa petite tête brune.

*

— Mec, je peux te demander quelque chose ?

Hannibal sursauta. Les filles étaient parties déjeuner au chinois à volonté, et il en avait profité pour goûter enfin un peu de solitude. Il faisait très doux et les marches du bâtiment de sciences étaient tièdes et désertes. Il était en train de lire des poèmes de Charles Péguy et n'avait certainement pas l'habitude qu'on l'interpelle de cette façon, *mec*. Non, il était habitué à des surnoms beaucoup plus doux, murmurés par des lèvres plus rondes et plus luisantes, *mon chéri, bébé*. Il était habitué aux doigts qui s'entortillaient négligemment dans les boucles de ses cheveux.

Joan Rami, le capitaine de l'équipe de rugby, était planté devant lui de tout son mètre quatre-vingt-dix. Il était en première aussi, section sciences économiques et sociales, mais il devait avoir au moins deux ans de plus que les autres élèves – d'abord, parce qu'il allait de soi qu'un garçon tel que Joan Rami ait redoublé au moins une fois, et ensuite, parce qu'il l'avait aperçu à travers la vitre d'un gros 4 × 4 métallisé, conduisant d'un bras tandis que l'autre retenait contre lui une fille assise sur le siège passager. Habituellement, il se déplaçait sur une Vespa d'un bleu éclatant, trop petite pour ses proportions héroïques et qui faisait beaucoup plus de bruit que nécessaire quand elle démarrait.

— C'est bien, ce que tu lis ?

— Très bien. C'est ce que tu voulais me demander ?

— Non.

Joan s'assit à côté de lui. Son T-shirt était trempé de sueur, et Hannibal s'aperçut avec étonnement qu'ils portaient le même parfum. Pendant quelques secondes, l'image de Joan Rami s'aspergeant les clavicules à l'aide du même flacon brun foncé qu'il utilisait chaque matin le troubla, puis il se ressaisit et lui demanda :

— Qu'est-ce qu'il se passe ?

Joan eut l'air gêné, ce qui ne devait pas lui arriver souvent. Il était plutôt de ceux qui avaient toujours l'air de s'être postés juste devant l'objectif, même quand ce n'était pas eux qu'on photographiait. Joan Rami devait penser le monde comme un gigantesque portrait de lui-même, avec la Terre, toute bleue, en arrière-plan.

Mais ce jour-là, sa tête paraissait rétrécie tandis qu'il fronçait les sourcils en cherchant ses mots. Il avait perdu de sa perspective.

— Écoute, je voulais te demander s'il y avait quelque chose entre Dolorès et toi.

Hannibal le regarda d'un air incrédule.

— Dolorès Déléale. Tu sors avec elle ?

— Pourquoi tu me demandes ça ?

— Je ne sais pas, parce que vous êtes toujours en train de vous toucher, de vous tripoter, enfin je n'en sais rien. Toi, Bianca Ispahan, et l'autre avec les cheveux frisés… Vous êtes toujours ensemble, alors je me demandais, voilà.

— C'est ma meilleure amie, c'est tout. On est proches.

Les traits de Joan se détendirent.

— Et, je veux dire, elle ne voit personne d'autre ?

— Pas que je sache.

Un franc sourire illumina son visage. Il passa l'une de ses énormes mains dans ses boucles rousses et fit mine de se lever.

— Merci beaucoup, mec.

— Joan ?

— Oui ?

— Qu'est-ce que tu lui veux, à Dolorès ?

— Je crois que j'aimerais bien l'inviter à boire un café. Oui, dit-il en hochant la tête, comme s'il s'agissait d'une question à laquelle il avait longuement réfléchi – je crois que je vais l'inviter à boire un café.

Hannibal posa son livre.

— Tu sais, je ne suis pas son père ou son frère ou quoi que ce soit, mais je veille sur elle, d'accord ? Alors, sois gentil avec elle, je veux dire, vraiment gentil ou… – il avala la salive nécessaire à prononcer une phrase dont il savait d'avance qu'elle lui donnerait l'air ridicule – … *ou tu auras affaire à moi.*

Il se serait attendu à ce que Joan éclate de rire ou fasse quelque chose d'idiot, comme lui donner un coup d'épaule, mais il conserva son sérieux. Il le regarda dans les yeux d'un air soudain très triste, et lui répondit doucement :

— Ne t'inquiète pas, mec, je pense que, cette fois, c'est elle qui va me bouffer tout cru.

*

Bianca était installée sur l'un des fauteuils design compliqués de sa mère. Ses parents étaient partis à la salle de sport et ne rentreraient pas avant un moment. La première salle de sport à la ronde avait beau se trouver à une quarantaine de kilomètres de là, ils avaient absolument tenu à s'y inscrire.

— Je pourrais te prendre un abonnement, avait proposé le père de Bianca.

Elle avait levé les yeux au ciel. Elle avait seize ans et son corps, elle le savait, était d'une perfection publicitaire. Le matin, elle enfilait avec satisfaction les jeans minuscules qu'elle fermait sans peine sur son ventre plat. Durant les cours d'EPS, elle courait mollement en fin de peloton et s'asseyait sur le bord du terrain dès que le professeur relâchait sa surveillance. Elle n'était pas comme Zineb, qui avait besoin de faire du sport pour perdre du poids, ni comme Dolorès, qui prenait plaisir à courir et déliait avec grâce ses jambes si longues. Bianca avait été la première de sa classe à avoir de la poitrine, et elle savait que l'adjectif *bonne* était celui qu'employaient les garçons pour la décrire.

Même Zineb, un jour qu'elles traînaient près de la piscine de Dolorès, l'avait observée dans son bikini rose et avait soufflé :

— Mon Dieu, Bianca, qu'est-ce que tu peux être *bonne*.

Il n'y avait que Raphaël qui refusait de le dire. La veille, allongée sur son lit dans l'ensemble de lingerie un peu trop grand qu'elle avait emprunté à sa mère, elle lui avait demandé :

— Comment tu me trouves ?

Il lui avait jeté un rapide regard puis avait détourné les yeux. Il avait eu l'air plus inquiet qu'excité, comme si les sphères parfaites de ses seins, qui semblaient seulement délicatement posées sur son corps maigre, pouvaient d'un mouvement brusque glisser de son torse et rouler sur le tapis.

— Tu es très jolie.

— Mais pas *bonne* ?

— Non, pas *bonne*. Tu es ma copine, je t'aime, et je déteste ce mot.

Elle l'avait embrassé, mais en vérité elle était un peu déçue. Elle avait ressenti le même pincement au cœur qu'au bout d'un long après-midi d'amour, quand elle s'approchait de lui, glissait doucement sa langue dans sa bouche, et qu'il lui murmurait :

— Enfin, Bianca, tu vois bien que je ne peux plus.

Mais elle n'avait pas voulu faire de réflexion, de peur qu'ils se fâchent encore. La semaine dernière, déjà, ils avaient eu une grosse dispute, à cause d'une soirée que Manon Fernandez, une fille de sa classe, avait organisée, et à laquelle ils s'étaient rendus avec Hannibal, Dolorès et Zineb – comme toujours, puisque Bianca, Hannibal, Dolorès et Zineb étaient, naturellement, invités à toutes les soirées.

Raphaël devait dormir chez Bianca mais, quand ils étaient rentrés tous les deux, il s'était entêté à marcher plusieurs mètres devant elle. Les talons hauts de Bianca se coinçaient entre les pavés mouillés et elle avait par deux fois manqué de tomber, sans qu'il paraisse prêt à la rattraper. Elle aurait voulu qu'ils se promènent enlacés, peinant à avancer l'un contre l'autre, et qu'ils s'écrasent les pieds comme s'ils ne savaient pas danser.

— Raphaël ! Attends-moi. J'ai froid.

Il s'était arrêté, avait retiré son blouson en jean et le lui avait tendu sans la regarder. La marche et la fraîcheur de l'aube l'avaient réveillée, et elle ne se sentait plus du tout soûle. Elle avait détaillé sans presque y penser le dessin saillant des pommettes de Raphaël. Un jour, certainement, il serait chauve comme son père et elle serait vieille comme sa mère ; leurs mains se frôleraient dans l'eau grasse d'un évier plein de vaisselle ou sur la page d'un des cahiers de leurs petits-enfants et elle se dirait la même chose qu'elle se disait, ce matin-là, en le regardant : *Je l'aime, par pitié, qui que vous soyez, faites que je l'aime et qu'il m'aime et que cela ne cesse jamais.*

— Pourquoi tu fais la gueule ? avait-elle demandé.

— Je ne fais pas la gueule.

Ils avaient parcouru encore une cinquantaine de mètres, puis Raphaël s'était de nouveau arrêté et lui avait lancé :

— Tu n'as vraiment aucune idée de pourquoi je fais la gueule ?

Elle avait secoué la tête et, du même coup, la dizaine de teintes entre le blond et le roux qu'elle avait dans ses cheveux décolorés. Le jour commençait à se lever pour de bon et la ville entière était plongée dans un bain de lumière couleur crème à la vanille. Elle portait les chaussures à talons qu'il détestait parce qu'elles la rendaient légèrement plus grande que lui, mais sa minceur et ses grands yeux bruns suppliants lui donnaient l'air plus petite et fragile qu'elle ne l'était en réalité. Il n'était plus tellement en colère contre elle et il avait envie de l'embrasser et de la porter dans ses bras jusqu'à sa chambre, mais il avait besoin de lui parler. C'était ce que Bianca provoquait chez lui : un besoin de parler, de crier, de se faire comprendre, de s'imprimer en elle, malgré elle et malgré tout.

— C'est juste que t'es chiante. Tu ne peux pas me traiter comme ça. Tous autant que vous êtes, ta petite bande, vous ne pouvez pas me traiter comme ça.

— Mais te traiter comment ? Tu ne t'es pas amusé ?

Est-ce qu'il s'était amusé ? Il l'avait regardée danser pendant des heures, tandis qu'il était assis sur le canapé, une bouteille de bière dans son poing fermé. De temps en temps, elle s'écroulait à côté de lui, la sueur qui coulait sur ses tempes sentait encore son parfum, l'embrassant à pleine bouche et elle lui disait des choses auxquelles il aurait pu répondre ou qui auraient pu le faire rire s'il n'y avait pas toujours eu Zineb, ou Dolorès, ou Hannibal pour la tirer par la main et la ramener parmi eux.

Et il ne pouvait pas rivaliser avec Hannibal, parce que Hannibal portait une chemise en soie jaune d'or grande ouverte sur son torse et qu'il bougeait son corps comme un héros de comédie musicale. Avec ses joues rosies par la chaleur et les stroboscopes, il semblait à la fois garçon et fille. Tous les quatre, ils connaissaient par cœur les chansons qui passaient et hurlaient par-dessus la musique ; ils avaient des ongles vernis de la même couleur et quand Raphaël était arrivé à la soirée, ils étaient déjà ensemble, à remuer des cocktails mauves dans de gros verres à vin. Personne ne lui en avait proposé.

— Je voulais passer cette soirée avec toi, tu comprends ? Et quand tu es avec eux, c'est comme si tu n'étais pas avec moi.

Bianca avait eu l'air très triste, mais elle avait aussi eu l'air de comprendre et avait posé ses mains sur ses épaules. Il aimait qu'elle essaie toujours de comprendre les reproches qu'on lui adressait sans les rejeter immédiatement à la tête des autres. Il ne connaissait personne d'autre qui sache faire cela, personne d'autre qui prenne le temps de tourner ses yeux à l'intérieur de soi-même et puis qui vous pose les mains sur les épaules. Quand elle agissait ainsi, il avait l'impression qu'il aurait pu être son enfant.

— Je suis désolée, avait-elle murmuré. Je sais qu'ils sont un peu jaloux de toi, Dolorès, Zineb et Hannibal. Ils sont un peu jaloux du temps que je t'accorde, et je ne veux pas être avec eux ou avec toi – je veux dire, je ne veux pas avoir à choisir entre vous. Je veux être avec toi, et je ne sais pas vivre sans être avec eux, mais je vais apprendre. Je vais apprendre, et nous allons grandir. Et ils vont t'adorer.

Elle l'avait alors embrassé très doucement sur les lèvres et il avait senti tout son corps se tendre vers elle.

— Je t'aime, s'était-il entendu lui répondre. Et tu sais, ce n'est pas toujours facile de savoir que la fille qu'on aime passe tout son temps avec un garçon comme Hannibal Lanier. Il est…

— Qu'est-ce qu'il est ?

— Il est *sexy*, non ?

Elle avait éclaté de rire.

— Je crois que tu es le seul garçon que je connaisse qui puisse admettre que d'autres garçons sont *sexy*.

— Mais il l'est ?

— Oui, il l'est, avait-elle calmement répondu.

— Alors, pourquoi ce n'est pas lui que tu aimes ?

Il avait soudain réalisé que c'était la question qu'il avait toujours voulu lui poser depuis qu'ils avaient commencé à sortir ensemble, un an auparavant. Depuis le jour où ils s'étaient embrassés pour la première fois, il n'avait cessé de regarder autour de lui en se demandant ce que faisait Hannibal Lanier, et pourquoi il ne surgissait pas près d'elle pour la prendre par la main et l'emmener loin de lui.

— Mais parce que je t'ai, toi.

Moins d'un quart d'heure plus tard, Bianca entendit avec déplaisir le léger craquement du portail automatique et les éclats de la voix de son père qui rentrait, et se demanda pourquoi ses parents revenaient si tôt de la salle de sport. Elle replia ses genoux contre sa poitrine et se balança lentement dans son fauteuil, regrettant d'ores et déjà les deux heures de calme qui venaient de lui être arrachées. Le temps pluvieux de la matinée avait laissé place à un soleil brûlant pendant l'heure du déjeuner, et elle avait séché les cours de l'après-midi pour bronzer dans le parc avec Zineb et Dolorès. Elles avaient bu une bouteille de vin blanc que Dolorès avait subtilisée dans la cave de son beau-père et la tête lui tournait encore un peu. Elle aurait voulu se reposer.

— Combien de fois doit-on te répéter de ne pas mal t'asseoir dans ce putain de fauteuil ? Est-ce que tu as une petite idée de combien il coûte ?

Bianca aurait pu lui répondre que non seulement elle n'avait aucune idée de combien ce *putain* de fauteuil coûtait, et qu'elle s'en fichait, mais surtout que si le fauteuil était cher, ce n'était certainement pas lui qui l'avait payé, puisque aucun des investissements qu'il avait réalisés avec l'inépuisable argent de *sa* mère n'avaient jamais rien rapporté, sinon cette affreuse petite Audi orange vif dans laquelle il tenait absolument à venir la chercher au lycée.

— Ton père est énervé parce que les pneus de l'Audi ont été crevés, expliqua sa mère d'une voix lasse.

Tiens donc.

— On va devoir annuler la salle de sport, vociféra le père de Bianca. Je m'en vais directement à la gendarmerie.

— À pied, donc, commenta Bianca à mi-voix.

— Chérie, n'en rajoute pas, supplia sa mère en jetant un coup d'œil inquiet à son mari pour vérifier qu'il n'avait pas relevé l'impertinence de la jeune fille – ce qui ne semblait pas être le cas. Tiens, chéri, tu n'as qu'à prendre les clés de la Range, d'accord ? Elles sont dans mon sac, sur le divan de l'entrée.

La mère de Bianca était vêtue d'un ensemble de sport à la mode, semblable à ceux que portaient les danseuses dans les clips des rappeurs américains, et son ventre découvert, ridé par les UV en salon et les week-ends à l'hôtel La Mamounia, recueillait seul un peu de tendresse dans le tissu technique noir et rose.

— Ça n'a pas l'air de t'étonner, qu'on ait crevé les putains de pneus, explosa son père en se mettant à secouer le fauteuil de Bianca.

Elle se cramponna aux accoudoirs et décida de ne pas relever qu'il venait de l'accuser d'avoir elle-même vandalisé sa stupide voiture. *Comme si elle n'avait que ça à faire de ses journées.* Voyant qu'elle restait immobile, accrochée au fauteuil, il lâcha le siège si soudainement que Bianca faillit perdre l'équilibre.

— Et arrête de te mettre au soleil sans crème, ajouta-t-il en lui lançant un petit regard haineux. T'as le nez qui pèle. Tu vas finir toute ridée, comme ta mère.

Sur ces mots, il sortit en trombe de la maison et claqua la porte derrière lui.

*

C'était ce même père dont elle n'avait pu refuser l'invitation à dîner, alors qu'elle était épuisée, que le corps de son meilleur ami venait d'être retrouvé après huit ans passés sous la terre, et qu'elle avait une audition de témoins prévue au commissariat pour le lendemain.

— Bianca, enfin, vas-y, avait insisté sa mère. C'est ton père, quand même.

Quelque chose s'était infecté dans son cou après son lifting et sa figure avait gonflé de nouveau. S'il y avait un avantage à aller dîner chez son père et sa nouvelle petite amie, ce serait au moins celui de ne plus avoir à contempler la vision pathétique qu'elle offrait dans son survêtement en peau de pêche, affalée sur le divan devant un film d'auteur en noir et blanc qui, visiblement, l'ennuyait. De temps en temps, elle picorait une fourchetée du plat hypocalorique qu'elle avait fait réchauffer au micro-ondes et la mastiquait indéfiniment. Bianca avait envie de lui prendre la fourchette des mains et de la lui enfoncer dans la bouche, comme elle l'aurait fait avec un bébé s'il lui était déjà arrivé, au cours de son existence, d'avoir à s'occuper d'un bébé.

Elle était très lucide quant au peu d'intérêt que sa mère accordait véritablement à l'attachement filial de Bianca pour son père ; ce qui l'intéressait surtout, c'était le récit que Bianca pourrait lui faire de ce dîner. *Comment était la fille ? Comment était l'appartement ? Est-ce qu'ils comptent avoir un enfant ?*

— Il a passé la nuit ici, il y a deux semaines, tu sais, dit la mère de Bianca d'un ton rêveur.

— Merveilleux.

Son père avait quitté la maison deux semaines après qu'elle avait commencé sa première année de médecine. À la fin du semestre, elle avait dû arrêter la fac pour rentrer s'occuper de sa mère qui avait sombré dans la dépression. C'était là, dans l'hôtel particulier d'Illès toutes lumières éteintes, qu'elle avait créé son compte Instagram et commencé à l'alimenter ; six mois plus tard, elle était rentrée à Paris et avait signé son premier contrat avec une marque de cosmétiques. L'été venu, elle gagnait assez d'argent pour vivre très confortablement sans dépendre de quiconque et elle ne s'était pas inscrite de nouveau à la fac à la rentrée suivante. Dans l'intervalle, Raphaël et elle s'étaient séparés, parce qu'ils ne se comprenaient plus, parce qu'elle était trop irritable, parce qu'elle n'était jamais là. Elle se revoyait hocher la tête en silence aux reproches qu'il lui faisait, et se disait qu'il avait dû se sentir terriblement seul, face à elle. Il pensait qu'elle gâchait sa vie en arrêtant ses études, sans comprendre qu'elle n'était plus l'adolescente qu'il avait connue et qui rêvait d'être dentiste. Tout ce qu'elle souhaitait, désormais, c'était une raison de moins de se sentir coupable d'abandonner sa mère – et de ne plus avoir besoin d'elle pour payer son loyer comptait comme l'une de ces raisons. Évidemment, elle ne lui avait pas confié tout ce qu'elle ressentait, comme elle l'aurait dû, et avait dû paraître indifférente. À présent, elle aurait aimé qu'il débloque son numéro pour pouvoir lui dire que c'était la fatigue et la fatigue seule qui lui avait réduit le cœur en pompe.

Rita Ispahan, de son côté, avait décidé d'arrêter de travailler et de se contenter de vivre des rentes de son héritage, comme une héroïne irritante dans un de ces romans que Dolorès et Zineb adoraient. Elle passait ainsi ses journées allongée dans son divan hors de prix à s'apitoyer sur la perte de *Laurent*. Bianca détestait entendre sa mère parler de *Laurent,* le même *Laurent* qui était parti avec une institutrice Montessori afin de *fonder une famille*.

— Tu ne crois pas que tu as déjà une famille ? lui avait demandé Bianca au téléphone.

— J'ai envie d'avoir des enfants, lui avait-il répondu très sérieusement.

Bianca avait été tentée de lui répondre *et moi,* mais elle l'avait laissé continuer sans l'interrompre.

— Je t'ai eue quand j'avais vingt-quatre ans, Bianca, tu t'imagines ? C'est l'âge que tu as aujourd'hui. Et je ne t'ai pas eue de mon plein gré, ça, je peux te le dire. C'est ta mère qui voulait absolument te garder. Parce qu'elle était déjà vieille et qu'elle savait que ce serait sa *dernière chance*.

La mère de Bianca l'avait eue à quarante et un ans avec un jeune stagiaire de sa boîte, qui était à l'époque mince et pourvu d'une épaisse chevelure bouclée qu'il plaquait en arrière avec de la cire. Depuis, le fameux *Laurent* était devenu chauve et s'était considérablement empâté.

— Tu m'aimais tellement quand tu étais petite, Bianca, tu te rappelles ? Je veux un enfant qui m'aime autant que toi quand tu étais petite.

— C'est une excellente idée, Papa. Tu devrais attendre encore une petite dizaine d'années pour le faire, cet enfant, comme ça, le temps qu'il atteigne l'âge de raison, tu seras déjà *mort*, et il t'aimera pour l'*éternité*.

Quand elle était enfant, Bianca adorait les contes de fées. Qui n'adore pas les contes de fées ? À la fin du conte, le prince et la princesse ont gagné le droit de s'aimer et d'être heureux pour le restant de leurs jours – *Et ils vécurent heureux et eurent beaucoup d'enfants*. Personne n'ose poser de questions à ce prince et cette princesse qui ont traversé tant de forêts sombres et dangereuses, qui ont tué tant de dragons, échappé à tant de sorcières, personne n'ose leur demander : *Et ensuite ? Avez-vous été heureux chaque jour de votre vie ? Vous êtes-vous réveillés chaque matin, l'un près de l'autre, heureux de voir chacun le visage de l'autre ? Comment avez-vous supporté la vie ?*

Ils vécurent heureux pour toujours. La fin du conte n'est, somme toute, pas particulièrement intéressante. Le conte a seulement besoin d'une fin heureuse pour faire cracher les dragons, pour faire ricaner les sorcières, pour faire tomber amoureux les princes et les princesses, et parce que les dragons crachent, que les sorcières ricanent et que les princes et les princesses tombent amoureux ; une fois que tout cela est terminé, personne ne s'en soucie plus.

Bianca n'avait jamais demandé ce qu'il advenait des héros de contes de fées, une fois le livre fermé, les lumières éteintes, la veilleuse allumée. C'était seulement maintenant que la reine fortunée avait vieilli et que le jeune prince odieux était parti, avec la moitié de son argent et une institutrice Montessori, afin de fonder *une famille, une vraie, cette fois-ci,* que Bianca comprenait pourquoi elle ne l'avait jamais demandé. À la fin des contes de fées, les enfants disent seulement : *Raconte encore, depuis le début*, et c'est ce qu'elle avait dit.

Son père avait quitté la maison pour aller s'installer dans un autre appartement, mais il avait néanmoins laissé dans l'hôtel particulier de son ex-femme la quasi-intégralité de ses vêtements, soigneusement pliés et suspendus dans le dressing sophistiqué qu'il avait fait installer deux ans auparavant. Quand elle était revenue s'occuper de sa mère, Bianca avait fini par être excédée de le voir apparaître tous les jours pour récupérer telle chemise ou telle paire de chaussures. Elle avait déniché deux énormes valises, y avait empilé tant bien que mal toutes les affaires de son père, et les avait déposées dans l'entrée avec un petit mot à son attention, puis avait emmené sa mère en week-end dans un spa. Quand elles étaient rentrées, Bianca avait constaté avec joie que les valises et le petit mot n'étaient plus là – pour s'apercevoir quelques minutes plus tard qu'il avait en réalité tout rangé à nouveau dans les étagères, à la même place. Les malles, elles, avaient disparu.

Aujourd'hui encore, tout devait s'y trouver. Bianca caressa l'éventualité d'enfiler l'une de ses chemises hors de prix pour se rendre au dîner et observer sa réaction, mais elle n'avait même plus l'énergie de le provoquer. Elle piocha une robe-pull grise dans sa valise et ceignit sa taille d'une large ceinture griffée en cuir noir, certainement l'accessoire le plus cher qu'elle possédait. Elle se considéra quelques instants dans le miroir de sa mère et rajouta un peu de poudre pailletée sur ses pommettes. Elle avait l'air belle et économiquement indépendante. C'était le seul langage qu'elle souhaitait parler avec son père – pour le reste, elle se contenterait d'avaler en silence son osso bucco ou elle ne savait quel plat en sauce et d'écouter Élodie déblatérer sur les vertus éducatives du folklore catalan. Si ce soir encore, elle devait admirer un autre dessin d'enfant représentant saint Jordi en train d'enfoncer un pieu dans un dragon – ce qui ressemblait plus ou moins à un combat de poissons observé à travers le verre dépoli d'un aquarium de restaurant chinois –, elle ne répondrait plus de rien.

En conduisant l'énorme Range Rover de sa mère pour se rendre à son dîner, elle passa près du canal d'arrosage d'Illès dont l'eau lente et limpide coulait jusque sous les fenêtres de Dolorès, et lui téléphona aussitôt pour l'inviter à boire un verre après le dîner. Après avoir raccroché, elle vérifia rapidement ses notifications – cinq mille deux cents personnes avaient déjà aimé sa photographie, plus de huit cents l'avaient commentée, dont @dixansauparavant, qui avait écrit : *Tu es si laide que les enfants en te voyant doivent pleurer toutes les larmes de leur corps, eh bien noie-toi dedans.*

*

Dolorès voulait la rejoindre au Prétexte, mais Bianca détestait aller au Prétexte, parce que c'était le café où elle avait l'habitude d'aller avec Raphaël.

— Ça ne te ressemble pas, d'être superstitieuse, lui avait dit Dolorès au téléphone.

— Je ne suis pas superstitieuse. C'est juste que...

— Ouais, tu étais amoureuse. Je m'en souviens, j'étais là.

Bianca avait fréquenté beaucoup de garçons après avoir rompu avec Raphaël : certains s'étaient montrés odieux, d'autres charmants, et elle était de moins en moins certaine de comprendre ce que signifiait au juste *être amoureuse.* Sa mère prétendait qu'elle était *folle amoureuse* de son père, mais la plupart du temps, elle avait surtout l'air désespéré et pathétique. Dolorès était sans doute *folle amoureuse* de Paco, même s'il était peu probable qu'elle l'avoue un jour. D'une manière générale, être *folle amoureuse* appartenait au champ sémantique des filles comme Dolorès qui passaient leur temps à lire des romans, étudier des langues mortes et regarder par la fenêtre en brossant leurs cheveux dramatiquement longs – et Bianca n'était pas l'une de ces filles. Elle ne se languissait de personne et ne connaissait nul vertige. Elle avait été intensément et sexuellement attirée par Hannibal, et peut-être qu'à seize ans, l'attirance qu'elle ressentait lui avait un peu tourné la tête. Oui, elle avait adoré ce corps, et ce corps lui avait été arraché et avait laissé un vide dans lequel elle n'avait pas assez de place pour s'y allonger tout entière. Mais elle n'avait jamais ressenti pour Hannibal ce qu'elle avait ressenti pour Raphaël. Beaucoup de garçons l'avaient touchée, mais elle n'avait été touchée que par lui : elle était touchée par sa voix basse et grave, par la fragilité des vertèbres qui saillaient dans son dos légèrement piqueté d'acné, par son visage quand il dormait et le regard qu'il drapait sur elle quand elle était nue. Or Raphaël l'avait quittée.

Une fois, un soir où elle dormait chez lui, elle s'était réveillée en pleine nuit et l'avait trouvé devant son écran d'ordinateur, les yeux hallucinés. Il jouait à Minecraft, un jeu vidéo un peu stupide qui consistait à fabriquer des structures à l'aide d'une multitude de petites briques. *Regarde, je t'ai construit une maison sous la mer !* lui avait-il annoncé avec un sourire béat et de grands cernes sous les yeux. Et en effet, dans une eau turquoise et lumineuse qui clapotait à l'écran en un millier de pixels, s'élevait un grand palais transparent dans lequel personne n'habiterait jamais parce qu'il s'agissait d'un décor purement virtuel et qu'il n'existait pas vraiment. Mais il l'avait construit pour elle.

Quand Bianca rejoignit enfin Dolorès au Café de France, la tête légèrement tournée par tout le mousseux que son père lui avait fait boire, elle trouva son amie devant un verre de vin blanc au sirop de violette et un cendrier déjà rempli des fins mégots de ses Vogue menthe. De loin, elle avait reconnu Bianca et rangé dans son sac le dictionnaire de latin et les feuilles de notes qu'elle avait étalés sur la table.

Le liquide violacé, que les filles appelaient un *piscine violette*, prenait dans l'immense verre saturé de glaçons mille teintes un peu inquiétantes, comme le sang d'un animal fantastique et dangereux ; une licorne ou une méduse.

— Alors, c'était comment avec ton père ?

— Désespérant.

Dolorès acquiesça et tendit son verre à Bianca. Elle but une longue gorgée sans savoir si elle trouvait ça délicieux ou franchement répugnant.

— Ça a un goût de lessive, hein ?

— C'est ça.

— Pourquoi est-ce qu'on adorait ça ?

— Aucune idée.

— Hannibal en buvait aussi, non ?

— Oui.

Le serveur s'approcha de leur table et tandis que Bianca commandait la même chose, elle trancha : c'était franchement répugnant.

— Je crois que Zineb me manque, articula difficilement Dolorès.

— Tu sais quoi ? Je crois qu'à moi aussi.

Au moment de leur rupture, quand Zineb avait déménagé brutalement de l'appartement qu'elle partageait avec Dolorès et avait cessé de leur parler à toutes les deux, Bianca avait ressenti une sorte de soulagement. Depuis longtemps, elle avait l'impression que la folie de ceux qui l'entouraient rongeait doucement le petit continent de raison et de stabilité qu'elle s'était créé pour y vivre – et Zineb y participait largement.

Elle était bardée de paranoïas et de manies – notamment, elle était persuadée que la CIA avait inoculé volontairement le sida à des chimpanzés nigériens pour se débarrasser de la population africaine et des homosexuels et aucun argument ne pouvait la faire changer d'avis, et refusait qu'une tierce personne lui allume une cigarette, de peur que son âme ne lui soit dérobée.

Elle mangeait trop, fumait trop, buvait trop, et le manque de soins qu'elle apportait à son corps, étendu devant Netflix sept heures par jour, terrifiait Bianca : si elle oubliait un matin de se lever, si elle mettait un jour son téléphone sur silencieux, était-ce ce sort-là qui la guettait ? C'était parce que Zineb avait pris dix kilos durant leur première année passée à Paris que Bianca avait engagé à la même période le coach sportif qu'elle payait une fortune.

Mais ce soir-là, en sirotant son verre de vin, elle se rappela qu'elles n'avaient jamais aimé le vin à la violette que pour les vertus mystérieuses qu'inspiraient sa couleur et son nom. Et avec cette révélation qu'elle faisait tourner dans son verre avec les glaçons, elle eut aussi le sentiment que sous l'apparente folie de Zineb se cachait une candeur dont elle manquait elle-même, et qu'elle aurait aimé voir son amie s'asseoir à la même table qu'elle. Certes, Zineb était déstabilisante ; elle riait jusqu'à se rouler par terre et pouvait pleurer pour un rien, mais dans ses yeux au moins le monde apparaissait aussi effrayant qu'il l'était vraiment – encore tout cru et vivant, sans la pasteurisation que lui faisait subir la lucidité désabusée de Bianca, sans la digestion poétique et éthérée que lui infligeait Dolorès.

— Tu sais ce que je me suis dit en regardant mon père, tout à l'heure ?

— Non ?

Bianca se formulait l'idée à elle-même en même temps qu'elle l'expliquait à Dolorès.

Son père était assis sur le bloc de marbre poli qui lui servait de table dans le nouvel appartement qu'il avait acheté à la périphérie d'Illès. Pourquoi avait-il acheté ici ? *Pourquoi personne ne semblait vouloir quitter cet affreux petit village ?* s'était demandé Bianca quand il avait emménagé. C'était ridicule. Si son père vivait à Illès, c'est qu'il refusait de laisser partir sa mère, et sa mère ne restait à Illès que pour ne pas s'éloigner de son père. Quand ils seraient morts, ce qui finirait bien par arriver, il était hors de question qu'ils soient enterrés ensemble. Bianca prendrait deux avions dans deux directions opposées et irait déverser leurs cendres dans des endroits qu'ils n'auraient jamais vus et où ils ne pourraient jamais se retrouver – l'océan Indien, la Patagonie, peu importait, pourvu que ce soit le plus loin possible de là où elle aurait décidé de vivre, elle.

Elle avait regardé son père et avait pensé sans émotion à la forme que prendrait son corps dans le four des pompes funèbres tandis qu'il passait sa main potelée sur les doigts french manucurés de sa petite amie. Élodie n'était ni belle ni laide, mais souriante, grasse, presque outrancièrement jeune avec son soutien-gorge qui dépassait et ses lèvres roses. Durant le dîner, elle avait peu parlé et s'était contentée, la plupart du temps, d'acquiescer à tout ce que disait Bianca en balançant ses joues pleines de veau mijoté d'avant en arrière.

— Alors, tu pensais quoi, en regardant ton père ?

— Tu te rappelles cette obsession qu'avait Hannibal de nous protéger contre tout et n'importe quoi ?

Si Zineb avait été là, Bianca savait qu'elle lui aurait jeté un regard horrifié, comme si elle venait de blasphémer. Bianca elle-même eut soudain envie de se reprendre, de dire *ce courage, cette noblesse, ce je ne sais quoi qui faisait qu'il était un garçon formidable et que je l'aimais, que je l'aime tant.*

— Oui, très bien, répondit simplement Dolorès, les yeux dans le vide.

— Il passait son temps à jouer des mauvais tours à mon père, à chaque fois qu'il me faisait chier ; il jetait des œufs pourris sur son Audi, il lui crevait les pneus…

— Oui, je me souviens. Il avait mis un cœur de bœuf dans le sac de Mathieu Garcia en cinquième parce qu'il s'était foutu de la gueule de Zineb, tu te souviens ?

Évidemment. Les cris aigus de Mathieu Garcia, alors qu'au milieu des pages à carreaux de son classeur d'anglais gisait le gros morceau de chair rouge et bleue, étaient inoubliables. De longues traînées de sang gras gouttaient jusque sur le sol de la classe et Zineb riait si fort qu'elle était à moitié allongée sur la table, ses yeux noirs réduits à deux fentes, et avait l'air d'être en pleine crise d'épilepsie. Mathieu lui avait dit qu'elle sentait mauvais, que c'était une pute, ou une insulte du genre.

— Ça n'a aucun sens, mais je me suis demandé si ce n'était pas mon père, finalement, qui l'avait tué. On l'a retrouvé dans le jardin du vieux, c'est vrai, mais pourquoi Auguste lui aurait-il fait du mal ? Il était plutôt gentil.

— Oui. Plutôt gentil.

— Et les mails ?

— Quoi, les mails ?

— Qui a écrit les mails ?

— Je ne crois pas que ce soit Hannibal qui les ait écrits. Puisqu'il était mort, tu vois.

Bianca jeta un regard exaspéré à Dolorès qui expirait la fumée de sa cigarette mentholée avec l'air de celle qui vient d'apporter à la conversation une contribution décisive.

— Justement, puisqu'il était mort, qui a écrit les mails ?

— Je ne sais pas, n'importe qui. C'était une mauvaise blague, non ? Je ne sais pas. C'est toi la première qui disais que ça ne pouvait pas être lui, que c'était une sorte de canular. Franchement, je ne pense pas que ton père aurait pu faire une chose pareille. Et tu ne devrais pas le penser non plus.

— Il faudrait que je relise les mails.

Dolorès ne répondit pas et regarda ailleurs, vers ce point flottant à quelques centimètres de l'épaule de son interlocutrice, ce point auquel elle revenait toujours et où elle semblait voir tant de choses que les autres ne voyaient pas. Ses yeux brillaient comme si elle était sur le point de pleurer. Fallait-il qu'elle soit toujours si dramatique — oh oui, il le fallait, il fallait que Dolorès soit toujours sur le point de pleurer, sur le point de hurler, sur le point de mourir, somme toute pour justifier le fait que, justement, elle ne fasse jamais rien, sinon continuer à vivre, murée dans son silence, éternellement au bord des larmes et finalement jamais nulle part.

*

Paco jeta dans la poubelle les restes du plat japonais qu'il s'était fait livrer et auquel il avait à peine touché. Cela faisait un jour ou deux qu'il ne mangeait plus, et la fébrilité qui secouait doucement son corps lui plaisait.

Il eut envie d'appeler Dolorès, mais il n'avait rien de particulier à lui dire : ce qu'il désirait vraiment, c'était être avec elle en silence, ou peut-être l'écouter. Il appela Bianca, qui répondit presque aussitôt.

— Paco ?

— Tu vas bien ?

— Ça peut aller. Je ne passe pas vraiment le meilleur moment de ma vie, tu sais.

— Je sais. Je voulais savoir si tu allais bien.

Elle rit doucement.

— J'ai envie de t'envoyer des cœurs. Une pluie d'emojis cœur. Mais ça ne servirait pas à grand-chose, hein ? murmura-t-il.

— Faux. Tu as seulement envie de me demander si j'ai vu Dolorès.

— Arrête de faire ça.

— Que j'arrête de faire quoi ?

— Arrête de me connaître.

Il s'adossa au petit bar en zinc de sa salle à manger et s'alluma une cigarette. Cassandra avait collé un peu partout des Polaroïd d'elle, de ses copines, de sa petite sœur, de lui aussi parfois. Il songea qu'il devrait peut-être faire quelque chose pour elle, l'inviter dans un bon restaurant, ou essayer de lui écrire une lettre d'amour. Mais il n'avait même pas la force de fumer à la fenêtre comme elle le lui avait demandé.

— Comment elle va ? Je m'inquiète. J'ai peur qu'elle ne rentre jamais à Paris.

— Elle va rentrer, Paco. Je l'ai vue hier soir, elle va bien.

— Elle était amoureuse de ce mec, hein ?

— Hannibal ?

— Oui.

— Je crois qu'on était toutes amoureuses de lui. Mais tu as raison, peut-être Dolorès un peu plus que les autres. Ou un peu moins. Je n'en sais rien.

— Il était comment ?

— Il était très beau, et maintenant il est mort. Écoute, Paco, je n'ai pas le temps, là. Je vais devoir raccrocher.

Paco reposa son téléphone et s'affala sur le bar. Il se demanda si Cassandra finirait par rentrer un jour et s'il avait envie qu'elle rentre un jour. Les murs de l'appartement l'étouffaient et il n'avait nulle part où aller. Cassandra avait dû piller une boutique d'intérieur italienne pour le décorer. La vie était désespérément ailleurs.

Deux semaines plus tôt, Bianca, Dolorès et lui s'étaient réfugiés vers une heure du matin sur l'une de ces horribles terrasses près de la place de la Bastille qui restaient ouvertes toute la nuit. Ils sortaient d'un dîner et les filles s'étaient affalées à mesure qu'ils parlaient et que l'heure avançait ; Bianca était enfoncée dans son siège, les jambes écartées, et la queue-de-cheval de Dolorès chutait de plus en plus. De temps à autre, elle soufflait sur ses longs cheveux bruns ou sur la cendre qu'elle laissait tomber sur ses cuisses en fumant.

— T'as largué ce mec aussi, alors ? avait demandé Paco.

Dolorès avait acquiescé et Bianca éclaté de rire.

— Un nom de plus sur la longue liste des victimes de Dolorès Déléale.

Dolorès avait levé les yeux au ciel avec un petit sourire de satisfaction.

— Il n'arrive pas à ne plus m'envoyer de messages.

— Qu'est-ce qu'il te raconte ?

— Il m'aime, il me déteste, il va se tuer, il veut que j'imagine le bruit de son corps sur le sol, il veut que je sois malheureuse toute ma vie, je suis une pute, je lui manque, je suis un ange, ce genre de choses.

— La litanie habituelle, avait commenté Bianca en se rallumant une cigarette.

— Mon Dieu, mais qu'est-ce que tu leur fais ?

— Je ne sais pas, avait répondu Dolorès en haussant les épaules.

Dolorès avait un don particulier pour faire tomber les garçons amoureux d'elle. Il ne savait pas ce qu'elle leur faisait *exactement*, mais il avait sa petite idée – peut-être qu'elle leur présentait seulement, comme elle le faisait avec le monde entier, le très séduisant vide qu'elle avait juste entre les deux yeux, juste entre les lèvres, et leur faisait miroiter l'espoir qu'ils avaient de pouvoir, un jour, le remplir. Peut-être qu'elle ne promettait rien et se contentait de les fixer, comme elle était en train de le fixer, à ce moment précis.

— Pourquoi tu l'as quitté ? Il avait l'air pas mal, non ?

— Il était merveilleux, avait dit Dolorès d'une voix neutre.

Paco avait tenté de se rappeler à quoi ressemblait l'ex-petit copain de Dolorès. Comme chaque fois, il lui avait demandé son nom pour chercher sa photo sur Internet et faire machinalement défiler les clichés publiés en ligne – recherches obsessives qu'il répétait à chaque nouveau venu et qui s'achevaient toujours de la même façon : après avoir espionné le petit ami de Dolorès, Paco finissait par taper *Hannibal Lanier* sur Google et attendait qu'apparaisse le beau visage du disparu. Il examinait ses traits puis allait scruter son propre reflet dans le miroir et voyait s'évanouir, encore une fois, toute possibilité d'être un jour davantage qu'un ami pour Dolorès – si tant est qu'il veuille *réellement* être davantage qu'un ami pour cette fille même pas vraiment belle dont la seule ambition était d'apprendre des langues mortes et de briser le plus de cœurs possible.

— Pauvre garçon, avait-il soupiré.

— Le pauvre garçon te haïssait, Paco.

— Pourquoi ?

Dolorès avait haussé les sourcils et les deux filles avaient eu un nouveau fou rire. Il les adorait quand elles riaient à cette heure de la nuit, alors qu'elles étaient si fatiguées qu'elles allumaient leurs cigarettes du mauvais côté. Elles avaient l'air d'avoir quinze ans.

— Je n'arrivais pas à être avec lui. Je crois que j'ai du mal à être vraiment avec les gens qui ont grandi à Paris.

J'ai toujours l'impression de parler trop fort, de trop toucher les gens, de les regarder trop fixement.

Bianca avait acquiescé. Elle se souvenait d'un différend qu'elle avait eu avec une fille qu'elle fréquentait vaguement, quelques mois plus tôt. Elles étaient sorties dans une boîte tout au fond du bois de Boulogne et, dans le taxi du retour, Bianca avait proposé qu'elles parient sur le nombre de prostituées qu'elles croiseraient. Son amie lui avait jeté un regard outré et n'avait pas répondu. Elle avait compris qu'elle avait fait une faute de goût, dépassé une limite, en voulant rire d'un sujet aussi grave – mais c'était ainsi que Bianca aimait rire.

Elle comprenait pourquoi le sort des prostituées révoltait les gens, mais elle ne le *ressentait* pas. Les prostituées faisaient partie de son monde. Elles n'étaient pas vraiment humaines, n'avaient pas vraiment à être humaines : elles appartenaient aux personnages du monde de Bianca comme les sorcières et les dragons appartiennent aux contes de fées.

Quand son père et sa mère roulaient jusqu'à la frontière espagnole pour faire le plein d'alcool, de cigarettes et de charcuterie bon marché, Bianca les voyait souvent, debout au bord de la route : les mauvaises fées à moitié nues qui s'agitaient dans leur lingerie tapageuse quand les voitures s'approchaient.

À vrai dire, c'était son père qui avait inventé ce jeu. Il lui disait : *Bianca, tu paries qu'on va en croiser combien aujourd'hui ? Il fait un peu froid, mais on est samedi, moi je dirais sept.* Et à chaque fois qu'ils en dépassaient une et qu'elle se retournait pour leur montrer ses fesses, Bianca s'écriait *et de une, et de deux, et de trois, et de quatre !* et si le compte était bon, et même s'il ne l'était pas, son père lui achetait un énorme paquet de sucettes rouges en forme de cœur, avec des emballages qui grimaçaient ou qui souriaient ou qui pleuraient ou qui ressemblaient à des pirates. C'était l'un des seuls souvenirs heureux qu'elle avait de son père, et elle y tenait comme elle tenait, de fait, à l'existence des prostituées.

Si un jour ses parents l'avaient oubliée dans l'un de ces monstrueux supermarchés espagnols où ils allaient, ou s'ils avaient préféré utiliser la place qu'elle prenait à l'arrière de la voiture pour y mettre davantage de bouteilles de liqueur, ou un jambon entier, Bianca n'avait jamais douté que ces femmes-là l'auraient adoptée, enveloppée de leurs faux cheveux et auraient pris soin d'elle comme les loups prennent soin des enfants perdus dans les histoires.

— Je crois qu'il s'imaginait que j'étais l'héroïne d'un film extraordinaire qu'on allait vivre ensemble. Je pense qu'il se disait que j'allais changer sa vie. Je pense que c'est ce que je me suis efforcée de lui faire croire, en fait. Parce que j'aime assez que les gens m'aiment. Et puis…

— Et puis quoi ?

— Et puis, une fois les promesses faites de la plus belle façon possible, une fois les choses dites et arrangées comme un poème, il ne nous est pas resté grand-chose. C'était juste lui et moi.

— Et ce n'était pas grand-chose ?

Paco avait pensé à Cassandra, qui devait l'attendre, un masque posé sur son visage et diffusant à travers sa peau des huiles parfumées, des acides aminés et d'autres choses encore pendant qu'une sitcom passait sur un écran et qu'elle riait toute seule par-dessus les rires préenregistrés. Est-ce qu'elle avait fini les salades hawaïennes qu'ils avaient commandées la veille, ou est-ce qu'il en restait ? Et d'eux, que restait-il, en fin de compte ?

8.

Comme beaucoup d'autres filles du lycée d'Illès, Lisa Gorgeas avait passé son adolescence à craindre Dolorès Déléale et sa bande d'amies. Quand elle portait une jupe, elle avait peur de traverser la cour pour aller s'acheter à manger à la cafétéria du lycée car, pour ce faire, elle devait passer devant le bâtiment de sciences sur les marches duquel les quatre jolies adolescentes avaient l'habitude de s'asseoir. Et quand elle se décidait à croiser leur chemin, elle ne pouvait s'empêcher de jeter un regard aux longues jambes brunes de Dolorès que couvrait à peine un short en jean ou une robe de tennis à rayures.

Tous les ans, au mois de mai, Dolorès Déléale était la première à venir au lycée les jambes nues, et jusqu'à ce qu'elle l'ait fait, les autres filles, comme par une sorte de contrat tacite, n'osaient pas montrer les leurs et leurs mollets, comme ceux de Lisa ce jour-là, qui transpiraient légèrement et irisaient le nylon noir de leurs collants.

Souvent, Dolorès avait la tête appuyée contre l'épaule d'Hannibal Lanier qui était si beau, même à une cinquantaine de mètres de distance, que Lisa pouvait entendre la bande-son de *Seize bougies pour Sam*, un vieux film d'amour qu'elle avait vu mille fois se mettre en marche dans sa tête à chaque fois qu'il rentrait dans une pièce.

Mais, alors qu'elle avait dépassé le groupe de filles et qu'elle pensait pouvoir enfin souffler, Lisa entendait l'une d'entre elles, certainement Zineb Achour, se mettre à rire doucement. Elle entendait ce rire mourir doucement derrière elle, puis quelqu'un disait quelque chose qu'elle n'arrivait pas à comprendre et les autres filles se mettaient à rire aussi, et puis elles oubliaient. Et Lisa avait beau s'inspecter des heures face à son miroir, vérifier sa tenue, renifler ses aisselles, elle ne parvenait jamais à trouver ce qui n'allait pas chez elle. Un jour, il y a longtemps, elle avait dû se tacher quelque part, et la tache n'était jamais partie.

Hannibal seul ne riait pas. Quand les parents de Lisa avaient emménagé à Illès lors de sa rentrée en cinquième, sa mère lui avait fait mettre une robe à volants pour le premier jour d'école alors qu'elle avait un cours de gymnastique et que les autres filles étaient venues avec des shorts en éponge ou des survêtements. Dans le gymnase, les élèves avaient dû s'asseoir de chaque côté de grands tapis verts et Lisa pouvait encore sentir les tapis de gymnastique sous ses pieds nus ; voir la poussière que dispersaient les halogènes autour d'elle quand elle sautait d'un cheval d'arçon. Pour évaluer le niveau de chacun, les professeurs leur avaient demandé d'exécuter un petit enchaînement. Hannibal était passé parmi les premiers, et son

T-shirt avait glissé sur son ventre tandis qu'il faisait la roue. Lisa se souvenait encore de ce qu'elle avait ressenti en voyant les creux de chair que formaient ses abdominaux encore bronzés de l'été. Quand le professeur avait appelé son nom, elle s'était lancée sur le tapis et avait projeté ses bras devant elle comme elle l'aurait fait devant sa mère, lors d'un pique-nique sur la plage. Mais quand elle avait atterri de nouveau sur ses jambes, les bras levés dans un mouvement parfait, tout le monde s'était moqué d'elle.

Zineb Achour avait hurlé : *Jolie culotte !* et s'était mise à rire si fort qu'elle s'était roulée par terre, et les autres avaient ri de plus belle. À côté d'elle, Hannibal Lanier était appuyé sur ses coudes et ne riait pas. Et quand Lisa était partie en pleurant s'asseoir dans un coin de la salle, il l'avait suivie. Il ne l'avait pas défendue devant les autres, mais s'était accroupi tout près d'elle et avait murmuré dans son oreille : *moi, je l'ai trouvée très sexy, ta culotte.* Et c'était peut-être ridicule, alors que Lisa était devenue une femme, de penser à ces lèvres rouges de petit garçon prononçant un mot aussi étrange que *sexy*, mais elle y repensait souvent – car le mot avait grandi à mesure qu'Hannibal lui-même grandissait, gravé dans tous les plis de cette peau que tant de filles n'avaient pas pu toucher.

Et au printemps de l'année de ses seize ans, le même garçon qui ne l'avait jamais tournée en ridicule, ni elle ni aucune autre fille, s'était approché d'elle tandis qu'elle hésitait devant le distributeur de friandises. Elle s'était d'abord dit que, peut-être, il voulait lui rendre le parapluie qu'elle lui avait prêté la veille, mais il était juste resté près d'elle en souriant tandis qu'elle tapait sur la machine le numéro soixante et onze, qui correspondait à une barre de chocolat emballée dans un papier rouge et sur laquelle était dessiné un éléphant. Elle n'avait aucune idée du goût qu'elle pouvait avoir, mais c'était le genre de sucrerie qu'elle voulait avoir goûté pour se le rappeler plus tard, quand elle penserait à son adolescence. C'était le genre de sucrerie dont elle aimerait que parlent les chansons de variétés qui parleraient de nostalgie.

Elle était en train de fouiller dans son sac à la recherche de son porte-monnaie quand le bras d'Hannibal lui avait frôlé la joue. Il avait glissé une pièce dans le distributeur et la barre de chocolat était tombée de son piédestal.

Lisa s'était retournée. Il s'était rapproché d'elle et il souriait toujours. Il souriait si bien qu'elle avait l'impression qu'il émanait quelque chose de lui, quelque chose de doré et de chaud ; du soleil ou le jus d'un fruit mûr.

— Tout le plaisir est pour moi, avait-il murmuré.

Et bien qu'il soit ensuite retourné s'asseoir près de Dolorès Déléale, Lisa n'avait jamais oublié ce moment.

C'est pourquoi, alors qu'elle était déjà en retard pour prendre le train qui la ramènerait vers Illès, elle prit le temps de s'arrêter au distributeur de la gare pour s'acheter une friandise. Et une fois la barre de chocolat mangée, tandis que le paysage défilait par la fenêtre et la rapprochait de plus en plus du village où elle avait grandi, elle ne parvenait toujours pas plus à jeter le papier d'emballage orné d'un éléphant qu'à réaliser que Hannibal Lanier était bel et bien mort.

*

— Joan, murmura une voix venue d'on ne sait où, tandis qu'une main se posait sur son visage, il faut que tu te réveilles. Ton service débute dans une heure.

Joan Rami émit un grognement tandis qu'il émergeait d'un sommeil lourd, assourdi par le bruit de grelots que son réveil devait émettre depuis au moins vingt minutes. Depuis au moins vingt minutes, sa mère se trouvait donc sur le seuil de sa porte, encore ornée du *J* en bois bleu qu'il y avait fixé à l'école primaire, sans oser rentrer. Quand les yeux de Joan se furent habitués à la lumière, elle avait disparu dans un bruissement discret, sans doute pour descendre lui préparer son petit déjeuner, le même petit déjeuner bien trop riche qu'il mangeait quand il avait dix-huit ans et qu'il était capitaine de l'équipe de rugby de son lycée.

Une douleur s'était réveillée dans sa jambe droite pendant la nuit. Depuis l'accident, il ne connaissait plus grand-chose de sa jambe droite, sinon cette douleur. Il boitilla jusqu'à l'escalier et s'assit dans le petit fauteuil coulissant qui lui permettait de monter ou de descendre d'un étage à l'autre sans avoir à emprunter les marches. Il appuya sur l'une des touches de la télécommande et l'appareil électrique se mit en branle avec un grincement désagréable. Quelques jours auparavant, sa petite sœur Daphné s'était servie du siège pour monter sa nouvelle chaîne hi-fi au premier étage. Leur père lui avait crié dessus et Daphné avait haussé les épaules en murmurant que la chaîne hi-fi pesait bien moins que Joan, ce qui était vrai.

Joan s'assit devant l'énorme platée d'œufs au jambon que sa mère venait de déposer devant lui tandis qu'elle l'embrassait sur la joue. Il savait qu'il devait arrêter de manger autant, mais il avait un besoin inexplicable de choses molles, douces et sucrées ; il lui arrivait, en se rendant au café où il travaillait, d'acheter à la supérette une de ces brioches sous vide piquetées de grains de sucre et de l'avaler d'un coup. La consistance fade et épaisse de la brioche industrielle colmatait en lui il ne savait quelle brèche et faisait gonfler son corps comme une éponge imbibée d'eau, mais devenir cet abcès lui était doux, inexplicablement.

Après avoir englouti le contenu de son assiette, il s'essuya la bouche avec une serviette en papier et alla se brosser les dents aux toilettes où il laissait toujours une brosse à dents, pour ne pas avoir à remonter à l'étage. Sur la porte des toilettes étaient collées des dizaines de photos de Daphné et de lui à tous les âges possibles – y compris celles prises après l'accident, avec la gueule de travers et un début d'embonpoint. Au centre, plus grande que les autres, trônait la photo préférée de sa mère : on l'y voyait à dix-huit ans, les cuisses blanches et musclées découvertes par un short rouge très court, tenant dans ses bras un ballon de cuir ovale tandis qu'il courait vers un point inconnu. Son visage était masqué par une abondante tignasse de boucles rousses et ne dépassaient de son profil que ses lèvres roses et gonflées de fille et le début d'un nez en trompette, perdus dans la mâchoire épaisse.

Il ne se sentait pas nostalgique tandis qu'il se rinçait la bouche face à cette image de son passé – peut-être parce qu'il n'avait jamais *vraiment* rien possédé de tout ce qu'il avait perdu. Il n'aurait jamais pu devenir rugbyman professionnel, il le savait. Avant qu'il n'ait son accident, l'entraîneur menaçait déjà de le virer de l'équipe parce qu'il sortait trop, buvait trop, fumait trop et passait tout le temps qu'il pouvait avec sa petite amie. Il avait dix-huit ans et il n'avait pas encore compris qu'il était aussi beau qu'on le disait ; mais seulement que la vie était faite ainsi pour qu'il puisse faire l'amour à quantité de filles, boire quantité de verres, danser quantité de nuits. Il ne s'était jamais senti particulièrement privilégié, tout simplement parce qu'il ne s'était jamais mis à la place des autres – ces garçons au physique ingrat dont il distinguait, en classe, la nuque pelée dans les premiers rangs, tandis qu'il pensait à Dolorès Déléale en regardant par la fenêtre. Il ne s'était jamais mis à la place des autres, et voilà que quelques mois plus tard, après avoir passé des semaines les yeux clos dans une chambre d'hôpital, bardé de tuyaux et couvert de gaze, il était *devenu* l'un des autres. Un vieux garçon désormais condamné à avaler pour toujours les mêmes petits déjeuners que ceux qu'il avalait à dix-huit ans, sous les yeux désolés de sa mère, mais désolés pour qui ? Personne ne l'avait percuté alors qu'il marchait insouciamment sur la chaussée. Il avait manqué un virage sur une route de campagne qui tournait trop, et on l'avait retrouvé le corps disloqué avec de l'alcool et de la cocaïne dans le sang, à vingt mètres de son iconique scooter bleu. Il avait toujours roulé beaucoup trop vite, que ce soit avec le 4 × 4 de son père ou sa Vespa, et ça aussi, il le savait. Il ne pouvait s'en prendre qu'à lui-même si sa mère en était réduite à découper la silhouette de ses dix-huit ans dans l'édition 2011 du journal du lycée d'Illès pour la coller dans les toilettes et se souvenir de ce qu'il avait été. Quand elle le regardait avec des yeux humides, il aurait voulu lui dire qu'il ne serait rien devenu de plus, de toute façon, et que si elle devait s'adresser au ciel pour quoi que ce soit, elle devait plutôt remercier Dieu qu'il n'ait blessé personne d'autre que lui-même, ce soir-là. Il n'avait jamais été très bon à l'école, n'avait jamais eu d'ambition particulière : il aurait certainement continué à travailler dans le café de son père, comme il le faisait à présent. Évidemment, il n'aurait sans doute pas eu à s'y rendre en s'appuyant sur une canne et à prévenir quand il était arrivé, parce qu'il lui arrivait parfois d'oublier où il se trouvait et où il allait tandis qu'il marchait sur le trottoir et qu'alors l'un de ses deux parents, ou même parfois Daphné, devait se lancer à sa recherche. Mais à cela près, il n'aurait sans doute jamais été beaucoup plus qu'un ancien très bel adolescent devenu moyennement bel homme, enfermé entre trois collines pelées, les quatre murs du café le Prétexte et les os endommagés de sa grosse tête.

Le froid surprit Joan quand il sortit et entreprit de traverser son lotissement pour se rendre dans le vieux Illès, où se trouvait le bar. Il ne se souvenait pas avoir jamais vécu un mois de mai aussi glacial. Il avait l'impression, sans doute fausse, que le temps s'était considérablement refroidi depuis que le corps d'Hannibal Lanier avait été découvert. Il n'avait pas su quoi penser, quand sa mère, de sa voix la plus prudente, lui avait annoncé la nouvelle.

— Ce garçon si charmant, avait-elle dit en hochant la tête, le regard dans le vide. Et ils l'ont retrouvé dans le jardin de Meyer, tu t'imagines ? Je pense à toutes ces fois où j'ai accompagné Daphné à l'atelier de poterie, et il était là, juste là…

Hannibal et lui ne s'étaient liés d'amitié qu'au printemps de leur année de première, et leur relation, comme tout ce qu'il s'était passé dans les mois qui avaient précédé l'accident, était à la fois brouillée et très lumineuse ; comme si sa mémoire avait été éblouie par n'importe quel soleil. Il se souvenait du nom d'Hannibal, de son visage, du plaisir qu'il avait eu à le considérer comme son ami – de ça il s'en souvenait très fort –, mais il n'aurait pas pu se rappeler seulement une conversation qu'ils auraient eue, ou une soirée qu'ils auraient passée ensemble.

Cela expliquait aussi pourquoi revoir son amie aux cheveux bouclés assise à cette même table la veille l'avait tant perturbé. Il avait oublié son prénom, ou peut-être ne l'avait-il jamais su ; il y avait tellement de filles, à l'époque. Désormais, quand il se baladait dans Illès entre midi et deux, près du lycée, il n'en voyait plus aucune : elles avaient pris leurs joues fraîches, leurs chemisiers blancs, le bruit de leurs rires et de leurs sandales qui claquaient contre les pavés, et elles étaient parties. Après son coma, il avait eu l'impression de se réveiller dans un endroit déserté de toute féminité. Dolorès n'était pas venu le voir une seule fois à l'hôpital et les filles d'Illès semblaient avoir été emportées dans une mystérieuse transhumance. Sans doute c'était lui qu'elles avaient suivi, puisque c'était toujours lui qu'elles avaient préféré ; Hannibal Lanier, ses yeux bleus, ses cheveux noirs et ses petits carnets remplis de poèmes. Elles s'étaient jetées sous la terre à sa suite, elles l'avaient suivi où il s'en était allé, comme elles l'avaient suivi du regard, tout le temps qu'avait duré sa courte vie.

Et maintenant qu'on l'avait retrouvé, elles réapparaissaient soudainement. À commencer par la fille aux boucles brunes, Zineb, donc. Il se demanda si elle s'était réellement souvenue de lui – il avait eu du mal à se remémorer son prénom, mais il se rappelait lui avoir offert une quantité non négligeable de sirops, à l'époque où elle venait au Prétexte avec Dolorès Déléale. Dolorès... Elle aussi avait dû revenir, puisque le corps d'Hannibal avait été retrouvé. Joan fronça les sourcils et essaya de se souvenir d'eux, tels qu'ils étaient quand Hannibal était encore un garçon à la chair parcourue de sang vif, mais il n'avait qu'un seul souvenir de cette période, et c'était un souvenir qui concernait Dolorès. Souvent, il forçait sa mémoire pour le vivre et le revivre encore ; moins pour se rappeler Dolorès elle-même – que savait-il de ce que Dolorès était devenue, à présent ? – que pour retrouver le jeune garçon qu'il avait été : un jeune garçon pour qui les jolies filles étaient une émanation aussi naturelle de son être que l'étaient la sueur dans sa nuque, pendant l'entraînement, la force de son corps et ses larmes, s'il avait un jour pleuré.

Il marchait à travers ces mêmes petites rues pavées d'Illès, mais ses jambes étaient saines et valides et l'eau des caniveaux s'infiltrait agréablement dans les semelles de ses chaussures ouvertes. À l'époque, c'était mai également, toujours mai, mais il faisait très chaud et cette eau qui descendait des montagnes rafraîchissait seule l'atmosphère d'un été précoce. Il marchait rapidement sur ses deux jambes saines et musclées. C'était une journée comme il avait dû en vivre des centaines, pourtant ce souvenir lui revenait avec une acuité particulière : il était en retard, ce matin-là. Son père avait dû l'entendre rentrer à l'aube. Il ne s'était pas réveillé pour aller courir avec le reste de son équipe et appréhendait déjà l'expression qu'aurait Gilles, son coach, quand il se pointerait à l'entraînement en fin d'après-midi. Il lui servirait l'un de ses discours habituels : *Tu ne vas pas pouvoir rester capitaine, Joan. Pas si tu te comportes comme ça. Tu es doué, mais ça ne suffit pas, l'aisance, tu comprends ?* Joan hochait la tête comme s'il comprenait, alors qu'il attendait seulement avec impatience le moment où le coach s'arrêterait de parler pour aller prendre une douche. Le vendredi soir, la fin de l'entraînement marquait aussi la fin du cours d'athlétisme de Dolorès Déléale, et s'il avait de la chance, il pouvait croiser son regard tandis qu'elle passait en trottinant devant les douches extérieures des rugbymen pour aller se changer.

Quand il ne parvenait pas à convaincre Dolorès d'aller boire un verre avec lui, il entraînait les autres membres de son équipe au Café de France et là, ils buvaient des quantités considérables de bière, jusqu'à ce que l'un d'eux finisse par casser quelque chose ou vomir sur la terrasse et que les serveurs les chassent. Joan rentrait ensuite en zigzaguant sur son scooter dans les rues qui sentaient le pain et les croissants chauds.

Quand il se relevait le samedi matin pour se rendre au café de son père assurer le service du déjeuner, le soleil de onze heures lui coulait dans le crâne par les oreilles, et huit ans plus tard, il regrettait même cette sensation : la gueule de bois était désagréable, bien sûr, mais il avait alors la certitude que ce malaise, comme toutes les choses désagréables, ne durerait pas – or, à présent, il savait que certaines choses désagréables comme la douleur, le désespoir, le regret, sont au contraire celles qui durent le plus longtemps. Arrivé devant le petit bar, il passait derrière le comptoir et allait vers la tireuse à bière se servir un verre de liquide jaune et mousseux, qu'il avalait la tête rejetée en arrière. José, le vieux serveur catalan qu'employait son père, le sermonnait sur son retard, et ils se mettaient au travail.

Il avait toujours aimé travailler dans le café familial, et même aujourd'hui, essuyer les verres, dresser les tables, prendre les commandes constituaient les derniers gestes qui lui étaient faciles et familiers, les derniers gestes qui lui appartenaient encore. Il avait fait et vu faire ces mêmes gestes depuis si longtemps qu'ils lui semblaient flotter autour de son père, de lui-même et de José dans la petite salle du Prétexte, comme l'odeur de l'ail et de la bière éventée. Son père lui avait montré la façon dont on portait le plateau, les doigts couchés vers le ciel, et celle dont on servait le vin en épargnant la dernière goutte. Il lui avait montré tout cela avec une sévérité qui témoignait de l'importance qu'il attachait au travail bien fait. Les gens s'assoient, les gens boivent, les tables sont débarrassées, lavées, les gens s'en vont – et le visage de son père, son efficacité, sa discrétion, disparaissent aussitôt de leur mémoire. Mais au-delà de cet oubli, Joan sentait bien qu'il était primordial que son père se tienne là, debout, son tablier noué autour de la taille, comme il était primordial que les vieux d'Illès boivent des banyuls en regardant aller et venir les passants et que les adolescentes emplissent la terrasse de leurs gloussements. Un jour, certainement, l'un de leurs plus heureux souvenirs serait bercé de l'inaudible bruissement du savoir-faire de ces serveurs français qui servaient les gens de la même façon depuis des centaines d'années.

Quand Joan travaillait, il ne se demandait jamais ce qu'aurait pu être sa vie s'il n'avait pas été diminué par l'accident, car son plus heureux souvenir reposait là, sur la petite terrasse qu'il surveillait attentivement depuis son comptoir et où, à chaque instant, pouvait surgir la même silhouette mince qui s'y était glissée huit ans plus tôt.

*

Joan se redressa et, ébloui par le soleil à son zénith, il hésita sur l'identité du nouveau client. Pendant quelques secondes, il crut reconnaître le demi-sourire moqueur et le corps élancé d'Hannibal Lanier, puis la silhouette tourna son visage vers lui et le mouvement d'une interminable queue-de-cheval lui ôta tout doute : c'était bien elle.

Ce samedi-là, Dolorès Déléale portait une paire de jeans trop large pour elle et un haut blanc qui dévoilait son ventre brun. Elle était tout le temps bronzée, mais ce n'était pas le teint olivâtre des Catalanes, couleur de terre teintée d'une goutte de vert, mais un or qui semblait irradier sa peau de l'intérieur, comme si elle avait grandi sur une île.

— Je pourrais avoir un sirop de violette, s'il te plaît ?

Il hocha la tête, le plateau à la main. C'était la première fois qu'il la trouvait seule : d'habitude, elle était toujours flanquée d'Hannibal Lanier et de ses deux copines, ou alors elle lisait sur un banc, ou faisait ses devoirs au CDI, ou accompagnait sa mère faire les courses ou son petit frère à l'école primaire. Parce qu'elle était si inaccessible, il avait pris le temps de l'observer plus longtemps qu'il n'avait jamais observé aucune autre fille, surtout une fille qui lui plaisait. Il connaissait des choses sur elle qui n'étaient pas particulièrement intéressantes, mais auxquelles il pensait parfois quand il n'avait rien d'autre à faire : la petite pierre noire et blanche qu'elle portait autour du cou, les trois tenues d'athlétisme qu'elle possédait et qui étaient toutes bleues, la manie qu'elle avait d'attacher ses cheveux en une queue-de-cheval qui lui partait du haut du crâne. Il savait que son petit frère avait le même âge que Daphné, sa propre petite sœur, et que sa mère était médecin ; il savait qu'elle était très bonne élève et que les autres filles du lycée ne l'aimaient pas beaucoup. Elles la trouvaient froide et hautaine, mais Joan n'était pas d'accord, et cela, il pouvait le dire à plein de détails insignifiants qu'il avait remarqués et presque aussitôt oubliés, mais dont il gardait une impression de chaleur : par exemple, quand elle traversait la rue, elle prenait garde à ne pas marcher sur les bandes blanches du passage clouté, et elle se levait toujours pour embrasser ses copines lorsqu'elle les voyait arriver, même si elle était en train de boire son café.

Il versa le sirop dans un grand verre et, à la place de l'habituelle carafe que réclamaient les lycéens, lui ouvrit une bouteille d'eau minérale qu'il ne compta pas en supplément. Il sortit son plateau à la main et le soleil le surprit de nouveau. Dolorès leva les yeux vers lui et glissa l'une de ses mains dans le livre qu'elle lisait, comme pour pouvoir soutenir plus longtemps le regard de Joan sans risquer de perdre sa page. Mais à peine avait-il fait quelques pas vers elle qu'il se tordit la cheville entre deux pavés. Il ne tomba pas, mais son plateau lui échappa des mains et le verre et la bouteille se brisèrent aux pieds de Dolorès, éclaboussant ses jambes nues.

— Oh, je suis désolé, pardon !

Elle rit et secoua la tête, comme pour dire que ce n'était rien. Joan se précipita pour ramasser les éclats, et elle s'accroupit aussitôt près de lui en disant :

— Je vais t'aider.

— Mais non, assieds-toi, tu vas te couper…

Au moment où il prononçait ses mots, son propre doigt s'entailla et il le suça avec une petite grimace de douleur. Dolorès lui saisit alors impulsivement la main et regarda la blessure avec l'air d'être si sincèrement désolée pour lui qu'il en fut bouleversé et l'embrassa. Elle lui rendit son baiser et ils s'embrassèrent là longtemps, sous la table, leurs genoux fléchis touchant presque le sol constellé de morceaux de verre et les faisant paraître plus petits que des enfants, jusqu'à ce que José, l'employé de son père, débarque sur la terrasse avec un air réprobateur et une balayette à la main.

*

— Joan, réveille-toi, il y a quelqu'un en terrasse.

La voix rocailleuse de José tira brusquement Joan Rami de sa rêverie. Il essuyait machinalement le même verre depuis il ne savait quand et ses yeux s'étaient fermés d'eux-mêmes. Installée sur la terrasse, Zineb Achour, l'amie de Dolorès, lui faisait signe qu'elle désirait commander.

9.

Mes douces,

Quand j'étais petit, je voulais devenir un écrivain célèbre. Je rêvais de publier des livres comme ceux que nous aimions, pour que des millions d'autres enfants grandissent comme nous avons grandi, avec des personnages, des couleurs, des paysages que j'aurais moi-même inventés. Je m'imaginais riche, habitant l'une de ces immenses maisons avec vue sur la mer où j'ai toujours pensé que les grands écrivains vivaient.

Maintenant que j'essaie vraiment d'écrire, je me rends compte que c'est beaucoup plus difficile que je ne le pensais. Je comprends que ce que je désire vraiment, ce n'est pas tant de vendre des millions d'exemplaires, mais de terminer un seul livre que je pourrais vous offrir. Si seulement l'une de vous le lisait jusqu'à la fin, je serais heureux. S'il vous plaisait, je serais comblé.

Tant pis pour le reste du monde.

Hannibal

*

Hannibal était étendu de tout son long sur les marches du bâtiment de sciences, et la chanson qu'il fredonnait à mi-voix vibrait dans sa poitrine et dépassait de peu ses lèvres. Il n'était que dix heures du matin, mais l'air était si tiède et si doux qu'il pouvait presque en sentir le goût sur sa langue. Il aurait pu, se dit-il, rester là pendant des années, étendu parmi les pollens et la lumière, sans jamais mourir. Ce devait être à ça que ressemblaient les déserts des prophètes : un mois de mai à Illès ou un gigantesque sablier dans lequel un homme pouvait marcher le ventre vide quarante jours durant.

Zineb avait la tête posée sur l'une des cuisses de Dolorès et les deux filles lui caressaient les cheveux. De temps en temps, Bianca, dont l'une des mains était piégée dans celle de son petit ami Raphaël, lui frôlait la joue et lui racontait une histoire qu'Hannibal entendait à peine.

Il pensait à autre chose. Il pensait à Lisa Gorgeas, qui était à une table dans la cour, une cinquantaine de mètres plus loin, le visage penché sur un livre. Elle lui manquait et il ne la connaissait pas. Dans le sac qu'il avait glissé sous sa tête attendait son petit carnet Moleskine noir tout plein des poèmes qu'il avait écrits pour elle. Il espérait souvent qu'une fois qu'il serait devenu un grand écrivain mort, quelqu'un retrouverait ses carnets et les examinerait soigneusement pour en exposer les pages dans le musée le plus grand et le plus éloigné d'ici qui soit.

Il n'avait jamais rien écrit de plus beau que ce qu'il avait écrit pour Lisa. Elle était ce grand défaut du monde, qu'il n'avait jamais remarqué auparavant et qui, depuis qu'il avait croisé les siens, lui sautait violemment aux yeux. Quand il était enfant, Hannibal s'imaginait que quand il clignait les paupières, le monde autour de lui disparaissait, escamoté par Dieu qui le remettait aussitôt en place quand il ouvrait à nouveau les yeux. Alors Hannibal regardait plus attentivement les collines, les arbres, les montagnes d'un bleu qui n'était pas celui du ciel ; forcément, Dieu avait dû se tromper quelque part. Il devait y avoir ici ou là une abeille, un cours d'eau, qui n'avait rien à y faire, parce qu'il l'avait placé n'importe où, dans la précipitation. Mais pendant très longtemps, Dieu ne s'était pas trompé et les choses à Illès étaient restées immuablement les mêmes ; pendant très longtemps, jusqu'au jour où Lisa Gorgeas était descendue d'une voiture pour abriter Hannibal sous son parapluie. Alors il l'avait regardée, et avait compris que Dieu avait enfin commis une erreur : à la place de la fille qu'il avait toujours connue se trouvait une fille qu'il désirait.

— Mais pourquoi tu ne l'invites pas simplement, je sais pas, chez toi ? lui avait demandé Joan Rami, lorsque Hannibal lui avait raconté ce qu'il ressentait.

Joan Rami était le seul à qui Hannibal ait parlé de Lisa Gorgeas. Un après-midi, il s'était assis à une table du Prétexte, le café du père de Joan, un rayon de soleil sur le visage, pour écrire seul dans son petit carnet noir, mais le rugbyman l'avait aussitôt rejoint.

— Ça te dérange si je fume ma clope avec toi, cinq minutes ? lui avait demandé Joan en posant sa tasse de café sur la table.

Il avait tiré une chaise vers lui sans attendre la réponse et écarté ses larges cuisses.

— Tu sais, avec Do, c'est bon, on est allés le boire, ce verre.

— Et alors ?

— Et alors mec, tu sais quoi ? Je suis amoureux. Je crois que je n'ai jamais *parlé* aussi longtemps avec qui que ce soit. Elle me posait toutes ces questions…

Hannibal n'avait jamais entendu personne appeler Dolorès *Do* auparavant. En fait, il n'avait jamais entendu personne affubler Dolorès d'un diminutif, pas même sa propre mère. La *Do* de Joan, celle qui avait accepté de l'accompagner boire un café et avait mis du gloss sur ses lèvres, pour rire à ses plaisanteries et lui demander combien de frères et de sœurs il avait, devait être une tout autre fille. Une version plus légère que celle qu'il connaissait, une Dolorès coupée d'eau qui aimait bavarder et lancer des plaisanteries.

— Pourquoi tu me racontes ça ?

Joan avait regardé Hannibal sans rien dire. Quand Hannibal relevait le menton de la sorte, avec ses sourcils épais légèrement froncés, il ressemblait tellement à Dolorès que c'en était effrayant. Il eut un petit rire gêné.

— Je ne sais pas, mec. Parce que j'ai envie de parler d'elle et que tu la connais bien. Mes potes ne savent rien d'elle, à part qu'elle est belle, et ce n'est pas ce que j'ai envie de raconter, tu vois ?

— Je vois.

— Et puis, tu traînes toujours avec des filles. Je me suis dit que ça serait agréable pour toi, peut-être, de discuter avec un mec pour une fois.

C'était vrai. C'était agréable, pour une fois, de discuter avec quelqu'un qui ne cherchait pas à le séduire. Le soleil glissait sur leurs bras nus et le café fort et âcre n'était pas bon à boire mais pourtant ils le buvaient. Joan était certainement un bel abruti, mais il était bienveillant et acquiesçait à tout ce qu'Hannibal disait. Il ne retirerait jamais rien de cette conversation pour l'intepréter, et il ne se passerait rien si, par hasard, leurs corps se frôlaient. Ils étaient seulement deux garçons dans le soleil qui aimaient les filles et qui buvaient du café.

— Hé, Joan, s'était alors risqué Hannibal, tu vois qui c'est, Lisa Gorgeas ?

— La petite brune un peu ronde ?

— Oui.

— Elle est super mignonne. C'est le genre beaucoup plus jolie nue qu'habillée. Le genre à qui j'aimerais bien prêter un pull trop grand, tu vois ce que je veux dire ?

— Je te conseille pas. Je crois que moi aussi, mec, je suis amoureux.

— Je te prêterai mon scooter si tu veux. Les filles *adorent* les scooters. Elles pensent que c'est l'Italie, ou je sais pas.

Ils avaient passé un moment à parler de Lisa Gorgeas, puis Joan lui avait tapé dans le dos et était retourné travailler. Hannibal s'était senti rassuré par la force de son accolade. Les cinquante-huit kilos de Dolorès Déléale étaient à présent bien calés sur les épaules de Joan Rami, capitaine de l'équipe de rugby du lycée, avec sa belle tête simple et vide remplie de testostérone jusqu'au blanc des yeux.

Hannibal jeta un œil à Dolorès qui caressait toujours les cheveux de Zineb, un demi-sourire satisfait flottant sur ses lèvres. Elle l'avait l'air parfaitement heureuse. Sans doute Joan lui suffisait-il, alors ? L'espace d'un instant, Hannibal imagina le visage paisible de Dolorès déformé par une grimace extatique, Joan Rami profondément enfoncé en elle, et il frissonna, comme si la peau de son amie avait dû être entièrement arrachée de son visage pour en dévoiler l'orgasme. Joan Rami devait lui donner ce qu'elle voulait, et de fait la promesse qu'il lui avait faite de la rendre heureuse ne tenait plus, peut-être ?

Il se leva prudemment, comme si l'une des trois filles était susceptible, à tout moment, de se jeter sur lui et de le plaquer au sol pour l'empêcher de partir, et leur dit à tout à l'heure. Il sentit leur regard réprobateur dans son dos tandis qu'il s'éloignait mais ne se retourna pas. Est-ce qu'il n'avait pas le droit d'aller parler à Lisa Gorgeas s'il le désirait ?

Les cheveux de Lisa étaient légèrement emmêlés à l'arrière de son crâne, comme si elle ne s'était pas coiffée en partant au lycée ce matin, et l'idée de ce lit encore un peu imprimé sur sa nuque souleva une chaleur dans la poitrine d'Hannibal. Elle ne pouvait pas savoir à quel point il avait envie d'elle. Elle ne pouvait pas savoir quelle envie il avait de, non seulement lui faire l'amour, mais de pulvériser son corps et le sien ensemble, jusqu'à ce qu'ils ne restent d'eux que leurs seuls bijoux déposés sur le sol.

— Qu'est-ce que tu fais samedi soir, Lisa ?

Lisa ferma son livre et le regarda en souriant comme si elle avait toujours su qu'il lui poserait cette question, comme si elle était partie ce matin-là sans se coiffer seulement pour gagner du temps et qu'il s'avance plus vite vers la table où elle était assise et lui pose cette question.

Quand Hannibal entra dans la classe de latin, quelques minutes plus tard, le cours avait déjà commencé. Il alla s'asseoir au premier rang, près de Dolorès, et prit la copie qu'elle avait mise devant elle, sur la table, pour se remettre en tête la version sur laquelle ils étaient censés travailler ce jour-là.

Elle lui reprit sa feuille d'un geste brusque et la posa où il ne pourrait pas la voir.

— Tu pourrais baiser n'importe quelle fille, et c'est Lisa Gorgeas que tu choisis, vraiment ? murmura-t-elle.

— Je ne vais pas baiser Lisa Gorgeas, rétorqua Hannibal.

Dolorès lui jeta un regard sévère. Presque par réflexe, il saisit son genou sous la table, comme si elle était sur le point de se lever pour s'en aller – mais elle ne l'était pas. Elle était tranquillement assise face à sa version latine achevée, les yeux tournés vers le tableau noir où le professeur détaillait le fonctionnement de la concordance des temps dans les propositions principales et subordonnées, les yeux tournés, en somme, partout où Hannibal n'était pas.

*

Zineb se glissa sous ses couvertures. Il faisait assez froid dehors pour qu'elle n'ait pas à culpabiliser de rester dans sa chambre. De toute façon, elle avait vingt-quatre ans. Sa mère ne pouvait plus décemment frapper à sa porte et la forcer à aller prendre l'air comme quand elle était au lycée.

L'année qui avait suivi la disparition d'Hannibal, le temps avait été particulièrement chaud. Zineb se souvenait du soleil ruisselant contre les volets qu'elle refusait d'ouvrir. Cet été-là, elle avait regardé une quantité de films en streaming, son minuscule ordinateur portable ouvert sous sa housse de couette. Elle adorait *tous* les films ; les films d'auteur, les comédies romantiques françaises, les blockbusters américains, les productions Bollywood. Ce n'était pas tant pour les scénarios, les mises en scène ou les acteurs qu'elle aimait, mais pour la seule caresse des images et des sons contre sa pupille dilatée – elle aurait pu voir des films dans une langue qu'elle ne comprenait pas, elle aurait pu voir des films tournés sur une autre planète. Elle avait conscience que le reste du monde considérait son emploi dans un cinéma indépendant du cinquième arrondissement comme un total échec, ou le résultat d'une longue dépression déclenchée par la disparition d'Hannibal. Au lycée, ses notes étaient assez bonnes – même s'il était difficile de le revendiquer quand on était dans la même classe que Dolorès Déléale. L'année de terminale, Dolorès avait eu 20,33 de moyenne en latin, parce que le professeur avait décrété que l'une de ses traductions était d'une telle finesse qu'elle méritait d'obtenir 21. Il l'avait fait photocopier en trente exemplaires et l'avait distribuée à toute la classe. Pourtant, Dolorès, comme Zineb, Hannibal et Bianca, n'avait choisi l'option latin en cinquième que parce que leur collège leur avait fait miroiter un voyage à Rome. Zineb avait dû avoir quelque chose comme 13 ou 14 à cette version, ce qui n'était pas mal pour son niveau, mais qui avait dû lui valoir l'un de ces mêmes regards que Bianca lui jetait, quand elle lui parlait de son travail d'ouvreuse de cinéma, un regard qui clairement voulait dire : *Ce n'est pas terrible, mais si tu es heureuse comme ça.* Zineb adorait son job. Elle adorait rendre la monnaie et appliquer le tarif réduit aux étudiants même quand ils avaient oublié leur carte de faculté. Elle adorait passer des heures lovée dans l'un des petits fauteuils rouges du premier rang, à regarder inlassablement le même vieux film avec, sur les genoux, un énorme seau de pop-corn offert par Joseph, l'employé handicapé du cinéma. Ni Dolorès ni Bianca n'étaient jamais venues la voir dans son cinéma. Elle aurait pu les faire entrer gratuitement mais Bianca était trop prise par sa vie d'instagrammeuse pour prendre le temps d'assister à une séance ; elle regardait des séries sur son iPad alors que son quartier était rempli de merveilleuses petites salles d'art et d'essai comme celle pour laquelle Zineb travaillait – mais ce n'était pas pour la vie culturelle que Bianca habitait dans le Quartier latin, c'était pour le *standing*.

Dolorès, elle, n'aimait pas les films. Elle aimait lire et, de préférence, dans une langue que personne ne maîtrisait, sauf elle, son directeur de thèse, des abbés moyenâgeux morts depuis des siècles, et, *genre*, Cicéron.

Hannibal, lui, serait venu la voir. Il se serait glissé avec elle dans l'obscurité colorée de la salle et aurait passé son bras autour de ses épaules. Il aurait été heureux de constater à quel point elle aimait son travail et ne l'aurait pas jugée. C'était possible de ne pas la juger : Joan Rami, d'ailleurs, ne l'avait pas jugée quand elle lui avait dit ce qu'elle faisait dans la vie.

Quand elle s'était rendue au Prétexte, la veille, il l'avait reconnue et lui avait offert un chocolat chaud, puis s'était assis à sa table sans attendre qu'elle l'invite – ce que, de toute façon, elle n'aurait jamais fait. D'autres clients attendaient leurs commandes, mais il avait néanmoins pris le temps de discuter avec elle.

— Et qu'est-ce que tu fais, alors, à Paris ?

— Je travaille dans un cinéma indépendant. Je vends les billets.

— Et ça te plaît ?

C'était la première fois que quelqu'un lui demandait ça.

— J'adore ça. Je peux regarder autant de films que je veux.

Elle lui avait expliqué à quel point elle se sentait hors du monde et protégée dans le cinéma. Les gens passaient près d'elle sans la voir, comme à travers une porte. Elle posait leurs tickets sur le comptoir sans même frôler leurs mains, déclarait *salle 5,* et c'était tout. À la fin de sa journée, elle n'était pas plus brillante (comme l'était Dolorès) et elle n'était certainement pas plus riche (comme l'était Bianca) mais elle avait l'impression d'avoir accompli quelque chose. C'était une époque où tout l'argent du monde était dédié aux images – des images avec des filles incroyablement belles, retouchées et brillantes, des images pour vendre des choses, des images pour distraire les gens, des images pornographiques – et malgré tout il restait des gens comme elle, prêts à dédier leur vie pour que certaines vieilles images puissent vivre encore un peu dans l'obscurité ; des images où les filles étaient bizarrement maquillées et vêtues, des images qui ne rapportaient rien, ne distrayaient pas grand monde et en excitaient encore moins, mais des images qui étaient belles.

— Je comprends ce que tu veux dire, avait répondu Joan. Je ressens un peu la même chose, quand je sers des cafés. C'est le café de mon père, tu comprends ?

Elle comprenait.

— Et, en plus, tu es à Paris. Tu es partie loin d'ici.

Il posa sa main sur son avant-bras, et elle en tira une certaine satisfaction mesquine, comme si Dolorès pouvait les voir en ce moment si proches l'un de l'autre et souffrir un peu – Dolorès qui, lorsque Zineb lui avait demandé pourquoi elle n'allait pas voir son petit ami à l'hôpital l'été de la disparition d'Hannibal, lui avait répondu : *L'infirmière a dit* seulement les proches, *Zineb, et les proches, ce n'est pas vraiment moi.*

Dolorès qui s'était toujours comportée comme une parfaite petite garce avec les garçons qui, pourtant, continuaient de la regarder avec des yeux ébahis, comme si elle était exceptionnelle, et pas une fille qui ressemblait seulement un peu plus à une actrice que les autres. Zineb voyait des filles comme Dolorès dans des films français tous les jours – même dans des seconds ou troisièmes rôles, même parmi les *figurantes*.

— Oui, enfin, la différence, lui avait dit Bianca un jour où elle se plaignait de l'admiration qu'inspirait Dolorès, c'est que Dolorès ne joue pas dans un film. Je veux dire, elle ressemble à ça quand elle se réveille. Elle ressemble à une jeune première *en permanence*. Je ne pense même pas qu'elle joue vraiment un rôle.

Quand elles étaient encore amies, le visage parfaitement composé de Dolorès donnait parfois envie à Zineb de se mettre à hurler à tout le monde ses secrets les plus intimes.

Elle aurait voulu que l'on sache dans quel état elle laissait l'appartement quand elles étaient colocataires. Dolorès était épouvantablement désordonnée. Elle ne rangeait jamais rien. Durant leur première année de fac, un garçon quelconque lui avait offert un bouquet de lys qu'elle avait laissé moisir deux mois dans un vase, sur sa bibliothèque, alors qu'elle savait que Zineb était allergique à ces fleurs. Elle était certaine que c'était à cause de ça qu'elle avait attrapé une infection pulmonaire cette année-là : elle n'arrêtait pas de tousser et de cracher des glaires et Dolorès refusait de les jeter, alors qu'elles étaient ramollies et fanées depuis des jours, sous prétexte que *c'était le premier bouquet qu'on lui offrait.* Un jour, Zineb ne les avait plus supportées et les avait balancées à la poubelle pendant que Dolorès était en cours. Elle n'avait jamais rien respiré d'aussi horrible que l'eau dans laquelle avaient trempé les tiges pourries des lys, et avait pensé à ce qu'il se passerait si elle buvait de cette eau verte et putride – elle deviendrait stérile, ses ovaires glisseraient hors d'elle et se répandraient sur le sol. En rentrant, Dolorès lui avait crié dessus alors qu'elle avait certainement déjà largué le garçon qui lui avait acheté le bouquet.

Dolorès était sale et méchante comme n'importe quelle autre fille. Sous ses beaux vêtements amples de petite bourgeoise, elle avait de fines vergetures argentées à la naissance des fesses, elle tachait ses sous-vêtements quand elle avait ses règles, et, pire encore, elle s'était pissée dessus jusqu'à un âge extraordinairement avancé – au moins quatorze ans. Seule Zineb le savait, et elle ne l'avait jamais dit à personne, parce qu'elle était une véritable amie, mais Dolorès avait l'habitude, jusqu'à la fin du collège, de garder des tenues de rechange dans son casier car il arrivait qu'elle aille jusqu'à mouiller son pantalon trois ou quatre fois dans la même semaine. Et pourtant, les garçons continuaient de la suivre des yeux quand elle marchait, alors que sous ses longs gilets qui lui battaient les cuisses, le tissu imbibé d'urine devait coller à sa peau. Sa mère lui avait fait faire des analyses qui n'avaient rien donné : elle n'avait pas de pathologie, elle n'était pas malade. Elle était simplement un peu sale et un peu laide, comme tout le monde.

La première fois que Zineb s'en était rendu compte, c'était à l'atelier de poterie d'Auguste Meyer. Souvent, après le cours, Dolorès, qui était la préférée du professeur, comme elle était la préférée de tout le monde, restait un peu plus tard que les autres enfants pour l'aider à ranger ou à mettre les sculptures au four.

— Vous pouvez aller jouer dehors en attendant vos parents, disait Auguste Meyer aux autres enfants. Sauf Dolorès, mon petit Maillol, toi, tu peux venir avec moi.

En réalité, Zineb n'avait jamais très bien su ce que fabriquait Dolorès avec Auguste Meyer. Quand on lui posait la question, elle se contentait d'un de ses insupportables sourires silencieux et supérieurs – *Tu ne pourrais pas comprendre parce que toi, tu n'es pas la meilleure de l'atelier de poterie ni la meilleure de classe, tu n'es la meilleure en rien.*

Alors, Zineb s'asseyait sur le petit muret et attendait que Dolorès finisse ce qu'elle avait à faire pour rentrer avec elle. Un jour, Dolorès était sortie avec, dans les bras, une très belle sculpture que lui avait offerte Auguste Meyer pour la récompenser de ses talents. Tous les enfants étaient venus s'extasier autour de la statuette et personne n'avait remarqué ce que Zineb, elle, avait vu : un mince filet translucide qui coulait sur la cheville de Dolorès. Son amie avait surpris son regard et avait rapidement caché ses jambes, mais plus tard, dans la voiture de la mère de Dolorès, Zineb avait dit à voix haute :

— Dis-moi, Dolorès, tu ne te serais pas fait pipi dessus ?

Hélène Déléale avait sursauté, puis elle avait jeté un coup d'œil à sa fille dans le rétroviseur :

— Oh non, Dolorès, encore ?

Et pourtant, des années plus tard, il fallait encore que Joan Rami prononce son nom en murmurant, l'air transi et gêné :

— Et Dolorès, tu as des nouvelles ?

— Non. On ne se parle plus.

— Oh.

— Oui, oh. Et toi, tu ne lui en veux pas ?

— De quoi tu parles ? Lui en vouloir pour quoi ?

— Eh bien, quand même, elle n'est jamais venue te voir à l'hôpital après ton accident, non ?

Joan Rami avait secoué la tête comme s'il allait se mettre à rire.

— Évidemment, que je ne lui en veux pas.

Il était resté plusieurs mois dans le coma et, à son réveil, il n'avait pas été surpris, et encore moins blessé, que Dolorès ne soit pas là. Il s'estimait heureux qu'un jour, quand sa vie avait été plus belle, il ait pu la connaître – la connaître, toucher ses cheveux noirs, et puis mourir. Ç'avait été le sort d'Hannibal, ç'aurait très bien pu être le sien ; il y en avait de pires.

*

Paco aurait pu dire la même chose. Un soir, il l'avait emmenée au restaurant et elle s'était mise à pleurer. Rien de particulier ne s'était passé, pourtant.

Il était passé la chercher chez elle, elle était montée derrière son scooter et avait chastement enroulé ses bras autour de son torse. Ils avaient roulé, ses doigts gelés crispés sous le sweat-shirt de Paco, et ils s'étaient réfugiés sous la tonnelle chauffée d'un restaurant. Dolorès avait regardé avec des yeux quasi émerveillés la cabane de verre de la terrasse, les grandes torches suspendues et les petites plaques rougeoyantes, semblables à des grille-pain disloqués, qui tiédissaient l'air en plein hiver. Elle adorait ce Paris nocturne et chaud, qui sentait la neige et la cigarette, et tous ces moments qu'elle passait près de Paco et qui traçaient sur les vitres des restaurants de grands cercles de buée blanche.

Comme à chacune des soirées qu'ils passaient ensemble, ils avaient mangé, commandé des verres et s'étaient ensuite évertués à faire durer le dîner le plus longtemps possible, jusqu'à ce que les serveurs aient terminé d'empiler autour d'eux les dernières chaises de plastique tressé et que Paco, le regard fuyant, propose à Dolorès de lui commander un VTC.

Le cendrier débordait et Dolorès buvait les glaçons qui fondaient dans son vin. Le froid lui brûlait les dents.

— Et Élias, qu'est-ce qu'il pense de Cassandra ?

— Élias n'a jamais rencontré Cassandra.

— Tu parles sérieusement ? Tu vis avec une fille que tu n'as jamais présentée à ton meilleur ami ?

— J'aime que les choses soient bien séparées. Tu imagines, si je les présentais et qu'ils deviennent amis ? Un enfer.

— Moi, tu me l'as bien présenté.

— Et je n'aurais jamais dû. Il est tombé amoureux de toi, comme tout le monde.

Elle l'avait regardé par en dessous, l'air rieur et suspicieux, et lui avait demandé :

— Mais c'est qui, tout le monde ?

Alors il avait avalé sa salive et s'était préparé à lui avouer ce qu'il ressentait pour elle depuis si longtemps, depuis le premier jour où il l'avait vue chanter sur l'écran du téléphone de Bianca, mais quand il avait croisé son regard, elle avait dû lire dans ses yeux ce qu'il s'apprêtait à dire, parce qu'elle l'avait aussitôt coupé :

— C'était pour rire.

— Mais, Dolorès…

Il avait pris sa main dans la sienne, sa grande main fine aux ongles rongés, dans un mouvement convulsif. Elle avait cherché à se dégager mais il l'avait retenue, et c'est à ce moment-là qu'elle s'était mise à pleurer, si soudainement qu'il s'était demandé s'il ne l'avait pas blessée sans le vouloir. Mais sa main était là, dans la sienne, intacte, et entre deux sanglots, il n'avait jamais su pourquoi, elle lui avait raconté son histoire. Est-ce qu'elle pensait qu'elle le détournerait d'elle en lui confiant le secret qui la rongeait ? Ce n'était pas ce qu'il s'était passé. Mais plus tard, après l'avoir écoutée, il lui avait fait promettre : *Ne me fais plus jamais ça, pleurer, d'accord ? Ne me refais plus jamais ça.*

Quand il était rentré chez lui, après avoir commandé son Uber à Dolorès – il ne l'avait pas raccompagnée, il savait qu'il ne *pouvait* pas la raccompagner, surtout pas ce soir-là avec ses grands yeux encore rougis par les larmes –, il s'était rappelé quelque chose, comme s'il avait trouvé ce souvenir flottant là par hasard, un souvenir qui avait refait surface de façon si surprenante que Paco s'était demandé s'il pouvait y croire, ou si la scène s'était formée toute seule dans sa mémoire, comme un petit caillot de sang, de graisse et de sel dans une artère. Il n'en avait jamais parlé à personne, et n'y avait même jamais pensé depuis très longtemps, mais ce soir-là, après avoir vu Dolorès pleurer, le souvenir lui était revenu.

Il s'était d'abord souvenu de la *main*. Il devait avoir huit ou neuf ans, peut-être dix ans, et comme d'habitude, il prenait le bus en sortant de l'école. Il n'avait pas peur de monter dans le bus, et savait descendre au bon arrêt, et effectuer si besoin un ou plusieurs changements. Il savait que sa mère l'attendait dans leur appartement et qu'en rentrant, il trouverait son goûter prêt sur la table de la cuisine. Assis près de la fenêtre, il regardait défiler les rues familières de son quartier.

C'est alors que le monsieur lui avait posé la main sur la cuisse. C'était l'été, il faisait bon et sa cuisse était nue. Il n'avait pas regardé du côté du monsieur et ne s'était pas non plus précipité pour sortir du bus. Il était resté tout à fait sage et immobile, et avait attendu patiemment que le bus atteigne son arrêt pour se lever et laisser là cette main, dans ce bus, dans la manche du monsieur qui ne l'avait pas suivi.

*

Vers dix heures du matin, Élise passa le panneau *Illès, village le plus ensoleillé de France.* Elle avait roulé huit heures d'affilée en ne s'arrêtant qu'à l'aire d'autoroute des volcans d'Auvergne pour avaler un espresso coulé dans la machine. Elle était terrifiée à l'idée que la Dacia Logan de Laurie puisse s'arrêter en plein milieu de l'autoroute A9 – Laurie qui lui avait déjà envoyé dix-huit textos, d'abord alarmés, et puis très vite, carrément furieux. Elles s'étaient disputées sans discontinuer jusqu'à ce qu'Élise décide de s'enfuir avec la voiture – alors que Laurie en avait besoin pour se rendre au travail, *parce qu'elle avait, elle, un emploi, parce qu'elle avait des horaires.* Élise se demanda à quel moment l'étudiante effarouchée qu'elle avait presque dû embrasser de force s'était transformée en une chargée de projet en communication aussi agressive et ambitieuse.

Leur dispute avait commencé dans le magasin Zara de la rue de Rivoli où Élise avait voulu aller s'acheter une tenue pour l'enterrement d'Hannibal Lanier.

— Je ne comprends pas pourquoi tu tiens absolument à y aller. Tu ne le connaissais même pas. Et pourquoi tu n'utiliserais pas celle que tu avais achetée pour celui de ton grand-père ? Tu l'as jamais mise, finalement.

C'était faux. Élise n'avait jamais porté la robe-portefeuille noire qu'elle avait achetée pour l'enterrement de son grand-père en présence de Laurie, mais elle l'avait bien mise une fois – un soir où Laurie était partie en séminaire avec ses collègues et où elle en avait profité pour sortir dans un bar et flirter avec une fille beaucoup plus jeune qu'elle – beaucoup, beaucoup plus jeune.

À cette pensée, Élise s'était sentie coupable et avait tendu les bras à travers le rideau de la cabine d'essayage pour entraîner Laurie à l'intérieur et la serrer contre elle. Mais elle s'était rapidement dégagée et avait palpé la manche du tailleur-pantalon noir que sa compagne venait d'enfiler avec une petite moue désapprobatrice.

— Je déteste cette matière, avait-elle commenté.

Élise avait levé les yeux au ciel. Laurie avait changé d'attitude à son égard depuis quelque temps. C'était un changement subtil, une légère inflexion du regard qu'elle portait sur elle, de sa voix quand elle lui parlait, mais un changement qu'Élise sentait néanmoins la guetter comme une bête à demi sauvage. Quand elle avait reconnu le visage d'Hannibal Lanier comme celui du garçon qu'elle avait croisé à la gare de Lyon, elle s'en était aussitôt confiée à Laurie, d'autant que la coïncidence était trop forte : elle l'avait reconnu justement le jour où elle se rendait à l'enterrement de son grand-père, et c'était sous la terre du jardin de ce même grand-père que le corps d'Hannibal avait été retrouvé. Mais malheureusement, quelque part entre le jour où Élise était tombée amoureuse d'elle et le jour où elle avait eu le plus besoin d'elle, Laurie avait cessé de croire aux coïncidences. Elle l'avait prise dans ses bras et avait apaisé ses pleurs, mais avant même que les larmes d'Élise aient séché sur ses joues, au moment où, étendue contre Laurie, elle se trouvait le plus vulnérable, celle-ci lui avait doucement dit :

— Finalement, je ne sais pas si c'est une bonne idée d'avoir un enfant tout de suite. Surtout en ce moment. Peut-être qu'il faudrait attendre que tu te ressaisisses un peu.

— Que je me ressaisisse ?

— Psychologiquement.

Mais Élise ne voulait pas se ressaisir *psychologiquement*. Ce dont elle avait besoin, c'était d'un bébé, d'un bébé maintenant, et *oui*, cela avait certainement à voir avec le fait qu'on avait retrouvé un adolescent mort depuis huit ans dans la propriété de son grand-père. Elle ne savait pas si c'était sensé, et elle *savait* que c'était impossible : elle avait étudié, comme Laurie, les démarches administratives complexes nécessaires pour procéder à une insémination ou une adoption. Mais depuis, le visage d'Hannibal, elle n'en avait plus rien à faire, elle avait seulement envie que Laurie l'allonge quelque part et lui donne un enfant. Il existait certainement un endroit où elles s'aimaient encore et où tout était facile. Et tout ce qu'elle voulait, c'était que Laurie retire son pull quatre fils en cachemire, la prenne par la main et l'emmène dans cet endroit qui devait ressembler vaguement à une clairière, et lui fasse un enfant.

— Et donc, tu trouves ça logique de rentrer à Illès sur un coup de tête ? Qu'est-ce que tu vas faire ? Aller chez ton grand-père ? Tu comptes retourner la terre où on l'a trouvé et voir si, miraculeusement, un bébé n'a pas poussé d'un petit reste de cadavre ?

Élise n'avait pas répondu, mais c'était exactement ce qu'elle comptait faire.

Elle tourna à gauche après le rond-point et commença la longue ascension qui menait au mas de son ancêtre. Les tournants continuels lui donnaient envie de vomir. Elle commença à ressentir le début d'un soulagement quand elle dépassa l'amphore qui marquait l'entrée de la propriété. Elle gara sa voiture et dépassa le chantier abandonné de la piscine. Il n'y avait même plus un policier pour surveiller l'endroit ; seul un ruban de plastique jaune et détrempé interdisait mollement l'entrée. Élise l'enjamba et s'approcha. Il s'agissait d'un trou de deux mètres sur cinq au fond légèrement boueux. Elle observa pendant quelques minutes l'eau sombre où rien ne flottait, mais très rapidement, la fatigue la rattrapa et elle se dit qu'elle pourrait rentrer s'allonger un moment dans l'une des chambres de la maison. En remontant vers la villa, elle passa devant l'atelier et jeta un coup d'œil aux centaines de statues et de toiles qui s'entassaient dans la poussière.

— Tu devrais les faire expertiser avant que tout ne soit définitivement moisi, lui avait conseillé Laurie.

Mais l'idée de s'approcher des œuvres de son grand-père l'effrayait. Elle n'avait eu aucun mal à ranger l'habitation, vendre les meubles, donner les vêtements, mais elle ne s'était jamais décidée à entrer dans la serre. Elle savait qu'Auguste voulait que ses statues restent là, et que personne n'en hérite : l'aboutissement de son art devait être la corruption des choses par le temps qui passait. Vendre la maison passait encore, mais les œuvres ? Elle ne parvenait pas à oublier ce que lui avait dit Hélène. *Laissez au moins les œuvres, Élise. Au moins les œuvres.*

Elle chercha la bonne clé dans le trousseau qu'elle avait emporté avec elle et la fit tourner dans la serrure rouillée. La porte résista un peu, mais elle finit par l'ouvrir d'un coup de hanche. Une forte odeur d'humidité et de plantes mortes lui pénétra la gorge.

*

L'OPJ Léo Casez enfonça ses écouteurs dans ses oreilles et repassa encore une fois la vidéo qu'il achevait seulement de regarder. Il s'agissait d'un clip YouTube dont la caméra tremblait légèrement. Une jeune fille y chantait en anglais – avec un assez mauvais accent, mais ça n'avait pas d'importance. Ces derniers jours, il avait développé une certaine obsession pour la courte séquence et la regardait sans cesse, fasciné par la voix frêle qui cassait contre le micro, les jambes de la fille perchée sur l'estrade, les chevelures brunes des adolescentes dans le public.

Il avait du temps pour lui. Son supérieur, le commandant Gomez, lui avait fait comprendre qu'en ce qui le concernait, l'affaire serait classée :

— Le vieux était un peu fou, il a tué le petit, qu'est-ce que tu veux de plus ? Le petit a été retrouvé enterré dans son terrain.

— Mais le vieux est mort.

— Eh bien oui, il est mort ; tant mieux pour lui. Tu sais bien ce que ça signifie : extinction d'action publique. On arrête tout.

— Je veux bien, mais ça ne me dit pas ce qu'Hannibal Lanier pouvait bien faire sur son terrain, en pleine nuit ? Ni pourquoi le vieux l'aurait tué ?

Hannibal Lanier avait disparu la nuit du bal de fin d'année de son lycée. Une jeune fille l'avait attendu chez elle toute la soirée pour qu'il l'emmène danser, mais il n'était pas venu, sans que quelqu'un sache pourquoi. Or, il n'y avait aucune raison cohérente pour qu'un jeune garçon de seize ans se retrouve soudainement dans un mas à trois kilomètres de la salle des fêtes où il avait prévu de se rendre, et qu'on le retrouve des années plus tard, enterré dans le costume en lin bleu clair qu'il avait choisi pour l'occasion.

Les résultats définitifs de l'autopsie du corps d'Hannibal Lanier étaient arrivés dans la matinée. L'adolescent était bien mort huit ans auparavant, le crâne défoncé par un objet contondant, et il était resté là depuis, gisant sous trois poignées de terre, jusqu'à ce qu'il soit déterré par une pelleteuse. L'OPJ Léo Casez se répéta une nouvelle fois la courte biographie du garçon : né le 27 juillet 1995 de père inconnu ; fils de Yolande Lanier, propriétaire d'une petite entreprise de vente de thé par correspondance ; scolarisé à Illès depuis la maternelle ; élève exemplaire. Il aimait lire et écrire des poèmes et ses carnets avaient disparu. Il portait deux chaînes en or autour du cou. Ses meilleures amies s'appelaient Bianca Ispahan, Zineb Achour et Dolorès Déléale. Et malgré les recommandations de son supérieur, Léo Casez était certain qu'elles pourraient l'aider à comprendre ce qu'il s'était passé.

— Dolorès Déléale est ici, lui annonça quelques minutes plus tard l'une de ses collègues.

Et en effet, Dolorès Déléale venait d'apparaître derrière lui. Elle se tint quelques secondes sur le pas de la porte du bureau, comme suspendue dans le vide, alors que Léo Casez était presque sûr de l'avoir invitée à entrer d'un signe. Puis elle s'avança.

— Bonjour, mademoiselle.

Elle inclina la tête sans répondre et s'assit en face de lui. Elle posa ses coudes sur la table et prit son visage dans la paume de ses mains, comme si l'OPJ s'apprêtait à lui raconter une longue histoire. Avant de commencer son interrogatoire, Léo Casez fit rapidement le tour des informations qu'il avait recueillies à son sujet : elle avait vingt-quatre ans, l'âge qu'aurait eu Hannibal Lanier aujourd'hui. Elle étudiait à la Sorbonne où elle faisait de la recherche en latin. Elle vivait dans le treizième arrondissement, à Paris. Elle avait été l'amie d'Hannibal Lanier depuis leur première rencontre, lors d'un cours de poterie pour enfants, l'année de leurs huit ans, à quelques mètres de l'endroit où son corps avait été retrouvé.

— Votre mère était l'amie d'Auguste Meyer, c'est bien cela ?

Dolorès acquiesça une fois encore. Ses cheveux, tirés en arrière, parurent terriblement longs à l'OPJ Léo Casez : elle entortillait autour de ses doigts une queue-de-cheval qui devait lui tomber presque en bas du dos. C'était une chevelure de sorcière, ou de fée, et il se demanda où cette matière brune et brillante trouvait la vivacité nécessaire pour croître aussi longue et aussi épaisse. Certainement pas dans la petite tête parfaite de Dolorès Déléale, qui semblait si légère, avec ses pommettes saillantes et ses grands cernes foncés.

— Je crois qu'il était un peu comme un père, pour elle.

— Il est mort d'une maladie, c'est bien ça ?

— Oh, il était vieux. Il serait mort, de toute façon.

Elle avait dit cela sans le regarder, son menton allant d'une paume à l'autre de ses grandes mains. Elle avait vingt-quatre ans, mais elle en faisait facilement dix de moins.

— Vous l'aimiez bien ?

— Il s'est beaucoup occupé de moi quand j'étais petite.

— Mais est-ce que vous l'aimiez bien ?

Dolorès Déléale eut un petit sourire et ne répondit pas. Elle le regarda sans ouvrir la bouche pendant ce qui parut à Léo Casez de longues minutes, comme si elle avait parfaitement le droit de se rendre à un interrogatoire dans un commissariat de gendarmerie et de décider d'interminables moments de silence.

C'était la quatrième jeune femme qu'il interrogeait cette semaine, la quatrième fois qu'il observait battre une paire de longs cils comme un petit cœur avec le sentiment déprimant qu'il n'apprendrait rien de plus. Mais il voulait croire qu'un mot prononcé par mégarde, un souvenir soudainement remémoré lui apporterait, sinon des réponses, au moins l'occasion de poser de nouvelles questions.

Et puis il y avait autre chose, il devait bien l'avouer : les jeunes filles étaient belles, elles avaient l'air infiniment tristes, parfois même folles de chagrin – Zineb Achour, notamment, lui avait confié : *Inspecteur, je ne suis pas tout à fait sûre qu'il soit mort, vous savez.*

C'était excitant que, pour une fois, la mort soit une véritable tragédie ; c'en était presque agréable, quand on se penchait sur un cadavre, de ne pas se trouver face à une vieille dame ou à une prostituée disloquée que personne n'avait aimées, mais devant le corps d'un beau garçon à peine pubère ; c'était rassurant, quand on se penchait sur un cadavre, d'ensuite relever la tête et de croiser le regard de belles filles bien vivantes, dont la chair palpitait et palpitait d'amour.

Il avait essayé de creuser la piste des mails, mais ça n'avait rien donné non plus. Les amies d'Hannibal recevaient des messages électroniques, signés de son nom et reprenant, avaient-elles dit, *son esprit*, mais ce canular pouvait être le fait de n'importe qui, de n'importe quel élève pervers et morbide.

Bianca Ispahan, qui avait pourtant l'air sensé, lui avait dit en butant sur ses mots :

— C'est étrange, quand même.

— Qu'est-ce qui est étrange, mademoiselle Ispahan ?

— Hannibal écrivait exactement comme ça. Il m'avait fait lire des choses qu'il écrivait, et c'était exactement comme cela qu'il écrivait.

Puis elle lui avait tendu le smartphone qu'elle n'arrêtait pas de vérifier depuis le début de l'interrogatoire et lui avait raconté à nouveau sa banale histoire de harcèlement virtuel.

— J'ai cet abonné Instagram, avec un compte anonyme, qui n'arrête pas de m'envoyer des messages haineux, je vous en avais déjà parlé…

— Vous m'en aviez déjà parlé. Vous avez une raison de penser qu'il pourrait y avoir un lien avec la mort d'Hannibal ?

— Pas vraiment, mais ça aussi, c'est étrange, non ?

— Alors je vous conseille de le bloquer. Ces choses-là arrivent très fréquemment, vous savez. Je vous conseille de le bloquer, et s'il persiste à vous harceler par un autre biais, vous pourrez revenir me voir, d'accord ?

Elle avait acquiescé, il lui avait rendu le téléphone, mais il avait vu dans son regard qu'elle n'en ferait rien.

Lisa Gorgeas, surtout, l'avait touché. Dans son doux visage rond, ses yeux noirs luisaient d'une humidité particulière, comme si elle les avait seulement trempés dans le désespoir sans les y laisser couler.

— Je suis si contente que vous l'ayez retrouvé, avait-elle déclaré en s'asseyant face à lui.

— C'était votre petit ami ?

Elle avait souri, puis lui avait répondu, un peu hésitante :

— Je vais avoir l'air idiote parce que personne ne le savait, mais oui. Et puis nous ne sommes pas restés longtemps ensemble, mais le temps que ça a duré me paraît très long, maintenant…

— Personne ne le savait ?

— Personne. C'était secret, parce qu'on avait seize ans et que...

Il sentit qu'elle voulait lui dire quelque chose de plus, mais elle ne le fit pas, et les questions qu'il lui posa ensuite ne lui en apprirent pas davantage. Quand il lui tendit la photo du corps d'Hannibal Lanier tel qu'il avait été retrouvé, elle ne fondit pas en larmes comme Zineb Achour et ne reprit pas son souffle comme Bianca Ispahan. Elle tendit la main vers le cliché, le frôla du bout des doigts puis ferma les yeux un moment et répéta :

— Merci, vraiment merci de l'avoir retrouvé.

Ce fut la réaction la plus émouvante à laquelle il assista, mais pas la plus intéressante.

La plus intéressante, évidemment, fut celle qu'eut Dolorès Déléale quand il lui tendit la photo à son tour.

Aussitôt qu'elle posa les yeux sur le cliché, ses lèvres s'entrouvrirent légèrement et, l'espace d'un instant, elle eut un vrai regard, un regard clair, dépouillé de tous les voiles de faux mystère et de séduction qui enveloppaient d'habitude ses yeux. Elle avait retiré son déguisement de fée et ses yeux gisaient là, tout près de la photo du cadavre d'Hannibal qu'elle tenait délicatement entre ses longs doigts, des vrais yeux de femme faits non de lumière mais de chair qui fond, de pigments et de gelée.

— C'est mon collier, murmura-t-elle.

— C'est votre collier ?

— La petite perle blanche et noire, là, c'est ma *sibitxa.* C'est un bijou capverdien qu'on m'a offert quand j'étais petite.

Elle ne se souvenait plus à quelle occasion son père lui avait offert le bijou, une boule, infiniment dure, montée en pendentif avec un petit bout d'or, noire et tachetée de blanc. Peut-être même ne le lui avait-il jamais véritablement offert, peut-être qu'elle l'avait seulement trouvé en fouillant dans la boîte à bijoux de sa mère, qui, naturellement, ne portait plus la perle que son ex-mari lui avait donnée. Mais elle se rappelait nettement l'histoire que son père lui avait racontée et qu'elle avait répétée à chaque fois que quelqu'un lui avait dit qu'il trouvait le bijou joli.

C'était une graine, ou plutôt un fossile de graine ; le tout début d'un arbre qui n'avait jamais poussé, et jamais poussé que sur les îles où son père avait grandi. Elle ne savait rien de cet endroit, et pourtant, quand elle disait qu'elle n'en savait rien, elle mentait toujours un peu ; elle savait que là-bas, il y avait du vent, un vent passé et repassé sur la mer, et des enfants qui ne savaient pas nager, du poisson qui grillait quelque part. Il y avait des gens prisonniers de l'océan, et qui chantonnaient sans cesse la mélodie d'une ancienne musique que sa mère ne voulait plus qu'on écoute à la maison. Et, évidemment, les *sibitxas*, les petites graines qu'on offrait aux enfants pour leur porter bonheur. Elle adorait ce collier. Elle adorait l'idée que la graine lui appartiendrait toujours et ne germerait jamais.

— C'est une perle en céramique made in China, commenta Léo Casez. Je l'ai fait analyser.

Dolorès resta silencieuse. Un porte-bonheur, de la céramique chinoise.

La sonnerie du téléphone de Léo Casez retentit avec un bruit qui lui sembla plus strident que d'habitude.

— Je crois que quelqu'un vous appelle, commenta Dolorès Déléale, sans lâcher la petite photographie.

Il reconnut le numéro d'Élise Jaubert, la petite-fille d'Auguste Meyer. Il hésita quelques secondes, puis songea que, de toute façon, Dolorès aurait sans doute besoin de cinq minutes de silence avant de se décider à répondre à une nouvelle question.

— Inspecteur ?

— Madame Jaubert ?

Elle semblait à bout de souffle.

— Je suis au mas de mon grand-père, enfin, dans mon mas. Il faut que vous veniez, s'il vous plaît. S'il vous plaît, il faut que vous veniez me chercher tout de suite

10.

Joan s'écarta brusquement du corps de Dolorès. Ils étaient allongés dans son lit, volets fermés, un jour de semaine. Ils avaient passé l'après-midi à s'embrasser et à se frotter l'un contre l'autre dans le noir, alors qu'il faisait dehors un temps splendide, que les cigales hurlaient et qu'ils auraient pu aller se promener près de la rivière, où l'air était plus bleu et plus mouillé que nulle part ailleurs.

Il s'était écarté d'elle parce qu'il avait soudain eu peur de l'écraser, allongé sur elle comme il l'était, mais ça ne paraissait pas l'avoir gênée et elle tendait à nouveau la bouche vers lui ; alors il avait saisi sa taille entre ses mains et l'avait fait basculer à califourchon sur son torse. Elle pesait plus lourd qu'il ne l'aurait imaginé.

Il n'avait jamais encore osé la toucher vraiment sous ses vêtements, et elle ne l'avait jamais fait non plus. De temps à autre, il ouvrait les yeux et découvrait son visage nu, les joues rougies, les lèvres gercées, et ce visage, entouré des centaines de petites mèches échappées de sa queue-de-cheval, ce visage lui paraissait plus nu que toutes les filles nues qu'il avait déjà vues.

Elle devait être vierge. Elle l'était, certainement, sauf si Hannibal… Comme toutes les vierges, elle avait l'air d'en savoir infiniment plus long que celles qui l'avaient déjà fait, et Joan, au fond de lui, aurait préféré qu'Hannibal ait déjà… Parce qu'il n'aimait pas les vierges. Il ne comprenait pas ces hommes qui traquaient les vierges, ces hommes que les vierges attiraient, parce que les vierges, au contraire, lui faisaient peur. Il pouvait les reconnaître quand il regardait autour de lui, en classe, au lycée ; les filles aux jambes sagement croisées qui écrivaient la tête penchée sur le côté, avec leurs cheveux bien lavés, leurs sourcils froncés ; il les repérait parce qu'elles gardaient dans leur sensualité toute l'atrocité de l'enfance. Elles regardaient par la fenêtre et elles s'imaginaient des choses. Alors que les femmes, les femmes qui ont été aimées, devaient avoir de l'indulgence. Elles devaient savoir que les hommes n'étaient pas bien plus que cela, et elles devaient savoir pardonner.

Dolorès prit son visage dans ses mains pour l'embrasser encore. Quand elle le regardait ainsi, entre deux baisers, comme s'il était un héros, comme s'il savait ce qu'était l'amour, il avait envie de s'enfuir pour que quelqu'un d'autre le console, une autre fille, ou sa mère, parce qu'il était amoureux de l'être le plus terrifiant jamais créé.

Elle lui dévora le cou et commença à avancer doucement vers son nombril en défaisant les boutons de sa chemise. Par moments, elle s'éloignait légèrement pour considérer son torse lisse, parfaitement sculpté, le torse d'un jeune sportif qui n'avait pas vingt ans – les muscles apparus où il n'y avait jamais rien eu, enfin rien de plus qu'un enfant, et des taches de rousseur. Arrivée à sa ceinture, elle hésita, puis défit la boucle d'un geste fluide. À chaque nouveau baiser qu'elle déposait sur son ventre, il perdait tout contrôle sur sa respiration ; il avalait trop d'air, et elle levait les yeux vers lui en souriant. Finalement, elle ouvrit son pantalon.

Longtemps après, il pensait encore à la petite perle blanche et noire qu'elle portait autour du cou et qui n'avait cessé de lui glisser dans la bouche pendant qu'elle lui faisait ce qu'elle lui faisait.

Quand il n'avait vraiment plus pu le supporter, il avait saisi la chaîne d'or entre ses doigts et avait tiré fort, et quand elle était revenue s'allonger près de lui, l'embrassant partout sauf sur les lèvres, ils s'étaient aperçus en riant que la chaîne lui était restée dans la main : ils l'avaient brisée.

*

Plus tard, Dolorès avait raconté ses exploits à Zineb, Bianca et Hannibal. Ils étaient allongés tous les quatre dans l'immense lit de Bianca, et mangeaient des gâteaux anglais au gingembre en regardant d'un œil une adaptation de Jane Austen qu'ils avaient tous déjà vue cent fois. C'était Zineb qui les avait convaincus d'assister encore une fois à la demande en mariage de Darcy à Elizabeth Bennet sous la pluie, cette pluie torrentielle qui tombait sans cesse dans ces comtés d'Angleterre où l'herbe était grasse et les gens aussi, mais Dolorès et Bianca riaient si fort qu'elle ne parvenait même plus à discerner l'accent distingué des personnages.

— Et alors ? avait gloussé Bianca.

— Et alors il a cassé ma chaîne en or.

— T'es dégueulasse, avait commenté Zineb en tournant l'écran vers elle.

Bianca et Dolorès avaient gloussé de plus belle. Hannibal, lui, restait silencieux. De temps en temps, l'une des trois filles guettait chez lui une réaction – un écœurement, une marque d'intérêt – mais il continuait à grignoter des biscuits sans rien dire.

— Mais toi aussi, tu le fais ? avait demandé Zineb à Bianca.

— À Raphaël ? Bien sûr que je le fais, avait répondu Bianca, qui s'était aussitôt retournée vers Dolorès :

— Et il était content ?

— Joan ? Il était très content. Il m'a invitée au bal de promo.

— Moi, je ferai jamais ça de ma vie.

— C'est pour ça que personne t'invitera jamais au bal de promo, avait répondu Dolorès.

Elles avaient à nouveau éclaté de rire, malgré l'agacement visible de Zineb. Quand elles étaient en cinquième, une fille qui s'appelait Mégane avait été surprise en train de faire la même chose à un rugbyman de seconde derrière les haies qui longeaient les terrains de sport. Ses parents avaient été convoqués et elle avait été expulsée trois jours du collège. Quand elle était revenue, elle avait confié à Zineb, qui était sa voisine en cours d'anglais : *Mes parents ne me regardent plus pareil. Je les entends qui baissent la voix quand je m'approche d'eux.* Zineb avait voulu lui demander ce qu'il lui avait pris de faire une chose pareille, mais elle n'avait pas osé. Elle pouvait comprendre pourquoi les garçons voulaient que les filles le fassent, mais pourquoi est-ce qu'elles s'exécutaient ? Quel plaisir pouvaient-elles bien en tirer ?

— Oh, tu finiras bien par comprendre, avait affirmé Bianca.

Mais Zineb avait le sentiment que c'étaient elles qui n'avaient pas encore compris. Elle pouvait encore entendre le son de la gifle que sa grande sœur avait reçue quand elle avait découché, l'année de ses dix-sept ans.

— Peut-être qu'il lui est arrivé quelque chose, avait suggéré Zineb à ses parents qui fulminaient autour de la table du petit déjeuner.

— Tout le monde sait bien ce qui lui est arrivé, avait murmuré son père entre ses dents.

Sarah était rentrée et elle était passée à travers les gifles, les cris et les insultes sans qu'en souffre l'air de satisfaction qui irradiait son visage. Quand Zineb était rentrée dans sa chambre, quelques heures plus tard, elle l'avait trouvée allongée sur son lit, les yeux levés vers le plafond, un sourire flottant sur sa figure comme un linge blanc sur une eau sale.

— Franchement, lui avait-elle dit, ça valait le coup.

Zineb ne voyait vraiment pas ce qui pouvait *valoir le coup* dans le fait de se faire traiter de tous les noms par son père pour faire plaisir à un garçon qu'elle aurait oublié six mois plus tard.

— Je me fous du bal de promo, avait-elle répondu à Dolorès en s'enfonçant dans son sweat bleu marine.

Évidemment, ce n'était pas tout à fait vrai. Quand la directrice du lycée leur avait annoncé qu'elle comptait organiser un bal de promo pour leur fin d'année de première, comme cela se faisait aux États-Unis, Zineb s'était d'abord montrée la plus enthousiaste du groupe. Elle aimait les *teen movies* américains, les robes en mousseline pastel, l'idée d'un garçon en smoking dans une limousine de location. Longtemps après, elle garderait dans les pages d'un livre épais le bouquet qu'il aurait épinglé sur son corsage, jusqu'à ce que les fleurs soient toutes aplaties et desséchées, longtemps après elle aurait encore le goût du Schnaps à la pêche qu'il lui avait fait boire dans une flasque jusqu'à ce qu'elle accepte de perdre avec lui sa virginité.

C'est alors qu'Hannibal s'était approché d'elle, lui avait passé un bras autour du cou et lui avait demandé doucement :

— Et si tu y allais avec moi ?

Elle avait appuyé sa tête contre son épaule et senti l'odeur boisé de son cou, frôlant presque des lèvres la veine gonflée qui y palpitait toujours un peu. Dolorès avait arrêté le film et ils avaient écouté très fort *If you were here* des Thompson Twins, la bande originale du film d'amour préféré de Zineb, et ils avaient tous ri de la voir si heureuse.

*

Zineb resta quelques instants immobile avant qu'il ne s'aperçoive de sa présence. Il était en train d'essuyer des verres derrière le bar. Dans cette position, seuls paraissaient sa tête, ses épaules et son beau cou épais. Personne n'avait besoin de savoir qu'il était devenu gras et boiteux quand la lumière, voilée par de lourds nuages tièdes et les maisons de chaque côté de la ruelle, unifiait le grain de sa peau piquetée d'eczéma. Le jour s'achevait et la beauté de Joan subsistait. Il y a huit ans, à travers cette même vitre, elle l'avait regardé, et il lui avait plu ; elle en était tout à fait sûre.

Évidemment, à l'époque, il y avait Dolorès qui fouettait de sa longue queue-de-cheval tout l'air vital dont Zineb aurait eu besoin pour exister.

Joan, qui avait fini par l'apercevoir à travers la vitre, lui fit un signe de la main et elle rentra dans le restaurant. Elle portait une longue jupe noire qui la mincissait et un joli petit haut brodé. Les yeux plissés de Joan la détaillèrent tandis qu'elle avançait à travers la salle, dans laquelle il ne restait qu'un ou deux couples de clients en train d'enfoncer mollement leurs cuillères dans un reste de dessert.

— Zineb ! Qu'est-ce qui me vaut le plaisir, cette fois-ci ?

Il l'enlaça presque en lui faisant la bise, selon la tradition des gens d'Illès. Son parfum s'était mêlé à l'odeur de sa sueur, comme celui du père de Zineb quand il rentrait le soir d'un chantier.

— Parce qu'il me faut une raison pour passer te voir ? demanda Zineb d'une voix douce qu'elle ne reconnut pas elle-même.

Elle comprit au regard que lui lança Joan que lui aussi était surpris. Maintenant, il devait sans doute penser qu'elle essayait de flirter avec lui. *Est-ce qu'elle essayait de flirter avec lui ?*

— Je t'offre un verre ? proposa-t-il.

— Avec plaisir.

Elle s'installa sur un tabouret face au bar et il posa un demi de bière devant elle. Elle but sans reprendre sa respiration, jusqu'à ce qu'elle sente l'effervescence du liquide doré se propager dans tout son corps.

Joan la regardait en souriant. Il avait oublié à quel point c'était facile, les verres offerts en fin de service, posés sur le comptoir. La jeune femme penchait la tête de côté comme pour l'inviter à mordre directement dans sa jugulaire. Quand les derniers clients partiraient, il remplirait de nouveau son verre, irait fermer la porte du restaurant à clé et s'installerait à côté d'elle pour compter sa caisse. Elle le regarderait faire, étaler sur le comptoir les billets et les tickets de caisse ; et se retournant de temps en temps pour jeter un coup d'œil inquiet à la porte verrouillée derrière elle, elle n'oserait pas se dire à elle-même ce qu'elle attendait de cette soirée, mais elle attendrait quand même.

*

Hannibal posa sa guitare à côté d'eux sous un arbre et Lisa s'allongea sur son torse. Il faisait une chaleur terrible, même à l'ombre des cerisiers, et l'air était encore épaissi par les cris des grillons, l'odeur des fruits mûrs, et le soleil. Le ciel était exactement de la même couleur que la Vespa qu'Hannibal avait empruntée à Joan Rami, et qu'ils avaient couchée dans l'herbe sèche, quelques mètres plus loin.

— Tu aimes bien ?

— De quoi tu parles ?

— La chanson que je viens de jouer.

— Je ne sais pas, murmura Lisa. Il n'y a pas encore de paroles.

— Je vais les écrire.

Hannibal sortit un carnet de sa besace en cuir et commença à griffonner des mots que Lisa ne pouvait pas lire.

— Tu me feras voir ?

— Quand ça sera fini, oui, peut-être.

— Tu en écris beaucoup, des paroles ?

— J'écris toutes sortes de choses.

— Comme quoi ?

— Des poèmes, des nouvelles, et même, peut-être un jour, un roman.

— J'ai lu quelque chose de toi, déjà. En troisième, quand tu avais gagné ce concours de nouvelles…

Lisa ne se souvenait plus très bien de quoi la nouvelle de Hannibal parlait, mais elle se rappelait l'avoir vu monter sur l'estrade de la salle des fêtes pour que le proviseur du collège lui remette un gros paquet de livres couvert de rubans rouges. Au premier rang, Zineb Achour avait sifflé entre ses doigts tout au long du discours qu'il avait prononcé.

— J'aimerais bien que tu deviennes un écrivain. Ça me plairait bien, d'être la femme d'un écrivain.

— Mais Lisa, je vais être un écrivain.

Il l'embrassa longuement, jusqu'à ce que Lisa sente le goût de son souffle dans sa bouche.

— Comment tu fais ? Je veux dire, pour écrire, comment tu fais ?

Hannibal haussa les épaules.

— Je ne sais pas. J'imagine que je suis obligé d'écrire. C'est comme si… Il ne faut pas que tu penses que je suis fou, d'accord ?

— Même si tu étais fou, je m'en foutrais.

— Il y a cette voix, dans mon esprit, qui ne se tait jamais. Toute la journée, elle dit des mots les uns après les autres.

— C'est à toi qu'elle parle ?

— Non. Elle parle aux gens que j'aime. Et à force, je suis forcé d'écrire ce que je l'entends dire, tu comprends ?

— Je pense que oui. Alors, tu me feras lire ?

— Je pense pas, Lisa.

— Pourquoi ?

— Je crois que c'est trop sincère pour que tu lises ce que j'écris.

— Alors tu n'es pas sincère avec moi ?

— Bien sûr que je suis sincère. Je le suis, je vais l'être toujours plus. Mais il faut que je te séduise encore, d'abord. Disons que pour l'instant, j'ai besoin de la sincérité de ta peau, tu comprends ?

— *La sincérité de ta peau*, ça ressemble à quelque chose que tu écrirais.

Il hocha la tête en souriant, et elle lui rendit son sourire, mais elle ne comprit pas pour autant ce qu'il voulait dire. En fait, elle ne comprenait presque jamais ce qu'il voulait dire ; c'était autre chose de lui qu'elle comprenait. Sa façon de bouger, sa façon de parler, le goût de clou de girofle qu'avait sa langue : ces choses propres à lui, elle les décodait parfaitement, sans faire d'effort, comme un signe de la main.

— J'ai acheté une robe…

— Une robe ?

— Une robe rouge. Je l'ai achetée pour le truc, là, le bal de fin d'année.

Hannibal fit la moue et se dégagea doucement de son étreinte pour s'asseoir face à elle. Il était en tailleur et ses chevilles, fines comme celles d'une femme ou d'un animal, dépassaient de son jean trop court. Elle les prit doucement entre ses mains et les effleura doucement du bout des doigts.

— Écoute, je ne peux pas t'accompagner au bal de fin d'année. Je ne peux pas être ton cavalier.

— Quoi ?

Il la regarda comme s'il allait se mettre à pleurer. Elle était si simple et si belle, elle aurait pu n'être qu'une esquisse trempée d'une seule encre, juste un trait noir sur la grande page blanche du monde qui lui servait de fond.

— Zineb n'a pas de cavalier. Je vais y aller avec elle.

Lisa sentit une bouffée de jalousie monter dans sa poitrine.

— Pourquoi tu fais tout ça, si tu les aimes plus que moi ? Je veux dire, pourquoi tu m'emmènes ici ?

— Je ne les aime pas plus que toi. C'est seulement que…

— Seulement quoi ?

— Seulement, je dois m'occuper d'elles. Zineb, Dolorès, Bianca, je *dois* m'occuper d'elles.

— Ce sont des amies, Hannibal. Tu n'es pas forcé de *tout* faire pour elles.

— Justement, si. Nous avons fait ce pacte, il y a longtemps… C'est seulement jusqu'à nos dix-huit ans. Après, je serai libre ; après, je serai à toi. Mais jusque-là, je ne peux pas faire autrement…

C'était toujours la même chose : elle ne comprenait rien à ce qu'il racontait. Elle laissa ses mains remonter toutes seules le long du corps du jeune garçon ; les cuisses, le ventre en forme de flèche, les clavicules, le cou, et les boucles noires et humides…

— J'accepte, finit-elle par dire alors qu'il l'embrassait de nouveau. Tu peux être le cavalier de Zineb. Mais à une seule condition.

— Tout ce que tu voudras.

— Je veux que tu te rases le crâne.

Il écarquilla ses yeux clairs.

— Tu veux que je me rase la tête ?

— Oui. Et que tu me donnes tes cheveux.

Elle releva le menton et ils éclatèrent de rire tous les deux.

— Je ne veux plus qu'elles passent toutes leur temps à te tripoter les cheveux. Je ne te demande pas grand-chose, mais je veux que tu me donnes ça.

— Alors, je le ferai. Promis, je le ferai.

*

Depuis qu'Hannibal avait disparu, Lisa ne pouvait pas compter combien de fois elle avait dû parler du coup de téléphone qu'il lui avait passé le dernier jour du mois de mai, combien de fois elle avait dû tenter de se rappeler les quelques mots qu'ils avaient échangés. Et pourtant, il ne lui avait pas dit grand-chose d'important : *C'est à cause du serment sous le figuier, j'ai peur, j'ai compris quelque chose, désolé, je t'aime. À demain,* et il avait raccroché. Elle ne pensait pas qu'il disparaîtrait sans laisser de traces ; en fait, elle pensait qu'il voulait seulement lui dire qu'il la quittait parce qu'il aimait Dolorès, parce qu'il l'avait toujours aimée. En y repensant maintenant, ce n'était pas tout à fait ce qu'il voulait dire, mais ça s'en approchait.

Lisa avait parlé de ce coup de téléphone à la police et à quantité d'autres personnes. Elle l'avait d'autant plus raconté que c'était la seule occasion qu'elle avait de parler de lui, puisque la *courte relation qu'elle avait entretenue avec Hannibal Lanier* – comme l'avait résumé l'agent de police dans son rapport – était toujours restée secrète. En effet, à l'époque, elle n'avait pas vraiment d'amis, seulement des camarades, plus ou moins bienveillants ; personne qu'elle appréciait assez pour transgresser la volonté d'Hannibal. *Avant nos dix-huit ans, il faut que personne ne sache, jamais.*

Et pourtant, elle avait désespérément besoin de parler d'Hannibal. Elle avait essayé de se rapprocher de ses amies, mais évidemment, ni Dolorès Déléale, ni Zineb Achour, ni même Bianca Ispahan, dont Lisa avait pourtant l'impression qu'elle était de loin la plus sympathique des trois, n'avaient accepté de lui adresser la parole. Après le drame, les trois filles étaient retournées au lycée et avaient continué à s'installer sur les marches du bâtiment de sciences, à présent complètement dévastées par le soleil. L'année de première allait bientôt s'achever et le lycée entier crevait sous la canicule, mais Dolorès Déléale, Zineb Achour et Bianca Ispahan avaient décidé qu'elles ne céderaient pas le moindre petit morceau de peau nue au soleil. Allongées les unes sur les autres, comme si elles languissaient d'être sacrifiées à un dieu quelconque, elles flottaient dans d'immenses robes sombres qui couvraient leur corps entier. Elles avaient toutes les trois enroulé des turbans autour de leurs crânes et faisaient des veuves merveilleuses. Zineb, surtout, qui portait une robe de soie bordeaux constellée de fines fleurs noires, étalait son chagrin avec une beauté que Lisa ne lui avait jamais vue.

Quand elle les croisait, Lisa pensait à la jolie boîte remplie des boucles noires d'Hannibal qu'elle gardait précieusement sous son lit. Sans doute, si Hannibal était revenu, les trois filles l'auraient renvoyé sous terre plutôt que de le voir s'installer sur ces mêmes marches aux côtés de Lisa. Ou peut-être, s'était demandé Lisa un jour où elle avait surpris Dolorès qui murmurait quelque chose à Bianca en la désignant du doigt, peut-être l'avaient-elles déjà fait. Peut-être qu'elles l'avaient enterré toutes ensemble sous ce foutu figuier.

Cet après-midi-là, Lisa s'était armée de courage et avait monté les marches. Dolorès, le menton délicatement appuyé sur le coude, l'avait considérée en haussant les sourcils. Sa queue-de-cheval était serrée si fort qu'elle avait l'air d'avoir les yeux bridés.

— Qu'est-ce que tu veux ?

Lisa avait pris une grande inspiration et Bianca lui avait jeté un regard épuisé. Même en contrebas des marches, Lisa pouvait voir qu'elle crevait de chaud. Le duvet qu'elle avait sur les tempes était trempé de sueur.

— Je voulais vous poser une question. Hannibal m'a appelée, juste avant de disparaître, et...

— Mais bien sûr, l'avait coupée Zineb d'un ton acide. C'est toi qu'il a appelée en dernier.

Elle tripotait sur son corsage un genre de broche en onyx que Lisa n'avait vu personne porter ailleurs que dans de vieux films. Lisa ne se rappelait pas l'avoir déjà connue autrement qu'hostile, avec tout le monde, sauf peut-être Hannibal. Et pourtant, en la voyant là, assise dans sa belle robe, avec sa peau irrégulière saupoudrée de poudre beige, ses yeux voilés de désespoir et même peut-être d'amour, elle s'était dit : *Mais je ne la hais pas.* Zineb Achour pouvait être désagréable et irritante – mais *haïssable*, jamais.

— Et qu'est-ce qu'il t'a dit ? avait finalement demandé Bianca.

— Il m'a parlé d'une histoire de figuier – je n'ai pas tout compris. Il m'a dit : *C'est à cause du serment sous le figuier.* Je me rappelle qu'il a utilisé le mot *serment.*

Elle avait tout de suite senti qu'elle venait de toucher un point sensible, car les trois filles l'avaient fixée pendant un moment, interdites, et les yeux de Dolorès s'étaient agrandis comme si Lisa venait de lui braquer un halogène en plein visage. Bianca s'était mise à pleurer doucement.

Maintenant, elles ne pouvaient plus nier le fait que Lisa et Hannibal s'étaient connus. Maintenant que Lisa leur avait jeté à la tête cette énorme chose toute crue – un *serment*, des *figues*, des *filles* ; toute cette histoire qui puait l'intimité, elles ne pouvaient plus nier qu'il l'avait aimée, elle aussi, et qu'elle l'avait vu nu.

*

Hélène Déléale tripota le bouton de l'autoradio jusqu'à ce que les premiers accords de sa chanson des Beatles retentissent dans la voiture. Elle adorait les Beatles. Amilcar, le père de Dolorès, avait longtemps essayé de la convaincre de la supériorité des Rolling Stones, mais elle n'avait jamais vraiment aimé leur musique. Elle avait l'impression qu'ils jouaient sur des instruments fêlés, remplis d'eau et de poussière, alors que les compositions de Paul McCartney lui semblaient fluides et idéales comme certains morceaux de musique classique.

— Tu sais de qui parle cette chanson, Dolorès ?

Dolorès avait ouvert la fenêtre et regardait le paysage d'un œil morne. Elle était furieuse parce qu'elle voulait que sa mère l'emmène acheter une nouvelle robe pour le bal du lycée.

La veille, Hélène avait tenté d'appeler Catherine Jaubert, la fille d'Auguste, pour lui expliquer la situation.

— Il ne va pas bien du tout, avait-elle d'abord déclaré très vite, de peur que Catherine lui raccroche au nez.

L'état d'Auguste empirait de jour en jour, à mesure que d'étranges dépôts se déposaient dans son cerveau, brouillant son esprit ; Hélène ignorait pourquoi, mais elle ne pouvait s'empêcher de les imaginer comme ces petits morceaux de verre polis qu'on trouve sur les plages.

Quand elle était enfant, elle les amassait par dizaines, de minuscules pierres blanches, vertes et roses et délicatement opaques. Sa mère, allongée sur sa serviette, la regardait et lui disait : *Tu te rends compte, Hélène, que ce ne sont certainement que des éclats de bouteille ? Une sale bouteille de bière, c'est tout ce que c'est.* La première fois qu'elle avait invité Auguste chez elle pour boire le café, il avait vu sa collection posée sur un guéridon, et s'était exclamé : *Oh, que c'est beau ! Mais combien en as-tu ?* Catherine Jaubert ne mesurait pas la chance qu'elle avait d'avoir un père tel que lui. Mais celle-ci était incapable de lui pardonner quoi que ce soit, alors qu'Hélène était forcée de tout pardonner à sa mère en permanence.

— Il lui faut une aide-soignante avec lui, en permanence. Il ne peut pas rester seul.

Elle aurait été incapable de décrire les états dans lesquels elle avait retrouvé Auguste, ces derniers jours. Allongé dans les ronces et la salsepareille, hurlant que des enfants noirs le retenaient de leurs petits doigts crochus, le pantalon souillé, le visage auréolé d'une ombre de crasse. Le mas était trop isolé pour qu'elle s'y rende aussi souvent qu'il aurait fallu, et il faisait de plus en plus chaud alors qu'on n'était qu'au mois de mai. Il risquait de mourir de déshydratation durant l'été.

— Fais ce que tu veux, Hélène, avait répondu Catherine d'une voix blanche. Demande-lui sa carte bleue, ses numéros de compte, paye ce que tu as à payer et fais ce que tu veux, je te fais confiance. Je ne veux seulement pas avoir à entendre parler de lui, c'est tout.

Hélène avait alors décidé de le faire hospitaliser le temps de recruter une équipe d'aides-soignants compétents. En l'accompagnant à l'hôpital la semaine dernière, elle était rongée par la culpabilité, mais elle ne pouvait pas faire autrement. Elle aurait pu arrêter de travailler deux semaines, mais il restait Antoine, les enfants, et même Hazard, le chien. Elle jeta un regard à Dolorès, qui faisait semblant de ne pas l'entendre, la tête tournée vers le paysage qui défilait derrière la vitre de la voiture. Si c'était sur Dolorès que l'on comptait, Hazard mourrait sans doute de faim et de soif le temps qu'elle revienne du mas d'Auguste.

— La chanson, Dolorès, tu sais de quoi elle parle ? insista Hélène.

Sa fille tourna alors la tête vers sa mère et lui sourit d'un air très tendre en secouant la tête. Hélène regretta aussitôt ses dernières pensées. Dolorès ne laisserait pas Hazard mourir. Elle penserait à mettre de l'eau fraîche dans sa gamelle d'étain, si Hélène le lui demandait, et elle raconterait une histoire à Paul le soir pour l'endormir, comme elle le faisait souvent.

— Essaie de deviner.

Dolorès ferma les yeux et balança doucement la tête. Paul McCartney avait composé le morceau au piano, dans la maison de son père, à Liverpool. Quand il l'avait jouée à John Lennon, celui-ci lui avait conseillé de l'écrire et de l'enregistrer aussitôt, mais Paul McCartney ne l'avait fait qu'un an ou deux plus tard. Il savait qu'il s'en souviendrait.

Dolorès ouvrit à nouveau les yeux. Elle avait des yeux merveilleux, venus d'on ne savait où, avec tous leurs bagages de couleurs chaudes.

— Jésus ?

Hélène se sentit soudain étrangement soulagée d'entendre sa fille donner la bonne réponse. Elle acquiesça sans cesser de regarder la route, mais ses yeux se mouillèrent de larmes. Elle était heureuse et la chanson parlait bien du Christ.

Elles se garèrent sur le parking de l'hôpital et Hélène prit sa fille par les épaules en pénétrant dans le hall. Elle avait travaillé dans cet hôpital quand Dolorès était encore toute petite. C'est ici qu'elle était née – Paul, lui, était né dans une clinique privée plus proche de la maison. Hélène était jeune et encore très maigre quand elle avait eu Dolorès et pourtant, celle-ci s'était avérée être un énorme bébé. La sage-femme, en la lavant, s'était exclamée : *Comme elle est belle ! On dirait qu'elle a déjà un mois.* C'était vrai. Dolorès était rose, lisse et parfaite. À l'inverse des autres nourrissons qui venaient au monde bleus et fripés comme de petits cadavres, sa petite Dolorès avait véritablement l'air *neuve.*

Elles montèrent dans un ascenseur qui sentait le désinfectant et Dolorès resserra sa longue queue-de-cheval devant le miroir.

— Tu es sûre qu'il faut que je vienne ?

— Oui. Ça lui fera plaisir. Et où tu veux aller, de toute façon, maintenant que tu es là ?

Dolorès marmonna quelque chose qu'Hélène n'entendit pas. Elle aurait sans doute préféré sortir avec le rugbyman idiot qu'elle fréquentait depuis quelque temps. Hélène ne s'attendait pas à ce que sa fille, si sensible et délicate, s'intéresse à ce genre de beau garçon musclé.

— Pourquoi elle n'est pas amoureuse d'Hannibal ? lui avait demandé Antoine. Ils iraient si bien ensemble.

— Ce serait un peu étrange, non ? Ils se ressemblent comme frère et sœur.

Antoine avait haussé les épaules et Hélène avait été agacée par cette remarque. Elle était gênée qu'Antoine puisse se faire une idée de la vie amoureuse et sexuelle de Dolorès, alors qu'elle-même n'en voulait surtout rien savoir.

Quelques jours auparavant, elle avait cassé la chaîne en or qu'Hélène lui avait donnée quand elle était encore enfant pour y suspendre une des *sibitxas* d'Amilcar. Quand Hélène lui avait demandé comment elle avait brisé sa chaîne, Dolorès avait baissé les yeux et dit *je ne sais pas*, mais Hélène savait qu'elle avait menti. Elle était certaine que c'était ce garçon qui avait brisé la chaîne, mais comment, elle ne voulait pas le savoir.

— C'est ici, dit Hélène quand elles arrivèrent devant la porte de la chambre d'Auguste.

Dolorès restait prudemment dans son sillage, comme si elles rendaient visite à un inconnu et non au meilleur ami de sa mère qui s'était occupé d'elle durant toute son enfance. Auguste était affalé sur un petit lit à la mécanique compliquée. Il regardait fixement une émission idiote à la télévision. Il était visible qu'on avait cherché à lui mettre sa chemise, son pantalon, à le déguiser en homme, mais son corps diminué disparaissait dans ses vêtements, à tel point qu'Hélène fut presque surprise d'y sentir quelque chose quand elle le serra contre elle. Ses os désormais fins comme ceux d'un petit oiseau lévitaient, presque séparés les uns des autres par beaucoup d'air et de négligence.

— Je te ramène chez toi, lui murmura-t-elle à l'oreille.

En entendant sa voix, il se releva et Dolorès s'avança timidement pour l'embrasser à son tour. Il prit le visage de la jeune fille entre ses mains et l'embrassa sur les deux joues. Hélène eut alors honte du regard dégoûté de sa fille et de toute sa peau lisse et bronzée, cette peau qu'elle passait des heures à épiler et enduire de crème dans la salle de bains, pendant que toute la famille attendait pour prendre une douche.

— Ma Dolorès, ma Dolorès, psalmodia Auguste, qui n'avait rien remarqué.

— Ah, elle, vous la reconnaissez, hein ! s'exclama une voix dans le fond de la pièce.

Hélène sursauta. Une vieille infirmière venait de rentrer dans la chambre avec le plateau du goûter. Sa peau brune était piquetée d'une multitude de taches de rousseur sombres qui répondaient au noir profond de ses grands yeux.

— C'est parce qu'elle est plus mignonne que moi, hein, c'est ça ?

Entre-temps, Auguste semblait être retombé dans l'apathie la plus complète. L'infirmière déposa le plateau sur une petite table face au lit et tendit à Hélène une cuillère en plastique.

— Je vous laisse lui donner sa compote ?

— Oui, très bien.

La vieille dame fit un pas en arrière pour observer Dolorès, comme si elle cherchait à savoir où elle avait pu la croiser.

— La petite, elle vient des îles, hein ? demanda-t-elle en souriant.

— Non, répondit sèchement Hélène.

La petite ne venait pas des îles.

— Mais si, mais si, insista l'infirmière. Je suis guadeloupéenne. Je sais bien voir ces choses-là. D'où tu viens, ma chérie ?

— Mon père est capverdien, dit Dolorès comme si Hélène n'était pas là.

L'infirmière sourit de plus belle et caressa l'épaule de Dolorès, qui lui rendit son sourire. Le temps d'un instant, il sembla qu'elles étaient petite-fille et grand-mère et se connaissaient depuis toujours, puis l'infirmière sortit de la pièce et le silence retomba lourdement dans la chambre.

— J'aimerais la sculpter, déclara Auguste en saisissant Dolorès par le bras.

Dolorès tourna froidement la tête vers lui et Hélène se demanda ce qu'elle pensait. Elle avait toujours été si imperturbable avec tout le monde. Même avec Paul, quand il était bébé, elle n'avait jamais tremblé ; elle devait avoir sept ou huit ans quand Hélène lui avait mis le nourrisson dans les bras, et elle l'avait pris exactement comme il fallait, en appuyant son petit crâne mou contre sa paume. Elle n'avait jamais eu peur de le faire tomber et ne l'avait jamais fait. Elle le manipulait avec les gestes fluides, précis et mécaniques d'une nourrice de carrière, ce qui donnait l'impression qu'elle tenait l'enfant très loin d'elle, si loin de son propre corps qu'elle ne pouvait sentir ni son odeur de lait sur, ni les battements hésitants de son cœur minuscule.

Dolorès se dégagea doucement de l'étreinte d'Auguste, puis l'aida à se lever.

— On va te ramener au mas, d'accord ? lui dit-elle.

Elle était gentille, oui, sa fille était vraiment d'une grande gentillesse. Hélène ne s'était jamais posé la question lorsqu'elle était enfant, mais à mesure qu'elle grandissait, cette interrogation lui était souvent revenue à l'esprit : *Dolorès était-elle gentille ?* Elle n'avait jamais été *mauvaise*, mais elle ne se forçait jamais à faire quoi que ce soit pour quelqu'un d'autre. Elle était gentille, bien sûr, mais uniquement quand cela lui faisait *plaisir*.

Ce jour-là, avec Auguste, elle se força. Elle tint le vieux monsieur fragile dans ses bras musclés et l'aida à avancer, son visage tourné vers le sien avec une attention respectueuse ; il semblait qu'elle lui murmurait quelque chose.

Et quand Hélène fit mine de les aider, le sculpteur l'ignora et s'agrippa de tout son poids à Dolorès.

Une fois installés dans la voiture, Auguste sur le siège avant et Dolorès étalée de tout son long sur la banquette arrière, Hélène repassa *The Fool on the Hill* et observa sa fille chanter à mi-voix dans le rétroviseur. Elle décida de faire un détour par le centre-ville et se gara près du Café de France.

— Tiens, dit-elle à Dolorès en se retournant vers elle pour lui tendre sa carte de crédit. Achète-toi ce que tu veux pour ton bal. Tu connais le code ?

Dolorès acquiesça, les yeux grands ouverts, un large sourire s'épanouissant sur son visage.

— Ah, et aussi, ajouta Hélène, est-ce que tu as ta chaîne sur toi ? Je vais passer faire nettoyer ma bague, je la déposerai en même temps chez le bijoutier.

Dolorès fouilla dans son petit sac en cuir brun et sortit de sa trousse d'école une perle noire et un long fil d'or.

— Tiens, maman, je te donne aussi le pendentif, parce que sinon tu me connais, je vais le perdre.

Et elle tendit le bijou à sa mère avant de claquer la portière derrière elle.

*

L'inspecteur de police raccrocha son téléphone et se tourna vers Dolorès.

Elle ne savait trop que penser de lui, et pourtant ce n'était pas comme s'il s'agissait de son premier interrogatoire, mais les policiers qui lui avaient posé des questions lors de la disparition de Hannibal étaient plus âgés, plus familiers. Ils avaient un accent prononcé et elle les avait déjà aperçus en train de boire une bière au Café de France ou de se promener avec leur femme et leur enfant dans une poussette. En revanche, elle n'avait jamais croisé l'OPJ Léo Casez – ou peut-être qu'elle l'avait oublié. Il était assez séduisant mais ne ressemblait à rien en particulier : son physique se trouvait suspendu entre une chose et une autre ; ses cheveux n'étaient ni lisses, ni bouclés, ni ondulés ; sa peau, ni claire, ni sombre ; ses yeux, marron, ni grands, ni petits. Il n'avait pas du tout l'air séduit par Dolorès : depuis le début de l'interrogatoire, il fixait distraitement un point au-dessus de son épaule. Or Dolorès n'avait connu qu'un seul garçon qui soit capable d'une telle indifférence face à sa beauté, et il était enterré depuis huit ans avec, autour du cou, un collier qu'elle ne lui avait jamais donné.

— Mademoiselle Déléale, je suis sincèrement désolé mais je vais devoir partir. C'est une urgence, vous comprenez ? Je vais appeler ma collègue pour qu'elle vous raccompagne.

Dolorès se sentit soudain abandonnée. Le beau gendarme se fichait complètement d'elle et de son collier. Personne ne s'intéressait suffisamment à elle, alors qu'elle était évidemment la clé du mystère. *Qui, sinon elle ?*

Quand elle sortit du commissariat, le froid mordant lui donna envie de pleurer. Elle sortit son téléphone portable et fit ce qu'elle s'était plus ou moins juré de ne pas faire : elle appela Paco. Il répondit après deux sonneries.

— Dolorès ? Tu vas bien ?

— Non, répondit-elle en sanglotant. Rien ne va. Rien ne va dans cette histoire. Il faut que tu viennes, Paco.

— Écoute, ma chérie, tu ne peux pas appeler Bianca ?

Il ne l'avait jamais appelée *ma chérie*.

— Je suis fatiguée, Paco.

Il détestait qu'elle pleure, elle le savait. Paco avait beaucoup de qualités, et il était certainement au nombre des garçons les plus merveilleux qu'elle ait jamais rencontrés, mais contrairement à elle, il était incapable d'assister à la souffrance de ceux qu'il aimait.

Il ne pouvait pas voir le sang couler, les bouches s'ouvrir, la chair trembler et frémir et pourrir sous la terre avec autour du cou votre collier.

11.

Le serment sous le figuier.

Bianca avait enfoui le souvenir dans sa mémoire. Plutôt, elle avait fait tout ce qu'elle pouvait pour éviter de le retrouver, de la même façon qu'elle évitait de regarder dans la cuvette des toilettes avant de tirer la chasse d'eau, ou de repenser aux vidéos pornographiques qu'elle regardait et dont elle oubliait les images aussitôt qu'elle avait joui.

De la même façon, elle avait soigneusement évité de repenser au serment sous le figuier. *Tous les enfants font des choses étranges*, se disait-elle. Il était naturel d'expérimenter et d'être curieux. Les trois quarts de l'humanité devaient avoir une histoire comme celle du serment sous le figuier à raconter. Pourtant, plus elle y repensait, et plus elle se disait que cette scène avait eu quelque chose de mystérieux, et presque de pervers. Plus elle y repensait, et plus elle se disait : *On aurait dû savoir.* Évidemment, tout ça, ç'avait été l'idée de Dolorès. Mais Dolorès était si belle, si fine, si forte – qui aurait pu s'imaginer que quelque chose n'allait pas chez elle ? *(Bianca. Bianca aurait pu.)*

Ce qui était inquiétant, ce n'était pas tant ce qu'ils avaient fait pendant le *serment,* mais que ce qu'ils avaient fait les ait suivis si longtemps et les ait liés si profondément les uns aux autres, au point que les derniers mots d'Hannibal le mentionnent – car c'est bien ce que cette fille, Lisa Gorgeas, prétendait, même si Dolorès et Zineb avaient délibérément choisi de l'ignorer. Bianca s'était demandé si Lisa avait parlé du serment sous le figuier à la police, car, parmi les centaines de questions qui lui avaient été posées lors de la disparition, elle ne se souvenait pas que quelqu'un en ait fait mention.

Quand elle songeait à ce souvenir, elle avait l'impression que les autres aussi étaient *tous* en train d'y penser. Tous les quatre, réunis et séparés par le même souvenir ; Hannibal, Dolorès, Zineb et elle, les yeux fixés sur cette même image de leurs corps d'enfants allongés dans l'herbe, et évitant désespérément de croiser leurs regards.

Ils devaient avoir dix ans. Les trois filles avaient été invitées à passer l'après-midi chez Hannibal – ou s'étaient plus ou moins invitées chez lui ; la maison d'Hannibal était celle où ils préféraient passer l'après-midi parce que sa mère, qui avait créé son propre site Internet de vente de thé en ligne, travaillait à domicile et ne les surveillait donc jamais vraiment.

Combien de temps s'était-il passé depuis la dernière fois où elle avait pensé à la mère d'Hannibal ? Bianca savait qu'elles auraient toutes dû continuer à rendre visite à Florence – Laurence, Isabelle, Agnès ? Elle ne parvenait pas à se remémorer son nom. Elle s'était promis qu'elle irait la voir toutes les semaines. Mais elles n'avaient dû s'y rendre que deux fois toutes ensemble, et Bianca seule, encore deux ou trois fois, avant d'abandonner complètement. À chaque fois qu'elle la voyait à travers la fumée d'un thé ridiculement sophistiqué qu'elle refusait de sucrer, Bianca se demandait comment Hannibal avait pu sortir des cuisses d'une femme pareille. Elle avait presque oublié les traits de son visage, mais elle se souvenait de sa peau livide, un peu crevassée, et de ses dents légèrement jaunies. Elle se souvenait de l'envie qu'elle avait de lui plonger la tête dans sa trousse de maquillage et de renouveler sa garde-robe – n'importe quoi qui puisse masquer un estomac aussi flasque que celui d'une femelle qui vient de mettre bas.

Quel genre d'homme avait pu ressentir le désir de féconder un sol si pauvre et si craquelé ? La mère d'Hannibal ne lui avait jamais rien dit sur son père, sinon qu'elle l'avait rencontré dans une boîte de nuit à Perpignan. Quand elle s'était réveillée le lendemain matin, racontait-elle, le type s'était barré comme un voleur. Mais elle avait dû en garder une impression désespérément ardente, pour trouver dans une seule nuit, tout l'espoir qu'il fallait pour garder cet enfant qu'ils venaient de faire et l'appeler Hannibal.

Quel sacré fils de pute ce devait être, lui avait dit Hannibal une fois, mais Bianca savait qu'il n'en pensait rien. Elle était certaine qu'il imaginait ce père tel qu'elle-même l'imaginait : beau et volatil comme l'essence d'un parfum. Bianca avait repensé à cette étrange genèse quand

Hannibal avait disparu, comme son père avant lui : peut-être était-il de la race de ceux qui disparaissaient. Mais si le père d'Hannibal avait laissé derrière lui un bébé, Hannibal, lui, qu'avait-il laissé ?

Lors des visites qu'elle avait rendues à sa mère, le pire n'avait pas été de l'entendre lui expliquer le temps nécessaire à l'infusion du thé vert ou se plaindre une fois encore de la perte des carnets d'Hannibal – *combien de fois pouvait-elle répéter, en une heure, qu'elle ne pouvait plus mettre la main sur les carnets d'Hannibal ?* –, alors que le pire, c'était d'être enfermée dans cette maison. Ils n'avaient presque jamais joué dans la maison. Ils préféraient le jardin, l'immense jardin en friche qui s'enfonçait directement dans la campagne, sans clôture ni murets. La mère d'Hannibal leur disait toujours *N'allez pas trop loin* ou *Restez à portée de voix*, mais eux marchaient jusqu'à ce que le canal d'arrosage se transforme en véritable cascade et les routes cimentées en chemin de chèvres – une fois, ils avaient même marché jusqu'au mas d'Auguste, qu'annonçait une amphore fichée dans la terre.

C'était comme ça qu'ils avaient trouvé le petit sentier, la porte en métal rouillé, et le figuier dont les racines épaisses avaient dévasté un mur de pierres sèches. C'était Dolorès qui avait poussé la porte d'un geste théâtral, et ils avaient pénétré dans le champ comme dans un paradis perdu.

— C'est l'endroit parfait, avait murmuré Zineb.

Le soleil de seize heures soufflait partout de l'or. Ils avaient rapidement vérifié que personne ne pouvait les voir et s'étaient jetés sur les branches couvertes de gros fruits mûrs. Le méchant suc blanc dont suintait la peau des figues leur avait fait gonfler les lèvres et pousser des aphtes, mais ils avaient mangé quand même.

Ensuite, ils s'étaient allongés dans l'herbe et Bianca avait posé sa tête sur le ventre d'Hannibal.

— Laquelle est-ce que tu préfères ? avait demandé Dolorès à Hannibal, la main fichée dans ses boucles brunes.

— Aucune. Vous êtes mes trois amoureuses. Je vous préfère toutes les trois.

— Mais, avait continué Zineb, si tu devais n'en choisir qu'une ? Je veux dire, si nous étions toutes les trois au bord d'un précipice, et que tu devais n'en sauver qu'une ?

— C'est idiot. Je vous sauverais toutes les trois.

— Alors, avait décidé Dolorès avec beaucoup de solennité, il faut que tu en fasses le serment.

C'était le mois de septembre et il faisait encore une chaleur terrible. Dolorès avait retiré son T-shirt et Bianca avait considéré avec jalousie son torse maigre et parfait, tacheté de petits tétons noirs. Elle avait été de loin la première à avoir ses règles, et à dix ans, son corps était déjà déformé par la puberté.

— Je le jure, avait dit Hannibal en levant maladroitement son bras droit.

Elles étaient toutes les trois tombées d'accord sur le fait que jurer n'était pas suffisant, et s'étaient mises à élaborer un serment plus solide. À un moment, Bianca se souvenait avoir soudainement compris ce qu'ils allaient faire. Il était inévitable qu'ils le fassent. Le ciel à moitié fondu par un été interminable et torride leur pesait lourdement sur la tête. Ils étaient gorgés de sucre et de soleil, et la porte de fer rouillé avait été soigneusement refermée derrière eux ; de sorte qu'ils étaient tout à fait seuls, ou du moins se croyaient tels.

Ensuite, le souvenir de Bianca se brouillait. Qu'est-ce qu'ils avaient fait ? Ils s'étaient caressés, mais comment se caresse-t-on quand on a dix ans ? Tout ce dont elle se souvenait distinctement, c'était du sexe dur d'Hannibal, ou de l'idée de ce sexe, qui ne l'avait plus quittée depuis. À dix ans, elle savait déjà que les gens faisaient l'amour, mais elle ne savait pas encore comment. Elle croyait que faire l'amour emportait tout le corps, toute la peau, jusqu'au visage et aux yeux, alors qu'en fait, faire l'amour se réduisait à très peu de chose, des organes localisés, peu de générosité.

Dolorès, elle, savait *comment* faire.

— Je jure, avait-il dit quand tout avait été fini, de vous protéger, de vous venger et de vous aimer jusqu'à ma mort.

Il n'était qu'un enfant. Qui l'avait forcé à honorer un tel serment ? Et pourquoi avait-il eu, si tôt, cette étrange volonté de les protéger comme l'aurait fait un homme face à trois femmes ?

— Oh non, pas ta mort, avait corrigé Dolorès d'une voix douce. Seulement jusqu'à ce que nous quittions cet endroit. Jusqu'à nos dix-huit ans.

*

Hannibal s'était caché sous les draps. Lisa y passait les mains pour caresser son crâne, et ce crâne lui léchait les doigts comme la langue d'un chat.

— Allez, sors de là.

— Non.

S'il sortait de là, il la verrait nue, calée sur une hanche, ses seins mouchetés de grains de beauté pesant de chaque côté de son buste. Il verrait son corps qui ne ressemblait à aucune des photographies déjà prises d'un corps de femme : le téton, ici, est plus haut qu'il ne devrait l'être, la chair du ventre est modelée d'une torsion bizarre qui froisse le nombril et laisse son pubis intact. Ses lèvres sont blanches. Tout cela, tout ce qui est mouvement, tout ce qui ne reste pas à sa place, c'est ce qui est pour les hommes et c'est ce qu'il veut.

— C'est pas grave, murmura-t-elle, c'est pas grave. On n'est pas obligés d'y arriver. Allez, sors de là, s'il te plaît.

Bien sûr qu'on est obligés d'y arriver. On est obligés d'y arriver parce que personne ne sait ce qui se passera, si on n'y arrive pas. Hannibal sentit son corps se recroqueviller tout entier vers l'intérieur de ses cuisses. Il serra le drap sur son visage et se dit que s'il n'y arrivait pas, il ne saurait plus jamais quoi faire, parce que le faire était la seule possibilité. Avec Bianca, ç'avait été si facile. Il n'y avait même pas pensé.

— Tu n'es pas tout seul, continua Lisa de sa voix douce.

Il étouffait un peu sous les draps. Il n'était pas seul, mais il avait l'impression que tout dépendait infiniment de lui.

Tout dépendait infiniment de son sexe. Son sexe décidait du temps, de quand ça commençait, de quand ça finissait. Ce qu'il voulait lui donner et ce qu'elle voulait recevoir restait suspendu entre eux deux ; et alors que tout devrait dépendre de lui et que rien ne devrait dépendre d'elle, ce qu'il voulait lui donner et ce qu'elle voulait recevoir restait suspendu et ne dépendait pas plus d'elle que de lui.

C'était simple : il avait voulu lui faire l'amour, et pour la cinquième, pour la dixième fois, il avait eu contre son corps comme un frisson de mort, et tout avait été fini. Il s'était senti dur et raide quand elle était ronde et fluide, il s'était senti la heurter, et finalement, une chose était sortie de lui, une chose, mais qui n'était rien en fait, parce que ni elle ni lui n'avaient joui ; une chose apparue sans que rien se déchire, sans que rien existe réellement, une chose que l'on essuie.

Il était resté quelques secondes un peu hébété sur elle, puis elle l'avait fait basculer sur le côté et avait voulu le prendre dans ses bras, mais il s'était réfugié sous le drap.

Comme il refusait toujours de sortir, Lisa se glissa sous le drap à son tour et s'enroula contre lui. Alors il lâcha son corps dans un vide et tomba tout tendre et mou contre elle. Elle le berça un peu.

— Tu veux dormir avec moi quand même ? demanda-t-elle. Parce que si tu préfères que je rentre, je vais pas me vexer. Je comprendrai.

Elle lui désigna la fenêtre de sa chambre, par où elle s'était glissée pour le rejoindre.

Il ne savait pas lui dire à quel point il voulait qu'elle reste. Il ne savait pas lui dire qu'il voulait rester dans ce lit sans dormir, dur et frustré contre elle, qu'il voulait se tourner et se retourner sans cesse jusqu'à ce que le matin filtre à travers les volets et lui donne une deuxième chance.

Il dégagea enfin son visage du drap.

— Ah, il ne faut pas que j'oublie.

Il se leva, enfila un caleçon et chercha quelque chose sous son bureau. C'était une grande boîte en carton doré, l'une de celles que sa mère utilisait pour envoyer à ses clients leurs commandes de thé. Il la tendit vers Lisa, elle la prit et la soupesa.

— Ce sont tes cheveux ?

— Oui, ce sont mes cheveux.

Elle caressa affectueusement son crâne à présent tout à fait nu. Il était beau.

— C'est lourd, pour seulement des cheveux.

— Ce ne sont pas seulement mes cheveux. Ouvre-le.

Lisa regarda à l'intérieur de la boîte et ouvrit de grands yeux. Elle se jeta dans ses bras.

— Je suis désolé, murmura-t-il. Je suis désolé pour tout ce que j'arrive pas à te donner. Je te donne tout ce que je peux.

— Je sais. Et il nous reste encore beaucoup de temps.

Plus tard, dans la nuit, Hannibal parle, et sa voix est tendue, et les consonnes y sont sculptées et aiguës comme dans du bois. Il parle et sa voix dans le crâne de Lisa est semblable à un sexe.

Alors, quand soudain il la regarde, elle sait qu'elle doit soupirer, et sans savoir ce qui le retarde, elle sait qu'il va l'embrasser.

Il l'a embrassée, et de temps en temps, elle lui dit : *Arrête*. Elle lui dit : *Arrête*, seulement pour qu'il recommence, elle ne lui dit pas : *Arrête* parce qu'elle n'aime pas ce qu'il lui fait, elle lui dit : *Arrête*, comme pour lui dire : *Regarde, mon amour, tu t'emportes, et tu t'enivres, mais sois tranquille, nous ne tombons pas. L'émotion est proche de la chute, mais ce n'est pas vers le bas que tu plonges. Nos sexes ont la forme d'un cercle, et ce cercle, malgré la nuit, malgré l'excitation, malgré la maladresse, ce cercle, nous le fermerons.*

*

Lisa murmura ces dernières lignes pour elle-même puis referma le carnet et posa sa main sur la couverture de cuir noir. C'était l'un des seuls passages des écrits de Hannibal qui lui soient consacrés – cela, une longue description de ses cheveux qui, pourtant, ne lui semblaient pas si épais, et des considérations éparses : *Je l'aime, je l'aime tant*, ou son prénom, recopié dans les marges, *Lisa, Lisa, Lisa*, qui revenait souvent.

Quand il lui avait dit qu'il ne voulait pas qu'elle lise ses carnets, elle s'était figuré que c'était parce qu'il avait beaucoup écrit sur elle – en fait, il parlait de Dolorès, de Zineb, de Bianca, mais surtout, il parlait de lui-même. Ce qu'il avait l'intention d'écrire sur elle, il l'aurait écrit plus tard. Il avait seulement eu le temps de commencer, mais peu importait, finalement. Ce n'était pas tout à fait rien ; c'était un élan.

Une guêpe entra par la fenêtre et vint se poser sur une tartine de confiture entamée qu'elle avait laissée sur son bureau encombré de livres, de fiches et de marqueurs fluorescents – elle passait son concours dans moins d'un mois, et il fallait encore qu'elle rentre à Illès pour l'enterrement. Quand elle n'arrivait plus à mémoriser, elle prenait l'un des carnets d'Hannibal et elle lisait, ou elle regardait un épisode d'une série télévisée qu'elle avait déjà vu. Voilà ce à quoi Hannibal avait été réduit dans sa vie. À présent, elle avait un petit ami vivant et un concours à passer. Quand même, elle était heureuse qu'il ait été retrouvé, elle était heureuse qu'on l'enterre bientôt. Elle aimait les choses qui finissent.

Elle prit sa tartine de confiture, mit le carnet de côté et ouvrit un livre. De temps à autre, la guêpe se posait sur sa main ou son visage, mais elle ne bougea pas avant d'avoir atteint la dernière page, jusqu'à ce qu'elle puisse enfin poser le livre achevé sur l'un des carnets d'Hannibal.

*

Joan sourit à Hannibal lorsqu'il passa la porte du Prétexte. Le jeune garçon était le premier client qu'il recevait de la journée. À sa vue, il éclata d'un rire franc.

— Mais qu'est-ce que tu as fait à tes cheveux ?

Hannibal s'assombrit. Quand il était arrivé au lycée, le matin, avec son crâne récemment tondu, les filles avaient poussé de petits cris horrifiés.

— Tu ne pouvais pas attendre que le bal de promo soit passé ? avait maugréé Zineb.

— J'avais chaud, avait répondu Hannibal en haussant les épaules.

— Tu ressembles à un bagnard, avait commenté Bianca.

Dolorès avait frôlé ses cheveux ras du bout des doigts en le scrutant d'un regard soupçonneux.

— Et ils sont où, maintenant, tes cheveux ? lui avait-elle demandé d'une voix amère, comme s'ils lui avaient été personnellement dérobés.

Dolorès avait toujours eu cette faculté troublante de poser les questions que tout le monde craignait d'entendre. Hannibal avait parfois l'impression qu'elle pouvait deviner ses pensées d'un regard – il y voyait une forme de sorcellerie qu'il rattachait à leur étonnante ressemblance physique, et aussi aux tisanes compliquées que préparait sa mère. Hélène Déléale avait beau être médecin généraliste, quand l'un d'eux tombait malade, elle tenait toujours à leur faire boire une infusion infâme ou inhaler des plantes, la tête recouverte d'un drap blanc.

Hannibal n'avait pas répondu à Dolorès. Elle ne posait pas ce genre de question pour que quelqu'un y réponde. Elle avait défait sa queue-de-cheval et secoué sa tête, exhibant d'un gracieux mouvement tout ce qu'Hannibal avait perdu : ces longs cheveux du même noir, déroulés jusqu'à ses reins, si semblables à ceux qu'Hannibal avait enfermés dans une petite boîte pour les offrir à Lisa que c'en était effrayant.

Joan contourna le bar pour venir le saluer.

— Qu'est-ce que je t'offre, mon frère ? Installe-toi dehors, j'arrive.

— Un allongé, s'il te plaît.

— Prends plutôt une bière avec moi, d'accord ?

— D'accord.

Hannibal sortit s'asseoir et alluma une cigarette. Quelques minutes plus tard, Joan s'installa sur la chaise d'en face en écartant les cuisses. Son jean était manifestement trop étroit et si usé à l'entrejambe qu'Hannibal pouvait deviner le tissu rose de son caleçon.

— Alors, Lisa ? lui demanda-t-il avec un clin d'œil.

— Elle est venue.

— Bien sûr qu'elle est venue. Ça s'est bien passé ?

— Pas vraiment. Enfin, je ne sais pas.

Joan fronça les sourcils et avala une gorgée de bière. Il n'avait jamais dû avoir à affronter ce genre de problème.

— Je n'y suis pas arrivé, finit par lancer Hannibal après un moment de silence.

— Tu n'es pas arrivé à quoi ?

Au regard que lui lança Hannibal par-dessus son verre, il comprit de quoi il s'agissait. Hannibal s'attendait à ce qu'il éclate de rire, mais il n'en fit rien. Joan resta impassible et alluma une cigarette à son tour, comme s'il s'apprêtait à parler d'une chose très sérieuse et qui demandait toute son attention.

— Je suis désolé de te parler de ce genre de chose, continua Hannibal d'un ton gêné, c'est juste que je ne traîne pas vraiment avec d'autres mecs. Et puis, mon père ne vit pas avec nous.

— Oh, tu sais, répondit Joan, ce n'est pas comme si je parlais de ce genre de chose avec mon père.

Le père de Joan s'intéressait surtout aux choses qu'il était susceptible de gagner : une très jolie fille, un match de rugby, une bonne recette après une journée de travail. Mais Joan avait l'impression que toutes ces victoires accumulées ne suffiraient jamais à combler le vide que son père paraissait voir en lui : celui de tous ses retards, de tous ses actes manqués, ce que voulait dire son père lorsqu'il lui disait : *Mon fils, tu n'as pas de valeurs.* Il lui avait hurlé dessus à ce sujet deux jours auparavant. La mère de Joan était venue à son secours en promettant que Joan se plierait à toutes sortes d'obligations pour acquérir enfin ces fameuses valeurs : arriver à l'heure au travail, ne plus manquer d'entraînement, se rendre à tous ses cours, s'occuper davantage de sa petite sœur. Il était arrivé en retard pour la chercher à l'école la veille, et ç'avait particulièrement irrité leur père.

— Qu'est-ce que je peux faire pour toi, petite princesse ? avait alors demandé Joan en s'accroupissant pour être à sa hauteur de la petite fille.

Daphné était toute bouleversée par les cris de son père et de grosses larmes lui roulaient sur les joues. Ces derniers temps, elle pleurait pour un oui et pour un non.

— Tu pourrais venir me chercher à la poterie ? avait-elle demandé de sa jolie voix flûtée.

— C'est quand, ton cours de poterie ?

— Le mercredi après-midi. Je finis à six heures et demie.

— Mais mercredi prochain, c'est le bal de promo, avait risqué Joan.

Il avait vu au regard de son père que cet argument ne s'accordait pas avec le fait d'avoir des valeurs (ou de la valeur), aussi avait-il promis à Daphné :

— Mais oui, bien sûr, je vais venir te chercher.

Le visage de son père ne s'était pas radouci pour autant, mais Daphné avait eu l'air très contente.

Joan revint à l'expression tendue d'Hannibal Lanier. Évidemment, qu'il n'avait personne d'autre à qui raconter cette histoire. Tous les garçons du lycée d'Illès détestaient Hannibal Lanier. Rien ne les aurait rendus plus heureux que de savoir qu'il était incapable de baiser sa copine ; tous auraient piaffé de plaisir face au corps nu d'Hannibal Lanier, privé de soleil, de projecteurs et de musique, affalé et impuissant. Joan lui-même avait déjà ressenti la haine le pincer en surprenant le regard que l'une de ses anciennes petites amies avait posé sur Hannibal lors d'une soirée. *Il ressemble à l'acteur qui joue dans* Grease, *tu ne trouves pas ?* lui avait-elle demandé. *C'est à cause de la musique*, avait-il répondu. Mais ça n'avait rien à voir avec la musique.

— Ça arrive à tout le monde, mec.

— Ça t'est déjà arrivé, à toi ?

— Bien sûr, répondit Joan.

— Mais comment je vais faire ?

Soudain, un doute traversa l'esprit de Joan. Le plus joli garçon d'Illès était-il vierge ? En soi, avait-il déjà seulement vu Hannibal embrasser une fille ? Il était toujours entouré de filles, mais est-ce qu'il les touchait jamais ? Ses trois meilleures amies le serraient de si près pendant les soirées qu'il donnait l'impression de ne même pas entendre la musique qui sortait des haut-parleurs et de danser à un rythme différent des autres, comme si le son restait piégé dans les longs cheveux de Zineb Achour, Bianca Ispahan et Dolorès Déléale. Il ne dansait jamais qu'avec elles.

— Mec, t'as déjà couché avec une fille ? Je veux dire, avant Lisa Gorgeas ?

— Oui. Une seule. Bianca.

— Sacrément bonne.

— C'est vrai. Mais c'était pas pareil.

— Pourquoi ?

Les yeux de Hannibal se voilèrent.

— Je ne sais pas si j'avais *vraiment* envie. Je veux dire, elle avait envie, je sentais qu'elle avait envie, et moi, je n'ai pas dit non.

— Je vois. On ne dit jamais non dans ces cas-là, hein ?

Joan ne plaisantait pas. L'année de seconde, le coach les avait traînés dans un bordel espagnol. Il se souvenait encore des ongles mauves et terrifiants de la prostituée qui avait refermé ses doigts sur son bras nu. Elle devait avoir l'âge de sa mère, mais son corps était parfaitement lisse, sans cicatrices ni peau d'orange, comme recouvert d'un papier cellophané couleur chair. Il changea de sujet.

— J'étais tellement sûr que tu leur avais toutes fait l'amour.

Hannibal le regarda et son sourire éclaira tout le reste dans son visage.

— Elles aimeraient bien, répondit-il avec un clin d'œil.

Joan éclata de rire, et Hannibal eut l'impression que tout allait bien se passer, comme si le monde entier avait été plongé dans leurs verres de bière et en était ressorti doré, frais et inoffensif.

*

Joan vivait dans un quartier résidentiel où Zineb s'était déjà rendue quelquefois – pour aller à une fête et dans une clinique privée qui avait un nom de supermarché. Dans ce quartier, les boulangeries étaient des chaînes nationales et les boulangères y portaient des uniformes assortis et du rouge à lèvres criard. Devant le pavillon de crépi beige de Joan, il y avait une Mini Cooper rouge, un 4×4, un écriteau ATTENTION, JE MONTE LA GARDE représentant un berger allemand et des haies de lauriers-roses qui n'avaient pas d'odeur.

La nuit était fraîche, et elle passa les doigts sous son chemisier pour sentir sa peau, cette peau qui s'était épaissie autour d'elle jusqu'à recouvrir la chair à vif de ses quinze ans, qui lui tenait à présent si chaud qu'elle ne frissonnait plus. Une petite allée pavée de pierres blanches allait du portail jusqu'à la porte d'entrée. Autour, c'était la pelouse et la scansion calme des jets d'eau que le père de Joan avait dû programmer au début de l'été. Joan avançait laborieusement, en prenant soin d'enfoncer sa canne entre les pavés, et elle se dit que si un jour ils tombaient amoureux, elle lui achèterait une canne ouvragée, ancienne, avec un pommeau de métal brillant qui aurait la forme de quelque chose.

Joan la rejoignit et lui ouvrit la porte de chez lui. Elle fut prise par l'odeur de cette maison, l'odeur d'une famille qui devait s'être incrustée dans les robes de chambre de la mère de Joan, et qui rappelait l'odeur des casseroles où l'on avait laissé du lait brûler.

— Viens, lui dit doucement Joan, ma chambre est à l'étage.

Dolorès, Bianca, toutes les autres, elles avaient dû faire ça des dizaines de fois. Toucher le bras d'un garçon dans une maison toute vibrante de ceux qui y étaient endormis, de leur haleine, des odeurs de leur cuisine et de leur sueur incrustées dans les murs, les rideaux et les tapis. Lui prendre le bras et avancer doucement dans l'obscurité sans savoir où étaient les marches qui menaient au premier étage ; n'en connaître que la lueur d'un téléphone portable sur une rampe, sur la poignée d'une porte, et puis s'asseoir en tailleur sur un lit d'une place et demie. Un poster de *Pulp Fiction,* celui que tout le monde avait eu, était punaisé sur le mur, à coté d'une autre affiche montrant des surfeuses en bikini de dos, les ficelles colorées de leurs bas de maillots de bain s'arc-boutant gracieusement sur leurs hanches à la fois rondes et musclées.

— Tu les regardes encore ?

— Qu'est-ce que je regarde encore ?

— Les filles, sur tes posters.

— Non. Ça doit faire quinze ans qu'elles sont là.

Il prit dans la sienne la main qu'elle avait posée sur le couvre-lit brun. À cause de la chaleur, le maquillage qu'elle portait plus tôt dans la journée avait disparu et ses cernes apparaissaient plus nettement, sur ses joues, de petits accidents de la peau, d'anciennes cicatrices, lui rappelèrent l'adolescente qu'elle avait été autrefois.

Il lui prit le menton et se mit à l'embrasser. Zineb n'avait jamais imaginé ce que pouvait être un baiser vécu de l'intérieur. Jusqu'ici, pour elle, un baiser se réduisait à la rencontre immobile de deux bouches scellées, que souvent suivait un générique de fin, ou au moins une longue ellipse fondue au noir qui laissait le temps aux personnages de faire l'amour. Personne ne filmait jamais ce qui se déroulait après les lèvres, sous les langues.

Mais le baiser que lui donna Joan était très différent des baisers de cinéma : sa langue, à l'intérieur de sa bouche, semblait chercher quelque chose, et sa main entre ses jambes aussi. Elle ferma les yeux et l'imagina à seize ans, sans sa canne ni sa paralysie faciale, mais gorgé de soleil : la vie chaude de ses cheveux roux, de ses yeux verts brillants, l'une de ses grosses mains blondes refermée sur un verre de bière.

Elle chercha à le toucher à son tour, mais elle eut peur du corps qu'elle trouverait, des preuves de graisse sur son torse, des cicatrices, des anciennes brûlures. Et puis elle n'eut plus peur du tout ; ils étaient nus l'un comme l'autre, et ils émettaient des sons qui ne voulaient rien dire, et elle n'avait honte de rien, comme si elle ne le connaissait pas.

*

Dolorès traversa la maison sur la pointe des pieds.

Autour d'elle, les bibelots amassés par sa mère s'élevaient comme des fétiches. Elle se demanda ce qu'ils feraient de la maison, quand sa mère et Antoine seraient morts. Est-ce que Paul, est-ce qu'elle-même voudrait y vivre encore une nouvelle vie, est-ce qu'on déciderait que, pour cette grande maison pavée de rouge, une vie, c'était assez ? Elle s'imagina vivre à Paris, dans un appartement loin d'ici, les deux corps raides et blancs d'Antoine et de sa mère reposant sous cette maison. Cette maison dont elle sentait le bois et la pierre s'enfoncer profondément dans la terre, le toit plat les protéger du ciel, comment ferait-elle quand tout cela ne lui appartiendrait plus ?

Elle se glissa sans bruit dans le bureau d'Antoine. Il peignait un portrait de Chinoise près de la verrière. La pièce avait l'odeur du tabac froid et de la térébenthine, et aussi d'un produit chimique dont elle ignorait le nom.

Petite, Dolorès avait voulu dire à Antoine qu'elle regrettait qu'il ne soit pas son père, mais elle n'avait jamais vraiment su comment. Elle avait vu tant de scènes similaires dans les films, les enfants déclarant leur amour aux parents, que ça avait fini par la bloquer, par lui enlever les mots de la bouche et la laisser toute silencieuse devant ce grand homme mince en chemise blanche.

Dolorès avait lu quelque part qu'autrefois, les hommes n'établissaient pas de lien entre l'acte sexuel et la grossesse. Ils pensaient que les enfants naissaient spontanément dans les femmes et que les mâles n'avaient rien à voir là-dedans. C'était peut-être ce que pensait Antoine aussi, parce que quand Paul était né, il avait tenu à ce qu'il prenne le nom de sa mère au lieu du sien. *Comme ça, Dolorès et lui porteront le même nom.*

Elle l'enlaça doucement par-derrière. Il ne bougeait toujours pas, mais elle sentit quelque chose se détendre en lui et ses mains s'emplir d'un liquide qui ne tachait rien, comme quand elle était malade, enfant, et qu'il posait sa paume glacée sur son front en murmurant : *Je prends ta maladie, je prends ta maladie, tu seras guérie demain.*

*

Dolorès devait avoir trois ou quatre ans quand son père et sa mère s'étaient séparés. Tout ce qu'elle savait de son père, c'était qu'Antoine avait pris sa place d'une manière ou d'une autre dans la maison qu'elle avait toujours habitée. Son père était resté ce détail qui la gênait quand elle devait parler de sa famille, de ses parents – Antoine n'est pas *vraiment* mon père, Paul n'est pas *vraiment* mon frère. Durant toute son enfance, ce mot de *père* avait été comme une longue périphrase, une explication nécessaire. Pourtant, l'homme qu'il représentait, elle le trouvait beau, intelligent et doux quand il lui rendait visite, une ou deux fois par an, mais elle était toujours troublée de considérer d'un côté le *père* des formulaires qu'elle remplissait à l'école, et à la gauche duquel elle griffonnait *beau-* pour pouvoir inscrire les coordonnées d'Antoine, car elle savait que c'était lui qu'on devrait appeler en cas de danger, et de l'autre son géniteur, dont elle était le portrait craché, mais qu'elle voyait si rarement.

Il lui apparaissait avec de plus en plus d'évidence que la vie qu'elle vivait ne serait pas celle durant laquelle elle apprendrait à connaître son père. Elle ne voyait pas où elle pourrait trouver le temps et l'espace de le faire. Elle le sentait bien graviter autour d'elle, avec son histoire, son île et ses yeux clairs, mais elle ne savait pas comment l'atteindre. Elle élaborait des stratégies – *écrire un livre sur son père, enregistrer une longue interview de son père, partir en vacances avec son père* – mais toutes finissaient par paraître vaines : elle ne ferait jamais ces choses-là. Ou peut-être bien plus tard, quand elle serait vieille et que son père serait devenu lui-même si vieux qu'il ne serait plus tout à fait un homme mais seulement un signe – un vieillard si ratatiné qu'il ne lui ressemblerait plus et serait réduit à une voix essoufflée, racontant un vieux souvenir. Alors elle écouterait ce qu'il avait à dire.

*

La dernière fois qu'elle était venue à Illès pour l'enterrement d'Auguste, elle l'avait vu. Il était là par hasard et l'avait appelée tôt le lendemain.

— Allô, *carinha* ? Je suis à Illès, tu sais. Je suis venu aider un vieil ami, sur un chantier, je reste deux ou trois jours. On pourrait manger ensemble. Tu voudrais ?

Elle n'avait jamais dit non à son père. Elle aimait ses sifflements d'admiration quand il la voyait, elle aimait qu'il lui dise toujours qu'elle était belle et jamais qu'elle avait grandi, et la façon qu'il avait de lui parler, comme si elle était adulte, comme si elle comprenait tout, même si parfois les choses qu'il lui confiait lui tournaient dans la tête pendant des mois et la troublaient sans qu'elle puisse savoir pourquoi.

Ils s'étaient donné rendez-vous pour treize heures au Café de France, puis elle avait raccroché et descendu maladroitement l'escalier pour s'installer devant la table du petit déjeuner. Sa mère s'était depuis longtemps absorbée dans la vie secrète qu'elle menait avant que le soleil ne se lève : elle était allée chercher du pain, avait disposé des fleurs fraîches dans un vase et se tenait debout près du bar en zinc, une tasse à la main, l'air calme et reposé.

Dolorès n'avait pas le souvenir de s'être une fois réveillée avant sa mère, ni couchée après elle. Même quand elle se levait en plein milieu de la nuit avec une envie désespérée de boire quelque chose de sucré, elle trouvait sa mère installée dans la salle à manger, en train de lire un livre ou de finir sa comptabilité en buvant du thé.

— Tu as bien dormi ma chérie ?

Dolorès avait acquiescé et était allée se servir un verre d'eau.

— Papa a appelé. Je vais manger avec lui ce midi.

— Ah. D'accord. Tu veux que je te fasse une tartine ?

— Je n'ai pas faim.

— Pourquoi tu n'as pas faim ?

— Pour rien, maman.

Hélène avait eu un air entendu et Dolorès avait bruyamment soupiré en tirant une chaise vers elle. C'était toujours la même histoire. Chaque fois qu'elle était censée déjeuner avec son père, sa mère, les sourcils froncés, l'inspectait comme si elle cherchait les symptômes d'une maladie que Dolorès lui aurait cachée et qu'elle pourrait utiliser comme prétexte pour empêcher sa fille de se rendre au rendez-vous fixé avec son ex-mari – alors qu'elle ne l'auscultait jamais et signait les certificats médicaux que demandait le lycée sans même lui prendre sa tension.

Paul était sorti de la salle de bains et était allé s'installer sur les genoux de Dolorès. Elle lui avait beurré une tartine et l'avait serré contre elle tandis qu'il mâchonnait.

— Tu vas aller voir ton papa ? lui avait-il demandé, la bouche encore pleine.

— Oui. À midi.

— Je pourrais le voir, un jour ?

— Oui, peut-être.

— Il est comment ?

Dolorès avait souri sans répondre.

Quand son père venait la voir, il l'attendait en bas de leur rue et elle allait le rejoindre toute seule, mais elle savait que sa mère la surveillait par la fenêtre tout le long, jusqu'à ce qu'il lui ait pris la main et qu'ils aient disparu.

Elle-même ne connaissait pas grand-chose de son père, sinon que sa mère l'avait épousé quand elle avait dix-neuf ans, *surtout pour échapper à sa mère*, lui avait-il confié un jour – et Dolorès avait acquiescé, qui ne voudrait pas échapper à Mina ?

Il était capverdien – Dolorès avait montré les îlots sur la carte à Paul un jour, pour qu'il comprenne – et elle n'avait pas le droit de monter en voiture avec lui parce que sa mère prétendait qu'il buvait trop, même si lui affirmait le contraire.

— Tu as l'air un peu pâle, chérie.

— Je vais très bien, Maman.

— J'espère qu'il sera à l'heure, cette fois-ci.

— Ça ne fait rien, Maman. Ce n'est pas comme si j'avais autre chose à faire, aujourd'hui.

— Tu sais, pour notre premier rendez-vous, il est arrivé une demi-heure en retard. Le second, il est arrivé avec trois quarts d'heure de retard. Le troisième, je n'ai jamais su, parce qu'au bout de dix minutes, je suis partie. Après ça, il n'est plus jamais arrivé en retard.

Dolorès avait levé les yeux au ciel et était partie prendre une douche. Même sous le jet d'eau chaude, elle avait malgré elle gardé les yeux baissés, comme pour échapper encore au regard de sa mère, qui semblait vouloir lui dire : *Fais quelque chose, fais ce que j'ai fait, moi, quitte-le, toi aussi.* Mais comment réagir ? Est-ce qu'elle devait elle aussi *poser un lapin* à son père, et pour faire quoi ?

Dolorès était restée immobile, les yeux baissés, à chercher en elle ce qu'elle ressentait véritablement, et qu'en pleurant dans les bras de Paco, quelques jours plus tôt, elle avait fini par trouver. Elle le lui avait confié, même si elle se doutait qu'il ne comprendrait certainement pas.

Quand il avait été temps de partir, elle s'était regardée dans le miroir et avait décidé au dernier moment de changer sa tenue. Elle avait alors ouvert l'armoire où les robes de sa mère étaient suspendues, parfaitement propres et repassées, et avait fait courir ses doigts sur les tissus. Parmi elles se trouvait un petit chemisier de soie crème et brodée que sa mère ne portait jamais mais qu'elle lui avait interdit d'emprunter.

C'est la première chose que je me suis achetée avec mon argent. Dolorès avait retiré son T-shirt pour mettre le chemisier. Elle avait enfilé ensuite un pull par-dessus pour que sa mère ne le remarque pas, puis était partie retrouver son père.

Aussitôt qu'elle l'avait aperçu, elle avait ôté son pull ; il faisait chaud. Il avait longtemps scruté le chemisier sur le buste de Dolorès.

— C'était à ta mère, ça, non ?

— Oui. Je pense que oui.

Elle savait qu'elle avait changé depuis la dernière fois qu'ils s'étaient vus et que la vision de ce nouveau corps de femme dans ce chemisier si ancien troublait son père et lui faisait sûrement de la peine. Au fond, c'était ce qu'elle voulait, qu'il ait de la peine. Plus que le blesser, elle voulait lui *faire* quelque chose. Il avait doucement caressé la soie sur son épaule bronzée, l'avait embrassée de nouveau, et ils étaient allés s'asseoir pour déjeuner au soleil.

Là, ils avaient parlé de tout et de rien, et puis, quand le café avait été servi, elle s'était allumé la première cigarette qu'elle ait jamais fumée devant lui, et son père avait choisi ce moment-là pour lui poser la question :

— Ma chérie, il faut que je te demande quelque chose.

Elle avait hoché la tête, avec un regard hautain qu'elle venait juste d'inventer pour lui, jouant la fille devenue femme, fumant sa cigarette, buvant son café sans qu'il puisse rien trouver à redire.

— Dis-moi, papa.

— Auguste, l'ami de ta mère, tu sais ?

— Il vient de mourir, papa.

— Je sais. C'est bien fait. Écoute, cet ami chez qui je fais un chantier ici, il m'a dit quelque chose sur lui. Je voulais en parler avec toi.

Dolorès avait senti tout son corps se raidir et avait dû se concentrer pour expirer la fumée sans tousser.

— Qu'est-ce qu'il t'a dit ?

— Qu'il connaissait sa fille, Cathy, et qu'elle n'était pas venue à l'enterrement.

— Je sais. Elle n'a jamais voulu s'occuper de lui. C'est Maman qui s'est occupée de lui.

— Écoute, Dolorès, mon ami, il m'a dit que la fille d'Auguste lui avait raconté qu'il lui avait fait des choses, quand elle était jeune. Que c'était un pédophile, tu comprends ?

À ce moment-là, Dolorès s'était sentie arrachée de la terrasse de ce petit restaurant d'Illès où ils buvaient leur café et emportée loin, loin même des platanes sur la place, des rues du village, loin même des montagnes immenses qui l'entouraient et formaient une muraille bleue et presque translucide. Elle s'etait sentie s'envoler et percer le ciel au-dessus d'eux comme un faux plafond.

Mais immédiatement après, elle avait senti la colère, et c'était ce sentiment qui l'avait ramenée à elle-même. Elle avait regardé cet homme, assis tranquillement en face d'elle, cet homme qui venait de lui allumer sa cigarette et de lui commander un café, cet homme qu'elle avait dû voir une trentaine de fois depuis qu'il était parti, un beau jour dans son enfance, en laissant derrière lui une demi-douzaine de cartons qui prenaient toujours la poussière dans leur garage.

— Et alors, papa, qu'est-ce que tu veux dire ?

— Je sais que ta mère l'a laissé s'occuper de toi, quand tu étais petite. Je voulais te demander s'il t'avait fait des choses, à toi. Je veux savoir si ce connard a fait des choses à ma petite fille.

Dolorès bouillait maintenant si fort de rage qu'elle sentait la sueur couler sous ses aisselles et tacher définitivement le chemisier de soie. *Merde*, s'était-elle dit, *il va être ruiné.*

— Papa, qu'est-ce que ça peut te faire, maintenant qu'il est mort ? demanda-t-elle d'une voix blanche.

Elle s'était levée et avait cherché fébrilement dans ses poches de quoi payer son café, mais n'avait rien trouvé.

— Et non, il ne m'a rien fait. Il ne m'a jamais rien fait. Parce que Maman ne l'aurait jamais laissé me faire ça.

Et elle l'avait planté là.

Quand elle était rentrée, elle s'était précipitée dans le dressing de sa mère et avait remis le chemisier en soie où elle l'avait trouvé. Les auréoles de sueur sous les aisselles avaient séché et il n'en restait qu'un fin contour jaunâtre, comme la trace d'une goutte de café tombée dans un verre d'eau.

Il lui était arrivé, par la suite, d'ouvrir la penderie et de vérifier que le chemisier portait toujours sur les manches cette marque jaune, et cela même sans penser à son père, sans penser à Auguste. Elle voulait simplement vérifier que sa mère n'avait pas lavé le chemisier – car cela aurait signifié qu'elle s'était aperçue que Dolorès l'avait trahie, et cela, Dolorès n'aurait pas pu le supporter.

12.

Élise ouvrit doucement les yeux.

La chambre de Léo Casez était seulement meublée d'un lit double, d'une table de nuit en ipéca et d'une grande armoire ancienne, qui détonnait avec le reste du mobilier, clair, léger et pratique, à tel point que le petit appartement paraissait avoir été construit autour de l'armoire – elle était si grosse, si haute, comment avait-elle pu entrer ici ? Élise fut tentée de l'ouvrir, puis se retint. Il était déjà si gentil d'être allé la chercher jusque dans cette ignoble serre et de l'avoir ramenée ici. Il avait même soigné lui-même la blessure superficielle qu'elle avait à la jambe, tapotant son mollet d'un morceau d'ouate imbibé de chloroforme avant d'y appliquer un pansement rose.

Peut-être y avait-il rangé tous ses effets personnels avant de lui prêter sa chambre. Il n'y avait pas un livre, pas une bouteille d'eau vide, pas une montre détachée d'un poignet qui traînait sur la table de nuit. Seulement une lampe qui s'allumait quand on en touchait l'abat-jour rigide.

Élise s'étira et s'enroula dans les draps propres. Elle avait jeté son jean plein de poussière au bas du lit et s'était couchée en T-shirt et culotte. Elle chercha son téléphone et tenta de l'allumer, mais il n'avait plus de batterie et elle ne ressentait aucune envie de le recharger. Il lui semblait qu'ici, à Illès, toutes les informations qu'il pourrait lui donner seraient superficielles. Son iPhone immense, plat et brillant, appartenait au monde tout tracé de Paris. Ici, derrière les montagnes bleues, rien ne marchait de la même manière. L'OPJ Léo Casez lui-même, malgré l'officialité des trois lettres dont il devançait son nom, n'avait rien à voir avec l'État et les forces de l'ordre de la capitale. Les vrais inspecteurs de police ne venaient pas vous chercher dans des serres peuplées d'enfants morts pour ensuite soigner vos égratignures et vous coucher dans des draps propres. Élise avait tant pleuré et tant hurlé devant lui, son visage enfoui contre son épaule tandis qu'il conduisait, qu'elle avait l'impression qu'une sorte d'intimité s'était nouée entre eux.

L'OPJ Casez ne menait pas d'enquête. Il lisait placidement cette mystérieuse histoire des vieillards et des adolescents qui l'entouraient, et qu'Élise ne savait pas encore déchiffrer. Elle aurait dû pouvoir comprendre d'emblée ce qu'il s'était passé. Elle n'était pas née ici, certes, mais sa mère l'était, et sa grand-mère avant elle, et avant toutes les autres ; *alors pourquoi ne comprenait-elle pas ?*

*

La veille, elle s'était mise à fouiller compulsivement dans la serre.

Elle était entrée pour mettre de l'ordre, ranger un peu, même si tout était à sa place. L'atelier était traversé de lumière, et la poussière en suspension qui épaississait l'air devait encore être de la terre cuite qui s'effritait, encore de la matière, celle des dizaines de statues de femmes, et de tableaux dont les couleurs suintaient, rongés par l'humidité, traversés par les éclats rapides des insectes. La fatigue de la route, le manque de sommeil lui avaient donné la nausée, et elle avait eu besoin de cligner souvent les yeux pour rester éveillée et se repérer dans cet espace inconnu ; il lui semblait que son corps se déplaçait par grands à-coups, qu'elle se trouvait soudain au bout de l'atelier sans avoir marché jusque-là. À un moment donné, elle s'était aperçue qu'elle n'avait plus la clé dans la main. Elle se tenait devant une grande carcasse constituée de tiges de fer et de terre qui avait dû sécher sans être cuite, car elle était recouverte d'une couche blanchâtre, piquetée de moisi. Près d'elle, une sorte de fétiche décapité se dressait ; à ses pieds, une boule ronde et rose qui devait être une tête. À mesure qu'elle s'enfonçait vers le fond de l'atelier, les œuvres se faisaient plus étranges, plus anarchiques, et, paradoxalement, plus naturelles.

Quand elle était enfant, Élise avait beaucoup de mal à trouver laides les choses qu'elle voyait. Sa mère pestait en évoquant les nouveaux immeubles qu'on construisait dans son quartier, les tours de béton aux couleurs trop vives, bardées de panneaux publicitaires qui clignotaient. Élise, elle, les admirait comme elle aurait pu admirer la mer ou la Toscane ; de même que les poneys galopaient, de même que les oiseaux planaient, il fallait que les Toyota roulent et que les rayons des supermarchés soient garnis.

Dans l'atelier, elle s'était rappelé les mots d'Hélène Déléale : c'était ainsi qu'il le voulait. Il voulait que ses œuvres soient abandonnées, *qu'elles prennent le temps d'être et de n'être plus*. Élise s'était assise au milieu de toutes ces créations qui ne lui appartenaient pas et n'appartiendraient jamais à personne et avait pensé qu'il n'y aurait jamais aucun bébé ici.

C'est à ce moment qu'elle avait commencé à fouiller. Elle avait fouillé à grands gestes, presque sans voir ce qu'elle faisait : elle épluchait des étagères, retournait des toiles, renversait des statues en soulevant des nuages de poussière qui montaient comme des incendies. Plus tard, Léo Casez, affligé devant sa découverte, lui prendrait les mains et lui demanderait : *C'est ça que vous cherchiez ? Qu'est-ce que vous cherchiez ?*

Et que cherchait-elle, au juste ? Elle avait hérité de son grand-père cette maison, cette serre, cet atelier ; et elle voulait que ces lieux lui parlent, qu'ils délivrent pour elle leur secret. Elle était à la recherche d'une lettre qui lui serait destinée, ou au moins qui serait destinée à sa mère, et de n'importe quel fragment de son histoire personnelle dont elle pourrait s'emparer : des photos jaunies du mariage de ses grands-parents, ou d'un enfant qu'elle aurait pu connaître. Mais comme celle qu'elle avait déjà menée dans la maison quelques mois plus tôt, sa fouille de l'atelier fut vaine, du moins jusqu'à ce qu'elle tombe, derrière une énorme statue de baleine, sur un vieux secrétaire en pin massif. Jusque-là, elle n'avait trouvé qu'une collection d'articles découpés dans des journaux et tous dédiés à Auguste Meyer, ainsi que quelques catalogues d'exposition, des reçus, des liasses de feuillets tapés à la machine qui devaient être les syllabus des cours qu'il avait donnés aux Beaux-Arts de Perpignan – rien qui indiquât que son grand-père, si fervemment fasciné par la mémoire de son vivant, ait cherché à compiler des souvenirs qui concernaient autre chose que lui et son œuvre.

Mais le secrétaire possédait un profond tiroir central dont la poignée manquait. Élise avait passé sa main sous le meuble pour l'ouvrir en le faisant glisser, mais il était manifestement fermé à clé. Elle avait néanmoins pu éprouver son poids, sentir qu'il était bien rempli, et s'était alors mise à la recherche d'un moyen de forcer la serrure. Elle avait fini par trouver un pied-de-biche taché de rouille parmi d'autres outils de bricolage entassés dans un coin et s'était dit qu'il ferait parfaitement l'affaire. En s'en emparant, elle avait frôlé l'un de ces longs champignons blancs et filandreux qui pouvaient pousser en une journée et avait eu un mouvement de dégoût. Elle avait alors maladroitement fait tomber une vieille fourche qui lui avait griffé le mollet au passage, lui arrachant un petit cri de douleur : les pointes de métal rouillé avaient traversé son jean et entamé la chair. Elle avait pris l'outil et s'était dirigée vers le secrétaire, dont elle avait fait céder le tiroir plus facilement que prévu : à peine avait-elle forcé que la fine couche de métal qui maintenait le meuble fermé avait sauté, dispersant au passage quelques éclats de bois.

En découvrant son contenu, Élise avait d'abord été ravie : les épaisses enveloppes de papier kraft qu'elle avait mises au jour étaient en effet bourrées de photos d'enfants et de ce qui ressemblait à tout un tas de lettres manuscrites. Mais il ne s'agissait pas des souvenirs escomptés ; il ne s'agissait pas de la mère d'Élise ou d'Élise elle-même, un sourire édenté, le jour de la rentrée des classes. Il ne pouvait s'agir d'elle parce que Élise n'avait jamais été photographiée dans cet atelier, à huit ans, nue, les jambes écartées et la bouche close. Élise, qui n'avait jamais rencontré son grand-père, avait grandi dans un pavillon de banlieue parisienne entre ses deux parents sains et aimants. La première fois qu'elle avait fait l'amour, c'était avec Paul Perles, un garçon de sa classe de seconde, qui lui avait après coup offert une boîte de chocolats, sans qu'elle comprenne vraiment pourquoi. Et la première personne qu'elle avait laissée la photographier nue, c'était Laurie, quelques années plus tôt, qui devait toujours avoir les clichés rangés dans un dossier secret de son ordinateur portable.

Quand l'OPJ Léo Casez finit par arriver après qu'elle l'avait appelé, elle était toujours assise dans la poussière, près du secrétaire, les photos étalées par terre autour d'elle. Elle en serrait une dans ses mains, et pleurait.

Elle avait vu le jeune inspecteur à la voix grave apparaître au bout de la serre et l'avait senti se glisser derrière elle pour lui enserrer la poitrine de ses bras musclés. Elle n'était pas sûre qu'il ait le droit de faire ça. Elle hoquetait si fort qu'il avait dû avoir peur qu'autre chose de plus intime s'échappe d'elle, et qu'elle le recrache parmi les photographies.

— Reposez la photographie, Élise, avait-il murmuré doucement. Reposez ça et ne touchez plus à rien.

— Mais c'est lui, avait sangloté Élise sans lâcher le bout de carton, c'est lui. Le garçon de la gare. Hannibal. C'est lui. C'était pour ça. Le petit garçon...

Il lui avait doucement pris la photographie des mains et l'avait reposée sur le sol.

— Élise, calmez-vous. Vous voyez bien qu'il s'agit d'une fille. Regardez mieux. C'est une petite fille.

Élise avait baissé les yeux. Elle avait été si absorbée par le visage de l'enfant qu'elle n'avait pas vu son sexe. Ses cheveux sombres étaient tirés en arrière, dégageant une figure pure et brune, et sa longue queue-de-cheval s'enroulait autour de son petit corps dénudé jusqu'en dessous de la taille. C'était une fille. C'était on ne peut plus vide et on ne peut plus là ; c'était une fille.

*

Joan s'éveilla avec une agréable gueule de bois : le sang trop rare dans sa tête battait doucement près de ses tympans ; il avait envie d'une bière. Il se leva et se dit qu'il lui suffirait de se glisser sans bruit dans la cuisine, d'ouvrir le frigo et de prendre une canette sans que sa mère le voie. Si elle le voyait, il ne se passerait rien de plus, elle se contenterait de dire avec un petit sourire triste : *Tu écluses avant qu'il ne soit midi.* Il ne savait pas quand sa mère avait appris le sens du mot *écluser*, mais elle s'en servait depuis régulièrement pour évoquer avec pudeur ce qui la chagrinait tant. Si Daphné, un soir d'été, demandait un verre de vin blanc, elle lui disait avec un ton de reproche : *Oh non, toi aussi, tu ne vas pas te mettre à écluser.* Parfois, le père de Joan, n'y tenant plus, s'agaçait : *Est-ce que tu ne peux pas simplement dire qu'il boit comme un trou ?*

Joan allait se lever quand il se souvint de la présence de ce corps allongé dans son lit et réduit à une boule de cheveux noirs qui ressemblait à un nid. Il voulut être tendre, soulever doucement le drap et passer une main sur la joue de la fille, mais il renonça à son geste et son cœur se brisa silencieusement dans sa poitrine.

Il ne ressentait rien qu'un vague dégoût devant le semi-visage qui transparaissait de profil, et qui aurait pu avoir un air de beauté, de grâce, qui avait dû en avoir un, hier soir, ou huit ans plus tôt. Qu'est-ce qui lui avait pris ? Il avait ramené cette fille et rien ne lui avait été rendu. Ni le soleil de mai, ni les muscles de ses jambes, ni surtout le beau corps allongé de Dolorès. Il n'avait aucune chanson en tête.

Zineb dut le sentir bouger près d'elle et s'étira doucement, puis tourna la tête vers lui et lui fit un timide sourire. Il se sentit presque attendri, et ils restèrent un moment à se regarder, sans se toucher.

Il n'aimait pas son visage et cette façon qu'elle avait de le regarder. Elle se redressa face à lui, saisit le drap et le rabattit avec pudeur sur ses petits seins. Soudain, son regard se posa sur le dessus-de-lit et elle se figea, l'air affolé. À l'endroit du matelas où se trouvait quelques instants plus tôt son corps endormi, un rayon de lumière éclairait une traînée noirâtre sur laquelle Joan, instinctivement, passa les doigts : c'était une croûte de sang. Il leva sur Zineb des yeux incrédules et la jeune fille se mit à sangloter doucement. L'espace de quelques instants, il s'accorda le luxe de seulement la regarder : la poitrine de Zineb était parcourue de spasmes et elle pleurait à s'en décrocher le cœur. Pour ceux qui avaient subi, comme lui, de longues rééducations, une telle émotion pour un peu de sang versé paraissait si incongrue qu'il ne pouvait s'empêcher d'être fasciné par l'attachement que la jeune fille accordait à sa propre vie, à sa propre chair. Il s'approcha doucement d'elle et tenta de lui caresser les cheveux, mais elle se déroba aussitôt.

— Ne pleure pas, c'est pas grave. Ce n'est que du sang. C'est normal, si c'est la première fois. C'est la première fois, c'est ça ? Je vais juste changer les draps, et j'allais le faire de toute façon. Il n'y a aucun souci. Mais tu aurais dû me le dire.

Alors qu'il prononçait cette dernière phrase, il se rendit compte qu'il était en train de lui faire un reproche. *Elle aurait dû le lui dire.*

Zineb s'efforça de reprendre son souffle et lui répondit :

— Ce n'est pas seulement à cause du sang.

— Ah.

En la regardant de plus près, il comprenait ce qu'il trouvait déplaisant chez elle. Jusque-là, il s'était simplement dit qu'il ne la trouvait pas vraiment jolie, mais c'était plus profond que cela : maintenant qu'elle était si proche de lui, tout à fait nue sous le drap qu'elle pressait compulsivement contre son buste gracile, il ne pouvait nier qu'elle était belle, très belle même, et que s'il avait été plus courageux, ou plus intelligent, il aurait pu l'aimer. Certainement, un grand peintre se serait attardé sur le tableau qu'elle offrait, et surtout sur l'humidité de ses grands yeux noirs, mais lui y voyait surtout une flamme qui lui faisait peur : les filles qui vous regardaient ainsi passaient leur temps à pleurer, à harceler les garçons de messages et à leur parler de choses qu'ils ne comprenaient pas. Joan avait déjà sa propre jambe morte à traîner : il n'avait pas besoin d'une fille comme Zineb.

Elle se recroquevilla contre lui. Elle était si près qu'il pouvait sentir l'odeur lactée de son haleine. Étrangement, le fait d'avoir compris pourquoi elle le mettait si mal à l'aise la lui rendit un peu plus sympathique. Il avait d'abord cru que l'agressivité de la jeune fille le visait en particulier, mais il devinait maintenant qu'il ne s'agissait que de sa façon d'être, de la façon particulièrement intense qu'elle avait de vivre.

— C'est trop bizarre d'être ici avec toi. D'avoir fait ça avec toi. Tu me plaisais, quand on était au lycée – je veux dire, même avant que tu sortes avec Dolorès. Mais forcément, maintenant, c'est dur de ne pas penser à elle.

— Mais vous ne vous voyez plus, c'est ça, avec Dolorès ?

C'était ce que Zineb lui avait dit la veille, quand il lui avait offert un verre au Prétexte : qu'elle s'était disputée avec Dolorès et Bianca et qu'elles ne s'étaient pas parlé depuis plusieurs mois, même après que le corps d'Hannibal avait été retrouvé. Joan vit la jeune femme froncer les sourcils en entendant prononcer le nom de son ancienne amie.

— Non.

Elle eut de nouveau les larmes aux yeux. Cette fois, il la prit dans ses bras et la serra contre lui.

— Peut-être que tu devrais les appeler, tes copines ? Vous pourriez aller à l'enterrement ensemble. Je ne sais pas pourquoi vous vous êtes disputées, mais peut-être que vous pourriez passer au-dessus, pour cette fois-là...

— Ce n'est pas vraiment pourquoi on s'est disputées, le problème.

— Ah ?

— C'est juste que... C'est plus facile sans elles. Être avec elles, ça m'oblige à remuer tout ça en permanence, à y repenser, à en reparler. C'est fatigant, tu comprends ?

Il ne comprenait pas, mais il acquiesça tout de même.

— Elles te font trop penser à Hannibal ?

— Oui, et pas seulement. Elles me font trop penser à comment j'étais, quand j'avais seize ans, et comme tout me paraissait tellement fort... Surtout Hannibal. Tu sais, c'est bête mais...

— Dis-moi.

— C'était censé être avec lui, ma première fois. J'avais tout prévu. C'était censé être le soir du bal de promo. Il m'avait invitée, j'étais prête, je savais que j'étais prête. Et maintenant, on est huit ans plus tard, le lendemain matin, j'ai vingt-quatre ans et je ne sais même plus si je suis vraiment prête pour ça.

— Pourquoi ça n'a pas été ce soir-là ?

— Le soir du bal de promo ?

— Oui.

Elle le dévisagea, incrédule.

— Parce qu'il n'est jamais venu me chercher.

— C'était ton cavalier et il n'est pas venu ?

Joan cligna les paupières et prit Zineb par le menton.

— Non, il n'est pas venu !

Elle tenta de secouer légèrement la tête pour se dégager mais il resserra ses doigts autour de son visage.

— Tu es sûre qu'il n'est pas venu ?

— Je sais bien qu'il n'est pas venu. C'était le soir où il a disparu.

— Il a disparu avant le bal de promo ? Je veux dire, il n'y est jamais allé ? Il n'est jamais allé au bal de promo ?

— Tu t'en souviens pas ?

— Mais j'y étais pas, moi non plus.

Il lâcha prise et la tête de Zineb retomba mollement sur sa cuisse. Elle commença à renfiler ses vêtements en le scrutant d'un air inquiet. Il avait la bouche entrouverte et les yeux fermés ; ses lèvres remuaient toutes seules sans émettre un son.

— Joan ?

Elle était entièrement vêtue à présent. Il se leva précipitamment, s'habilla à son tour, attrapa sa béquille et descendit les escaliers quatre à quatre, sans même sentir sa jambe malade, et attrapa les clés de voiture que son père laissait toujours dans le vide-poche de l'entrée. Pas une seule seconde il ne pensa au fait qu'il n'avait pas conduit depuis huit ans. Devant le portail de sa maison, il embrassa rapidement Zineb, qui l'avait suivi, sidérée, et lui dit :

— Il faut vraiment que j'aille quelque part, tout de suite. Mais tu sais, Hannibal, il voulait vraiment venir te chercher. Je te jure, je le sais, je l'ai vu, il était prêt pour passer te prendre. Je me souviens maintenant, et je t'expliquerai, je t'expliquerai tout, mais il faut d'abord que je voie quelqu'un avant. Je suis désolé.

Et ignorant ses protestations, il s'engouffra dans le garage et démarra la voiture.

*

L'OPJ Léo Casez s'installa au Café de France et commanda un Picon bière. Le serveur posa le verre sur la table et approcha son visage du sien d'un air complice :

— Alors, c'est bien le vieux qui l'a tué, hein ? Sacré dégueulasse. C'est partout aux infos. Pauvres gosses.

Léo Casez leva son verre vers lui et but une gorgée sans dire un mot. La malice s'éteignit comme une ampoule électrique dans le regard du serveur et il repartit avec son plateau vide à la main.

Est-ce que Léo Casez était le seul, dans ce village, à exiger des preuves concrètes de la culpabilité d'Auguste Meyer dans le meurtre d'Hannibal Lanier ?

Le dimanche précédent, sa mère lui avait dit :

— Mais tu t'attendais à ce qu'on le retrouve où, ce pauvre garçon ? Il n'avait pas pu aller bien loin. Et si c'est pas le vieux qui l'a tué, c'est un rôdeur, ou je ne sais pas. Enfin bon, il est mort, quoi.

Par un *rôdeur*, sa mère évoquait un individu surgi spontanément des sous-bois d'Illès, qui, errant sans mobile, un de ces fugitifs auxquels les gens d'ici s'étaient habitués, peut-être à cause de la proximité de la frontière espagnole et de l'ombre bleue des montagnes. Ces hommes-là surgissaient, cambriolaient les maisons, violaient les jeunes femmes et kidnappaient les enfants, puis s'évanouissaient dans la nature. Une demi-douzaine de joggeuses étaient mortes ainsi, des jeunes filles en short fluorescent enlevées par des *rôdeurs*, comme en concluaient les dossiers de police. Léo Casez, lui, avait le sentiment qu'on les trouverait un jour non loin de là, pourrissant dans un sous-bois après un mauvais coup à la tête donné par un petit ami jaloux, ou dans un bordel de la Junquera.

À ses yeux, Auguste Meyer avait bien été coupable de quelque chose. L'ignominie des photos qu'Élise Jaubert avait retrouvées dans la serre lui revint à l'esprit et lui souleva le cœur. Il avait déjà rédigé et rendu son rapport sur les clichés pédopornographiques dissimulés dans la serre d'Auguste Meyer, mais ils ne prouvaient rien en tant que tels : aussi monstrueux qu'il l'avait été, comment un vieillard agonisant avait-il pu tuer un adolescent en pleine santé, et surtout comment avait-il été capable de l'enterrer ? De plus, Hannibal Lanier n'était plus un enfant à l'époque : il était au moins deux fois plus âgé que la plupart des enfants qui figuraient sur les clichés. Ou alors, il avait voulu se venger de sévices passés ? En tout cas, il n'apparaissait sur aucune photo.

Il repensa à Élise Jaubert et au léger tressaillement de sa peau nue quand il avait désinfecté la blessure qu'elle s'était faite à la jambe. C'était un faible mouvement de douleur, mais qui lui avait fait penser à ceux qu'avaient les femmes quand elles avaient du plaisir, et avant de partir, ce matin, il n'avait pas pu s'empêcher d'entrouvrir la porte de la chambre où elle dormait. Elle était réveillée et lui avait fait un petit signe en souriant. Élise Jaubert était une jeune femme qui avait hérité d'une belle maison, dans laquelle elle pouvait décider de venir vivre ; elle méritait que les gens d'ici ne pensent pas qu'elle descendait d'un meurtrier si ce n'était pas le cas. Elle méritait de pouvoir descendre en ville pour acheter son pain sans croiser cette accusation dans les yeux des passants. Or, si l'OPJ ne le prouvait pas, il serait coupable aux yeux de tous les habitants d'Illès, et de tous les crimes ; de l'assassinat du beau garçon, de l'abus des petites filles, de la sécheresse et du mildiou.

Il fallait que Léo Casez fasse ce qui était juste. Les lettres posthumes d'Hannibal, les photos des fillettes dénudées, le pendentif tacheté de blanc, tout cela se combinait dans son esprit et il pressentait que se montrer juste dans cette affaire n'aurait pas forcément à voir avec la vérité. Toutes ces longues chevelures de jeunes filles, tous ces enfants qui avaient pleuré, toutes ces mères qui attendaient, la vérité ne leur rendrait ni le bonheur ni la paix.

Mais peut-être que c'était néanmoins par là qu'il fallait commencer : la vérité ; et si elle se trouvait quelque part, l'OPJ en avait la certitude, c'était Dolorès Déléale qui l'y mènerait.

L'inspecteur commanda une autre bière. Il faisait un froid piquant sur la terrasse, et il se sentait doucement tomber malade, mais c'était presque agréable. Une légère fièvre lui montait à la tête tandis qu'il buvait à petites gorgées le liquide trop frais.

— Inspecteur ?

Léo Casez leva la tête. Un jeune homme appuyé sur une béquille, le visage un peu rouge, le regardait comme s'il allait se mettre à pleurer.

— Il faut que je vous dise quelque chose, inspecteur…

— Je ne suis pas en service en ce moment, monsieur… ?

— Joan Rami. Je m'appelle Joan Rami. J'étais un ami d'Hannibal Lanier. Il faut que je vous dise quelque chose d'important…

— Je me souviens, oui.

Léo Casez soupira. S'il devait parler, alors qu'il parle. Tous ces enfants…

— J'avais oublié, inspecteur. J'ai eu un accident, le soir de la disparition d'Hannibal…

— Je sais, le coupa l'OPJ Casez. Je crois vous avoir déjà interrogé à ce sujet.

— Oui, mais j'ai oublié de vous dire quelque chose. C'était pas vraiment un hasard, si Hannibal a disparu le soir de mon accident. On allait au même endroit. C'est à cause d'un truc que je lui ai balancé ce soir-là, qu'il allait là-bas, c'est à cause de ça qu'il… qu'il est mort.

*

Joan Rami roulait vite sur une route qui n'en finissait pas de tourner.

La chaleur pesait sur la végétation courte et épaisse des hauts d'Illès ; les petits chênes minces et les larges chênes-lièges, les bouleaux, les noisetiers, tout cela s'amoncelait sans rien rafraîchir. Des grillages semblables à ceux des poulaillers, émaillés de petits octogones de fils de fer, retenaient sur certaines parois rocheuses les éboulis d'un semblant de falaise. Tous les cinquante mètres, sa Vespa manquait de couper en deux une couleuvre qui se pâmait au soleil.

Il avait laissé Dolorès dans une ruelle non loin du Prétexte, l'une de celles qui menaient à la place de l'église et qui étaient si étroites qu'elles restaient bleues d'obscurité jusqu'au milieu de l'après-midi – si bien que le ciel n'était qu'un grand trait au-dessus d'eux et du porche où il l'avait acculée, si nue, si chaude sous sa petite robe de coton. Il ne savait pas combien de temps il l'avait embrassée avant de devoir finalement se séparer d'elle, à regret.

— Il faut que j'aille chercher ma petite sœur à son cours de poterie.

— À son cours de poterie ? Ta petite sœur prend des cours de poterie chez Auguste Meyer ?

— Oui, c'est à perpète.

— Mais, et le bal ?

— Je viens te chercher dès que je l'ai ramenée chez moi, d'accord ? Je viens te chercher chez toi ?

Elle avait acquiescé sans sourire, et l'avait regardé partir avec cette expression qu'elle avait toujours quand il la quittait, et qui donnait à Joan l'impression qu'il ne la reverrait jamais, comme s'il montait dans un train pour partir en mer, à la guerre, ou pour mourir.

Il dépassa une amphore de terre cuite fichée dans la terre et le mas apparut au loin. Une demi-douzaine d'enfants jouaient à *éperviers sortez* sur une pelouse jaune, devant la grande serre que frappaient les rayons du soleil. Ils s'arrêtèrent et poussèrent de petits cris quand Joan, dans une gerbe de poussière claire, gara sa Vespa couleur pervenche près d'un muret de pierres.

— Vous savez où est Daphné ? leur demanda-t-il en retirant son casque.

Une jolie petite fille brune le fixa avec beaucoup d'intérêt et lui répondit :

— Dedans avec Auguste.

— Où ça, dedans ?

— Dans la serre, dit-elle en haussant les épaules.

Joan escalada le sentier qui menait à la serre. L'excitation qu'avait provoquée chez lui Dolorès lui battait encore dans les artères. Il avait trop chaud sous son casque, et des filets de sueur lui coulaient sur les tempes. C'était insoutenable, cette attente d'une chose qui, peut-être, ne viendrait jamais, parce qu'il était possible qu'elle ne se donne jamais. Peut-être finiraient-ils par se marier. Il ne pouvait pas penser à autre chose. À la seconde où il s'éveillait, le matin, l'idée occupait son esprit ; il échafaudait des plans affreux et obsédants : il la soulèverait dans ses bras, ferait sauter tous les boutons de son petit chemisier, et il la prendrait où qu'ils soient, quoi qu'elle dise, et puis il arrivait devant elle, et ne pouvait plus seulement soutenir son regard verdâtre.

La serre était un beau bâtiment de verre et de fer forgé sur lequel croissait une épaisse couche de mousse. Il passa la porte ouverte et pénétra, émerveillé, dans un endroit très différent de ce qu'il semblait de l'extérieur. La lumière pénétrait par grandes giclées dorées sur une foule de statues brunes ; et contre les murs translucides étaient posés des tableaux dont les couleurs profondes et huileuses vibraient si intensément que la réalité du paysage en paraissait ternie.

— Daphné ? appela-t-il.

Personne ne répondit. Joan continua à marcher parmi les statues. Il s'arrêta devant une immense masse qui ressemblait à un squale éventré, gisant dans un documentaire sur la pollution des océans.

Plus loin, il tomba, fasciné, dans la contemplation d'une jeune fille de terre à peine cuite, vêtue d'une robe aux drapés grossièrement modelés. Ce n'était pas elle, mais c'était elle malgré tout : le large front, les yeux ronds, le nez droit, la bouche immense, et surtout la masse des cheveux noircis par le four qui s'enroulaient autour de son corps, qui était habillé, mais nu aussi, parce que la robe avait l'air mouillée. Il crut reconnaître Dolorès, mais il n'était pas sûr. Peut-être s'était-elle glissée sous la sculpture, comme elle se glissait sous toutes les formes que Joan regardait ?

— Daphné ?

Il entendit un petit cri étouffé, et vit Daphné courir vers lui du fond de la serre. Elle se jeta dans ses bras, dans une démonstration d'affection qui ne lui était pas coutumière, et il reçut avec plaisir contre lui le petit corps tiède et palpitant. Elle sentait la sueur et l'argile.

— On peut rentrer tout de suite ? l'entendit-il murmurer dans son cou.

Il obéit et la porta jusqu'à sa Vespa, et quand il l'installa face à lui sur le siège pour lui faire enfiler le casque qu'il avait pris pour elle, il s'aperçut qu'elle pleurait.

— Qu'est-ce que tu as, ma chérie ?

Elle secoua la tête sans rien dire.

— Tu ne veux pas me dire ?

— Tu es encore arrivé en retard !

Joan soupira et passa ses mains sur le visage de Daphné pour sécher ses larmes. Elle n'avait que huit ans, mais c'était déjà tout à fait une fille, avec ses colères tellement profondes.

— Pardon. Mais même si je mets longtemps, je vais toujours finir par arriver, tu le sais ça ? C'est promis. Parce que je suis ton grand frère. Les grands frères finissent toujours par arriver.

Ils savaient tous les deux qu'il mentait. Sur le chemin du retour, Daphné lui serra si fort la taille en sanglotant qu'il finit par s'arrêter sur le bord de la route pour l'interroger encore.

Quand il redémarra la Vespa bleu ciel pour redescendre vers Illès, *le village le plus ensoleillé de France*, ils pleuraient tous les deux.

*

Dolorès était déjà prête quand Hélène Déléale passa la porte de la maison.

Elle retira sa veste en daim et la posa sur une chaise. Il faisait une chaleur terrible, en ce tout début du mois de juin, mais elle ne pouvait se résoudre à quitter la maison sans veste. C'était une vieille peur : quand elle avait rencontré Amilcar, puis qu'elle était tombée enceinte de Dolorès, elle était si mince qu'elle avait tout le temps froid. Dolorès lui ressemblait beaucoup sur ce point. Elle ne la voyait jamais manger. Elle préparait le repas, remplissait les plats, servait tout le monde, et pourtant elle était incapable de se figurer Dolorès en train de mâcher quelque chose. Elle *devait* manger ; Hélène était une bonne mère, elle n'aurait pas pu *ne pas remarquer* que sa fille ne mangeait pas ce qu'elle préparait pour elle.

Quand Hélène Déléale passa la porte d'entrée et vit sa fille assise devant la table de la cuisine dans sa robe de soirée, les yeux soulignés d'un trait de khôl qu'elle avait dû lui emprunter, elle se demanda soudain quel était son plat préféré, et si elle préférait la viande ou le poisson. Elle n'aurait su le dire.

— Tu es déjà prête, ma chérie ?

Elle était merveilleuse dans la robe bleue qu'elle s'était choisie. Les fines bretelles détaillaient parfaitement la finesse de ses clavicules et de ses longs bras bronzés. Dolorès se leva pour l'embrasser, et Hélène nota avec satisfaction que malgré sa minceur, son corps était dur et solide. Elle avait les épaules larges et les os denses. Elle mangeait.

— Tu me trouves comment ?

— Je te trouve magnifique.

Dolorès sourit et fit un tour sur elle-même. La robe se souleva légèrement au-dessus de ses chevilles. Elle portait ses sandales tropéziennes de tous les jours, en cuir fauve et petits clous de cuivre. Hélène ne l'avait jamais vue porter de chaussures à talons, sans doute parce qu'elle-même n'en portait pas. Elle l'avait eue à vingt ans, alors qu'elle était encore une enfant. Elle avait rencontré le beau garçon qui lui avait donné sa fille en révisant le concours de médecine sur une petite terrasse ensoleillée. Le lendemain, ils étaient amoureux, et une semaine plus tard, ils vivaient ensemble dans la mansarde minuscule d'Amilcar ; un an plus tard, ils avaient un enfant. Elle n'avait jamais eu le temps de porter de chaussures à talons. Elle avait traversé son existence de femme en talons plats, les ongles jamais manucurés, et toujours un homme dans son lit, et toujours un enfant sous son bras.

— Ton cavalier vient te chercher ?

— Il est en retard.

Dolorès appuya son visage sur sa main. Hélène avait posé devant elle un grand verre d'eau gazeuse qu'elle buvait à petites gorgées. Sa mère n'aimait pas constater que Dolorès ressemblait à son père, mais il fallait reconnaître que, si elle avait hérité de ses grands yeux ronds à elle, il y avait dans leur couleur une lumière venue d'ailleurs, qui irradiait leur noisette très français d'un souffle jaune et bleu.

Soudain, elle se rappela qu'elle avait oublié d'aller chercher le petit pendentif d'Amilcar chez le bijoutier. Il lui avait dit en *fin de journée* ; il était dix-neuf heures et la chaîne devait avoir été réparée. Elle enfila à nouveau sa veste en daim et sortit en trombe de la maison.

Alors qu'elle était sur le chemin du retour, le petit collier précieusement rangé dans sa poche intérieure, son téléphone sonna et elle écouta une patiente paniquée lui décrire l'urgence de l'état dans laquelle se trouvait sa mère. Elle fit demi-tour pour se rendre à l'adresse qu'elle lui indiquait. En même temps qu'elle la rassurait dans le haut-parleur, elle envoya un message à Antoine pour le prévenir qu'elle ne serait pas rentrée pour le dîner. Le matin même, elle s'était dit qu'elle tresserait les cheveux de Dolorès avant qu'elle ne se rende au bal ; mais tant pis, elle n'aurait pas non plus le temps de lui remettre son collier.

Quand elle rentra, quatre heures plus tard, épuisée, Paul était déjà couché et seul Antoine l'attendait dans la cuisine. Il l'embrassa doucement et lui dit d'un air désolé :

— Le cavalier de Dolorès n'est pas venu. Elle l'a attendu pendant des heures, et puis je ne savais plus quoi lui dire. Elle est allée se coucher.

— Mon Dieu.

Hélène monta les escaliers quatre à quatre et ouvrit à demi la porte de Dolorès, comme elle l'avait fait de nombreuses fois ces dernières semaines. Les nuits précédentes, Dolorès était bien là, sous les draps, avec son souffle frais et ses yeux fermés, et Hélène s'était approchée sur la pointe des pieds pour l'embrasser sur le front. Elle s'était habituée à cette vision, Dolorès ou Paul, dormant paisiblement, elle s'y était tellement habituée qu'elle n'avait songé à remercier personne et ne s'était jamais dit que les choses pouvaient être autrement, et pourtant, ce soir-là, tout était radicalement différent, car Dolorès n'était pas dans son lit.

En constatant son absence, Hélène eut la certitude qu'elle n'avait rien compris depuis le début, rien compris à la personne qu'était sa fille et à la vie qu'elle menait. Tout ce qu'elle savait, tout ce que Dolorès vivait avec elle, n'était qu'un grand mensonge. La vérité de son existence avait lieu maintenant, loin de ces draps et de ces oreillers qu'elle avait achetés, lavés et repassés pour elle.

Hélène resta tétanisée quelques secondes, puis redescendit l'escalier.

— Elle n'est pas dans son lit, dit-elle à Antoine, le souffle court.

— Comment ça, elle n'est pas dans son lit ?

— Je te dis qu'elle n'y est pas. Tu es sûr qu'elle est allée se coucher ?

— Évidemment que je suis sûr.

Tout en parlant d'une voix tremblante, Hélène tentait de joindre Dolorès sur son téléphone portable : elle ne répondait pas.

— Tu crois qu'elle est allée au bal quand même, finalement ?

— Je n'ai pas bougé d'ici, murmura Antoine. Je l'aurais vue passer. Elle m'aurait dit quelque chose.

Il lui prit la main et fit de son mieux pour se montrer rassurant :

— Écoute, elle a dû se débrouiller d'une façon ou d'une autre pour sortir et y aller quand même, ou bien rejoindre son petit ami je ne sais où. Elle avait l'air triste de s'être fait poser un lapin. Elle est certainement sortie quand même, sans rien dire. Où veux-tu qu'elle soit, sinon ?

Hélène ne savait pas. Elle sortit en courant pour rejoindre sa voiture, ruminant d'avance les mots furieux qu'elle allait jeter à Dolorès – en même temps qu'elle sentait déjà le goût acide de la culpabilité la gagner : *elle aurait dû rentrer plus tôt, rapporter le collier, être là pour la consoler.* Elle fonça jusqu'au lycée, où le bal se déroulait dans le gymnase, et les lycéens qui vendaient les tickets la regardèrent passer sans oser lui demander les dix euros de mise.

Les tapis du gymnase avaient été roulés contre les murs et une centaine d'adolescents dansaient un slow sur une chanson tirée d'un Walt Disney. Hélène avait été la première à s'agacer du mimétisme stupide d'une telle fête, dans un village si loin des États-Unis – nation que, de toute façon, elle détestait par principe –, mais elle aurait été prête à bénir celui ou celle qui avait eu l'idée d'un bal de promo si seulement, parmi les corps endimanchés qui oscillaient sous les guirlandes colorées et les cotillons, elle avait reconnu la robe bleu nuit de sa propre fille. Près des bols de punch orange vif, trois professeurs regardaient la piste de danse d'un air inexpressif. Hélène avait été en classe avec le plus âgé quand elle avait quinze ou seize ans. Elle se planta devant lui.

— Est-ce que tu as vu ma fille ? Est-ce que tu as vu Dolorès ?

— Je ne sais pas, dit-il en lui désignant d'un geste vague la foule des élèves dont les visages étaient collés les uns contre les autres.

Hélène continua à chercher la robe bleue de Dolorès mais ne la trouva pas ; elle reconnut, en revanche, celle, trop courte, d'un rose tapageur sur laquelle jurait une chevelure striée de mèches blond roux qui ne pouvait appartenir qu'à Bianca Ispahan.

Quand elle parvint à se frayer un chemin jusqu'à elle, Bianca avait le visage lové dans les épaules d'un garçon qui la regardait avec douceur. Hélène toucha son dos nu et elle se retourna avec l'air d'émerger d'un long sommeil.

— Hélène ? s'exclama Bianca, d'un air étonné.

— Bonsoir Bianca. Est-ce que tu as vu Dolorès ? demanda-t-elle en considérant avec désapprobation le maquillage appuyé de l'adolescente.

— Non, je suis désolée. Je n'ai vu ni Dolorès, ni Zineb, précisa-t-elle. Vous voulez que je les appelle ? J'ai déjà essayé mais elles ne répondent pas. On devait se retrouver il y a trois heures au moins.

— Et les garçons ?

— Hannibal n'est pas là, répondit Bianca, tandis que son cavalier s'éloignait vers le buffet.

— Et celui qui devait venir avec Dolorès ?

— Joan ? Non, je crois qu'il n'est pas venu non plus.

— Et tu n'as aucune idée d'où ils ont pu aller ?

— Aucune, désolée. Mais si je vois Dolorès, je lui dis de vous rappeler, d'accord ?

Hélène hocha la tête et tourna les talons. Derrière elle, Bianca, seule au milieu des couples enlacés, continuait de la fixer d'un air inquiet.

Hélène sortait du gymnase quand elle sentit une main sur son épaule. Elle se retourna, pleine d'espoir, pour s'apercevoir qu'il ne s'agissait pas de Dolorès mais d'une jeune fille vêtue d'une robe rouge qui la regardait d'un air hésitant.

— Excusez-moi, madame, est-ce que vous seriez la mère d'Hannibal ?

Hélène secoua la tête, exaspérée.

— Non, je suis la mère de Dolorès. Je la cherche. Tu ne l'as pas vue ?

— Elle, non, murmura l'adolescente d'un air bien plus contrit que celui de Bianca quelques minutes auparavant. Mais Hannibal vient de m'appeler, et il était bizarre. Il m'a dit qu'il allait quelque part, mais pas où. Alors, j'ai pensé que, peut-être, vous étiez sa mère et que vous le cherchiez.

— Je suis la mère de Dolorès. Ils sont peut-être ensemble, il ne t'a pas dit s'il était avec elle ?

— Non, il ne m'a rien dit de plus.

L'inquiétude d'Hélène se changea alors en véritable panique, et elle courut jusqu'à sa Jaguar. Alors qu'elle mettait le contact et démarrait la voiture, elle s'aperçut que, spontanément, c'était vers le mas d'Auguste qu'elle se dirigeait. C'était sûrement le dernier endroit où Dolorès pouvait être, mais c'était là qu'elle pensait la retrouver.

*

Zineb avait commencé à se préparer à quinze heures de l'après-midi.

Elle avait monté la température de tous les chauffages de la salle de bains et y avait disposé des bassines remplies d'eau brûlante jusqu'à ce que la pièce déborde de vapeur. Elle avait ensuite suspendu sa robe blanche contre la cabine de douche pour qu'elle se défroisse et avait vigoureusement frotté sa peau ramollie avec une éponge abrasive. Puis elle s'était douchée et s'était enduite d'huile d'amande douce, avant de laisser sa sœur Sarah lui faire un brushing à l'aide de son nouveau sèche-cheveux. Le décolleté de sa robe piquait jusqu'à son nombril et dévoilait la naissance de ses petits seins ronds. Elle s'était maquillée, parfumée, coiffée d'une couronne de fleurs, et pour finir, avait fixé de petites perles nacrées sur les lobes bruns de ses oreilles.

Quand elle avait été prête, une heure avant l'heure où Hannibal avait promis qu'il viendrait la chercher, elle s'était allongée sur son lit et avait regardé la fenêtre qui ne donnait sur rien de beau : un lotissement, le goudron de la chaussée troué de petits cercles de terre où des arbres trop jeunes pour fleurir avaient été plantés. Elle avait pensé que dans très longtemps, quand Hannibal et elle se seraient aimés au grand jour et auraient déménagé ensemble ailleurs, qu'ils auraient eu et élevé des enfants, elle reviendrait ici, peut-être. Si personne n'avait détruit sa maison, elle regarderait par la fenêtre de sa chambre d'adolescente et se souviendrait de cette soirée, de la tenue qu'elle portait, de tous les détails, avec une tendresse qu'elle aurait su garder pour son passé. Elle fredonnerait le tube à la mode que le DJ avait passé ce soir-là quand Hannibal l'avait embrassée pour la première fois, sans regretter qu'il ne soit pas le morceau qu'elle-même aurait choisi pour ce moment. Elle aimerait les choses telles qu'elles avaient été.

Zineb était restée allongée longtemps, puis elle avait essayé d'appeler Hannibal, d'abord une fois, puis deux, puis trois, mais il n'avait pas répondu. Finalement, elle était allée s'asseoir sous le porche pour l'attendre, sans douter une seconde du fait qu'il finirait par arriver. Quand son père était rentré deux heures plus tard, il avait baissé la tête et vu qu'elle pleurait légèrement.

— Qu'est-ce que tu fais là, assise par terre, habillée comme ça ? Rentre maintenant.

Et elle était rentrée.

*

Dolorès s'éveilla en sursaut cette nuit-là. Elle entendait quelqu'un chuchoter son nom.

La Lune versait sur ses draps une lumière jaunâtre et tout semblait baigner dans les rayons d'un soleil malade.

La chaleur, les gros moustiques gonflés de sang et d'eau croupie lui donnaient mal au cœur. *Si ça continue comme ça*, pensa-t-elle, *la Lune finira par fondre et napper la ville d'une matière visqueuse et fade, qui nous remplira à tous les poumons de soufre.*

Elle se dégagea doucement du lit qui lui collait à la peau et s'approcha sans crainte de la fenêtre ouverte. Le murmure qui l'appelait était agréable. Elle pencha la tête vers la fenêtre en espérant le voir lui, forcément, mais même une ombre, un fantôme, ne l'aurait pas surprise.

Mais ce n'était que Joan. Il avait les bras levés vers elle et s'apprêtait à jeter une pierre ou autre chose à sa fenêtre pour la réveiller.

— Oh, c'est toi.

Elle s'agenouilla sur le parquet pour attraper ses spartiates en cuir, les noua autour de ses chevilles, enjamba la fenêtre et sauta sans difficulté du premier étage dans le gazon humide. Elle l'avait si souvent fait pour rejoindre Hannibal et s'asseoir avec lui dans la nuit.

Joan s'était installé dans l'herbe. Les arroseurs automatiques ne s'étaient pas encore mis en marche, la chaleur étouffante tenait presque lieu de lumière et Dolorès pouvait distinguer les traits défaits de son visage, les coins affaissés de sa bouche pleine, et aussi l'air désespéré de son regard vert.

— Je suis désolé, murmura-t-il.

Il s'était sûrement préparé à recevoir des reproches, mais elle se laissa simplement aller dans ses bras ouverts.

— Je t'ai attendu, lui dit-elle avec douceur.

Il sentait l'alcool.

— Je sais. Je suis désolé.

— Mais tu étais où ?

— Avec Hannibal.

— Quoi, avec Hannibal ? Où est-il ?

— Nulle part. J'avais besoin de parler. Enfin, on avait besoin de parler.

— De parler de quoi ?

— Rien d'important.

Dolorès eut un mouvement indifférent des épaules. Au fond d'elle, elle se dit qu'il était certainement arrivé quelque chose. *Bien sûr, qu'il était arrivé quelque chose.* Il était arrivé une infinité de choses, des choses qu'il ferait toujours trop chaud, même en pleine nuit, pour raconter.

Elle l'embrassa un peu plus fort, un peu plus profondément que d'habitude, et sentit son corps de garçon sans cesse debout, sans cesse plein d'élan se déliter entre ses lèvres. Elle ne savait pas ce qui lui faisait si peur, ou peut-être le savait-elle, mais ça n'avait plus d'importance maintenant qu'elle avait décidé de ce qu'ils allaient faire, cette nuit-là.

Joan reprit son souffle et les arrosages automatiques se mirent enfin en marche, amollissant la terre sous leurs deux corps allongés. Il éloigna son visage de celui de Dolorès et murmura, la bouche grande ouverte :

— Il y a quelque chose dont j'aimerais te parler…

— On parlera plus tard, d'accord ?

Elle le tira à nouveau vers elle et l'enjamba si soudainement qu'il eut presque peur de la voir ainsi, à califourchon sur lui, et qu'il eut envie de dire *non*, mais *non,* mais il ne pouvait pas le dire : c'était un droit qui appartenait à Dolorès exclusivement, de même que les tissus fluides, les jupes et les longs silences.

Elle dégrafa son pantalon et, au prix d'un douloureux effort que facilitait le fait qu'il avait beaucoup bu, il décida de ne plus penser à ce que sa sœur lui avait dit pour seulement se concentrer sur Dolorès. À ce moment-là, ils entendirent le bruit d'une voiture qui démarrait à côté d'eux. Ils se levèrent précipitamment et se cachèrent derrière un bouquet de bambous. À travers les fins troncs morcelés, Dolorès aperçut la Jaguar rouge de sa mère qui descendait la rue à toute vitesse.

Joan, lui, regardait les bretelles bleues du soutien-gorge qu'il avait dégrafé sans même s'en apercevoir, et qui laissait deviner, à la lueur des phares, la naissance d'un sein.

*

— C'est ce que vous avez dit à Hannibal, ce soir-là ?

Joan Rami, le bord des yeux rougis, hocha la tête sans croiser le regard de l'officier. Il avait saisi un sachet de sucre et en avait répandu le contenu sur la table. Il l'étalait, y dessinait des formes abstraites, des cercles. Léo Casez était bouleversé de constater à quel point les gros doigts du jeune homme remuaient délicatement, malgré la violence des souvenirs qui contractaient son visage.

— Vous m'avez déjà raconté votre accident, monsieur Rami, et maintenant vous voulez me rapporter quelque chose que vous auriez dit à Hannibal Lanier avant sa disparition, et qui aurait un lien avec sa mort, c'est bien ça ? Cette histoire avec votre sœur, vous la lui avez racontée et vous pensez que c'est pour ça qu'il s'est rendu chez Auguste Meyer, ce soir-là ?

Joan avait déjà absorbé la bière que l'inspecteur lui avait commandée. Piégés dans leurs globes jaunâtres, ses yeux répétaient le même mouvement saccadé. Il avait un peu de mousse au coin des lèvres. Léo Casez faillit tendre la main pour l'essuyer et, dans ce geste qu'il retint aussitôt, il mesura tout ce qu'il avait pu y avoir de beauté et d'enfance dans ce visage dévasté.

— Je lui ai dit…

Léo Casez fit signe au serveur de leur apporter deux autres bières. De petits vaisseaux avaient explosé sur les joues déjà couperosées du jeune homme.

— Joan, tentez d'être clair. Qu'est-ce que vous lui avez dit exactement ?

— Je lui ai raconté ce que m'avait raconté Daphné, ma petite sœur. J'ai oublié plein de choses, avec l'accident, même Hannibal, je ne le connaissais pas si bien, je l'avais oublié…

— Que vous avait dit Daphné, exactement ?

— Je sais plus exactement. Elle pleurait, elle disait que Meyer ne *voulait pas la laisser tranquille,* quelque chose comme ça. Elle ne l'a pas vraiment dit, mais j'ai compris…

— Vous avez compris qu'Auguste Meyer abusait d'elle, c'est ça ?

Le jeune homme hocha la tête avec gratitude, comme s'il remerciait le policier d'avoir formulé ce que lui-même se refusait à prononcer.

— Combien de temps êtes-vous resté dans le coma, Joan ? Un mois, deux mois ?

— Deux mois. Mais au réveil, je ne parlais plus.

— Combien de temps avant de pouvoir à nouveau parler ?

— Je ne sais pas. Un an. Peut-être plus.

Joan n'avait qu'une mémoire floue de ces années-là ; la réalité était là, avec ses couleurs, ses lumières, mais distordue ; comme s'il se souvenait à travers un liquide, une eau qui tourne et qui tourne encore, emportée par le siphon d'une baignoire.

— D'accord, répondit Léo Casez. Et ce souvenir, ce que vous avait confié votre petite sœur et que vous avez rapporté à Hannibal, vous ne vous en étiez jamais souvenu avant maintenant ?

— Non. Personne ne me parle de ça, chez moi, de ce qui s'est passé avant l'accident, je veux dire.

— Et à propos de votre petite sœur ?

— Non plus. Elle m'en a jamais reparlé, et je m'en serais sûrement jamais souvenu si le corps d'Hannibal n'avait pas été retrouvé et si je n'avais pas revu cette fille, Zineb…

— Vous avez parlé avec Zineb Achour ?

— Oui. Elle m'a dit qu'Hannibal était jamais venu la chercher pour aller au bal, et c'est là que je me suis souvenu de ce qu'il m'avait dit : *Si tu vois Zineb au bal, dis-lui que je suis désolé.* Et ça m'a fait revenir tout le reste.

Léo Casez avala une grande gorgée de bière tandis que ces nouvelles informations rejoignaient un puzzle déjà bien assemblé dans son esprit.

— Reprenons ce que vous venez de me dire, Joan Rami : votre sœur vous a fait part de ce qu'Auguste Meyer lui faisait subir. Bouleversé, vous vous êtes installé ici même avec Hannibal pour boire un verre et vous lui avez raconté. À un moment donné, il est parti, certainement pour se rendre chez Auguste Meyer, et vous, pourquoi ne l'avez-vous pas accompagné ?

— Je ne savais pas qu'il allait là-bas. Je pensais qu'il allait au bal, comme tout le monde.

*

Après avoir déposé Daphné, Joan s'était mis à faire des tours et des tours d'Illès en Vespa. Sous ses yeux défilaient, comme une litanie, tous les éléments de ce paysage qu'il connaissait par cœur : les petits ruisseaux d'eau fraîche contre les trottoirs ; les pavés entre lesquels poussaient des mauvaises herbes et des fleurs jaunes et bleues ; les immenses platanes aux branches sinueuses, tachetées de blanc comme du gibier ; leurs cimes bourdonnantes d'oiseaux qui paraissaient, vus d'en bas, petits comme des abeilles ; les visages familiers qui se multipliaient dans les rues, tournaient la tête pour le regarder passer, sans casque, trop vite. Il s'en trouverait bien un, parmi ceux-là, pour aller le rapporter à son père. Il pensait à Daphné, il pensait à Dolorès, qui l'attendait dans sa robe de bal, et aux explications qu'il devrait donner pour son retard. Mais il ne savait pas ce qu'il lui dirait, à elle, à Daphné, aux autres. S'il n'avait pas pu protéger sa propre petite sœur, comment pourrait-il protéger une autre femme ?

Tôt ou tard, l'entraîneur le virerait de l'équipe, son père du Prétexte, et il n'aurait plus rien à offrir. Est-ce que Dolorès l'aimait, même ? Certainement pas. Elle préférait Hannibal. Elles préféraient toutes Hannibal. *Il ne voulait pas me laisser tranquille.* Daphné avait levé son petit visage constellé de taches de rousseur vers lui, plein d'un espoir qu'il lui avait brisé le cœur, comme si elle s'attendait à ce qu'il lui explique ce qu'il s'était passé. Mais il n'avait aucune idée de ce dont elle lui parlait, ou s'il en avait une, il était déterminé à ne pas l'expliquer, ni à elle ni à lui-même. *Il ne voulait pas me laisser tranquille.* Pour faire rire sa petite sœur, Joan faisait apparaître des bonbons derrière son oreille, il la soulevait d'une seule main, il lui racontait que le maïs ne se transformait en pop-corn seulement si l'on prononçait un sortilège – mais tout était faux : il n'était pas fort, il n'avait aucun pouvoir, il ne maîtrisait aucune magie. Elle aurait bien fini par s'en apercevoir, en grandissant, mais est-ce qu'il fallait déjà lui dévoiler, alors qu'elle avait à peine huit ans, que c'était non seulement le cas de son grand frère, mais aussi de tous les autres adultes ? *Il ne voulait pas me laisser tranquille.* Devant le visage bouleversé de sa petite sœur, Joan s'était senti devenir minuscule.

Hannibal était alors apparu comme un ange. Il courait dans un costume deux-pièces couleur lavande. Joan ne le reconnut pas tout de suite, à cause de sa nouvelle coupe de cheveux et de l'incongruité de sa tenue ; ce n'est que face à lui, après avoir freiné, qu'il comprit qu'il s'agissait d'Hannibal.

— Ça va ? T'es en retard toi aussi ? lui avait demandé Hannibal.

Il l'avait scruté d'un air soucieux.

— Qu'est-ce qui se passe ? Gare-toi, t'as pas l'air bien du tout.

Hannibal avait guidé la Vespa vers le trottoir et l'avait appuyée contre un mur. Joan s'était levé en titubant, et il avait presque dû le soutenir pour qu'il ne s'écrase pas sur les pavés.

— T'as pris quelque chose ? Tu veux t'asseoir ?

Joan avait secoué la tête et les larmes lui étaient montées aux yeux.

— Non, non, mais accompagne-moi quelque part. Il faut que je boive un coup.

— Je peux pas. Je suis désolé, mais je dois passer chercher ma copine Zineb pour l'emmener au bal de promo. Je suis déjà en retard. Qu'est-ce que…

— S'il te plaît. Juste un petit moment. Pas longtemps.

Hannibal l'avait considéré pendant un moment, puis avait répondu :

— OK, juste un moment. Tu veux aller au France ?

Joan avait acquiescé et lui avait emboîté le pas avec un soupir de soulagement. Hannibal saurait ce qu'il convenait de faire. Il saurait ce qui était arrivé à Daphné. Hannibal aimait les femmes, et les comprenait : elles le gardaient si près de leur sein qu'il avait fini par leur ressembler un peu. Il comprendrait et saurait quoi faire.

Quand ce souvenir lui était revenu, alors qu'il était encore allongé dans son lit avec Zineb, il s'était d'abord souvenu de l'expression qu'avait Hannibal tandis qu'il l'écoutait, des doux mouvements de tête qu'il faisait pour l'encourager à continuer, et aussi de la main qu'il avait posée sur son avant-bras. Sa main était chaude, et il était si gentil.

— Ça veut dire quoi : *Il voulait pas me laisser tranquille* ?

— Ne t'inquiète pas pour ça. N'y pense plus.

À un moment donné, il s'était éloigné un peu de leur table en faisant les cent pas, avait passé un coup de fil, et puis était revenu vers lui :

— Il faut que j'y aille. Si tu croises Zineb au bal, dis-lui que je suis désolé. Vraiment désolé. Dis-lui que je lui expliquerai plus tard, dis-lui qu'elle comprendra. Tu devrais aller rejoindre Dolorès. Je crois qu'elle t'attend depuis un petit moment déjà.

— T'es sûr ?

— Embrasse-la pour moi.

*

— Et vous ne l'avez pas suivi ? Vous n'avez pas suivi Hannibal ? demanda l'OPJ Léo Casez.

— Je pensais qu'il allait passer voir cette fille qu'il voyait avant d'aller au bal de promo, ou quelque chose comme ça. Je suis allé chez Dolorès.

— Qu'est-ce que vous avez fait chez Dolorès ?

— On a… On est restés un petit moment, ensemble, dans le jardin, et puis il était trop tard pour aller au bal, de toute façon, alors je suis parti. Et c'est là que je me suis dit ce qu'Hannibal avait dû se dire tout de suite : qu'il fallait que j'y aille, que j'aille voir ce salaud. *Il voulait pas me laisser tranquille,* ça pouvait vouloir dire que ça, non ?

Léo Casez ne répondit pas.

— Et j'ai eu mon accident, sur la route qui allait au mas de Meyer. Et lui, il est mort. Le vieux l'a tué.

De grosses larmes dégoulinèrent sur les joues de Joan Rami. Il avait cessé de jouer avec le sucre et serrait à présent ses poings sur la table.

— Le pire, dans tout ça, c'est qu'il est parti à pied. Quand j'y pense, maintenant, je me dis que le temps qu'il monte jusqu'au mas de Meyer, il a dû arriver seulement quelques minutes avant moi… Si je n'étais pas resté aussi longtemps avec Dolorès, si je n'avais pas bu autant et si je n'avais pas eu l'accident, peut-être que…

Joan leva les mains vers le ciel et Léo Casez regarda autour d'eux. Malgré le froid qui blanchissait le ciel, la terrasse était presque pleine et les tables chargées de verres, les feuilles revenues des platanes bruissaient, l'eau coulait tout près sur la pierre.

Si Dolorès n'avait pas assisté aux cours de poterie d'Auguste Meyer, si Dolorès n'avait pas accepté de sortir avec Joan, si Joan ne s'était pas confié à Hannibal, si Joan n'était pas allé voir Dolorès, si Hannibal avait emmené Zineb danser, si Joan n'avait pas eu d'accident, si Auguste Meyer n'avait pas été malade et si Élise Jaubert n'avait pas été sa petite-fille, rien jamais ne se serait passé ; la vie serait restée piégée à Illès comme elle l'avait toujours été.

— Vous avez essayé, Joan. Vous étiez en chemin.

Alors qu'il prononçait cette phrase, l'OPJ pensa qu'au même moment, loin d'ici, les photographies retrouvées chez Auguste Meyer étaient analysées par les experts de la PTS. Peut-être, parmi elles, pourrait-on reconnaître la petite sœur de Joan Rami.

*

Une heure plus tard, quand Léo Casez rentra chez lui après avoir calmé Joan et lui avoir dit de passer le lendemain au commissariat pour faire une déposition, il retrouva Élise Jaubert allongée sur son lit, griffonnant nerveusement dans un carnet à dessins. Elle leva la tête et lui sourit d'un air contrit.

— Je suis encore là, je sais, j'aurais dû partir et claquer la porte derrière moi. Je suis désolée, c'est juste que je ne me sens pas d'être seule.

— L'enterrement est dans deux jours, vous savez. Vous pouvez rester.

— L'enterrement d'Hannibal ?

— Oui. Vous pouvez rester encore jusque-là, si vous voulez.

Elle lui sourit à nouveau. Elle avait une figure toute simple, un peu fade, sans maquillage mais couverte d'une multitude de petits grains de beauté noirs qui ressortaient davantage que ses traits.

Précautionneusement, il s'assit au bord du lit et jeta un coup d'œil à ses croquis. Elle continua à dessiner, allongée de tout son long sur le ventre. La page de papier crémeux était saturée de petites silhouettes sombres d'enfants désarticulés, entassés les uns sur les autres. Entre leurs membres entremêlés, ce qu'il restait de feuille vierge brillait de l'éclat gelé de la soie.

— Vous êtes une artiste ?

— En fait, je suis tatoueuse.

— Qui vous a demandé un tatouage pareil ?

Élise Jaubert soutint son regard. Elle avait des yeux bruns, immenses, que la maigreur de son visage faisait paraître légèrement exorbités.

— Moi, répondit-elle doucement. C'est un tatouage pour moi.

— Mais où ? Tu en as partout.

Il avait murmuré sa dernière phrase sans sentir la limite qu'il venait de franchir en la tutoyant. Élise n'en parut pas choquée et souleva son T-shirt pour lui montrer son ventre pâle. Autour du nombril, parfait, semblable à un minuscule escargot d'ivoire, la chair soyeuse se développait jusqu'à la naissance des seins, lisse comme une eau calme, qu'aucun muscle, aucun os, aucun organe ne serait venu troubler.

13.

Après l'interrogatoire, Dolorès était sortie en trombe du commissariat et avait presque couru jusqu'à la maison de sa mère. Au-dessus de sa tête, le ciel était d'un jaune d'orage. Elle avait ouvert la porte-fenêtre que personne ne fermait jamais à clé et s'était précipitée dans la salle de bains du rez-de-chaussée. Là, elle avait attrapé le coffret en marqueterie iranienne où sa mère rangeait ses bijoux et avait déversé son contenu sur le sol. Fébrilement, elle avait passé ses doigts entre les bagues, les bracelets, les joncs, les chaînes d'or et d'argent. Elle y avait trouvé ce pendentif en forme de petit poisson articulé, granulations d'or et minuscules éclats de jade éteint ; et ce gros collier africain plein de rangs et d'os ramené d'elle ne savait où ; une fine bague de fiançailles en grenats ; des pendants d'oreilles fantaisie ; le pâle éclat des perles de culture ; un diamant brut dans un sachet de velours ; une grosse broche criarde en forme de paon dont la longue queue traitée au repoussé était incrustée de pâte de verre aux couleurs vives et comme trempées dans l'huile. Mais aucune perle blanche et noire, pas de petite amulette en forme de graine tachetée, aucun de ces pendentifs qu'au Cap-Vert les parents offrent à leurs enfants pour les protéger et leur porter chance, rien qui corresponde à celui que l'inspecteur Léo Casez avait retrouvé autour du cou d'un adolescent enterré depuis huit ans, et qui, lui, ressemblait en tout point au bijou que la mère de Dolorès avait promis qu'elle ferait réparer et n'avait jamais rendu.

Est-ce que Dolorès avait même réclamé le pendentif, après la disparition d'Hannibal ? Elle ne se souvenait pas l'avoir fait. Elle se rappelait avoir plusieurs fois tâté son cou, au niveau de la carotide, et d'avoir ressenti l'absence du collier, mais elle n'avait rien dit, elle l'avait seulement supporté, en se disant qu'elle avait dû le perdre. Elle perdait tant de choses.

Quand Hélène Déléale rentra, elle trouva sa fille assise par terre, la tête appuyée contre le chauffe-serviette, des bijoux éparpillés tout autour d'elle.

Dolorès ne fit pas un geste pour se lever ou pour la saluer.

— Maman, le collier, mon collier, il est où ?

— Quel collier ?

— Le pendentif de Papa, il est où ? Il est où ?

Hélène Déléale resta immobile, les bras ouverts, comme pour implorer un ciel qu'on ne voyait pas, ou consoler un enfant qui avait déjà quitté la pièce en claquant la porte.

*

Le mot humain vient du latin humandus, *il signifie être enterré. L'humain, ce n'est rien d'autre que celui qui enterre ses morts. Humain,* humus, *tu comprends ?*

*

Après avoir quitté sa mère restée muette, Dolorès marcha longtemps.

Elle marchait sans but et seulement pour ne pas laisser ses pensées s'agiter seules en elle : déjà, la vision de sa mère, le visage parcouru de larmes, lui semblait lointaine et le statut même de sa mère, son statut d'adulte responsable, caduque. L'avoir vue pleurer quelques minutes auparavant la lui avait révélée autrement, comme un nouveau-né, et Dolorès avait envie de prendre ce bébé dans ses bras pour le bercer elle-même.

L'année des dix ans de Dolorès, son arrière-grand-mère était morte. Pour Dolorès, elle n'était qu'une longue périphrase généalogique, la *mère du père de maman.* Du reste, elle ne savait rien de cette femme qui n'avait jamais joué le rôle d'une arrière-grand-mère, ni d'ailleurs aucun rôle, dans sa vie. Sa mère tenait toutefois à ce qu'elle l'appelle *Mamie* et, pour le Nouvel An, elle lui avait fait écrire à son attention quelques cartes de vœux quand elle était enfant, mais c'était tout. Quand la vieille dame était morte, la mère de Dolorès avait tenu à se rendre à son enterrement et Mina, évidemment, avait refusé de l'accompagner.

— Ces gens qui ne se sont jamais occupés ni de toi ni de moi après que ton père est parti, avait-elle dit d'un ton acide. Et toi, tu veux aller là-bas mendier un peu de tendresse que personne n'a envie de donner ?

— C'est ma grand-mère, avait marmonné Hélène.

— Oh, c'est ta grand-mère quand ça l'arrange.

À ce moment, sa mère avait dû se mettre à pleurer ou à crier et Dolorès l'avait prise dans ses bras ; elle s'était alors agrippée à elle avec une avidité d'amour qui l'avait effrayée. Elle lui avait demandé de l'accompagner et, quelques jours plus tard, elles s'étaient rendues à l'enterrement. Dans l'église, sa mère s'était assise au premier rang et tout le monde les avait regardées parce que personne ne les reconnaissait. Des inconnus que Dolorès trouvait effrayants et laids avaient murmuré sur leur passage. Finalement, un homme âgé s'était approché d'elles pour échanger quelques mots. Il avait dit à sa mère que, si elle le souhaitait, il devait pouvoir retrouver de vieilles choses qui avaient appartenu à son père, un vélo cassé et d'autres objets. Sa mère, Dolorès l'avait lu dans ses yeux, aurait pris tous les vélos cassés et les éclats de porcelaine qu'on lui proposait, pourvu qu'ils lui permettent de croire que quelqu'un l'avait aimée.

Auguste Meyer avait permis à sa mère de se croire aimée. Auguste éprouvait pour sa mère une affection sincère, Dolorès le savait. Quand elle l'avait rencontré, Hélène était déjà une femme, mais elle était certainement le seul être que le peintre avait aimé comme son enfant ou comme il aurait pu aimer, s'il avait été différent, n'importe quel autre enfant.

Malade, il n'était plus le grand vieillard charismatique que Dolorès avait connu dans la serre, au milieu des statues, à l'odeur de terre brûlée et de fruits pourris. Dolorès n'avait jamais vraiment compris comment agissait cette maladie des corps de Lewy dont il souffrait, mais elle savait qu'elle avait creusé dans son cerveau de grands trous qui l'avaient rendu plus doux. L'été de la disparition d'Hannibal, quand son état s'était dramatiquement détérioré et que sa mère avait été obligée de l'hospitaliser, Dolorès était souvent allée le voir. Il était avachi devant la télévision, devant un programme idiot, incapable de changer tout seul de chaîne ; il avait la bouche entrouverte, et elle aurait pu essuyer la bave qui lui coulait des lèvres, mais elle ne le faisait pas. Simplement, elle le regardait et elle se souvenait de cette phrase qu'il lui avait dite quand elle était encore petite fille et qu'il la tenait dans ses bras : *Il y a très longtemps, tu m'aimais, et dans très longtemps, c'est moi qui t'aimerai.*

Elle marcha longtemps et les rues d'Illès qu'elle connaissait par cœur se succédaient sans fin jusqu'à perdre leur sens, comme un mot qu'on murmure compulsivement et dont les syllabes se dessoudent et se ressoudent n'importe comment. *Dans cette rue, Hannibal m'a embrassée pour la première fois – dans cette rue, Joan m'a embrassée pour la première fois. Hannibal ne m'a jamais embrassée – vraiment ? Et lors du serment sous le figuier ? Non, Hannibal ne m'a jamais embrassée ?*

Elle passa devant l'ancienne gendarmerie, près de la mairie – il existait, à Illès, des dizaines de lieux qui avaient été quelque chose et ne l'étaient plus, comme *l'ancienne gendarmerie, l'ancien office de tourisme, l'impasse de l'ancien collège Maintenon.* La nouvelle gendarmerie se trouvait dans un quartier résidentiel à dix minutes à pied du centre-ville, et le collège privé catholique Maintenon avait dû être relocalisé parce que l'ancien bâtiment ne répondait pas aux critères de sécurité des nouvelles normes européennes. Pour autant, et même si aucun adolescent de la génération de Dolorès n'avait été scolarisé dans l'ancien collège, on avait continué de se donner rendez-vous dans l'*impasse de l'ancien Maintenon.* Dolorès elle-même s'y était rendue plusieurs fois pour s'asseoir au soleil et fumer un joint sous le panneau défraîchi qui annonçait toujours la fermeture de l'école.

Elle passa devant l'ancienne gendarmerie, et ce fut à ce moment-là qu'elle sut ce qu'elle devait faire. Dolorès n'avait jamais pu supporter d'être une victime parce qu'elle n'avait jamais pu supporter le type particulier de colère que cette position impliquait – une colère inefficace et blessante comme le caprice d'un enfant de trois ans qui bourre les mollets de sa mère de coups de poing. Dolorès n'était pas en colère contre son père. Elle n'était même pas en colère contre Auguste, ou contre Hannibal ; aussi ne pourrait-elle pas supporter plus longtemps d'être en colère contre sa mère. Tous les hommes qui l'avaient fait souffrir l'avaient payé d'une manière ou d'une autre ; elle les avait regardés l'aimer, elle les avait regardés mourir, et parfois même ils étaient morts pour elle. La colère n'avait pas de prise sur elle, alors elle marcha jusqu'à la nouvelle gendarmerie, sonna au portail et demanda à voir l'OPJ Léo Casez.

*

Quand Antoine alla se coucher, il trouva sa femme étendue en travers de son lit, et sa belle robe bordeaux faisait sur les draps clairs comme une blessure sur une peau blanche. Elle était secouée de sanglots, en proie à l'une de ces crises où il savait d'emblée qu'il ne pourrait rien faire pour elle, qu'il ne trouverait ni les mots, ni les gestes pour la calmer. Elle pleurait, elle pleurait – il s'assit, tendit une main vers elle, tenta de la toucher mais ses caresses faisaient sursauter la chair d'Hélène par brusques sursauts. Alors il attendit.

Finalement, elle s'arrêta de pleurer, se redressa maladroitement, et il put recueillir son visage ravagé dans ses mains pour mener ses yeux vers les siens. Lentement, elle se mit à parler :

— Elle sait. Antoine, elle sait. Je vais la perdre. Je vais la perdre.

— Mais qu'est-ce que tu racontes ?

— Tu sais ce que je dis. Tu sais… Tu m'as vue partir ce soir-là et tu m'as vue revenir.

— Quel soir ?

— Le soir où Hannibal a disparu.

Est-ce qu'il savait ? Est-ce qu'il s'en doutait ? Il ne savait qu'une seule chose : elle était sa femme, une femme, celle qu'il aimait ; elle pouvait adorer des vieillards, enterrer des enfants, elle pouvait tout détruire et il resterait là, à tenir son visage dans ses mains, et il lui promettrait de tout reconstruire. Il répondit doucement :

— Je ne me souviens pas bien. Tu as dû avoir une urgence. Tu étais de garde, ce soir-là.

— Il n'y a pas eu d'urgence.

— Mais il aurait très bien pu y en avoir une.

— Je vais la perdre.

Il secoua doucement la tête. Elle scruta son beau visage creusé de rides, ses yeux sombres, ses cheveux blanchis où la lumière les avait touchés. Elle se sentait violemment attirée par ce visage-là, qu'elle reconnaissait, pour la centième et pour la millième fois, comme celui de son mari.

— Antoine, je vais la perdre et elle ne reviendra plus jamais.

— Mon amour, on ne peut pas perdre les enfants. Même dans les contes, même quand on les emmène au plus profond des forêts les plus horribles, qu'on les laisse là, qu'on cherche à les tuer, les enfants reviennent toujours. Nous n'allons pas la perdre. On ne peut pas perdre les enfants, est-ce que tu comprends ça ?

Et au moment où il prononça ces mots, ils entendirent à l'étage du dessous le grincement d'une porte qui s'ouvrait et puis, distinctement, les pas légers caractéristiques de Dolorès, et enfin la porte de sa propre chambre qui claquait.

Alors Hélène se laissa retomber sur le matelas et s'emplit de cet apaisement que seuls goûtent les vrais drogués et les parents rassurés – celui des portes d'entrée qu'on referme derrière soi, des respirations régulières et des baisers de bonne nuit.

*

Bianca s'allongea sur l'énorme tapis beige du salon de sa mère, si épais qu'il changeait de couleur quand on le caressait, pour prendre une teinte mordorée, semblable à celle qu'aurait eue la pièce s'il y avait eu de la lumière – alors que tout était éteint et déprimant.

Le salon était très haut de plafond et le mobilier épuré soulignait le vide dont se nourrissaient les multiples plantes vertes. Sa mère avait toujours adoré les plantes mais, du temps de son père, elles étaient bannies de la maison. Selon lui, elles *bouffaient tout l'oxygène.* Bianca considéra un ficus d'un vert plastifié et se demanda s'il était en train de lui ôter l'air qui lui revenait de droit. Mais c'était la nuit, et les plantes se nourrissaient alors autrement, se souvenait-elle : une histoire de photosynthèse. Elle ne se rappelait plus bien, elle n'avait jamais rien écouté en classe. Elle était bien trop occupée à se pencher vers les nuques couvertes de duvet de Zineb, Hannibal ou Dolorès pour leur chuchoter quantité de choses dont elle ne gardait pas non plus le moindre souvenir.

L'enterrement d'Hannibal avait lieu dans deux jours, elle se sentait désespérément seule, mais elle n'avait aucune énergie à accorder à la folie des autres. Elle en venait à se demander si elle était vraiment aussi saine d'esprit qu'elle le pensait, ou si elle n'allait pas, à force de chercher ce qui était vrai ou viable chez ceux qu'elle aimait, si elle n'allait pas simplement s'écrouler un beau jour, le cœur brisé, et mourir d'eux.

Elle prit son portable et commença à faire défiler son fil Instagram. Plus tôt, elle avait feuilleté les vieux albums photos de famille : son père désespérément jeune, sa mère encore très bien – visage de quarante et quelques qui en paraît trente, un peu écrasé et adouci par le flash. Et elle, cette même longue figure au nez fort – maintenant raboté, domestiqué, parfaitement dessiné – à six ans, l'air heureux, entourée de cadeaux de Noël soigneusement emballés dans du papier argenté, ou maquillée en papillon multicolore par une animatrice employée par un club de vacances hors de prix pour s'occuper des enfants des clients.

Finalement, elle avait photographié l'un des clichés avec son propre téléphone portable et l'avait posté sur sa page Instagram. C'était une photo d'elle à deux ou trois ans, assise sur les genoux d'une vieille dame dont on ne voyait que le buste. Elle portait un bandana rouge sur la tête et avait la bouche entrouverte et l'air passablement stupide, comme tous les enfants, mais elle aimait le froncement de ses sourcils, le flou d'un jardin à l'arrière-plan.

Une petite notification rouge s'alluma en haut de son écran. C'était encore @dixansauparavant.

Le méchant commentaire qu'il avait laissé sous sa photo d'enfant la toucha plus que de raison. Pour la centième fois, elle se demanda qui @dixansauparavant pouvait être. Une fille de son âge, qui la jalousait jusqu'à l'obsession, ou un quarantenaire dégueulasse, tel qu'elle l'imaginait quand elle y pensait : blafard, obèse, amateur de nourriture luisante et de vidéos porno où souffrent des adolescentes dociles et des femmes asiatiques.

Elle supprima le commentaire de @dixansauparavant et cliqua sur son nom pour accéder à sa page. Sa photo de profil consistait en un cercle gris, il n'avait jamais posté aucune photo. Bianca fit alors une chose qu'elle n'avait jamais songé à faire jusqu'à présent : elle envoya un message à @dixansauparavant. *Qui es-tu ? Que veux-tu ? Est-ce que tu veux me dire quelque chose ?*

Une icône se mit à clignoter, signe que @dixansauparavant était en train de taper une réponse, et elle se dit que peut-être, dans l'immense liste de tout ce qu'elle ne comprenait pas, une première réponse allait lui être donnée. Peut-être que parmi tous les mystères du monde, il lui fallait commencer par le plus superficiel et le plus insignifiant. Peut-être que la raison secrète pour laquelle elle prenait toutes ces photos d'elle puis les postait pour qu'elles soient vues par des milliers d'inconnus, cet autre mystère allait se résoudre ainsi.

L'icône lumineuse en forme de points de suspension continuait à clignoter. Soudain, les points s'immobilisèrent, comme si @dixansauparavant voulait retenir sa réponse entre ses doigts, puis le message apparut enfin : *Peux-tu me retrouver au Café de France dans une heure ?* Bianca pianota fébrilement : *Mais comment est-ce que je te reconnaîtrais ?* La réponse, quasi immédiate, la fit sursauter : *Tu me reconnaîtras.*

Elle se redressa alors et regarda derrière elle, son visage déformé par la peur, comme si elle s'était sue suivie depuis très longtemps, mais qu'elle avait attendu ce moment pour se retourner.

*

Élias se pencha vers Paco en souriant.

— Alors ? Elle est mortelle, non ?

Ils venaient de regarder le clip qu'ils avaient posté la veille sur YouTube. Les chiffres obtenus par Désirée rencontraient parfaitement leurs espoirs, et peut-être même davantage. Désirée était un succès complet. En un clip, Désirée était presque déjà une star.

Dans la vidéo, elle dansait sur un fond coloré. Derrière elle, une demi-douzaine de danseuses professionnelles réalisaient une chorégraphie moderne et sensuelle. Sa voix, grave et profonde, était légèrement à peine sur le refrain. Sous la vidéo, dans l'espace dédié aux commentaires, les gens envoyaient des cœurs qui s'accumulaient par centaines. Le clip avait été vu plus de cinquante mille fois. Elle parlait d'amour, ou de souffrance, des deux, ou peut-être de rien.

— On va devenir très riches.

Élias avait pris son ami par les épaules, mais étrangement, ce jour-là, Paco n'arrivait pas à partager son enthousiasme. Un léger malaise le prenait de court. Il se sentait assez riche, déjà.

— Je crois que j'ai envie d'écouter autre chose, murmura-t-il.

— De quoi t'as envie ?

— Autre chose que ce qu'on fait. Tous ces trucs, ces tubes, ces chanteuses…

Il désigna d'un mouvement du menton l'image de Désirée, figée à l'écran dans son short en cuir fauve et ses bottes à hauts talons, la bouche ouverte, prête à déverser sur le monde un flot de notes modifiées par ordinateur.

Paco pianota sur le clavier de l'ordinateur et s'alluma une cigarette. Dehors, par la fenêtre du bureau qu'ils partageaient ensemble, on voyait le ciel gris, le toit jonché de mégots.

Les premières notes lancinantes d'*All the Wild Horses* résonnèrent dans un silence tout neuf.

— Depuis quand t'aimes ce genre de musique ? demanda Élias.

— Je déteste ce genre de musique.

— Moi, j'aime bien, je crois, répondit Élias en fermant les yeux.

— Élias ?

— Oui ?

— Ça t'embêterait si je partais deux ou trois jours ? J'aimerais bien aller quelque part.

Élias se mit à rire et secoua la tête, comme s'il avait prévu depuis longtemps que Paco finirait par lui poser cette question.

*

Après avoir quitté le bal de promo, Hélène avait roulé le plus vite qu'elle pouvait. La route qui menait au mas d'Auguste tournait et tournait encore, et elle fut tentée de s'arrêter sur le bas-côté pour reprendre ses esprits – cette fuite dans la nuit était surtout due à ses inquiétudes, ses superstitions que son demi-sommeil exacerbait.

Dolorès ne se trouvait *pas* chez Auguste, Hélène le savait. Elle avait seulement dû aller quelque part avec Hannibal et serait de retour le lendemain matin – mais Hélène savait qu'elle ne se sentirait pas en paix avant d'avoir vérifié.

Pourquoi faisait-il si chaud ? Ce n'était que la fin du mois de mai. Les cerises allaient tomber des arbres avant même de mûrir. Si la canicule continuait, toutes les fleurs seraient flétries et rien ne serait laissé à l'été, sinon une grande étendue d'herbe jaune et sèche qui blesserait les pieds nus de ses enfants.

Elle dépassa la grosse amphore de terre cuite qui marquait l'entrée du mas d'Auguste. Elle aurait déjà dû le faire interner. Il était de plus en plus diminué ; bientôt, il faudrait le nourrir à la cuillère, et ses visions étaient de plus en plus fréquentes, de plus en plus terrifiantes. L'idée de le mettre en maison de retraite la rebutait, mais le vieil homme n'avait pas autant d'économies qu'elle le pensait et Catherine, sa fille, refusait de venir s'occuper de lui ou d'envoyer de l'argent pour payer les services d'une aide-soignante… Hélène ne pouvait pas prendre en charge ces dépenses toute seule : elle devait aussi payer le crédit de sa maison, mettre de côté pour les études de Dolorès, celles de Paul. La solution aurait été de vendre davantage d'œuvres mais ce serait aller contre la volonté d'Auguste : il voulait que ses dernières productions prennent le temps de s'abîmer, mais il ne comprenait pas que du temps, il n'en avait plus.

Elle se gara en contrebas de la serre. Dans le bâtiment de verre, une lumière brillait d'un éclat glauque, mais tout était silencieux. Elle sortit de la voiture et commença à grimper la pente. Et s'il ne s'agissait pas d'une hallucination d'Auguste ? Si Dolorès lui rendait vraiment visite, parfois, le soir ? Qu'est-ce qu'ils pouvaient bien faire, seuls, enfoncés dans la nuit si terriblement noire dans cet endroit du monde qu'aucun lampadaire n'éclairait et que les phares d'Hélène avaient tant effrayée durant le trajet – tous ces animaux sombres, qui semblaient bondir et s'enfuir au-devant de ses roues. Hélène secoua la tête pour chasser ses mauvaises pensées.

Elle monta jusqu'à la serre et frappa doucement à la porte. Personne ne lui répondit, mais il lui sembla qu'un gémissement s'échappait du fond du bâtiment, un gémissement très doux, presque inaudible, comme celui que ferait un enfant en pleurant sous ses couvertures. Elle frappa à nouveau. Pas de réponse, encore. Elle aspira une grande bouffée d'air brûlant et poussa la porte. Celle-ci s'ouvrit avec un grincement sourd et Hélène entra.

Il y avait bien une lampe allumée au fond de la serre. À présent, Hélène entendait distinctement quelqu'un sangloter. Elle s'immobilisa. Que devait-elle à cet homme, au fond ? Pourquoi se sentait-elle obligée d'avancer dans cette serre où les statues projetaient partout leurs ombres mouvantes ? Sa mère avait peut-être raison ; toutes ces œuvres étaient spectaculairement laides.

Hélène traversa la pièce. Les gémissements devenaient de plus en plus distincts, et avec un soulagement mêlé d'inquiétude, elle reconnut la voix d'Auguste. Oui, certainement, il sanglotait à cause d'une vision particulièrement horrible, et elle savait ce qu'il lui restait à faire. Bientôt, elle le prendrait dans ses bras, le consolerait, le guiderait jusqu'à sa chambre, ou l'emmènerait chez elle pour le faire dormir dans le salon. Et demain, elle le conduirait dans une maison de retraite où il ne serait plus jamais livré à lui-même. Demain, Dolorès serait rentrée, et elle la punirait pour son escapade, mais enfin elle retrouverait ceux qu'elle aimait et qui semblaient, cette nuit, tous vouloir lui échapper. Et ils seraient heureux.

La lumière était allumée derrière le grand monument en forme de baleine crevée.

— Auguste, Auguste, c'est moi…

— Oh, Hélène, mon Hélène…

Auguste vint au-devant d'elle, et au début, elle ne vit que lui. Il avait l'air plus misérable que jamais et tendait ses bras vers elle comme un tout petit enfant, les pupilles dilatées, la bouche tordue en un rictus qui rappelait une vilaine cicatrice. Elle ne voyait que lui, mais sentait bien qu'il s'était passé quelque chose. Il planait dans l'air une vague odeur de cuivre et de sel qui la prenait à la gorge.

— C'est bien que tu sois là, murmura-t-il en la serrant contre lui. Je ne cesse d'avoir des cauchemars, d'affreux cauchemars…

Elle avait essayé d'expliquer à Auguste qu'il avait des *hallucinations*, et non des cauchemars, mais il butait sans cesse contre ce mot.

— Tous ces enfants, ces horribles enfants, ils ne cessent de revenir me voir, de me chercher partout… Je les chasse, je les tue, même Dolorès, il faut que tu me pardonnes, mais ils ne me laissent jamais tranquille… Ah, c'est bien que tu sois là, parce que, sans toi, j'ai peur que tout soit vrai, j'ai peur que les enfants existent, mais toi, quand tu es là, je me souviens que rien n'est réel, je me souviens que les enfants ont grandi depuis longtemps et qu'ils ne sont pas morts…

C'est à ce moment-là qu'elle le vit.

Il était allongé de biais, les jambes formant un angle bizarre. L'espace d'un instant, son cœur se brisa ; en voyant les longues jambes fines, la peau brune et lisse, les yeux clairs écarquillés et la bouche ronde d'où coulait un petit filet de sang, elle avait cru reconnaître sa fille. Même ce crâne en forme de cœur, marqué d'une horrible blessure aux bords rosâtres dont le sang s'écoulait. Près du visage gisait un gros pied-de-biche maculé de sang.

Hélène Déléale se précipita vers lui et chercha son pouls, mais elle savait qu'il était déjà mort, et il l'était : tiède, encore, mais mort.

Quand elle releva la tête, Auguste la fixait d'un air horrifié, comme s'il venait de s'apercevoir de la présence d'un corps d'adolescent sur le sol de son atelier.

— Mais tu le vois aussi, Hélène ? Tu le vois ? Qui est-ce ?

— Je ne vois rien, murmura-t-elle d'une traite. Il n'y a personne. Viens, maintenant, suis-moi, je vais te coucher.

Elle l'empoigna et le guida fermement à l'extérieur de la serre. Autour d'eux, des ululements soudains retentissaient, la Lune brillait d'un éclat pâle et Hélène ne pensait plus qu'à une chose : sortir Auguste de là. Le vieil homme marmonnait des mots qu'elle n'entendait pas ou n'écoutait pas. Elle avait l'impression d'avoir laissé une partie d'elle-même là-bas, au chevet de l'enfant mort, son crâne brisé au bord d'une petite flaque de sang tiède. En rentrant dans la vieille maison de pierre, elle débarrassa Auguste de ses vêtements et fila les jeter dans la machine à laver. Ensuite, elle revint dans l'entrée et le fit marcher pas à pas jusqu'à la salle de bains. Il était nu, mais elle ne le voyait pas ; il lui semblait que sa peau flasque lui collait aux mains. Longtemps après, l'odeur fétide de son vieux corps souillé lui resterait dans les narines. Alors qu'elle l'installait dans la baignoire et l'aspergeait d'eau brûlante, elle repensa soudain à ses premières règles.

Elle avait quinze ans et avait compris bien avant leur arrivée ce qu'il se passait dans son corps. L'afflux de sang qui d'abord semblait cogner contre son crâne avait ensuite fait gonfler ses doigts autour de ses bagues d'argent. La peau de son ventre s'était tendue et, un matin, elle avait senti une paire de tenailles serrer une chose qu'elle ignorait avoir au-dessus de son sexe, et le sang avait coulé.

Elle avait imaginé les règles comme un liquide clair et doux, un vin cuit à la chaleur de ses entrailles. Les publicités hygiéniques destinées aux adolescentes véhiculaient l'image d'un sirop de fraise au goût de cuivre et de sel, une boisson légère qui ne l'empêcherait pas de porter des bikinis blancs. En vérité, les règles formaient une matière sombre et visqueuse, capable de dégoûter un homme ou d'attirer un chien.

Elles n'avaient rien à voir avec le sang clair qu'elle voyait lorsqu'elle se coupait. Elles étaient un objet mort, qui se dégageait de votre corps en petites déchirures informes et vous faisait payer cher l'espoir déçu de son existence.

Mais comme lorsqu'elle manipulait le corps d'Auguste Meyer, et plus tard, quand elle traînerait celui de Hannibal Lanier hors de la serre, elle n'avait ressenti aucun dégoût quand il avait fallu retirer son premier tampon hygiénique et laver ses doigts pleins de sang dans le lavabo de la salle de bains pour qu'il ne sèche pas sous ses ongles. Elle n'avait rien ressenti non plus lorsqu'il avait fallu rincer sa culotte souillée à l'eau froide, et que l'eau était sortie d'abord rouge vif comme sur le sol d'une boucherie, jusqu'à ressembler à n'importe quelle eau sale. Elle n'avait rien ressenti non plus lorsqu'elle avait pris le jet d'eau qui servait autrefois à arroser le jardin d'Auguste Meyer pour lessiver le sol de l'atelier et laver le pied-de-biche avec lequel il avait fendu le crâne d'Hannibal.

Hélène n'avait jamais eu peur du sang. Elle n'avait jamais défailli durant ses études de médecine, quand elle travaillait aux urgences, ou quand Paul s'était ouvert l'arcade en tombant sur un radiateur. Et elle n'avait pas non plus peur de la mort.

En creusant la petite tombe dans laquelle elle allongerait le corps inerte d'Hannibal Lanier, elle se demandait seulement ce que le meilleur ami de sa fille avait pu venir faire en pleine nuit dans la serre d'Auguste Meyer.

Hannibal avait toujours été un jeune garçon un peu étrange. Peut-être que les enfants dont le père avait disparu, comme le sien ou celui d'Hannibal, étaient toujours un peu étranges. Peut-être qu'Auguste Meyer avait été pour lui ce qu'il avait été pour elle : un père de substitution, avec son épaisse barbe blanche, ses grandes mains calleuses, sa voix grave et profonde. Peut-être qu'Hannibal était venu lui demander conseil.

Quand elle aurait allongé le corps d'Hannibal dans le trou creusé, elle se pencherait une dernière fois vers son visage alors tout à fait froid, et penserait à prononcer quelques mots – mais qu'est-ce qu'elle pouvait lui dire ? Elle mettrait la main dans sa poche et ses doigts se refermeraient sur un petit objet dur et glacé. Elle le sortirait et observerait à la lueur de la lune la *sibitxa* de Dolorès, qu'elle était allée chercher chez le bijoutier le soir même, cette petite perle noire et tachetée de blanc, que les CapVerdiens offraient aux enfants pour leur porter chance, et l'un des rares cadeaux qu'Amilcar, son ex-mari, ait fait à leur fille depuis leur divorce. Elle n'avait jamais beaucoup aimé le bijou, mais cette nuit-là elle le trouverait divinement beau, presque irréel. Elle se pencherait une dernière fois vers Hannibal et passerait la chaîne d'or autour de son joli cou veiné de bleu, puis refermerait le trou et le comblerait de feuilles mortes et d'herbes sèches.

Après avoir enterré Hannibal, Hélène était retournée voir Auguste dans sa chambre. Il dormait profondément, la respiration légèrement sifflante, assommé par les somnifères qu'elle lui avait fait avaler avant de le mettre au lit. Elle avait pris dans sa penderie un pantalon et une chemise propre, et avait fourré ses propres vêtements couverts de sang dans le tambour de la machine à laver après avoir interrompu le programme déjà en marche de la machine, puis avait quitté la maison.

Sur le chemin du retour, elle avait dû éviter la masse bleu ciel d'un Scooter abandonné au milieu de la chaussée, certainement par des adolescents occupés à faire l'amour dans des fourrés, un peu plus bas. Après tout, c'était le soir du bal de promotion.

Elle avait seulement espéré qu'il ne s'agissait pas de Dolorès, et il ne s'agissait effectivement pas d'elle, car quand Hélène était rentrée chez elle pour se coucher auprès de son mari silencieux, elle avait trouvé sa fille allongée dans son lit, sous le ciel étoilé en papier phosphorescent que sa mère avait collé au plafond pour qu'elle s'endorme paisiblement.

*

Quand Dolorès Déléale, qui avait débarqué au commissariat sans avoir rendez-vous, entra dans son bureau, l'OPJ Léo Casez pensait à Élise Jaubert en remplissant de la paperasse. Il pensait à son visage qui lui revenait, un peu flou, à son corps si menu qu'il semblait un mouvement de ses mains, et l'entrée agitée de la jeune fille, avec ses yeux verts, ses hanches larges et sa peau dorée, stoppa net ce mouvement ; c'était comme si Dolorès avait été nourrie de viande rouge et de soleil quand les femmes comme Élise paraissaient faites de farine et de papier.

— Mademoiselle…

Elle avait déjà tiré une chaise pour s'asseoir quand il se leva pour serrer la main qu'elle lui tendait. Elle avait les joues rougies, l'air plus âgée, et semblait ravagée par une forte émotion – mais Casez ne parvenait pas à identifier précisément de quoi il s'agissait : tristesse, colère, quelque chose qui s'approchait de la révolte.

— Je suis revenue vous parler du collier.

— Parlez-moi du collier.

— Est-ce qu'il était brisé ? Est-ce qu'il était brisé quand vous l'avez retrouvé sur Hannibal ?

Léo Casez n'eut pas besoin de réfléchir.

— Non.

Les lèvres de Dolorès Déléale se gonflèrent soudain comme si elle allait se mettre à pleurer. Elle se leva et enfila à nouveau le blouson qu'elle venait de retirer.

— C'est tout ce que je voulais vous dire, murmura-t-elle. Au revoir, inspecteur.

L'OPJ Léo Casez la regarda tirer la porte derrière elle et ferma les yeux quelques minutes. Sous ses paupières et dans ses pensées, ce n'était plus la femme qu'il avait laissée dans son lit qui se dessinait, mais tout un mystère qui se résolvait, comme une chaîne en or qui se brise et qu'on retrouve huit ans plus tard dans une tombe, ressoudée.

14.

— Dolorès ?

Dolorès était allongée sur son lit et regardait le plafond. L'année de sa sixième, elle s'était mise à faire d'affreux cauchemars. Elle se réveillait toutes les nuits en hurlant, jusqu'au jour où elle avait arrêté de crier et s'était contentée de s'éveiller soudainement, en sueur, et de lire des livres qui, pour une raison obscure, la rassuraient – la bible que sa mère avait reçue pour sa première communion et dont certains mots étaient imprimés en rouge, ou de vieux exemplaires de romans anglais qu'elle avait achetés dans un vide-grenier. Quelque chose dans ces textes lui semblait de force à pouvoir la protéger. Puis sa mère l'avait emmenée dans un magasin Nature & Découvertes et elles avaient acheté ensemble un lot de petits autocollants verdâtres en forme d'étoiles et de lunes qu'elles avaient collés sur un bout du plafond, juste au-dessus de son lit, et qui brillaient quand elle éteignait la lumière. À présent, ils avaient vieilli et brillaient moins fort, mais ils étaient toujours là.

— Dolorès ?

La voix de sa mère résonnait très loin d'elle. Quand elle était à Paris, elle se surprenait parfois à chercher confusément la présence de sa mère dans des choses absurdes : le lointain goût d'ail de certains plats, des morceaux de musique classique dont elle n'avait pas retenu les noms ; elle savait que sa mère était loin d'elle, et qu'elle lui passait des appels auxquels elle ne répondait pas et, pourtant, elle avait l'impression que ses hanches, que son visage, sa voix, étaient à la portée de ses mains, qu'elle pourrait presque toucher les taches brunes laissées par le soleil sur sa peau, lui parler ou lui rendre un service insignifiant, de ceux que rendent les enfants – poser les couverts en argent sur la nappe, cueillir des fleurs dans le jardin.

— Dolorès ?

Cette fois, elle entendit distinctement les coups frappés délicatement contre la porte de sa chambre et se leva. Elle avait dû s'assoupir et sa tête pesait lourd. Sa mère entrouvrit la porte, et voyant que sa fille s'était éveillée, s'assit naturellement sur son lit et lui caressa les cheveux. Dolorès se blottit contre elle, appréciant la douceur du fin gilet de cachemire qu'Hélène portait toujours sur ses robes d'été, même au plus chaud de la journée.

— Tu dormais, ma chérie ?

— Un peu.

— Il y a un garçon qui est en bas et qui demande à te voir.

Dolorès jeta vers elle un regard interrogateur.

— Un garçon ?

— Il s'appelle Paco, je crois.

Elle aurait voulu ajouter qu'elle trouvait que c'était un très beau garçon, et qu'elle avait aimé son air quand il lui avait demandé si Dolorès était ici, *bonjour, Madame Déléale, est-ce que Dolorès est ici,* parce qu'il semblait désemparé et plein d'espoir, mais toutes ces choses semblaient trop intimes à dire, alors elle n'ajouta rien.

*

Ils marchèrent longtemps sans parler. Elle portait une robe longue et ample, mais il pouvait distinguer à travers le tissu qu'elle avait encore minci. Le poids qu'elle avait perdu ne lui donnait pas l'air malade ou fatigué ; c'était plutôt comme si elle s'était rapprochée de ce qui faisait qu'elle était elle-même, cette force intérieure qui lui appartenait et lui servait de squelette.

— Pourquoi tu m'as dit ce qui t'était arrivé ? Pourquoi tu m'as dit ce qu'il t'avait fait ?

— Je ne sais pas.

— Tu ne l'as jamais dit à personne. Tu ne l'as jamais dit à Bianca, tu ne l'as jamais dit à ta mère. Alors, pourquoi me le dire à moi ?

— Je ne sais pas, Paco.

Dans ce village, l'eau coulait dans les rues, dans de petits caniveaux sans cesse mouillés, et le silence était tout bruissant de ce bruit d'eau et de vent passé à travers les feuilles. De temps en temps, Dolorès devait s'arrêter pour saluer un homme ou une femme qu'elle connaissait. À cause de toutes les choses terribles dont il avait été le théâtre, Paco s'était imaginé que le village en aurait gardé des stigmates – qu'il y aurait eu une trace de sang quelque part, que les gens auraient eu les yeux torves, la peau marquée de cicatrices, l'air méchant. Mais ce n'était pas le cas. De petits commerces étaient en train de fermer et les tenanciers se faisaient signe en partant. D'immenses platanes aux troncs constellés de vert et de blanc projetaient une ombre verte, les terrasses des cafés étaient pleines, le sol pavé de belles pierres et les façades peintes en ocre jaune. Certaines rues étaient ornées d'orangers plantés dans des pots d'Anduze. Où se cachaient les cadavres d'adolescents, où les enfants se retrouvaient-ils pour pleurer ?

Ils marchaient très près l'un de l'autre, en laissant leurs bras pendre contre leur corps et se frôler. Ils tournèrent dans une petite rue déserte et il passa la main dans le long rideau de ses cheveux, sans les caresser, juste pour sentir leur matière fluide entre ses doigts. Elle lui sourit, et il sentit ce sourire venir de très loin. Elle ne lui avait toujours pas demandé ce qu'il faisait là, pourquoi il avait jugé bon de faire cinq heures de voyage en train, simplement pour être là.

— Tu vas rentrer à Paris ? lui demanda-t-il.

— Oui, je pense. J'ai dit tout ce que je savais à la police. Ils vont l'enterrer, et après, normalement, je pourrai rentrer à Paris.

— Tu veux que je vienne avec toi à l'enterrement ?

— Je ne sais pas. Je pense que je vais y aller avec Bianca. Il y aura certainement Zineb, aussi. Je crois que c'est bien qu'on y soit toutes les trois.

— Moi aussi.

Il lui prit la main. Elle avait toujours la peau brûlante de fièvre, mais maintenant il savait que ce n'était pas parce que quelque chose clochait chez elle. Elle n'était pas malade ; elle était simplement comme ça – ailleurs, rêveuse, et brûlante de fièvre.

— Alors je vais rentrer à Paris, et je vais t'attendre, d'accord ?

Elle acquiesça. Ses yeux brillaient, comme si elle venait juste de pleurer ou qu'elle s'apprêtait à le faire. En fait, elle n'avait pas envie de pleurer. Elle avait envie de le regarder du plus fort qu'elle pouvait. Il était là, Paco était là, et elle voulait le regarder jusqu'à ce qu'il n'y soit plus. Finalement, ce fut lui qui se mit à pleurer.

— Ce que je veux dire, c'est que je vais tout préparer pour que tu rentres, d'accord ? Parce que ce matin, je suis parti sans rien dire à personne, sans rien dire à Cassandra, et j'ai presque fui jusqu'ici, mais quand tu rentreras, je ne fuirai plus rien, je serai là, je serai prêt, je serai à toi…

Il la serra contre lui si fort qu'il craignit de faire craquer tous les minuscules os de son corps, de la briser en un millier de tout petits éclats.

— Merde, Dolorès, je suis complètement dingue de toi. Et je suis désolé d'avoir mis tant de temps à m'en apercevoir. Je suis désolé. Mais toi, tu le savais depuis le début, pas vrai ?

Il se détacha légèrement d'elle pour la voir acquiescer et sourire très fort. Un grand soleil lui monta dans le corps ; tout l'or du monde semblait dans ce sourire d'elle, et il sentit qu'une partie de lui resterait à jamais dans cette ruelle, que quelque part en lui-même il serait pour toujours avec elle et qu'il serait toujours ce mois de mai.

— Bien sûr, que tu le savais.

Et il l'embrassa.

*

— Alors, voilà, je rentre à Paris demain, après l'enterrement…

Joan Rami hocha la tête sans rien dire. Zineb Achour était passée au Prétexte pour lui dire au revoir. Ils s'étaient embrassés sur les deux joues avec cette gêne triste de ceux qui se sont déjà embrassés sur la bouche, et avaient parlé de tout et de rien pendant une dizaine de minutes. À présent, il devinait aux coups d'œil qu'elle jetait de temps en temps à la porte d'entrée qu'elle hésitait à s'en aller. Il n'aurait su dire si elle craignait de se montrer impolie en prenant congé trop vite, ou si elle attendait encore que quelque chose se passe entre eux. Il aurait voulu qu'elle ait aussi envie de partir que lui-même désirait la voir rentrer chez elle.

En réalité, au moment où les lèvres de Joan avaient frôlé ses joues, Zineb s'était rendu compte qu'elle attendait qu'il lui donne un baiser. Un vrai baiser. Avec ses mains à lui sur ses hanches à elle, et le fond du monde derrière eux qui se liquéfierait progressivement en un mélange de musique pop, de lumière et de sirop. Peut-être même attendait-elle ce baiser depuis plus de huit ans.

— Alors, tu rentres à Paris.

Joan se servit un verre de bière qu'il inclina doucement sous le fut, avant de le poser d'un petit coup sec sur le bar. Il but une longue gorgée, puis se remit à essuyer des tasses qu'il rangeait au fur et à mesure. Il repensa à la tache de sang qu'elle avait laissée sur ses draps, à ses pleurs, et à tous les longs messages qu'elle lui avait envoyés après et qu'il n'avait pas pris le temps de lire. Elle lui disait certainement de jolies choses, mais il n'avait plus d'énergie pour tout ça.

Zineb restait face à lui, la bouche entrouverte. Dolorès et Bianca auraient su quoi dire, elles. Elles auraient su comment forcer Joan à lui offrir un verre. Mais les garçons, dans la réalité, étaient très différents de ceux des histoires que racontaient Dolorès et Bianca. Les garçons dont elles parlaient tombaient amoureux d'elles et leur envoyaient des milliers de messages qu'elles capturaient sur leur écran et se montraient l'une l'autre avec de petits rires. Zineb n'avait dû avoir qu'un ou deux échanges de textos avec un garçon. À chaque fois, c'était Dolorès qui, allongée sur son lit, tapait les messages du bout des doigts sur l'écran tactile en gloussant.

— Est-ce qu'on se reverra ? finit-elle par dire d'une voix étranglée, alors que Joan lui tournait le dos.

Le regard qu'il lui lança exprimait une lassitude si profonde, qu'elle dut baisser les yeux. Elle sentit poindre de petites larmes piquantes et mesquines, celles qui ne feraient naître aucune compassion, mais l'enlaidiraient et ravageraient son maquillage. Seule Dolorès restait belle lorsqu'elle pleurait. Sa peau était si brune que son nez ne rosissait pas ; le sel teintait son iris d'une couleur surnaturelle, qui semblait venir de nulle part, comme un rayon de soleil par mauvais temps.

— Écoute, Zineb, je ne sais pas à quoi tu pensais en te ramenant chez moi alors que tu étais vierge et tout… C'était une nuit sympa, d'accord ? Rien de plus. Tu vas rentrer à Paris, et moi je vais rester ici, et je ne vois pas ce qu'on pourrait faire d'autre.

Il se resservit encore un verre et regarda les larmes de Zineb dévaler ses joues couvertes de fond de teint avec une joie malsaine. Il avait l'impression de s'adresser à l'adolescent qu'il avait été : *Ce n'était pas extraordinaire, ce n'était pas tragique et ce n'était pas terrible, et Dolorès n'était pas si belle avec ses longs cheveux bruns qui coulaient jusqu'à la pelouse perlée d'eau, et le ciel n'avait pas tant d'étoiles et les jours n'avaient pas tant d'heures de soleil. Rien de tout ça n'a existé. Tu n'as jamais été particulièrement beau, particulièrement doué, tu n'as jamais été un grand joueur de rugby ; ça, il n'y a eu que des gamines de quinze ans pour le croire, et elles ont grandi. Tout ça, Joan, c'était sympa, d'accord ? Rien de plus. Et Hannibal est mort.*

— Enfin, murmura-t-il, on se verra à l'enterrement.

*

Bianca avait reçu cinq messages de Dolorès et au moins une dizaine de plus envoyés par sa mère mais elle ne le savait pas, parce qu'elle avait éteint son téléphone portable. Elle avait appuyé sur un bouton jusqu'à ce que l'écran devienne tout à fait noir et que personne, qu'il s'agisse de sa mère désespérée, de son père pervers, de ses meilleures amies rivales, de ses dizaines de milliers de followers, ou même de son ami mort depuis huit ans, ne puisse la contacter.

Tout le monde sauf @dixansauparavant, qui se tenait tout près d'elle, comme dix ans auparavant, allongé dans sa chambre d'enfant, les yeux mi-clos et un sourire béat sur son visage.

Elle l'avait reconnu tout de suite et s'était assise face à lui, les cheveux collés par la pluie, sans rien dire. Au début, ils ne s'étaient pas touchés et la conversation avait été laborieuse. Et puis il s'était mis à parler, et ils avaient parlé d'une quantité de choses heureuses qu'elle avait oubliées. La façon dont ils s'étaient rencontrés, dix ans plus tôt, lorsqu'un de ses amis s'était approché d'elle, au collège, et lui avait dit : *C'est mon pote, là, il est dingue de toi, est-ce que tu pourrais lui écrire une lettre d'amour pour son anniversaire ? J'aimerais lui offrir ça, est-ce que tu voudrais bien ?* Ils étaient en classe de troisième, il était discret et elle était déjà trop jolie et trop populaire pour qu'il ose lui parler, *mais son messager* avait confié à Bianca qu'il avait affirmé un jour qu'elle était *la plus belle fille qui soit sur Terre.* Alors ce serait amusant de lui offrir une lettre de sa main, est-ce qu'elle comprenait ? C'était Hannibal qui avait écrit la lettre, et Zineb, Bianca et Dolorès s'étaient d'abord beaucoup moquées de ce garçon timide en l'imaginant ouvrir l'enveloppe avec des gestes gauches. Mais, chose extraordinaire, le garçon avait répondu à Bianca, et elle avait été *touchée* par cette réponse. Et puis finalement, ils s'étaient vus quelques jours plus tard, s'étaient embrassés, et avaient commencé à sortir ensemble. Après leur rupture, il n'avait pu se résoudre à ne plus exister pour elle, et il ne s'excuserait jamais assez de n'avoir pas trouvé d'autre sentiment que celui de la haine pour rester attaché à elle, mais il s'était laissé prendre à ce jeu de vengeance sur les réseaux et était comme possédé quand il lui envoyait ces messages, comme ailleurs, loin, très loin d'elle derrière l'écran de son téléphone et il espérait qu'elle lui pardonnerait...

Bien sûr qu'elle lui pardonnait. Alors ils s'étaient mis à parler plus vite encore, sans s'arrêter, pendant si longtemps que les serveurs du Café de France avaient empilé les chaises et les tables de la terrasse autour d'eux et qu'ils étaient rentrés ensemble chez Bianca, pour s'asseoir sur son lit et parler encore. Ils parlaient toujours le lendemain soir quand il était rentré chez lui pour qu'elle puisse dormir un peu avant l'enterrement d'Hannibal, mais il avait promis de revenir la voir.

Bianca n'était pas impatiente, elle savait bien qu'un jour, ils auraient terminé de se dire tout ce qu'ils pouvaient se dire et qu'alors, Raphaël pencherait sa tête vers elle, et qu'il l'embrasserait.

*

Mes douces,

Ce matin, je me suis réveillé avec le sirocco.

Vous connaissez comme moi ce vent venu du désert : il rend le ciel jaune et ramène avec lui de gros nuages couleur de poussière qui finissent par crever ; alors il pleut une eau mêlée de boue qui fait paraître la ville chaude et sale. Est-ce que je vous ai raconté qu'une fois, en rentrant du lycée, une minuscule grenouille aux yeux dorés m'est tombée sur l'épaule, encore vivante ? Ces choses-là arrivent.

Je suis heureux qu'un tel vent souffle le jour de mon enterrement, parce qu'il me permet de vous raconter des choses que je ne vous ai jamais dites.

Je suis mort et je m'inquiète encore pour vous. Je vois trop bien à quel point vous n'avez pas changé : Bianca est toujours entièrement tournée vers ce que les gens pensent d'elle, et Dolorès a toujours l'air de flotter, comme ses longs cheveux qu'elle n'a jamais coupés, et Zineb a toujours les yeux aussi noirs, et elle est toujours aussi renfrognée mais un peu lumineuse pourtant. Elle me fait penser à ces femmes qui se donnent absolument à Dieu, à un homme, à un enfant, et ne gardent rien pour les autres.

Vous n'avez pas changé et j'ai peur que ce soit ma faute. Comme si j'avais arrêté le cours du temps en cessant d'exister.

J'espère qu'une fois que vous aurez jeté une poignée de terre dans ma tombe et embrassé ma mère, vous sortirez ensemble du cimetière, bras dessus, bras dessous, sans vous retourner. J'espère que je n'aurai jamais d'autre histoire à vous raconter. Car à présent, mes douces, il est temps de m'oublier : peu importe à quel point vous m'aimeriez encore (ce sera toujours trop, ou pas assez).

Hannibal

*

Lisa Gorgeas cliqua sur *Envoyer* et referma son ordinateur.

Elle se mit à sa fenêtre et contempla les toits rouges, les petites maisons de pierre séparées de platanes biscornus, qui semblaient avoir poussé du mauvais côté, et puis les montagnes bleues, leurs sommets blanchis qu'Hannibal aimait tant regarder.

Elle ferma les yeux mais le souvenir de la peau d'Hannibal, de ses mains sur elle, de sa bouche qui s'entrouvrait sous ses caresses, ne revint pas.

Lessivé par les années, les autres garçons, le souvenir d'Hannibal, c'était certain, ne reviendrait pas, et ce matin, elle l'avait lui aussi enterré. Elle ne pouvait même plus relire ses carnets : elle en connaissait chaque phrase par cœur.

Depuis huit ans, Lisa avait eu le temps de lire autre chose. Étudiante en lettres, elle s'apprêtait à passer un concours national pour devenir professeure de littérature moderne, et pour cela, elle avait avalé quantité de livres qui lui avaient cruellement fait sentir les faiblesses du style encore juvénile d'Hannibal. Autrefois, elle était amoureuse et subjuguée par sa prose ; aujourd'hui, il fallait parfois qu'elle se répète *il n'avait que seize ans, il n'avait que seize ans* pour ne pas le juger trop durement. Au début, elle avait pensé à faire publier ces carnets, mais qui s'y intéresserait ? Finalement, elle avait trouvé mieux.

À ses pieds, sa valise ouverte était à moitié faite : elle repartait le lendemain pour Montpellier où elle étudiait.

Sa mère avait enveloppé dans du papier-bulles une demi-douzaine de pots de confiture faite maison, pour qu'elle puisse les rapporter dans son petit studio. Il lui en restait encore un ou deux pots, sans doute recouverts d'une épaisse couche de moisi verdâtre qu'il lui faudrait retirer délicatement avec une cuillère. *Ce n'est pas grave, lui avait dit sa mère, tu peux la manger quand même.*

Lisa se remit à plier des vêtements. Elle retira la petite robe noire qu'elle portait et la fourra dans sa penderie d'enfant où ne restait rien, sinon des pyjamas trop petits et des tenues de sport. C'était une jolie robe, mais elle n'avait plus vraiment envie de la mettre à présent. Une légère poussière jaune s'y était accrochée et rien, sans doute, ne pourrait la retirer tout à fait.

Elle venait d'enfiler un jean et un T-shirt propres quand elle entendit la sonnette de l'entrée retentir, et, presque aussitôt, sa mère crier son nom au rez-de-chaussée.

— Lisa ! Lisa ! Ce sont des amies à toi.

Lisa dévala les escaliers. Elle n'avait gardé aucune amie à Illès, et surtout pas une amie suffisamment proche pour lui rendre visite un jour pareil. Aussi eut-elle un très léger mouvement de recul quand elle reconnut les deux jeunes femmes qui se tenaient sur le pas de la porte.

— Lisa ? Tu te souviens ?

Bien sûr qu'elle se souvenait. La couleur artificielle des cheveux de Bianca était plus claire et plus étudiée que lorsqu'elles étaient au lycée, et elle avait troqué son tailleur noir et ses immenses verres fumés qu'elle portait pour l'enterrement contre une robe qui aurait sans doute semblé vulgaire si elle n'avait pas été si visiblement coûteuse. Dolorès, en revanche, Dolorès n'avait absolument pas changé et Lisa retrouva, face à elle, ce qu'elle avait perdu : le visage d'Hannibal. Pour la première fois, elle se rendit compte à quel point les jeunes gens s'étaient ressemblés. Bianca s'avança pour lui faire la bise et elle remarqua qu'elle avait fait refaire son nez.

— Je suis Bianca Ispahan. Et c'est Dolorès...

— Je sais, je me souviens. Bonjour.

Le regard de la mère de Lisa passait de l'une à l'autre en souriant.

— Est-ce que je peux vous offrir quelque chose à boire, les filles ? leur demanda-t-elle comme si Dolorès et Bianca étaient venues sonner chez Lisa pour qu'elles finissent un exposé ensemble.

— Non merci, murmura Dolorès.

— On va aller dans ma chambre, dit Lisa d'une voix forte.

Elle commença à remonter l'escalier. Derrière elle, les bottines à talons de Bianca produisaient sur les marches de bois un petit claquement désagréable. Elle ferma la porte derrière elles et ne leur indiqua pas de siège où s'asseoir. Dolorès s'assit sur le tapis et Bianca sur son lit défait, ses longues jambes revêtues de bas nylon croisées devant elle, l'air assez gênée.

— Comment tu vas ? demanda-t-elle.

— Je vais bien, répondit Lisa d'un ton sec.

— Je ne sais pas comment j'ai pu mettre autant de temps à comprendre que c'était toi. Et puis on t'a vue, ce matin, à l'enterrement, et soudain ça m'a semblé évident. C'était évident qu'il ne pouvait s'agir que de *toi.*

— Sans doute parce que vous n'avez jamais pensé qu'entre Hannibal et moi, ça s'était vraiment passé.

— Je pourrais te dire qu'on était simplement jalouses, Dolorès, Zineb et moi, mais je crois que c'était encore plus profond que ça.

Lisa acquiesça.

— Qu'est-ce que tu en penses, Dolorès ?

Dolorès entortillait sa longue queue-de-cheval autour de son index en regardant dans le vide.

— On avait seize ans, dit-elle en haussant les épaules.

Bianca semblait sur le point de pleurer, et le gras mascara qu'elle portait s'émoussait autour des larmes qui perlaient dans ses grands yeux.

— Je voulais te demander pourquoi. Tu n'es pas forcée de me répondre, mais je voulais te demander pourquoi ? Pourquoi tu as fait ça ?

Lisa prit une grande inspiration.

— Il m'a donné tous ses carnets, tout ce qu'il avait jamais écrit, sur vous, sur moi… Ce que j'ai mis dans ces mails, c'étaient des mots à lui. Pas forcément dans le bon ordre, mais c'étaient ses mots, et… Je me disais que vous auriez aimé les lire. Et peut-être que j'avais envie de parler de lui à quelqu'un. Vous me détestiez, je vous détestais, mais lui, nous l'aimions toutes, alors, j'avais envie de vous parler de lui.

— Je comprends.

— Je suis désolée.

Lisa pleurait aussi, à présent.

— Il est mort à cause de vous, vous savez ? Il est mort parce qu'il vous aimait trop.

Dolorès, même assise sur le sol, tenait son menton légèrement relevé et semblait vouloir dire : *C'était pour moi, c'était moi qu'il aimait trop.* Mais au lieu de ça, elle se mit à caresser doucement le bras de Bianca et leva vers Lisa un visage plein de candeur :

— Est-ce que tu pourrais nous donner les identifiants de la messagerie électronique avec laquelle tu envoyais tous ces e-mails ?

— C'est-à-dire ? Pourquoi ?

— J'aimerais continuer à en envoyer. J'aimerais continuer à en envoyer à Zineb.

Bianca retira son bras et considéra Dolorès en fronçant les sourcils.

— Mais qu'est-ce que tu racontes ?

— Zineb, ces mails, elle les lit. Elle les imprime, elle les garde, elle répond à tous, elle y *croit*. Toi et moi, on n'y a jamais cru. On a essayé de les décoder, de savoir qui les envoyait, on les a donnés à la police, mais on n'y a jamais *cru*. Alors qu'elle oui, et ils lui font du bien. Peut-être qu'elle est folle – et elle est folle, mais c'est notre amie, alors, on pourrait faire ça pour elle. Elle aimait Hannibal, elle n'aimait qu'Hannibal, elle n'aimera toujours qu'Hannibal. On peut au moins faire ça pour elle.

— Et tu crois que c'est une bonne idée d'encourager…

— Ce que Lisa a fait, ça l'a rendue heureuse.

Pendant que Dolorès et Bianca s'entretenaient, Lisa avait déchiré un morceau de papier dans une feuille à carreaux et y avait écrit une adresse e-mail et un mot de passe. Elle le tendit à Dolorès.

— Prenez aussi les carnets, lui dit-elle.

15.

Après avoir raccompagné Dolorès à la gare, Hélène était rentrée chez elle mais n'avait pu se décider à accomplir les tâches dont elle occupait normalement ses samedis après-midi : lancer une machine, remplir des papiers pour l'URSSAF, s'inquiéter pour Paul et ce qu'il ferait après son année de terminale.

Elle s'était assise devant la table de la salle à manger et avait pensé à sa fille, de nouveau si loin d'elle.

— Au revoir, Maman, lui avait-elle dit en l'embrassant.

— Tu vas revenir ?

Dolorès avait enfoui la tête dans le chignon laineux de sa mère. Près de son oreille, elle avait répondu :

— Bien sûr, Maman, que je vais revenir. Je suis désolée si…

— Et tu vas m'appeler ?

— Oui.

Elle avait disparu dans le wagon en lui faisant un petit signe de la main. À travers les fenêtres opaques du TGV, Hélène n'avait plus pu la voir, et le train avait démarré.

Le téléphone vibra dans la poche de son jean. Hélène Déléale était médecin et souvent, elle savait ce qu'un patient avait avant même de l'examiner. Et lorsqu'elle l'auscultait, elle ne *découvrait* pas une grosseur, un bleu ; elle les *cherchait* et les *trouvait*, parce qu'elle savait d'avance qu'ils se trouveraient là, dans le pli vulnérable d'un ventre ou d'un sein. Ce fut ce sentiment-là qu'elle ressentit lorsque son téléphone sonna, quelques heures après le départ de Dolorès pour Paris, et qu'elle reconnut le numéro du bijoutier.

— Docteur Déléale ?

Le bijoutier d'Illès était un homme d'une cinquantaine d'années au fort accent roussillonnais. C'était à lui qu'elle avait acheté ses alliances et les gourmettes des enfants, chez lui qu'elle avait mis en gage le bracelet en or de sa grand-mère quand Dolorès était encore un bébé et qu'elle faisait ses études de médecine. Le bracelet en or de sa grand-mère qu'elle portait à présent.

— Monsieur Brazès ? Bonjour.

— Bonjour, docteur, répondit-il.

Son ton était embarrassé.

— Écoutez, docteur, je suis bien embêté, mais la police vient de passer… un gendarme et ils ont demandé à consulter mes registres, enfin, le suivi de votre compte. Ils m'ont demandé si je pouvais identifier un collier ; celui de la petite, que j'ai réparé il y a huit ou neuf ans, ils ont dit qu'ils l'avaient retrouvé sur ce garçon qui est mort, et je n'ai pas pu mentir…

— Mais il n'y a pas de souci, monsieur Brazès.

— C'est que ça m'embête de vous faire des problèmes, docteur, avec tout ce que vous avez fait pour ma belle-sœur...

— Ne vous inquiétez pas, monsieur Brazès, vous avez bien fait.

— Ah, alors, très bien, docteur, très bien.

— Alors, au revoir, monsieur Brazès.

— Il y a autre chose, docteur.

— Oui ?

— Ce gendarme, il m'a rendu le collier à la fin en me disant de vous dire que vous pouviez passer le récupérer quand vous le désiriez. Il m'a dit qu'il était à vous, maintenant.

Quand Élise Jaubert se retrouva devant la porte de son appartement du douzième arrondissement, le lendemain de l'enterrement d'Hannibal Lanier, tout lui parut soudain étrange, comme si elle ne reconnaissait rien : la porte de l'immeuble dont elle savait par cœur le code d'entrée, l'escalier de service aux marches claires, et même Laurie, dont elle n'avait été séparée que durant quelques jours avant ce voyage. Elle pouvait l'entendre vaquer dans l'appartement, comme si Élise n'était jamais partie, comme si Élise n'existait pas.

Élise caressa doucement son ventre. Elle se sentait épuisée, et étrangement fébrile. Elle avait fait tout le trajet dans la nuit. Elle était partie alors que l'OPJ Léo Casez était encore profondément endormi et qu'elle entendait encore son souffle, cette respiration d'homme si nouvelle pour elle, plus profonde que celle de Laurie.

Il ne lui avait rien demandé de particulier, ne lui avait imposé aucune promesse. C'était elle qu'elle avait préservée en choisissant de partir en pleine nuit, pendant son sommeil, pour éviter les adieux. Si elle attendait qu'il se réveille, le soleil se lèverait, ils prendraient leur petit déjeuner, puis leur déjeuner, et leur dîner, et seraient tous deux happés dans un mouvement de vie qui, peut-être, ne l'autoriserait jamais à repartir. Mais elle devait rentrer chez elle, parce qu'elle aimait Laurie, avec toute la difficulté d'un grand amour, mais elle l'aimait. De plus, leur aventure, à Léo et elle, était finie : le grand-père d'Élise avait été déclaré coupable, mais il était mort. Le garçon avait été enterré, parce qu'il était mort lui aussi. Elle n'avait plus rien à faire auprès de Léo Casez, sinon vivre.

Élise sonna à la porte. À l'intérieur, Laurie s'immobilisa, puis elle entendit ses pas feutrés qui marchaient jusqu'à l'entrée, et devina son œil près du judas.

Ce moment où Laurie hésita quelques secondes avant de la laisser rentrer, juste avant qu'elle n'ouvre brusquement la porte et lui tombe dans les bras en pleurant, ce moment-là fut peut-être le plus beau de leur histoire.

Il y en eut d'autres pourtant. Il y eut ce moment où, après n'avoir pas pu finir sa cigarette, elle sut ; la première fois qu'elle eut la nausée, dans la chaleur étouffante d'une rame de métro bondée (le printemps glacé de cette année-là avait laissé place à l'été le plus chaud qu'Élise ait connu depuis longtemps) ; les yeux écarquillés de Laurie quand elle le lui annonça, une nuit, dans un murmure très doux, ce qu'elle pressentait. Laurie lui avait alors confié avoir lu quelque part qu'il y a très longtemps, les hommes n'établissaient pas de lien entre l'acte sexuel et la grossesse. Ils pensaient que les enfants naissaient spontanément dans les femmes et que les mâles n'avaient rien à voir là-dedans.

Après ça, elles vendirent le mas du grand-père d'Élise à un couple de sexagénaires anglais. Elles le cédèrent pour rien, sans finir les rénovations qu'elles avaient commencées, ni vider l'immense serre des œuvres d'Auguste Meyer. Élise s'y rendit seulement pour se débarrasser du secrétaire qu'elle voulut brûler. Elle passa un coup de fil à Léo Casez, qui répondit en riant que les feux étaient interdits pour toute la saison – et il lui conseilla plutôt d'aller se mettre à l'ombre, dans son état, il faisait beaucoup trop chaud, il s'occuperait du meuble pour elle, il le promit.

Avec l'argent, elles achetèrent une petite maison de proche banlieue, avec des cloisons fines comme du papier, mais un jardinet et des fenêtres qui donnaient sur une rue où ne passaient que des voisins, des adolescents, des vélos d'enfants aux couleurs acidulées.

C'était un garçon. Laurie avait des idées de prénoms baroques et originaux, mais Élise préférait quelque chose de plus simple. Un prénom qui n'apparaisse pas dans la Bible, qui n'apparaisse nulle part, un prénom que seul pourrait porter un *enfant*, tout simple, tout seul, avec son cartable sur le dos et son goûter enrubanné dans du papier argenté. Elles l'appelèrent Léo.

*

Il devait être quinze heures et, en passant sous l'ombre des platanes, Léo Casez était ébloui au point qu'il ne voyait plus qu'un écran d'écorces assombries devant lui, avec derrière, le ciel bleu. Assis sur les marches d'un porche, des adolescents finissaient leur déjeuner. Si les cloches tintèrent à un moment ou à un autre, l'OPJ ne les entendit pas – il pensait à autre chose et de toute façon, dans la vallée, les sons résonnaient tant sur les parois rocheuses qu'il pouvait aussi bien s'agir de la cloche d'une autre église.

Il savait quelle femme il cherchait malgré lui dans les rues et à la terrasse des cafés, et il venait de la trouver : Hélène Déléale était assise, seule, devant un verre de vin rouge au Café de France. En la voyant, il sentit son cœur battre plus fort dans sa poitrine. S'il devait toute sa vie se souvenir de cette affaire, ce serait surtout des femmes qui y avaient été mêlées dont il se rappelerait. Combien de fois était-il tombé amoureux au cours de cette longue histoire qu'avaient été la disparition et la mort d'Hannibal Lanier ?

Quand il se présenta devant elle, le docteur Déléale prit son sac sur ses genoux pour qu'il puisse s'asseoir sur la chaise où elle l'avait posé, et il mit un moment avant de savoir quoi lui dire. En la regardant, il se dit, le temps avait tracé des sillons dans le visage d'Hélène Déléale depuis l'enterrement de Hannibal Lanier, et sa peau plus ramifiée avait des endroits clairs et d'autres plus foncés.

— Illès doit vous sembler bien calme, maintenant que tout est terminé, murmura-t-elle.

— C'est vrai.

— J'ai pensé, mais c'est idiot – j'ai pensé que peut-être, après avoir résolu une telle affaire, vous auriez eu envie de partir. À Paris, ou je ne sais pas. Parce que vous êtes jeune.

— J'y ai pensé aussi.

Il la regarda et se maudit d'avoir été toujours trop vieux, trop jeune ou trop mâle pour toutes les femmes qui lui avaient plu. Certains hommes avaient le pouvoir de prendre ce qu'ils voulaient – certains hommes avaient ce pouvoir, et certains hommes, comme Hannibal Lanier, comme lui-même, étaient aussi vulnérables face à cette violence que l'étaient les femmes et les enfants.

— Mais vous n'allez pas partir ?

Il remarqua qu'elle roulait nerveusement entre ses doigts le petit pendentif qu'elle portait autour du cou. La perle disparaissait derrière ses ongles taillés en ogives, et semblait, selon l'angle, tantôt blanche, tantôt noire (et c'était à la fois évident et assez extraordinaire qu'elle pût être les deux.)

— Non. Je ne vais pas partir. C'est le collier de votre fille que vous portez ?

Elle soutint son regard sans se troubler.

— Oui. Vous avez deviné ?

— Je l'ai eu entre les mains, vous vous rappelez ? On l'a retrouvé sur Hannibal Lanier.

— Et vous l'avez apporté au bijoutier.

— Le bijoutier chez qui vous l'aviez fait réparer.

— Oui.

Il inclina la tête pour mieux voir le pendentif couler de sa chaîne sur la gorge brune d'Hélène. Elle avait cessé de le toucher pour se rouler une cigarette.

— C'est une graine fossilisée. C'est mon ex-mari, le père de Dolorès, qui l'a rapportée du Cap-Vert. Là-bas, on les offre aux enfants pour leur porter bonheur, pour éloigner le mauvais sort.

— Je l'ai fait analyser, répondit-il. Un éclair de malice passa dans ses yeux. C'est de la porcelaine peinte en noir et blanc. Mais je ne le dirai à personne.

— Alors, vous pensez qu'elle est fausse ?

— Elle l'est.

— Mais l'or est vrai. Regardez, l'or est vrai parce qu'il est intact. Si l'or est vrai, alors peut-être qu'on peut considérer que la perle l'est un peu.

— Les Chinois qui l'ont fabriqué n'ont certainement jamais entendu parler du Cap-Vert, vous savez.

— Mais Dolorès, qui avait le bijou, le savait aussi. Là-bas, je me rappelle, on dit que pour que le bijou *marche*, il faut qu'il ait huit points blancs et qu'on porte sur soi un nombre impair de perles. Alors si le bijou marche, peut-être qu'il est vrai ?

— Le bijou a marché ? C'est ce que vous pensez, que le bijou a marché ? Qu'il a porté bonheur, protégé du mauvais sort, et tout le reste ?

— C'est ce que je pense. J'espère que vous me croyez.

— Si j'ai fait analyser la perle puis demandé au bijoutier de vous la rendre, ce n'était pas pour vous donner tort, lui répondit doucement Léo Casez.

Elle le jaugea, mal à l'aise. D'habitude, les suspects qu'interrogeait l'inspecteur, ceux qui se sentaient acculés comme Hélène Déléale l'était en ce moment, ces suspects-là jetaient toujours un regard derrière eux. Ils surveillaient nerveusement les alentours, et ce, même s'ils se trouvaient dans une salle d'interrogatoire isolée ou au fond d'une cellule de prison. Mais la doctoresse ne fit rien de tel. Elle le regarda bien dans les yeux, et lui demanda :

— Mais inspecteur, je ne comprends pas. Pourquoi vous ne m'arrêtez pas ?

— Vous connaissez ma grand-mère ?

— Bien sûr. Je dois passer la voir mercredi prochain. Pour son arthrite.

— Voilà pourquoi, je ne vais pas vous arrêter. Parce que vous avez mieux à faire, comme vous occuper de celles et ceux qui en ont besoin. Et que je crois que je n'ai aucune raison de vous arrêter docteur.

Elle resta silencieuse. Hélène Déléale n'avait pas besoin de guetter les alentours, de se retourner pour vérifier que personne dans son dos ne la menaçait ; derrière elle, il n'y avait qu'Illès et ses habitants qu'elle avait vus naître et qu'elle ne pouvait pas toujours sauver de la mort, mais qu'elle préservait à coup sûr de la souffrance. Comme elle préservait sa grand-mère du mal.

Elle l'avait toujours regardée droit dans les yeux, comme elle regardait le monde entier ; elle prenait ses mains noueuses dans les siennes, lui parlait doucement, *madame*

Casez, se souvenait du prénom de son mari, qui était mort, du métier qu'elle avait exercé ; du prénom de chaque petit-enfant sur chaque photographie. C'était important – ou plutôt, il y avait encore des gens pour qui l'existence de tels médecins, de telles personnes était importante, et heureusement pour Hélène Déléale, Léo Casez en faisait partie.

Il se leva, prêt à partir, quand elle lui demanda d'une voix tout autre, qui devait être celle de la jeune fille qu'elle avait été avant de connaître les réponses aux questions qu'elle posait :

— Vous pensez que je devrais le rendre à Dolorès ? Vous pensez que je devrais le rendre à quelqu'un, comme, je ne sais pas, comme à *vous* ?

L'OPJ Léo Casez lui sourit. Il allait lui répondre quand un vieux monsieur, qui tenait par la main un enfant si petit qu'il n'avait encore l'air ni fille ni garçon, les interrompit pour saluer le docteur Déléale. Il attendit qu'ils aient disparu derrière les platanes pour lui dire, comme s'il s'agissait d'un secret d'amour :

— Gardez-le, docteur. Gardez-le pour vous.

Et peut-être, finalement, s'agissait-il bien de cela. Un secret d'amour.

*

Mes douces,

Nous avons grandi dans un endroit où personne ne se rencontre jamais. Dans un village comme Illès, les enfants naissent tous dans la même clinique, se retrouvent dans la même école. Ils savent que, tôt ou tard, ils finiront par boire accidentellement dans le même verre, par faire l'amour à la même fille, ou plaire au même garçon. Même s'ils cherchent à s'éviter, même s'ils ne s'apprécient pas, ils savent qu'ils se retrouveront aux mêmes mariages, puis aux mêmes enterrements. Et que s'ils doivent pleurer, ce sera pour les mêmes raisons, et que s'ils doivent chanter, ce seront les mêmes chansons.

Vivre ensemble de cette façon, c'est davantage que d'être amis, et à peine moins que former une famille.

Mais ce n'est pas ce qui vous est arrivé. Il y a plus de quinze ans, dans un atelier de poterie d'un petit village du sud de la France, vous vous êtes vraiment choisies.

Votre amitié n'a rien à voir avec celle qui vous lie à ce jeune garçon sur la tombe duquel vous venez parfois vous recueillir, ni avec celle qui vous attache encore au vieil homme dont vous vous efforcez sans cesse de chasser le souvenir.

Pensez-y : depuis le début, ça n'a toujours été que votre histoire, l'histoire de Dolorès, de Zineb et de Bianca.

Pensez-y plutôt que de penser à moi,
même si vous êtes et serez toujours l'histoire de ma vie,

Hannibal

Cet ouvrage a été achevé d'imprimer
par l'Imprimerie Floch à Mayenne
pour le compte des éditions Grasset
en avril 2021.

Mise en pages
PCA 44400 Rezé

Grasset s'engage pour l'environnement en réduisant l'empreinte carbone de ses livres. Celle de cet exemplaire est de :
800 g éq. CO_2
Rendez-vous sur www.grasset-durable.fr

PAPIER À BASE DE FIBRES CERTIFIÉES

N° d'édition : 22003 – N° d'impression : 98178
Dépôt légal : mai 2021
Imprimé en France